Black Summer

Liebesroman

Any Cherubim

Texte: © Any Cherubim
Umschlaggestaltung: Alexander Kopainski / www.alexanderkopainski.de
Lektorat/Korrektorat: Sandra Nyklasz und Anja Horn

Alle Rechte vorbehalten.

http://www.bookrix.de/-anita75
http://www.anycherubim.de/

Alle Rechte vorbehalten.
Jede Verwertung oder Vervielfältigung dieses Buches – auch auszugsweise – sowie die Übersetzung dieses Werkes ist nur mit schriftlicher Genehmigung der Autorin gestattet. Handlungen und Personen im Roman sind frei erfunden. Ähnlichkeiten mit lebenden oder verstorbenen Personen sind rein zufällig und nicht beabsichtigt.

Copyright © Any Cherubim

ISBN: 978-3-7396-7045-4

www.bookrix.de

Schlaflied

Schlaf', Kindlein, schlaf'!
Der Vater hüt' das Schaf,
die Mutter pflanzt ein Bäumelein,
darunter liegt ein Träumelein.

Schlaf', Kindlein, schlaf'!
So schenk ich dir das Schaf
mit einem gold'nen Glöckchen fein,
das soll dein Spielgeselle sein.

Schlaf', Kindlein, schlaf',
das Kind hüt' das Schaf
Bis sie sind in Sicherheit
und von jeder Angst befreit

Kapitel 1

»Komm schon, lass dich fallen. Niemand wird etwas mitbekommen.«

Er grunzte nasse Küsse auf meinen Hals; seine Hände wanderten hinauf zu meinen Brüsten und kneteten sie grob. Mir stand nicht der Sinn nach einem Quickie. Mein Kopf war voll mit Problemen und eigentlich hätte ich einen richtigen Freund gebraucht, der mir zuhörte und half, mein Chaos zu ordnen.

»Ich habe es noch nie in der Besenkammer unserer Senior Highschool getrieben und heute ist die letzte Gelegenheit.« Er presste seinen Schritt fester gegen meinen Bauch, sodass ich die harte Beule in seiner Hose deutlich spüren konnte. Das Regal mit den Putzmitteln drückte unangenehm in meinen Rücken und unsere Bewegungen ließen die Flasche mit dem Bodenreiniger gefährlich über unseren Köpfen wanken. Trotz allem versuchte ich mich auf ihn einzulassen.

Ich bemühte mich, mein Hirn für ein paar Minuten freizubekommen und die schrecklichen Ereignisse der letzten Tage zu vergessen ... vergeblich. Sein heißer Atem fühlte sich schmierig an und ich war nicht bei der Sache. Da war diese Blockade, die mein Hirn benebelte. Die jüngsten Geschehnisse hatten mich einfach fertiggemacht und mein sorgloses Leben durcheinandergewirbelt. Ich war müde, ausgelaugt und realisierte immer noch nicht ganz, was eigentlich geschehen war. Vorsichtig schob ich ihn von mir. »Ich kann nicht, Ben.«

Endlich unterbrach er sein Geschlecke und Gestöhne, blickte mich fassungslos an. »Wieso nicht?« Die Verwirrung stand ihm ins Gesicht geschrieben. »Wir haben uns die ganze Woche nicht gesehen. Ich habe dich vermisst«, versuchte er mich einzululln. Ohne auf mein Einverständnis zu warten, machte er sich wieder an meinem Hals zu schaffen, drückte mich an sich und knetete meinen Hintern.

Ich bezweifelte, dass ich Ben wirklich gefehlt hatte. Es stimmte, in den letzten Tagen war ich nicht in der Schule gewesen. Außer zwei Nachrichten, die ich ihm geschickt hatte, hatten wir keinen Kontakt gehabt, aber jetzt war mir seine Nähe unangenehm, seine Bemühung, mich anzuheizen, zuwider. Ich fühlte mich bedrängt.

»Ben, hör auf. Ich kann nicht.« Diesmal stieß ich ihn etwas grober von mir. »Es geht einfach nicht, tut mir leid.«

»Hey! Was ist los?« Endlich ließ er von mir ab und fuhr sich durch sein honigblondes Haar. »Sonst hat es dir doch auch immer gefallen.«

Ich verdrehte die Augen. Wieso kamen die meisten Typen mit einem Nein nicht klar? »Tut mir leid, ich weiß auch nicht … Ich kann mich nicht entspannen und ...« Ehrlich gesagt, war ich genervt, wollte, dass er von dieser fixen Idee einer schnellen Nummer in der Putzkammer der Schule abließ und sich endlich wie mein Freund benahm. Was ich brauchte, war eine Schulter, an der ich mich ausheulen konnte. Jemanden, der mich hielt, mir Trost spendete, ganz egal, was mein Vater angeblich verbrochen hatte. Nur einen kurzen Augenblick, in dem ich alles vergessen konnte, nicht stark sein musste. War das etwa zu viel verlangt?

Die letzten Tage waren alles andere als gut gewesen. Es war der erste Schultag für mich, nachdem sich mein Vater der Polizei gestellt hatte. Vor genau fünf Tagen war ich noch eine ganz normale Highschoolschülerin auf einer normalen Privatschule mit normalen Freunden und einem halbwegs normalen Leben gewesen. Jetzt war ich der Feind Nr. 1, dabei wusste ich noch nicht einmal, was man mir vorwarf. Das Getuschel und die Blicke ließ ich äußerlich an mir abperlen, aber innerlich machte mich die deutliche Ablehnung meiner besten Freundinnen, der Mitschüler und sogar der Lehrer echt fertig.

Ben schien der Einzige zu sein, der sich mit mir abgeben wollte. Jetzt war mir natürlich auch klar, warum.

»Wenn es wegen deines Vaters ist, mach dir da keine Gedanken, Babe. Es turnt mich an, dass du die Tochter eines Verbrechers bist.«

Schlagartig sah ich wieder klar.

»Mein Vater ist kein Krimineller, Ben! Du glaubst den Mist doch nicht wirklich«, zischte ich ihn an.

»Sorry, leider sieht die Beweislage anders aus. Aber mach dir nichts draus, in ein paar Wochen haben das alle vergessen. Also ...?« Er trat mit einem anzüglichen Grinsen wieder näher und rieb sich an mir. Ich konnte nicht fassen, wie kalt und egoistisch er war.

»Du bist echt ein Arsch, weißt du das, Ben?« Wütend stieß ich ihn von mir.

»Hey Süße, jetzt sei nicht sauer!«

Er trat wieder näher und versuchte mich erneut zu besänftigen. Er kapierte einfach nichts, wusste nicht einmal, worum es mir ging. Was hatte ich auch von dem begehrtesten Sunnyboy der Schule erwartet? Er war bekannt dafür, alles flachzulegen, was nicht bei drei auf den Bäumen war. Wieso hatte ich mir eingebildet, dass ich etwas Besonderes für ihn sein könnte? Endlich verstand ich, dass ich nur eine weitere Trophäe in seiner Sammlung darstellte und die Sache schon längst hätte beenden sollen. Jetzt war die beste Gelegenheit dazu. Eilig riss ich mich von ihm los und funkelte ihn wütend an. Sein Haar war zerzaust und sein verdutzter Gesichtsausdruck sah zum Schreien aus.

»Was soll das, Mia? Jetzt stell dich nicht so an.«

»Weißt du was, Ben? Du kotzt mich echt an. Fick dich selbst!« Ich drängte mich an ihm vorbei und stolzierte aus der Besenkammer.

Wow! Wie gut es sich anfühlte, ihn so abzuservieren! Innerlich klopfte ich mir auf die Schulter und feierte mich selbst.

***

Mein Magen flatterte heftig, als ich am Nachmittag in die fast volle Turnhalle trat. Für einen kurzen Augenblick verstummten die Gespräche und alle Blicke ruhten auf mir. Ich spürte, wie das Blut in meine Wangen schoss und der Kloß in meinem Hals anschwoll. Leises Getuschel setzte ein, das wie das unterschwellige Summen aus einem Wespennest klang. Am Vormittag hatte ich das alles noch mit Würde ertragen, doch meine Fassade begann langsam zu bröckeln – ich schwächelte. Ich durfte mich nicht unterkriegen lassen, egal, was geschehen war. Ich schluckte, straffte die Schultern und schritt hocherhobenen Hauptes weiter.

Der Raum war für den heutigen Abschlussball mit bunten Girlanden und Luftballons geschmückt worden. Mr. Finelly, unser Geschichtslehrer, der für die Technik während der Veranstaltung verantwortlich war, brabbelte etwas Unverständliches ins Mikro. Aus dem Augenwinkel entdeckte ich die zwei Zivilbeamten, die mich ständig bewachten. Warum auch immer die Polizei glaubte, ich bräuchte Schutz in meiner eigenen Schule, erschloss sich mir nicht. Unauffällig lungerten sie ein paar Meter hinter mir und ließen mich nicht aus den Augen.

Alle waren da, mit ihren Eltern und Familien. Hin und wieder blitzte irgendwo ein Fotoapparat auf und lautes Gekicher dröhnte durch den Saal. Neben der vordersten Stuhlreihe standen meine besten Freundinnen – Oder sollte ich eher Ex-Freundinnen sagen? – Jenny, Vio und Marcy mit ihren Eltern. Es tat weh, nicht mehr zu ihnen zu gehören, und ehrlich gesagt konnte ich nicht begreifen, warum ich plötzlich der Feind war. Seit Tagen behandelten sie mich wie eine Aussätzige und mieden jedes Gespräch. All meine Handynachrichten und Telefonanrufe wurden von ihnen ignoriert.

Gekleidet in blauer Robe und mit alberner Quastenkappe in der Hand, setzte ich mich in die letzte Reihe und wartete darauf, dass der Spuk vorbei sein würde. Bis auf ein paar heimliche Blicke beachtete mich niemand und so ertrug ich auch diese Bürde. Die Plätze füllten sich und endlich begann die Abschlussfeier. Eine Stunde musste ich die Schmach noch ertragen, bis ich mich für den Rest meines Lebens vergraben konnte. Direktor Mills betrat das Rednerpult und verharrte geduldig, bis sich alle auf ihren Plätzen eingefunden und ihre Gespräche eingestellt hatten. Neben mir blieb alles frei. Wer wollte schon neben der Tochter eines Kriminellen sitzen? Der Direktor fing mit seiner langweiligen Abschlussrede an.

Ben befand sich auf der anderen Seite der Halle. Meine Worte von heute Vormittag schienen ihm nicht viel auszumachen. Er flirtete ungeniert mit Angelina, die ihr Glück, endlich seine Aufmerksamkeit zu haben, kaum fassen konnte. Schmunzelnd schüttelte ich den Kopf. Er ließ wirklich nichts anbrennen. Zum Glück war ich ihn jetzt los. Es verletzte mich nicht, aber ich war enttäuscht. Bis dato hatte ich geglaubt, Freunde zu haben.

Applaus donnerte durch die Halle. Julie Baker strahlte ins Publikum und winkte, als wäre sie bei einer Misswahl. Ich verdrehte die Augen. Warum zog sie immer so eine Show ab? Ich hatte sie noch nie leiden können. Sie hatte mich von Anfang an als Konkurrentin gesehen, weil Ben an mir mehr interessiert gewesen war als an ihr. Jetzt hatte sie freie Bahn.

Weitere Namen wurden aufgerufen. Nervös nestelte ich mit den Händen an meiner Robe und musste an meinen Vater denken. Seit Dad fort war, stand mein Leben Kopf. Meine fünfjährige Schwester Cathrin brauchte mich – ich war nun ihr einziger Halt. Unsere Mutter war bei ihrer Geburt gestorben und seither hatte sie nur noch Dad und mich. Sie war ein tapferes und mutiges Kind, trotz ihrer Herzprobleme und der vielen Operationen, die sie schon seit ihrer Geburt begleiteten. Sie imponierte mir und manchmal fragte ich mich, woher sie ihre Stärke nahm, das alles durchzustehen. Sie war mein kleiner Keks und ich liebte sie über alles. Weinend hatte sie sich an mich geklammert, als die Polizei unser Haus durchsucht und alles konfisziert hatte. Seitdem schlief sie bei mir im Bett. Sie brauchte meine körperliche Nähe und konnte, ohne dass ich ihr geliebtes Schlaflied sang, nicht einschlafen.

Gekicher drang in mein Bewusstsein, irritiert sah ich auf. Alle Köpfe hatten sich zu mir gewandt. »Mrs. Morgan? Wollen Sie Ihr Diplom nicht bei mir abholen?« Ausdruckslos blickte Mr. Mills mir entgegen.

Shit! Ich hatte nicht mitbekommen, dass ich aufgerufen worden war. Gott, wie peinlich! Mein Mund war staubtrocken und ich zitterte leicht, als ich durch die kleine Gasse zwischen den Stühlen lief.

»Dass die sich nicht schämt!«

»Na, hoffentlich kommt sie heute Abend nicht zum Abschlussball.«

»Mir tut sie leid.«

»Halt die Klappe, Cynthia. Du hast keine Ahnung.«

Ich tat, als würde ich die Lästerattacken, die mich auf dem Weg zur Bühne begleiteten, nicht hören. Es verletzte mich mehr, als ich mir eingestehen wollte. Auf der Bühne angekommen, schüttelte mir der Direktor mit kaltem Blick die Hand und überreichte mir das Stück Papier. Mäßiger Applaus erklang, obwohl ich die Abschlussprüfungen mit besonderer Auszeichnung bestanden hatte. Bei mir hatte Mr. Mills das doch glatt zu erwähnen vergessen. Egal. Deshalb hätten die Lästereien auch nicht aufgehört. Mit klopfendem Herzen stellte ich mich zu den anderen Schülern in die Reihe. Bisher hatte ich meine Tränen zurückhalten können, war stark geblieben, doch jetzt, als ich auf die stolzen Gesichter der Eltern hinunterblickte, verschwamm meine Sicht. Mist! Dort unten hätten eigentlich mein Dad und Cathrin sitzen müssen. Mit aller Kraft zwang ich mich, den Kummer runterzuschlucken, und fixierte einen Punkt auf dem Bühnenboden.

Nach dem offiziellen Teil stand das große Kappenwerfen auf dem Programm. Eigens dafür war ein kleiner Leiterkran gemietet worden, damit der Fotograf die hochfliegenden Hüte und unsere fröhlichen Gesichter perfekt einfangen konnte. Das war mein Stichwort, die Veranstaltung schnellstens zu verlassen. Es dauerte eine ganze Weile, bis sich die Menschen durch die Flügeltür hinausgedrängt hatten. Niemand – außer den beiden Typen in Zivil – achtete auf mich. Ich nutzte das allgemeine Gedränge und flüchtete in eine Nische, zog dabei eilig den Talar aus und ließ ihn achtlos liegen. Zum Glück hatten meine Bewacher mich aus den Augen verloren. So langsam nahmen sie mir die Luft zum Atmen, und ich brauchte eine Auszeit. Ich mischte mich unter den hinauslaufenden Strom und schaffte es, sie tatsächlich abzuhängen. Schnell rannte ich über die Schulwiese zum Parkplatz und versteckte mich hinter Bens Mustang. Grinsend beobachtete ich, wie sich die beiden Polizisten hektisch nach mir umschauten. Meine Mitschüler winkten wild und lachten laut, während sie ihre Kappen in die Luft warfen. Der Fotograf versuchte, der feiernden Meute Anweisungen zu geben, was gar nicht so einfach war – meine Chance zu verschwinden. Ich sah mich um. Mein Sportwagen, den mir Dad letztes Jahr zum achtzehnten Geburtstag geschenkt hatte, war von der Polizei beschlagnahmt worden, wie auch der Rest meines Lebens. Also musste ich zu Fuß entkommen. Flink, damit mich die Beamten nicht entdeckten, rannte ich zum nächsten Häuserblock und stellte mich auf einen langen Fußmarsch ein. Es tat gut, sich die Beine zu vertreten. Mein Weg führte mich durch die Straßen von Pasadena. Hier war ich aufgewachsen.

Der Sommer versprach unerträglich heiß zu werden und die Sonne brannte erbarmungslos an diesem Juninachmittag. Was hätte ich dafür gegeben, jetzt in unseren Pool zu springen! Versteckt im Schatten eines Baumes, spähte ich hinüber zu unserem Haus. Presse und Schaulustige belagerten die Wiese und interviewten Nachbarn. Es schien, als würden wir die Schlagzeilen beherrschen. Ich erkannte sogar Mrs. Nashville, die alte Hexe, die bereitwillig einem Reporter den neusten Klatsch und Tratsch über uns erzählte. Was konnte sie schon wissen, außer dass mein Vater oft auf Geschäftsreise gewesen war und sie sich über jede Art von Ruhestörung, ärgerte? War ja klar, dass die alte Schachtel sich aufspielte, als wüsste sie genauestens Bescheid. Was für eine Heuchlerin!

Ich sah zu meinem Zimmerfenster hinauf. Alles war verschlossen, die Rollläden heruntergelassen. Mein Laptop, Tablet und Handy waren vom FBI konfisziert worden, sogar meine Kreditkarten hatte ich nicht behalten dürfen. Unser ganzes Haus wurde auf den Kopf gestellt. Kartonweise hatten die Schnüffler alle Akten, Unterlagen und Computer aus Dads Büro mitgenommen. Ich fragte mich, ob sie auch das Geheimversteck in meinem Zimmer entdeckt hatten. Was würde ich dafür geben, jetzt an das Geld zu kommen, das ich angespart hatte! Ich seufzte.

Ein Polizeibeamter und ein dickes Absperrband verhinderten, dass die Presse ins Innere unseres Hauses drang. Jetzt war ich froh, dass die Beamten Cathrin und mich bei einer Pflegefamilie untergebracht hatten, bis das Missverständnis endlich geklärt war.

Mr. und Mrs. Doyle ließen mich weitestgehend in Ruhe, bombardierten mich nicht mit Fragen. Somit hatte ich dort wenigstens etwas Luft zum Atmen. Es ging uns gut bei ihnen, aber ich sehnte mich nach vertrauten Gesichtern, nach Freunden und vor allem nach meinem alten Leben.

Mit brennendem Herzen wandte ich mich ab, schluckte meinen Kummer runter und machte mich auf den Weg zurück in mein neues Zuhause. Dort erwarteten mich sicherlich die beiden Beamten, denen ich in der Schule entkommen war. Ein Vortrag über Kooperation und Schutzmaßnahmen würde mir wahrscheinlich nicht erspart bleiben …

***

Eine Stunde später bog ich halb verdurstet in die Straße ein, in der ich zurzeit wohnte. Von Weitem erkannte ich mehrere Fahrzeuge, die direkt vor dem Haus der Doyles parkten. Das FBI? Es waren genau die gleichen Autos, die an dem Abend vor ein paar Tagen unsere Sachen als angebliches Beweismaterial aus unserem Haus geschafft hatten. Vielleicht hatte sich das Missverständnis aufgeklärt und wir durften endlich nach Hause? Vorfreude kribbelte in meinem Magen. Kaum hatte ich einen Fuß auf den Gehweg gesetzt, bemerkte ich hinter mir das Rauschen eines Funkgerätes. Zwei Männer mit Sonnenbrillen und dunkler Kleidung folgten mir. Als mir dann auch noch zwei weitere Typen entgegenliefen, fand ich das Ganze schon etwas übertrieben.

»Mensch, Mädchen! Wieso tust du uns das bei dieser Affenhitze an, hm?«, murrte ein Beamter, dem der Schweiß an Stirn und Nacken hinunterlief. Ich seufzte und rollte mit den Augen. Schnell hatten sie mich rechts und links am Arm ergriffen und führten mich zum Haus. »Wir haben sie«, brummte einer der beiden in sein Funkgerät.

»Hey, Finger weg! Ich kann allein gehen, okay?«, zischte ich sie an und riss mich mit einem Ruck von ihnen los.

Sobald das Quietschen der Verandatür zu hören war, verstummten die Stimmen aus der Wohnküche. Die Küche, die direkt ans Wohnzimmer der Doyles angrenzte, war voll mit fremden Männern in dunklen Anzügen und ausdruckslosen Gesichtern. Was war denn hier los? Überrascht blickte ich in die Runde und entdeckte Mrs. Tillinger von der Fürsorge, die sich in den letzten Tagen um uns gekümmert hatte.

»Da bist du ja! Wir wollten schon eine Fahndung rausgeben«, witzelte sie und kam auf mich zu. Sie hatte mich und meine Schwester zu den Doyles gebracht, als mein Dad sich der Polizei gestellt hatte. Genau wie beim letzten Mal trug sie einen blauen Hosenanzug und hatte ihr Haar straff zu einem Dutt geknotet. Trotz ihres konservativen Erscheinungsbildes war ihr Gesicht freundlich und warme braune Augen blickten mir mit einem Lächeln entgegen. »Es war nicht klug, dich ohne unsere Leute von der Schule zu entfernen«, kritisierte sie mich. »Wo warst du nur? Ich habe mir Sorgen gemacht.«

Gleichgültig zuckte ich mit den Schultern. »Ich brauchte einfach eine Pause.«

Ihr tadelnder Ausdruck verschwand und verständnisvoll legte sie ihren Arm um mich.

»Die Männer sind für deinen Schutz verantwortlich. Du machst es uns wirklich nicht leicht.«

Glaubten sie etwa, für mich wäre diese Sache leicht? In der Schule wurde ich geächtet wie eine Verbrecherin, wir lebten bei einer fremden Familie und mein Vater soll fürchterliche Dinge getan haben. Diese ganze Situation war einfach nur paradox. Widerwillig nickte ich, auch wenn ich davon überzeugt war, den ›Schutz‹ nicht zu brauchen. Spätestens in ein paar Tagen würde sich der Irrtum sowieso aufgeklärt haben. »Was ist denn eigentlich los?«, wollte ich wissen.

Mrs. Tillinger lächelte unsicher und deutete auf den Mann, der neben dem Esstisch stand. »Darf ich dir Director Bennet vorstellen? Er ist ab jetzt für dich zuständig.« Er nickte grüßend. Missmutig sah ich ihn an. Ich schätzte ihn auf Mitte vierzig. Er war groß, sehr gepflegt und eigentlich recht schlank, wenn man von dem kleinen Bauchansatz, der mich an Dad erinnerte, absah. »Es freut mich, dich kennenzulernen, Joy«, sagte er und kam auf mich zu.

»Joy? Mein Name ist Mia ...«

Abwehrend hob er die Hände. »Ich weiß, wie dein richtiger Name ist, aber ab jetzt heißt du Joy. Joy Brown.«

Was? Was war denn jetzt los? Unsicher blickte ich zu Mrs. Tillinger. Sie hatte genau den gleichen entschlossenen Ausdruck wie der Director.

»Meine Männer und ich werden alles tun, um dich und deine Schwester zu schützen.«

Weitere Schutzmaßnahmen? Ich sah mich im Wohnzimmer um und entdeckte Cathrins Koffer mit dem Hasenmuster, den Dad ihr zum Geburtstag geschenkt hatte, neben dem Sofa.

»Wo ist ...?«, wollte ich Mrs. Tillinger fragen, doch wieder unterbrach mich der Director. »Keine Sorge, sie ist mit einer meiner Mitarbeiterinnen oben und packt noch ein paar ihrer Sachen zusammen.«

Verwirrt schüttelte ich den Kopf. Insgeheim hoffte ich, eine versteckte Kamera zu entdecken, wünschte mir, die Männer und Mrs. Tillinger würden gleich loslachen. Mein Wunsch wurde nicht erfüllt. Der Albtraum ging gnadenlos weiter.

»Es tut mir leid, aber die Lage hat sich ... verschärft«, versuchte sie zu erklären. »Wir sind gezwungen, deine Schwester und dich in Sicherheit zu bringen.«

»Was meinen Sie mit ›verschärft‹? Wo sind die Doyles?«

»Um ehrlich zu sein«, mischte sich der Director ein, »werdet ihr ins Opferschutzprogramm aufgenommen, dein Vater ebenfalls. Nur so lange, bis alle Unklarheiten beseitigt sind. Ihr müsst für eine Weile untertauchen, deshalb möchten wir dich bitten, alles, was du brauchst, jetzt aus deinem Zimmer zu holen. Die Zeit drängt. Was die Doyles betrifft, sie sind außer Haus. Leider könnt ihr euch nicht von ihnen verabschieden.«

E gal wie lange ich sprachlos auf seinen Mund starrte, mein Verstand weigerte sich, seine Worte zu erfassen. Völlig durcheinander und kaum in der Lage, auch nur einen vernünftigen Gedanken zu formen, brabbelte ich nur das Wort nach, welches in meinem Hirn widerhallte. »Opferschutz?« Mein Mund war staubtrocken. Das konnte doch nicht deren Ernst sein! Fanden die das nicht übertrieben? Angst stieg in meiner Brust auf. Wieso passierte uns so etwas? Tat die Polizei überhaupt gewissenhaft ihre Arbeit? Da musste ein gewaltiger Fehler vorliegen. Meine Schwester und ich waren doch nicht ernsthaft in Gefahr, oder etwa doch? Ich musste einen entsetzten Gesichtsausdruck gemacht haben, denn Mrs. Tillinger legte wieder ihren Arm um meine Schulter.

»Du brauchst dir keine Sorgen zu machen. Du kannst uns vertrauen. Es ist wirklich das Beste für euch, wenn ihr hier so schnell wie möglich verschwindet.«

Wie stellten die sich das vor? Wir konnten doch nicht einfach aus unserem bisherigen Leben aussteigen. Ich hatte Pläne für diesen Sommer. Aufgebracht, weil diese Sache mein ganzes Vorhaben durcheinanderwirbelte, stieß ich den Atem aus.

»Cathrin ist krank, braucht Medikamente, ärztliche Betreuung ... Und von wie viel Zeit sprechen wir überhaupt? Ein paar Tage, Wochen ... Monate? Die Sommerferien beginnen jetzt, ich habe einen Job angenommen und meine Schwester soll eine neue Therapie bekommen. Wir können nicht sang- und klanglos von hier verschwinden!«

Wieso begriffen sie das nicht? Ich war hilflos, völlig überfordert mit der gesamten Situation.

»Es wird alles gut werden. Wir sorgen dafür, dass euch nichts geschehen wird.«

Director Bennet gab seinen Männern mit einer Kopfbewegung die Anweisung, den Raum zu verlassen. Nacheinander verschwanden sie. Ich war den Tränen nahe. Die ganze Zeit hatte ich nicht geweint, und das würde ich auch jetzt nicht tun.

»Wer will uns denn etwas antun? Und warum? Wir haben doch niemandem etwas getan.«

»Um dir das zu erklären, fehlt uns die Zeit. Du kannst mir glauben, wenn ich dir sage, dass du und deine Schwester für ein paar wirklich üble Kerle sehr wertvoll seid. Sie schrecken vor nichts zurück. Um das Schlimmste zu verhindern, sollten wir euch so schnell wie möglich in Sicherheit bringen. Verstehst du?«

Seine ruhige und entschlossene Art schüchterte mich ein. Mit jedem Wort strahlte er so viel Selbstsicherheit aus, dass ich nahe dran war, ihm diese absolut verrückten Befürchtungen zu glauben.

»Dein Vater wird in ein paar Tagen nachkommen. Es ist wirklich wichtig, dass ihr aus Pasadena verschwindet – vorerst.« Mrs. Tillinger redete sanft auf mich ein. »Geh hinauf und hol deine persönlichen Dinge. Ihr müsst jetzt gleich los.«

Tränen verschleierten mir die Sicht. Tapfer schluckte ich sie hinunter und versuchte, nicht hysterisch zu werden. Ich brauchte einen kühlen Kopf. Egal, was sie sagten, ich konnte mir beim besten Willen nicht vorstellen, dass Dad etwas Unrechtes getan hatte. Niemals. Das passte einfach nicht zu ihm.

In Begleitung von Mrs. Tillinger ging ich in mein Zimmer und stopfte meine Klamotten wahllos in eine Reisetasche. Ich hatte ohnehin nicht viel mitgenommen – ein paar Hosen, Shirts und Unterwäsche. Aus meiner Schultasche nahm ich meine Zeichenmappe und meinen MP3-Player. Ohne die Ledermappe würde ich keinen Schritt tun – sie war mein wertvollster Besitz. Sie hatte einst meiner Mutter gehört. Darin hatte sie immer ihre Zeichnungen und Skizzen aufbewahrt. Liebevoll strich ich über das Leder, dabei flackerten Erinnerungen in mir auf. Oft hatte ich mit Mum auf der Wiese in unserem Garten gesessen. Die Mappe lag auf ihrem Schoss und sie zeichnete. Dabei kommentierte sie ihre Malbewegung und erklärte mir, wie wichtig die Details waren. Sie trainierte meinen Blick für Feinheiten, Nuancen, Licht und Schatten. Stundenlang versuchte ich mich an Augen, Haaren und Konturen. Sie war meine Lehrerin gewesen.

Mrs. Tillinger riss mich aus meinen Gedanken. »Bist du soweit?«

Kurz sah ich auf, öffnete meine Ledermappe und vergewisserte mich, dass mein Stift noch an der Gummischlaufe befestigt war. Schon öfter war mein Kohlestift hinausgerutscht, da das Gummi mit der Zeit ausgeleiert war. Ohne ihn konnte ich nicht zeichnen und wäre aufgeschmissen.

Von nebenan hörte ich Cathrins Stimme. Sie ahnte nicht, wie verworren unsere Situation wirklich war. Ich hatte ihr erzählt, dass Dad auf einer Geschäftsreise wäre und wir Ferien bei einer Familie machen durften, aber der Keks war nicht dumm. Sie spürte genau, dass etwas geschehen und anders war.

Eilig schloss ich den Reißverschluss meiner Tasche. Zurück in der Wohnküche nahm ich einen Stoffbeutel und packte sämtliche Medikamente ein, auf die meine Schwester angewiesen war. Fieberhaft dachte ich nach, ob ich auch keines vergessen hatte. Das wäre wirklich übel. Alles, was Cathrins Herz schneller schlagen ließ, versetzte mich in Alarmbereitschaft.

Kapitel 2

»Mia, Mia! Da bist du ja endlich!« Cathrin sprang von ihrem Bett und hüpfte in meine Arme. Ich fing sie lachend auf. »Wir machen Urlaub, Mia. Das hat Nicole gesagt.« Sie deutete auf die Beamtin, die neben ihrem Bett stand. »Und wir spielen ein neues Spiel.«

»Was für ein Spiel?«

»Ich darf mir einen neuen Namen aussuchen.« Sie wirkte ein wenig durcheinander und sofort machte ich mir Sorgen. Ich strich ihr eine verirrte Haarsträhne hinters Ohr.

»Das wird bestimmt Spaß machen, Keks«, versuchte ich sie zu beruhigen.

»Darf Mr. Floppy auch mitkommen?«

»Natürlich. Ohne ihn gehen wir nirgendwo hin. Das wichtigste ist, wir bleiben zusammen.« Ich war selbst nicht so wirklich davon überzeugt, aber wenn ich ihr zeigte, wie unbekümmert ich bei all den Ereignissen reagierte, würde sie vielleicht keine Angst haben. »Hey, das wird lustig! Ich finde, du solltest Lottje heißen, oder Adalind«, neckte ich sie.

»Iiiihhhh«, kreischte Cathrin. »Ich will einen schönen Namen haben.«

Ich setzte mich mit ihr aufs Bett, sodass sie auf meinem Schoss saß.

»Weißt du, warum wir fortgehen?«, begann ich vorsichtig.

Sie senkte ihren Blick und nickte traurig.

»Wir gehen wegen Daddy.«

Ich schluckte, weil sie es gespürt hatte. Nur wie sollte ich es ihr erklären? Sie hing an unserem Vater. Ich überlegte.

»Wir machen jetzt Ferien, damit die Polizei das alles genau klären kann.«

»Und Daddy?«

Ich lächelte unsicher. »Ihm geht es gut, Keks. Er wird bald nachkommen.«

Die Beamtin trat ungeduldig von einem Bein aufs andere.

»Ich störe euch nur ungern, aber die Zeit wird knapp.« Ich nickte ihr zu und richtete meine Aufmerksamkeit wieder auf meine kleine Schwester.

»Bist du soweit? Können wir los?«

Sie nickte. Hand in Hand verließen wir das Zimmer.

***

Seit Stunden waren wir in einem dunklen Van durch Texas unterwegs. Die bunten Lichter unserer Stadt hatten wir schon längst hinter uns gelassen und fuhren dem Sonnenuntergang entgegen. Eine sehr romantische Vorstellung, aber mitten im nirgendwo, in Gewahrsam von mehreren Polizeibeamten und ohne das Ziel zu kennen, fröstelte es mich in dem klimatisierten Wagen. Die Sonne tauchte den Himmel in rosa und orangene Farbtöne. Ich mochte das Farbspiel, aber jetzt konnte ich der Schönheit nichts abgewinnen.

Holly – wie meine Schwester von nun an hieß – schlummerte an mich gelehnt, während ich aus dem Fenster starrte. Es fiel mir schwer, sie so zu nennen. Daran musste ich mich erst gewöhnen. Der Director meinte, es wäre sehr wichtig, uns mit den neuen Namen anzusprechen, und wir sollten uns so schnell wie möglich daran gewöhnen.

Holly war so aufgeregt gewesen, sie hatte die erste Stunde im Van munter vor sich hingeplappert. Der Director studierte mit uns neue Lebensläufe ein und interessiert hatte Holly alles wie ein Papagei wiederholt, was er ihr vorgesagt hatte. Für sie war das ein tolles Spiel.

Wir hatten Anweisung bekommen, mit niemanden zu sprechen und auch sonst keinen Kontakt zu jemandem aufzunehmen. Dabei hatte er mir einen Blick durch den Rückspiegel zugeworfen, der mich warnen sollte.

Den Kellnerjob in *Ginger's Bar* und den Zeichenunterricht konnte ich jetzt wahrscheinlich vergessen. Dabei hatte ich es endlich geschafft, Dad zu überreden, den Sommer über arbeiten zu dürfen. Der Minijob war nichts Besonderes, aber ich hatte mich auf mein erstes selbstverdientes Geld gefreut. Ich wollte Dad nicht ständig auf der Tasche liegen. Ewig hatte er sich gesträubt, weil er der Meinung war, dass ich das nicht nötig hätte. Das sah ich anders. Ich wollte frei und unabhängig sein, meine eigenen Entscheidungen treffen und mich auf diesem Weg ausprobieren dürfen. In Dads Augen war ich immer noch sein kleines Mädchen, das er vor allem und jedem beschützen wollte. Ich musste unbedingt mit ihm sprechen, brauchte eine Erklärung von ihm.

Verdammt, wie lange dauerte es noch, bis das FBI herausfand, dass es auf dem Holzweg war? Ich weigerte mich noch immer, an ein Schuldeingeständnis meines Vaters zu glauben. Er würde niemals unsere Sicherheit aufs Spiel setzen.

Meine Gedanken wurden unterbrochen, als wir die Landesgrenze von Texas passierten und durch Louisiana fuhren. »Wo zum Teufel bringen Sie uns hin?«

»Keine Sorge, wir haben es bald geschafft. Wir fahren zu einem Regionalflughafen in Shreveport. Niemand vermutet euch dort. Meine zwei besten Männer werden euch von dort an begleiten und bewachen.«

»Wir fliegen?«, entfuhr es mir eine Spur zu schrill. »Und wohin? Jetzt sagen Sie es doch endlich!« Mein Magen grummelte ungeduldig. Was hatten sie vor?

»Ich weiß, wie dir zumute sein muss, Joy, aber ...«

»Einen Scheiß wissen Sie«, blaffte ich zurück, weil er mich immer noch im Unklaren ließ. Der Typ neben Director Bennet kicherte. Bevor wir losgefahren waren, hatte der Director ihn mir als Special Agent Logan Smith vorgestellt. Smith war deutlich jünger als sein Chef, hatte blondes kurzes Haar und blaue Augen, die mich freundlich angeschaut hatten. Bisher hatte er auf der ganzen Fahrt kein Wort gesprochen, doch jetzt hörte ich ihn leise lachen. Director Bennet warf ihm einen warnenden Blick zu. Smith verschluckte sich beinahe an seinem Glucksen und räusperte sich schnell.

»Ich habe auch eine Tochter«, begann er, »und weiß sehr wohl, wie schwierig es für dich sein muss. Glaub mir, es wird einfacher, wenn du versuchst, dich mit der Situation zu arrangieren. Ich mache diesen Job schon ein paar Jahre, Joy. Ich weiß, wovon ich spreche.« Ich biss mir auf die Lippen, schluckte einen bissigen Kommentar hinunter und schwieg.

Keine zwanzig Minuten später erreichten wir das Gelände des Flughafens. Ich weckte Holly, die sich müde die Augen rieb. »Sind wir schon da?«, fragte sie schlaftrunken.

»Gleich. Wir fliegen mit einem Flugzeug weiter«, flüsterte ich mit einem Lächeln. Sie sollte nicht sehen, wie nervös ich war. Sie gähnte, war dann schlagartig wach und machte große Augen.

»Im Ernst? Wir fliegen?« Neugierig blickte sie aus dem Fenster. Es war nicht zu übersehen, wie aufgeregt sie war.

Bennet steuerte auf das Flughafengebäude zu. Auf einem riesigen Parkplatz angekommen, stiegen wir aus. Die Männer trugen unser Gepäck, während ich Hollys Hand nahm. Sie war warm und vertraut, linderte meine Nervosität ein wenig.

Es war viel los in der Abflughalle. Überall waren Leute, die eilig ihre Koffer hinter sich herzogen und durcheinander in die verschiedensten Richtungen liefen. Schweigend folgten wir dem Director, der uns zielstrebig in einen ruhigeren Teilbereich der Halle führte.

»Setzt euch. Wir müssen hier noch auf einen Mitarbeiter warten.« Er deutete auf eine Sitzbank aus Metall.

»Danke, ich steh lieber.« Mir tat vom vielen Sitzen schon der Hintern weh. Director Bennet überhörte meine schnippische Antwort und sah dem Treiben in der Abflughalle zu. Dabei blickte er ständig auf seine Armbanduhr und warf Smith verärgerte Blicke zu. Der arme Kerl zuckte unschuldig mit den Schultern. »Ich weiß auch nicht, wo er steckt, Sir. Sie kennen ihn doch, er kommt grundsätzlich immer zu spät.«

»Das würde ich ihm nicht raten«, brummte Bennet schlechtgelaunt. Der Director zog sein Telefon aus der Innentasche der Jacke und entfernte sich ein paar Schritte.

»Was ist denn los?«, wollte ich wissen und beobachtete, wie er genervt in sein Handy tippte.

»Ihr Mädchen habt bestimmt Hunger, oder?«, lenkte Smith grinsend von meiner Frage ab. Der glaubte wohl, uns mit seinem Charme um den Finger wickeln zu können. Da musste er früher aufstehen.

»Ich habe Hunger. Können wir zu *McDonald's*?«

Mir klappte der Mund auf. Meine verräterische kleine Schwester hatte er wohl schon am Haken. Honigsüß lächelte sie ihn an und ihre kugelrunden blauen Augen leuchteten. Das gleiche Lächeln setzte sie bei Dad auch immer ein, wenn sie etwas haben wollte, und erweichte damit sein Herz. So süß sie mit ihren langen braunen, leicht gewellten Haaren, ihren rosa Pausbäckchen und ihrem unschuldigen Hundeblick auch aussah – sie hatte es faustdick hinter den Ohren. Aber genau das war es, was sie so unwiderstehlich und liebenswert machte. Grinsend schüttelte ich den Kopf und blickte von ihr zu Smith.

»Das ist keine Antwort und Sie lenken vom Thema ab. Auf wen warten wir?«

»Nenn mich Logan, okay?«, grinste er und wandte sich meiner Schwester zu. »Also *McDonald's* habe ich hier nicht gesehen, aber wenn du willst, können wir nach etwas anderem schauen.«

Holly war natürlich einverstanden und legte ihre Hand in seine, was mich erstaunte. Normalerweise war sie Fremden gegenüber nicht so vertrauensselig.

Während ich den beiden nachsah, steckte der Director sein Handy wieder in die Innentasche seiner Jacke und trat auf uns zu. »Ich erreiche den Mistkerl nicht. Smith, sorgen Sie dafür, dass er es diesmal nicht vermasselt, sonst ...« Er hielt inne, besann sich und schluckte seinen Ärger hinunter. »Schaffen Sie seinen Hintern hierher, und zwar sofort.«

Logan war sichtlich verunsichert. Ich wusste ja nicht, wer ›er‹ war, aber so langsam hatte ich den Eindruck, dass der Director doch nicht alles unter Kontrolle hatte, wie er vorgab. Und der arme Logan musste das nun ausbaden. »Wir haben noch Zeit, Sir. Er wird schon rechtzeitig kommen. Die Mädchen haben Hunger, Sir.«

»Dann besorgen Sie etwas, verdammt!« Logan nickte und verschwand mit Holly im Getümmel.

***

Director Bennet telefonierte wieder und ignorierte mich. Ich überkreuzte die Arme und wartete. Es war die Gelegenheit, offen und ehrlich mit ihm zu sprechen, da meine Schwester mit Logan unterwegs war. Er musste mir endlich mehr Details verraten; ich hielt diese Ungewissheit nicht länger aus. Vor wem flohen wir? Wer wollte uns etwas antun und warum? Hatte die Justiz Irrtümer und Fehlinformationen ausgeschlossen? Welche Beweise lagen vor, die meinen Vater belasteten?

Als er sein Gespräch beendet hatte, trat Director Bennet nachdenklich zu mir. Er nickte, als wollte er mir damit sagen, dass alles in bester Ordnung war.

»Es dauert nicht mehr lange, dann seid ihr in Sicherheit.«

Ich senkte den Blick. »Wo werden Sie uns hinbringen?«

»Nach Illinois, in die Nähe eines kleinen Ortes namens Virginia. Dort ist das *Safe House*. Euch wird es an nichts fehlen, versprochen, aber eine Weile müsst ihr dort ausharren.«

»Dann kommt Dad wirklich zu uns?«

»Ja, seine Sicherheit ist im Gefängnis nicht gewährleistet, also hat der Staat Texas beschlossen, ihn gesondert zu schützen. Ich schätze, in ein paar Tagen wird er nachkommen.«

Ich konnte es kaum erwarten, Dad wiederzusehen. Dann würde ich endlich alle Fragen, die mir auf der Seele brannten, beantwortet bekommen. Auch wenn mir das alles eine Heidenangst einjagte, so war ich doch neugierig zu erfahren, was wirklich geschehen war. In all den Tagen seit Dad fort war, hatte mir niemand erzählt, was das alles zu bedeuten hatte. Niemand sah sich in der Verantwortung, mich genau ins Bild zu setzen. Mrs. Tillinger war die Einzige gewesen, die mit mir über Dad gesprochen und mir Mut machte. Alle anderen hatten mich über unser Leben nur ausgefragt. Alle Vorwürfe und Informationen hatte ich der Presse entnommen.

»Und wer ist hinter uns her?«

»Dein Vater hat für den größten Verbrecher der Staaten gearbeitet. Ich denke, du weißt, wer *Die graue Eminenz* ist. So jemand hat nicht nur viele Feinde, sondern ist auch daran interessiert, dass dieser Deckname ihn weiter schützt. Dein Vater stellt sich mit seiner Aussage auf die Abschussliste fast aller Kriminellen. Sie werden alles tun, um zu verhindern, dass die wahre Identität ans Licht kommt. Dabei schrecken sie vor nichts zurück.«

Nachdenklich schüttelte ich den Kopf. Natürlich kannte ich *Die graue Eminenz*, jedes Kind wusste, dass dieser Kerl echt übel war. »Ich kann nicht glauben, dass Dad mit solchen Leuten überhaupt etwas zu tun hat.«

»Im Augenblick sieht alles danach aus. Tut mir leid.«

Ich wollte das einfach nicht wahrhaben. Logan und Cath… *Holly* kamen zurück und unterbrachen unser Gespräch. Oh Mann, es würde dauern, bis ich ihren Fake-Namen verinnerlicht hatte.

»Hier, ein Käse-Schinken-Sandwich.« Sie streckte es mir entgegen und grinste mich kauend an. Die Worte des Directors hallten in mir nach, als ich in ihr Gesicht sah. Wenn er wirklich recht behielt und alle Anschuldigungen stimmten, dann ... Eine Gänsehaut bildete sich auf meinen Armen. Plötzlich erschienen mir der Sommerjob und mein Kunststudium in New York nicht mehr so wichtig. Vielleicht war die ganze Sache doch ernster, als ich anfangs hatte glauben wollen. Doch was würde das bedeuten?

»Hier, hast du Durst?« Logan hielt mir eine Flasche Wasser unter die Nase und riss mich damit aus den Gedanken. Dankbar nahm ich sie an und trank ein paar Schlucke.

»Smith? Hat er sich bei Ihnen gemeldet?«

»Nein, Sir.«

Director Bennet verzog das Gesicht. »Das gibt es doch nicht! Wir haben noch zehn Minuten, wo steckt der verdammte Kerl?« Nervös lief er auf und ab, zog wiederholt sein Handy heraus und tippte etwas ein.

»Auf wen warten wir denn?«, wandte ich mich an Logan.

»Auf Parker«, seufzte er und blickte ins Gewimmel der Abflughalle.

»Und warum ist dieser Parker noch nicht da?«

»Weil er ... eben Parker ist.« Ein schiefes Grinsen erschien auf seinen Lippen.

»Wie soll ich denn das verstehen?«

»Na ja, Parker ist ... anders. Aber er ist der Beste, und das weiß er leider auch. Bennet wird ihm die Hölle heißmachen, wenn er nicht bald auftaucht«, sagte er mehr zu sich selbst. »Parker und ich sind seit drei Jahren Partner. An seine ... Eigenarten habe ich mich längst gewöhnt, nur unser Boss kommt damit nicht ganz klar.«

Was verstand Logan unter Eigenarten? Dieser Parker schien etwas chaotisch zu sein und meine Neugier war mehr als geweckt. Ich blickte ebenfalls in die Menge. Im Grunde konnte es jeder sein, ein Schlipsträger oder ein Typ in Bermudashorts.

»Gott! Nicht auch das noch!«, entfuhr es dem Director. Er rieb sich genervt den Nasenrücken. Logan stierte zur Mitte der Halle und schüttelte grinsend den Kopf. Ich folgte seinem Blick und plötzlich kapierte ich, was Logan vorhin mit ›anders‹ gemeint hatte.

Aus dem Gewimmel der Leute kam der absolut heißeste Typ, den ich je gesehen hatte, direkt auf uns zu. Nie und nimmer hätte ich ihn für einen Polizeibeamten gehalten; er wirkte eher wie ein heruntergekommener Rockstar. Das lag nicht nur an seinen verwaschenen und zerrissenen Jeans, auch nicht an seiner Lederjacke oder der dunklen Sonnenbrille. Es war seine ganze Erscheinung. Der Haarschnitt war schon längst rausgewachsen und einzelne Strähnen hingen ihm lässig in die Stirn. Er war unrasiert. Der Dreitagebart wirkte sehr sexy. Er hatte unglaublich breite Schultern und durch das T-Shirt konnte man seine Bauchmuskeln ansatzweise erahnen. An seinem Hals konnte ich einen Teil eines Tattoos erkennen. Er trug Bikerboots und eine große Reisetasche locker über seiner Schulter. Ich hielt den Atem an, als er direkt vor uns stehen blieb, und konnte nicht anders, als ihn anzustarren. Er erinnerte mich an einen Rebell, einen Bad Boy, wie er im Buche stand. Mein Verstand signalisierte sofort Gefahr.

»Parker! Endlich! Was hat dich diesmal zu spät kommen lassen? Nein, lass mich raten.« Theatralisch hob der Director seine Hände. »Haben deine nächtlichen Gespielinnen dich nicht gehen lassen oder warst du noch zu besoffen?« Er schüttelte den Kopf. »Du glaubst auch, du kannst dir alles erlauben!«, blaffte er ihn jetzt verärgert an.

»Director, bitte!«, ermahnte ihn Logan und deutete auf Holly, die mit offenem Mund und genauso sprachlos wie ich den Typen anstarrte.

Parker ließ sich nicht aus der Ruhe bringen, schob lässig seine Sonnenbrille ins Haar und nickte Smith kurz zu, bevor er mich von oben bis unten betrachtete. Er hatte schöne, warme

Augen, wenn man von dem Veilchen absah, das auf der linken Seite in allen Farben schillerte. Sie wirkten so lebendig und gleichzeitig voller Geheimnisse. Er besaß markante Gesichtszüge und unglaubliche Lippen. Dieser Parker wusste genau, wie er wirkte, und schien es zu genießen. Ein arroganter Zug legte sich um seine Mundwinkel. Mir wurde heiß und kalt, als er mich von meinem Gesicht abwärts zu meinen Brüsten bis hin zu meinen Beinen musterte.

»Ob Sie es glauben oder nicht, Boss, mein Motorrad hatte eine Panne«, sagte er, ohne seinen Blick von mir zu nehmen. Ein Schauer fuhr mir den Rücken hinunter, was ich ärgerlich registrierte. Seit wann reagierte ich so auf einen Kerl? Als seine Augen meine trafen, veränderte sich etwas in ihnen. Ich konnte es nicht erklären, aber die Wärme und das Strahlen, das ich eben noch gesehen hatte, wichen einem dunklen und verwirrten Ausdruck.

»Verkaufe mich nicht für dumm, Parker.« Offensichtlich glaubte der Director ihm kein Wort. Er winkte ab. »Egal. Hauptsache, du bist endlich hier. Wir haben nicht mehr viel Zeit. Also, darf ich vorstellen: Das ist Special Agent Chris Parker. Er und Special Agent Logan Smith werden euch begleiten. Sie sind ab jetzt für eure Sicherheit verantwortlich.«

»Was hat die Kleine angestellt?«, brummte Parker, während er weiter auf meine Brüste starrte. Director Bennet sah verdutzt von mir zu ihm. »Jetzt sag bloß, du hast die Akte nicht gelesen?« Die Gesichtsfarbe des Directors änderte sich in wütendes Rot.

»Doch, hat er«, beeilte sich Logan einzuwerfen. »Er hat es nur vergessen, stimmt's?« Seine Ausrede war mehr als lahm, das wussten wir alle.

Bennet rang um Fassung, strich sich über die Stirn und seufzte. »Eines sage ich dir, Parker, ich habe dich im Auge. Ein weiterer Fehler und du bist suspendiert. Deinen Einsatz vor dem Senat zu rechtfertigen, war sowieso nicht so einfach.

Gerade in diesem Fall hast du die Chance, einiges wiedergutzumachen, was dein Vater vermasselt hat. Also reiß dich gefälligst zusammen. Klären Sie ihn unterwegs auf, Smith.« Damit wandte er sich von den Männern ab und redete mit Cathrin und mir.

Logan nahm seinen Partner beiseite. »Warst wohl länger nicht beim Friseur, was?« Parker fuhr sich durchs Haar und die beiden unterhielten sich leise, während wir uns von Director Bennet verabschiedeten.

Meine Güte, und so jemandem sollte ich mein Leben und das meiner Schwester anvertrauen? Halleluja!

Kapitel 3

Während Holly beim Start der Maschine ihre hellste Freude hatte, starb ich tausend Tode. Es war mein erster Flug und schon jetzt spürte ich, wie das Schinken-Käse-Sandwich meine Speiseröhre hinaufklettern wollte. Gefühlte hundert Mal hatte ich Hollys und meinen Sicherheitsgurt überprüft, und verdammte im Stillen meinen Vater, der uns das alles eingebrockt hatte. Als der Flieger dann mit Vollgas abhob und wir in unsere Sitze gedrückt wurden, hatte ich das Gefühl, gleich in Panik verfallen zu müssen. Wir waren die einzigen Fluggäste, was mich anfangs verunsicherte. Ich hielt die Luft an und meine Finger verkrampften sich um die Armlehnen. Holly neben mir kicherte und blubberte, während ich betete, dass wir heil zur Erde kommen mögen.

»Das kitzelt im Bauch! Bei dir auch?«, fragte sie kichernd.

»Nein«, presste ich leise hervor. Kitzeln war definitiv etwas anderes.

»Wow! Sieh nur, die Wolken! Das musst du dir ansehen.«

Ich wünschte, ich wäre so cool wie sie und könnte den Flug genießen. Holly tippte mich an, aber ich wagte es noch nicht mal zu blinzeln.

»Jetzt schau doch mal, die Wolken sehen wie Zuckerwatte aus, und diese vielen Lichter ... Das ist wunderschön.«

Ich konzentrierte mich darauf, meinen Mageninhalt bei mir zu behalten. Mir war absolut schleierhaft, wie sie all das so locker nehmen konnte. Ein Signal ertönte und ließ mich panisch aufschrecken.

»Ganz ruhig, Joy. Der Ton bedeutet nur, dass ihr die Sicherheitsgurte öffnen könnt.« Logan stand an unserer Sitzreihe und deutete auf das kleine Lämpchen oberhalb des Cockpitbereichs. »Chris meinte, ich sollte mal nach dir sehen, du würdest so verkrampft wirken.«

Auch das noch! Seit wir im Flugzeug saßen, hatte ich ihn erfolgreich aus meinem Gedächtnis verbannt, und war froh, dass sich sein Sitzplatz nicht in meinem Blickfeld befand.

»Soll ich dir etwas zu trinken ordern?«

»Ich will auch was«, quatschte Holly dazwischen.

»Dann werd ich mal sehen, was ich für euch tun kann.« Er lief den Gang hinunter.

»Kannst du noch Desinfektionstücher besorgen?«, rief ich ihm nach. Mist, verdammter, wieso hatte ich sie nicht in meine Tasche gesteckt? Ich sah Logan nach, wie er hinter dem Vorhang verschwand.

»Und was trägst du darunter? ... Oh Baby, das macht mich echt scharf.«

Ich traute meinen Ohren nicht. Telefonierte Chris etwa? Neugierig beugte ich mich vor und wandte mich ihm zu. Er saß zwei Reihen hinter mir und hatte sein Handy ans Ohr geklemmt. Ein schiefes Grinsen spielte um seine Mundwinkel, welches erstarb, als er meinen Blick erwiderte. »Ich muss Schluss machen, Babe. Ich rufe dich wieder an.«

In mir brodelte es. Jedes Kind wusste, dass es absolut verboten war, im Flugzeug das Handy einzuschalten. Das durfte doch nicht wahr sein! »Hast du sie noch alle? Willst du uns umbringen?«, fuhr ich ihn an.

Das dämliche Grinsen verschwand, dafür legte er eine Unschuldsmiene auf, die mich noch wütender werden ließ. »Sorry, war ein wichtiges Gespräch«, meinte er achselzuckend und steckte das Telefon in seine Jeans zurück.

Wollte der Kerl mich etwa verarschen? »Wenn wir abstürzen, bist du schuld.«

Er lachte verächtlich. »Wir stürzen schon nicht gleich ab.«

»Hast du noch nie gehört, dass Handys die Instrumente eines Fliegers beeinflussen können?«

Jetzt prustete er noch lauter, was mich fast rasend machte. Wie konnte der Kerl darüber lachen? Meine Zweifel, ob er uns beschützen könnte, verhärteten sich sekündlich. Ich lehnte mich wieder zurück und starrte nach vorn. Meine Hände waren noch immer schweißnass.

»Alles okay? Ist dir etwa schlecht?« Logan war mit zwei Wasserflaschen und den Desinfektionstüchern zurückgekommen und musterte mich besorgt.

»Mir geht's gut, alles okay«, log ich und zwang mich zu einem Lächeln.

»Das sieht aber nicht danach aus. Hier!« Er drückte mir eine Flasche und eine Papiertüte in die Hand. »Für den Notfall.«

»Danke, aber die werde ich nicht brauchen.« Ich klemmte die Tüte an den Vordersitz und öffnete Hollys Flasche. Ich war froh, dass sie mir eine kleine Auszeit verschaffte, indem sie minutenlang fasziniert aus dem winzigen Fenster auf die Erde schaute. Ich nahm ein paar Desinfektionstücher heraus und begann die Armlehnen unserer Sitze und Hollys Hände abzuwischen. Sicher war sicher!

Mein Blick blieb stur an der blinkenden Lampe hängen. Stück für Stück ebbte das flaue Gefühl in mir ab und es ging mir langsam besser. *Nur nicht bewegen und schon gar nicht aus dem Fenster schauen*, ermahnte ich mich in Gedanken.

»Ich muss mal«, drängelte Holly neben mir.

Nein! Bitte nicht jetzt!

»Ich muss dringend.«

»Kannst du es nicht noch ein wenig aushalten?«

»Nein, ich muss jetzt. Sonst ...«

»Schon gut, schon gut!« Ich schluckte, wischte meine schweißnassen Hände an meiner Jeans ab und öffnete den Gurt. Als ich aufstand, fühlten sich meine Beine wie Wackelpudding an, aber ich schaffte es stehenzubleiben. Ich sah mich um und entdeckte das WC-Schildchen im hinteren Teil der Maschine. Mit Holly an der Hand lief ich den Flur hinunter, ohne Agent Parker eines Blickes zu würdigen. Mir war immer noch schwindlig und heiße Übelkeitswellen schwappten in meinem Magen umher.

»Beeil dich, okay?«, sagte ich zu Holly, als sie die WC-Tür öffnete.

Während ich auf sie wartete, wünschte ich, ich hätte die Papiertüte doch mitgenommen. Erleichtert hörte ich die Spülung und meine Schwester kam wieder heraus. »Das ist ja ein komisches Klo. Da drin ist alles so klein.«

»Gibt es ein Problem?« Überrascht sah ich auf. Ich hatte Parker nicht kommen gehört. Er hatte seine Lederjacke ausgezogen und jetzt sah man deutlich, wie sich das T-Shirt eng um seine Muskeln schmiegte. Meine Augen hingen an seinen Oberarmen, wo mehrere Tattoos unter dem Stoff verschwanden. Seit wann war ich unter die Gaffer gegangen?

Ich zwang mich, den Blick von ihm abzuwenden, und konzentrierte mich auf Holly. »Schon okay, Keks. Das ist normal im Flugzeug«, wiegelte ich ab. Ich musste so schnell wie möglich an unseren Platz zurück.

»Deine Schnürsenkel sind offen«, sagte sie stattdessen zu Parker. Sie bückte sich und machte sich daran, sie zuzubinden. »Hat dir niemand beigebracht, wie man bindet? Wenn man mit offenen Schnürsenkeln läuft, stolpert man und fällt hin.« Sie blickte kurz zu ihm auf.

Parker schien amüsiert. Er sah auf sie herab und wartete, bis sie mit ihren kleinen Kinderhänden die langen Schnüre miteinander verknotet hatte.

»Ich glaube, ich habe es in der Eile einfach vergessen.«

»Aber dann fällst du auf die Nase. Bist du noch nie hingefallen? Mein Daddy sagt, man muss die Schuhe festschnüren, damit man besser laufen kann.«

»Dein Daddy scheint ein schlauer Mann zu sein.«

Sie war fertig und musterte ihre Arbeit. Zwei übergroße Schleifen zierten jetzt die riesigen Boots. »Wenn du willst, kann ich dir später zeigen, wie man das macht«, verkündete sie, zufrieden mit ihrem Ergebnis.

Parkers Grinsen wurde breiter. »Oh, da sage ich nicht Nein.« Er verschränkte seine Arme und war sichtlich amüsiert über Mrs. Neunmalklug.

»Prima.« Vergnügt hüpfte Holly zurück zu unserem Platz, während ich immer noch völlig dämlich vor ihm stand und gegen eine neue Übelkeitswelle ankämpfte.

»Ist alles in Ordnung? Du bist bleich.«

Na toll, musste er mich darauf hinweisen, dass ich scheiße aussah? Noch bevor ich die Möglichkeit hatte, rot anzulaufen, wurde der Druck in meinem Magen viel zu schnell übermächtig. Er fuhr mit solch einer Heftigkeit meine Speiseröhre empor, dass ich unkontrolliert würgte. Ehe ich es verhindern konnte, landete ein Schwall meines heißen Magensaftes direkt auf Parkers T-Shirt.

Oh nein! Nicht doch! Geschockt riss ich die Augen auf und konnte nicht fassen, was ich angerichtet hatte. Ungläubig sah er auf sein Shirt und dann in mein Gesicht. »Hey! Verdammte Scheiße, kannst du nicht aufpassen?«, fuhr er mich an. Angewidert verzog er seinen Mund.

»Es tut mir ...« Weiter kam ich nicht. Eine zweite Welle presste sich einen Weg hinauf und gerade noch rechtzeitig wandte ich mich ab und übergab den Rest in die Toilette. Schlimmer konnte es nicht mehr werden. Als ich meinen gesamten Magen entleert hatte, beruhigte er sich wieder. Noch ein wenig wacklig auf den Beinen, hielt ich mich am Waschbecken fest und stöhnte erleichtert. Jemand drückte das Wasser an, damit ich mir den Mund ausspülen konnte, und reichte mir ein Tuch zum Abwischen.

Oh. Mein. Gott! Ich hatte tatsächlich einen Agenten angekotzt. Ich wagte es vor Scham kaum, ihn anzuschauen. Der tellergroße Fleck auf seinem Shirt war nicht zu übersehen.

»Es tut mir leid, wirklich«, stammelte ich.

Er musterte mich mit seinen braunen Augen. Sofort wich die Verärgerung und etwas Warmes flackerte auf – aber nur für einen Moment, dann war dieser belustigte Ausdruck wieder sichtbar. »Also, normalerweise reagieren die Weiber anders auf mich.«

Was für ein arroganter Schnösel.

Kurzerhand zog er sein T-Shirt aus und mir verschlug es die Sprache. Erneut fing mein Magen an zu spinnen, diesmal allerdings aus einem anderen Grund. Chris Parker war unglaublich durchtrainiert, seine Muskeln traten deutlich hervor. Ein riesiges Tattoo, das sich über Schultern, Oberarme bis hinunter zu seinem Rücken erstreckte, zierte seine Brust. Ich schluckte und widerstand dem Drang darüberzustreichen. Wow! Mal wieder musste ich ihn anstarren und konnte nichts dagegen tun.

»Du schuldest mir ein frisches T-Shirt.«

Wie dämlich ich aus der Wäsche schaute, wurde mir erst klar, als er mich frech angrinste. Er warf das Shirt in den Müllbehälter und lief den kleinen Mittelgang zurück. Verwirrt durch das Spiel seiner Rückenmuskeln, war ich kaum in der Lage, meine Augen von ihm abzuwenden. Na super, das konnte ja noch lustig werden.

***

Kaum hatte ich wieder festen Boden unter den Füssen, verflüchtigte sich die Übelkeit, die mich fast den ganzen Flug begleitet hatte. Wenn wir wieder nach Hause durften, würde ich ganz sicher den Bus nehmen, auch wenn wir dann Tage unterwegs wären.

Am Flughafen in Springfield wartete schon ein Geländewagen auf uns. Parker setzte sich ans Steuer, während Logan ihn aus dem dichten Verkehr lotste. Das Radio war eingeschaltet und Musik dudelte leise vor sich hin.

»Wann sind wir denn endlich da?«, jammerte Holly. Sie war müde und auch ich wurde ungeduldig. Wir sehnten uns nach einem Bett und etwas Ruhe.

»Es dauert nicht mehr lange. Kannst du noch fünfundvierzig Minuten aushalten?«, wollte Logan wissen. Holly nickte und bettete ihren Kopf in meinen Schoß. Liebevoll legte ich meinen Arm um sie und spielte mit einer ihrer Haarsträhnen.

»Kannst du mir mein Schlaflied vorsingen?« Bittend sah Holly zu mir auf.

»Was? Jetzt?«

»Ja, bitte.«

Das war etwas Intimes zwischen meiner Schwester und mir. Ihr jetzt vor den beiden Agenten ihr Schlaflied vorzusingen, war mir irgendwie unangenehm.

»Nicht hier, Keks. Später, okay?«, flüsterte ich ihr zu.

»Du kannst singen?«, fragte Logan. Parkers Blick begegnete mir im Rückspiegel.

»Oh ja! Mia ... äh, Joy singt mir jeden Abend mein Schlaflied vor«, antwortete Holly und richtete sich begeistert auf. »Daddy hat es uns beigebracht.«

»Wie wäre es, wenn *du* uns etwas vorsingst?«, warf ich ein.

»Ihr zwei seid musikalisch?«, Logan drehte sich zu uns.

»Nicht wirklich«, erwiderte ich.

»Joy kann aber sehr gut zeichnen. Sie wird bestimmt mal eine berühmte Malerin.«

Ich lachte. Hollys Fantasie ging mal wieder mit ihr durch. So gut war ich nun wirklich nicht, aber beim Zeichnen konnte ich mich völlig verlieren. Wenn mein Kohlestift über die weiße Fläche fuhr, schaffte ich es fast immer, alles andere auszublenden, meinem Alltag zu entfliehen und mich auf das Bild einzulassen. Es entspannte mich.

»Die meisten Maler sind erst berühmt geworden, als sie schon viele Jahre tot waren. Wenn mir das auch passiert, habe ich ja nichts davon.«

Holly dachte nach. »Das ist aber blöd. Ich finde deine Bilder jetzt schon super.«

»Danke, Keks. Willst du jetzt singen?«

»Na gut. Und was?«

»Such dir etwas aus.«

Holly begann mit einem Kinderlied, welches ich ihr in den schweren Monaten nach ihrer Transplantation beigebracht hatte. Immer wenn sie traurig gewesen war, weil sie die Isolierstation nicht verlassen durfte und andere Kinder vom Fenster aus spielen sah, hatte ich es ihr vorgesungen. Sie hatte sich immer von der Fröhlichkeit anstecken lassen und für eine Weile ihr Schicksal vergessen.

Parker hatte das Radio ausgeschaltet und wir hörten Holly zu. Ich blickte aus dem Fenster, hing meinen Gedanken nach und knabberte an meinem Daumennagel. Alles war so fremd und bizarr ... Mein Vater saß im Gefängnis, meine Schwester und ich waren auf der Flucht vor Kriminellen, und ob wir jemals wieder in unser normales Leben zurückdurften, wagte ich zu bezweifeln. Mir kam es vor, als hätten wir alles verloren – nicht mal unsere Namen hatten sie uns gelassen.

Ich war sehr gespannt, wie Dad mir das erklären würde. Wie gern hätte ich Jenny oder Vio angerufen und ihnen erzählt, was gerade bei mir los war. Diese blöden, eingebildeten Zicken! Schon allein, dass mein Dad mit der *grauen Eminenz*, dem größten Verbrecher aller Zeiten, in Verbindung gebracht wurde, hatte bei ihnen zu Ablehnung geführt. Es enttäuschte mich, da bisher ja noch nicht mal klar war, ob es auch wirklich eine Verbindung gab. Vielleicht war es nur ein Gerücht, das von der Presse aufgebauscht worden war. Mein Dad war ein anständiger Mann und ein liebevoller Vater.

Jedem in den USA war *Die graue Eminenz* ein Begriff. Im Fernsehen und in der Presse hatte ich schon oft von ihm gehört. Er stand auf der Verbrecherliste des FBIs ganz oben und war der Drogenkönig in den Staaten. Man sagte ihm eiskalte

Brutalität, Skrupellosigkeit und Intelligenz nach, wobei ich immer gedacht hatte, dass die Leute total übertrieben, wenn sie irgendeine Schauergeschichte über seine Machenschaften erzählten. Für mich war der Name *Die graue Eminenz* weit weg gewesen, ähnlich wie bei einem Superstar – unerreichbar und surreal. Und für so jemanden sollte mein Vater gearbeitet haben? Das war eines der Dinge, die ich nicht glauben konnte. Der größte Fisch Amerikas suchte sich doch nicht einen kleinen Anwalt aus Pasadena aus, um mit ihm seine Geschäfte zu machen! Irgendwo musste ein Fehler vorliegen. Jemand wie *Die graue Eminenz* hatte doch so viele andere Leute, die die Drecksarbeit für ihn erledigten, oder etwa nicht?

Holly sang die letzte Strophe. Als sie endete, klatschte Logan Beifall, was ihr ein breites Lächeln ins Gesicht zauberte.

Eine halbe Stunde später fuhren wir an dem kleinen Städtchen Virginia vorbei. Ich sah dem Ortsschild hinterher und mein Herz begann zu klopfen. »Hey, nach Virginia geht's in die Richtung!«

»Ganz ruhig, Puma! Das Haus liegt etwas abseits der Stadt. Wir sind gleich da.« Tatsächlich bog Parker von der Hauptstraße auf einen nicht geteerten Seitenweg ab. Dieser führte in einen angrenzenden Wald.

»Sind wir jetzt da?«, fragte Holly ungeduldig.

»Gleich. Es ist nicht mehr weit.« Der Wald war dicht bewachsen und Parker musste ein paarmal langen Sträuchern und Ästen ausweichen. Links zwischen den Bäumen entdeckte Holly einen See. »Da ist ja Wasser!«

»Ja, da kannst du vielleicht mal plantschen«, meinte Logan lachend.

Wo brachten sie uns hin? Im Geiste sah ich Holly und mich schon in einer alten, heruntergekommenen Holzhütte, die vor langer Zeit verlassen worden war, ausharren. Umso überraschter war ich, als wir nach einer weitläufigen Kurve eine Lichtung erreichten, auf der ein wunderschönes Haus im amerikanischen Baustil vor uns auftauchte. Am Eingang stützten vier weiße Säulen den oberen ausladenden Balkon und die weißgestrichene Fassade leuchtete in der Abenddämmerung rosa. Überall standen Kübel, in denen die schönsten Blumen blühten. Im Erdgeschoss brannte Licht.

»Logan, bring die Mädchen schon mal rein. Ich kümmere mich um den Wagen und das Gepäck und verstaue die Notfalltaschen in den Autos.« Parker hielt neben dem Haus an, damit wir aussteigen konnten. »In Hollys Tasche müsste eine kleine Minikühltasche sein. Die musst du rausholen. Die Medikamente gehen in der Hitze kaputt und müssen kühl gelagert werden«, sagte ich, als ich die Autotür öffnete, was er nickend zur Kenntnis nahm.

Ich stieg aus und sah mich um. Nie und nimmer hätte ich so weit abgelegen in einem Wald solch ein Anwesen vermutet.

Holly und ich folgten Logan die Stufen zum Haupteingang hinauf. »Hier werden wir wohnen? Wow! Ich bin echt beeindruckt.« Unser Haus war zwar auch nicht zu verachten, aber die Größe und Aufmachung fand ich schon sehr ansprechend.

»Freu dich nicht zu früh, Joy. Der Schein trügt.« Logan zwinkerte mir zu und stieß die Tür auf. Wir betraten die Eingangshalle. Sie war kahl und unsere Schritte hallten von den Wänden wider. An den Tapeten sah man deutlich, wo vor einiger Zeit noch Bilderrahmen gehangen haben mussten und wo ein frischer Farbanstrich nötig gewesen wäre. Eine breite Treppe führte hinauf ins obere Stockwerk. Von irgendwoher drang laute Musik zu uns.

»Kommt! Lindsey ist bestimmt in der Küche.« Zielsicher ging Logan durch die erste Tür neben der Eingangspforte, die in die Küche führte. Dort entdeckte ich auch das Radio, aus dem Rockmusik dröhnte. Es duftet köstlich. Eine junge Frau mit hochgesteckten blonden Haaren stand am Herd. Sie trug Jeans und ein weißes, enganliegendes Shirt, das ihre Brüste betonte. »Logan! Da seid ihr ja endlich!« Lächelnd legte sie den Kochlöffel beiseite und umarmte ihn. Sie gingen sehr vertraut miteinander um.

»Hi Lin. Schön, dich zu sehen. Darf ich dir Joy und ihre kleine Schwester Holly vorstellen?« Interessiert musterte sie uns. Sie war sehr hübsch, hatte grüne strahlende Augen und eine tolle Figur.

»Hi, ihr zwei! Willkommen in Sangamon Valley. Ich bin Agent Lindsey Fodrin und habe dafür gesorgt, dass ihr mit dem Nötigsten im Haus ausgestattet seid.«

»Du hast für uns gekocht?«, fragte Holly neugierig dazwischen und reckte ihren Kopf Richtung Topf.

Lindsey grinste. »Oh ja. Hast du Hunger?« Sie ging zum Herd und schaltete ihn aus. »Ich dachte, ihr mögt vielleicht Spaghetti. Wenn ihr möchtet, könnt ihr gleich essen.« Holly war natürlich sofort einverstanden. »Wo ist Chris?« Lindsey blickte fragend zu Logan. Gerade wollte er antworten, da wurde die Tür aufgerissen und dort stand Parker auch schon.

»Chris!« Lindsey sprang auf und hüpfte in seine Arme. Dabei hob er sie hoch und lachte laut. »Hi, Lin.« Seine Hände hielten ihren Po, während sie ihre Beine um seine Hüften geschlungen hatte. Meine Güte! Ich verdrehte die Augen und ignorierte das merkwürdige Gefühl in meiner Brust. Sie umarmten sich zwar nur, aber ich fand die Art und Weise mehr als unangebracht.

»Komm, Keks, Logan zeigt uns bestimmt das Haus.«

Holly schmollte, kräuselte ihre Stirn und schob ihre Unterlippe vor. »Aber ich habe Hunger und Lindsey hat gesagt, wir essen jetzt.«

Ich war nicht scharf darauf, die beiden beim Kuscheln zu beobachten. Konnten die sich nicht ein Zimmer nehmen?

»Hungrige Frauen sollte man nicht warten lassen«, lachte Chris und stellte Lindsey wieder auf ihre Füße. Ihre Wangen waren gerötet, sie fuhr sich durch ihr Haar und strich ihr T-Shirt glatt.

Die Atmosphäre in der Küche war merkwürdig. Während sich Chris und Logan ein Bier genehmigten, wuschen Holly und ich unsere Hände.

»Hast du schon den nächsten Einsatz oder gibt dir Bennet eine Verschnaufpause?«, fragte Logan seine Kollegin, als sie Spaghetti und Soße auf unsere Teller schöpfte.

»Leider muss ich nach dem Essen gleich los. Bennet braucht mich in New York«, seufzte sie bedauernd und warf Chris einen enttäuschten Blick zu. Eigentlich war ich davon ausgegangen, dass Lindsey zu unserem Schutz hierbleiben würde. Dass sie noch heute weiter musste, beruhigte mich ein kleines, winziges bisschen. Nicht zuletzt deshalb, weil ich Holly und mir den Anblick eines verliebten Agentenpaares ersparen wollte.

»Das meiste ist erledigt. Lebensmittel, Hygieneartikel, Waschmittel und ein paar andere Dinge habe ich euch besorgt. Das dürfte für die ersten Tage ausreichen. Falls noch etwas fehlt, gibt es in Virginia alles, was ihr sonst so braucht.« Sie stellte einen Teller Spaghetti vor mir ab und setzte sich. »Also, guten Appetit.«

»Und wie sieht es mit der Umgebung aus?« Parker lehnte sich zurück und trank einen langen Schluck von seinem Bier.

»Alles *safe*. Am See kommen hin und wieder ein paar Spaziergänger vorbei, aber auch das eher selten. Ansonsten ist es hier sehr ruhig.«

»Wie lange sind Sie denn schon hier?«, fragte ich und rollte ein paar Nudeln auf meinem Löffel auf.

»Nicht sehr lange, nur ein paar Tage. Es ist unser erstes *Safe House* in dieser Gegend, deshalb dauerte die Vorbereitung für diesen Einsatz etwas länger.«

Holly sah von ihrem Teller auf. »Und wann kommt Daddy?«

Lindsey blickte zu Parker, der sich gerade eine Portion Nudeln in den Mund schob. Er kaute bedächtig und schluckte.

»In ein paar Tagen.«

Es wunderte mich, dass Holly sich mit dieser Antwort zufriedengab und nicht weiter nachfragte. Normalerweise hätte sie die Definition von ›ein paar Tagen‹ genauer eingegrenzt haben wollen.

Nach dem Essen zeigte Logan uns das Haus. Es gab im Obergeschoss mehrere Zimmer, die noch nicht mal Möbel enthielten. Nur im Salon und im Flur oben standen Antiquitäten; die wertvolleren Möbelstücke waren mit weißen Leinentüchern verhangen. Überall war es staubig und Spinnen hatten ihre Netze im Haus verteilt. Alles war kahl und jeder Schritt hallte von den Wänden wider. Von außen hatte das Haus einladend und warm gewirkt, doch jetzt verlor es durch die Leere seinen Charme. Ich war nicht anspruchsvoll und sowieso ging ich davon aus, dass dieses Abenteuer schon bald ein Ende haben würde.

Logan öffnete eine Zimmertür im Obergeschoss. Den abgenutzten Holzboden und die alte Tapete übersah ich, weil mir das große Bett in der Mitte verlockend entgegenschrie. Der Schrank und die Kommode mit dem großen Spiegel waren alt und verschlissen, aber für ein paar Tage würde es schon gehen. Allerdings war es staubig, was für meine Schwester sehr ungesund war. Seufzend sah ich mich um. Jetzt erst wurde mir bewusst, wie erschöpft ich war und wie viel Arbeit hier auf mich wartete.

»Der einzige Nachteil ist, dass zwei Zimmer sich jeweils ein Badezimmer teilen müssen. Das dürften wir aber hinbekommen, oder?« Logan stieß die Badezimmertür auf, damit ich einen Blick hineinwerfen konnte. Der Geruch nach Zitronenputzmittel drang in meine Nase. Das Bad war nicht groß, aber wenigstens einigermaßen sauber. Zur Sicherheit würde ich auch hier durchwischen müssen.

»Immerhin habt ihr eine Badewanne.«

»Sehr großzügig von euch«, erwiderte ich sarkastisch.

»Und was ist mit mir? Bekomme ich auch ein Zimmer?«, quengelte Holly.

Logan grinste. »Natürlich. Du hast deines direkt neben dem deiner Schwester.« Er durchquerte das Badezimmer und öffnete die Tür zu dem angrenzenden Raum. Dieser war genau wie meiner eingerichtet. Holly setzte sich aufs Bett und wippte. »Ich glaub, es ist ganz gemütlich.«

»Gut, dann geh ich mal euer Gepäck holen.« Logan ließ uns allein zurück. Ich schlenderte hinüber zum Fenster, strich mit einem Finger über den verstaubten Sims. Meine Güte, ich dachte, sie wären auf uns vorbereitet! Staub, Schmutz und Keime konnten für Cathrin tödlich sein.

Es war schon fast dunkel draußen und die Grillen zirpten so laut, dass man sie sogar durch das geschlossene Fenster hören konnte. Ich erkannte den Umriss eines ungepflegten, halb verwilderten Gartens, der nach Aufmerksamkeit schrie. Bei uns zu Hause hatte sich Carlos um das Grundstück gekümmert, doch seit der Sache mit Dad waren unsere Angestellten nicht mehr zum Arbeiten gekommen. Es kotzte mich an, dass mir erst nach und nach klar wurde, was das alles bedeutete.

»Kann ich heute Nacht trotzdem bei dir schlafen?« Holly stand plötzlich an meiner Seite. Sie hatte ihren Arm um meine Hüfte geschlungen und schmiegte sich an mich. Ich nahm sie hoch. Für sie musste das alles sehr aufregend sein, aber ich kannte meinen kleinen Keks – sie hatte keine Ahnung, was genau los war, spürte aber deutlich, dass etwas nicht stimmte.

»Mir würde etwas in meinem Bett fehlen, wenn du nicht neben mir liegen würdest«, lächelte ich und stupste ihre Nase mit meiner an.

»Und singst du nachher wieder mein Lied?«

»Natürlich.« Ich drückte sie fest an mich. In der Vergangenheit hatte ich mich immer um Cathrin … *Holly* gekümmert, aber ich war nicht allein gewesen. Da hatte es Menschen gegeben, die mir geholfen hatten, damit sie nach der Herztransplantation medizinisch versorgt wurde, wenn Dad auf Geschäftsreise war. Jetzt war alles anders. Die Last und Sorgen waren um ein vielfaches gestiegen. Ich hatte Angst, alldem nicht gerecht zu werden. Jetzt spürte ich zum ersten Mal in meinem Leben, was es bedeutete, Verantwortung für einen Menschen zu tragen.

Kapitel 4

Ein paar Minuten später brachte Parker unser Gepäck hoch. Holly machte sich sofort daran, ihren Hasenkoffer zu öffnen.

»Ich muss hier erst saubermachen, Keks. Warte bitte noch mit dem Auspacken, okay?«

»Aber ich will doch nur Mr. Floppy bei mir haben.« Mr. Floppy war Hollys liebstes Kuscheltier, ein Plüschschaf, das sie seit ihrer Geburt ständig mit sich herumschleppte. Er trug ein blaues Halstuch, auf dem sein Name stand. Sein Fell sah schon etwas mitgenommen aus, weil wir ihn regelmäßig waschen mussten. Jedes Mal war es ein Drama, wenn Mr. Floppy eine Runde mit der Waschmaschine drehen musste.

»Was willst du hier putzen? Ist dir das Zimmer etwa nicht fein genug?«, wandte sich Parker umschauend an mich. Deutlich hörte ich die Spitze in seiner Frage, was mich nur noch mehr auf die Palme brachte.

Ich verschränkte die Arme und funkelte ihn an. »Ja, ganz recht, es ist mir nicht sauber genug. Wenn das eure Art von Fürsorge und Schutz ist, dann kann ich ja nur lachen.«

»Tja, Prinzessin, daran wirst du dich gewöhnen müssen. Mehr Luxus können wir dir leider nicht bieten.«

Was für ein Arsch! Ich schnaubte verächtlich. Was bildete sich dieser Kerl nur ein? Er kapierte gar nichts. Ihnen war überhaupt nicht klar, dass eine saubere und nahezu keimfreie Umgebung für Holly absolut wichtig war. Ich hätte Director Bennet nicht so einfach glauben dürfen, als er sagte, sie würden sich um alles kümmern.

»Spar dir deine Nettigkeiten«, entgegnete ich sarkastisch. »Holly ist müde und sollte bald schlafen, also sag mir, wo ich Reinigungsmittel finde.«

Deutlich war ihm seine Verwunderung anzusehen. Sein spöttischer Ausdruck wich und er kniff nachdenklich seine Augen zusammen. Die Art, wie er mich ansah, machte mich nervös. Ich schluckte hart, hielt seinem Blick aber stand.

»Keine Ahnung, frag Lin. Sie hat alles organisiert.«

Ich nickte kurz. »Okay. Komm, Keks. Ich möchte, dass du unten wartest, bis ich mit allem fertig bin. Du kannst Mr. Floppy mitnehmen, wenn du willst.« Ich kniete mich nieder, durchsuchte die Tasche mit den Medikamenten und zog einen Mundschutz heraus. »Hier, zieh den solange auf, ja?«

»Och, muss das sein?«, stöhnte sie. Mir war klar, dass sie keine Lust darauf hatte, aber es war eben wichtig. »Nur bis ich fertig bin. Es dauert nicht lange, versprochen.«

Widerwillig nahm sie den Mundschutz und zog ihn auf. Parker kratzte sich nachdenklich am Kopf. »Findest du nicht, du übertreibst?«

»Holly hatte vor einem Jahr eine Herztransplantation. Staub, Keime, Pilze, Schimmel und vieles mehr sind Gift für sie. Überall liegt hier zentimeterhoher Staub, das ist gefährlich. Also, mach du deinen Job und ich mache meinen, okay?«, erklärte ich ihm, zog den Reißverschluss des Koffers wieder zu, nahm Holly an die Hand und ließ ihn stehen. Jede Minute, die ich mit ihm diskutierte, war verschwendet. Für mich war nur Cathrin ... *Holly* – Ich musste mich dringend an den neuen Namen gewöhnen! – wichtig.

Logan und Lindsey starrten mich verdutzt an, als ich die Küche betrat und nach Besen, Putzeimer und Reinigungsmittel fragte.

»Schaut mich nicht so an! Ich kann einfach nicht glauben, dass ihr Holly hier untergebracht habt. Ich dachte, ich brauche mir keine Sorgen zu machen!« Wütend hatte ich meine Hände in die Hüften gestemmt und funkelte beide an.

»Ich verstehe nicht, Joy. Was ist das Problem?« Logan warf Lindsey einen verunsicherten Blick zu. »Ihr seid hier sicher.«

Ich verdrehte die Augen, weil ich es satthatte, das gleiche nochmals zu erklären. »Ich bin davon ausgegangen, dass ihr Bescheid wisst! Es ist lebenswichtig, dass Holly sich in einer nahezu staub-, keim- und schimmelfreien Umgebung aufhält. Jede Infektion ist lebensgefährlich für sie, deshalb ist Hygiene das oberste Gebot. Ich kann nicht glauben, dass ihr uns so unvorbereitet in dieses Haus steckt!«

Lindsey fühlte sich von mir kritisiert. »Also, äh ... Grundsätzlich sorge ich nur für die wichtigsten Dinge. Und das habe ich doch getan.«

»Sauberkeit und Hygiene sind für Holly *die wichtigsten Dinge*!«, unterbrach ich sie. »Abgesehen davon, braucht sie regelmäßig Medikamente und ärztliche Versorgung. Es gibt einige Regeln, was ihre Ernährung betrifft. Wollt ihr mir etwa erzählen, dass ihr davon auch nichts gewusst habt?«

»Natürlich wussten wir von Hollys Erkrankung, aber ...«, fing Logan an.

»Dieses Haus ist kein Krankenhaus, Joy. Ich habe mein Bestes gegeben. Die Betten habe ich mit dieser speziellen Bettwäsche bezogen, die ich geliefert bekommen habe. Ihr habt genug Vorräte und seid hier sicher«, verteidigte sich Lindsey. »Du kannst nicht erwarten, dass hier alles so perfekt vorbereitet ist, wie du es von zu Hause kennst. Dieses *Safe House* haben wir erst übernommen und ich hatte nicht viel Zeit, mich um alles zu kümmern.«

Mir war zum Heulen zumute. In was für einen Schlamassel hatte uns unser Vater nur gebracht? Ich ballte meine Fäuste und kämpfte gegen die aufsteigenden Tränen an. Nein, ich würde nicht anfangen zu weinen, das hatte ich die letzten Tage auch nicht getan.

»Jetzt mal langsam, Joy. Wir wussten von den Problemen deiner Schwester, aber das war erstmal zweitrangig. Eure Sicherheit hatte oberste Priorität. Wir mussten schnell handeln«, versuchte Lindsey mich zu beruhigen, und wollte ihre

Hand auf meine Schulter legen. Sauer trat ich einen Schritt zurück und wich ihr aus.

»Okay, lange Rede, kurzer Sinn: Was können wir für Holly tun, damit sie nicht krank wird?«, mischte sich Logan ein.

Das gefiel mir schon viel besser – ein Mann der Tat. Er hatte recht, Jammern half nicht. So schnell wie möglich mussten wir die Zimmer so herrichten, dass Hollys Gesundheit nicht leiden würde.

»Putzen«, antwortete ich.

Logan und ich machten uns an die Arbeit, nachdem sich Lindsey verabschiedet hatte. Parker fuhr sie zum Flughafen. Bevor sie ging, zeigte sie mir die Vorratskammer und den Erste-Hilfe-Kasten in der Küche und gab mir eine ärztliche Notfallnummer. Holly hatten wir mit ihrem Lieblingsbilderbuch auf dem Sofa im Salon geparkt. Der Raum schien noch am saubersten zu sein. Wir entfernten vorsichtig die riesigen Leinentücher, ohne viel Staub aufzuwirbeln, und richteten ihr ein gemütliches Sofalager her.

Danach arbeiteten Logan und ich uns systematisch durch. Ich gab ihm genaue Anweisungen, was er tun sollte. Ich wunderte mich, dass es ihm nichts ausmachte, die Gästetoilette und die Eingangshalle nass aufzuwischen. Ich fing mit Hollys Zimmer an. Die Zeit verging wie im Flug und schneller als erwartet, waren die oberen Räume fertig. Gerade verstaute ich den Putzeimer und die Reinigungsmittel in der Besenkammer, als ich Parker und Logan in der Küche diskutieren hörte.

»Ich bin mir ziemlich sicher, dass sie nichts weiß. Sie hat gerade ihren Abschluss gemacht, und das mit Auszeichnung. Laut unserer Akte ist sie unauffällig – keine Drogen- oder Alkoholdelikte. Sie hat eine saubere Weste.«

»Abwarten, Logan. Du weißt, dass das noch nichts bedeuten muss. Ihr Vater war Sekretär der *grauen Eminenz*. Ich kann mir nicht vorstellen, dass sie nichts gewusst hat. Du weißt doch, wie das bei jungen Dingern ist: Wenn das Geld stimmt, fragt man nicht nach, aber im Grunde weiß man es genau.«

»Na, du musst es wissen, du bist der Boss.«

»Egal. Auch wenn sie nichts weiß, sobald ihr Vater da ist, müssen wir beide im Auge behalten.«

»Ist klar, aber hey! Sei etwas netter zu ihr, okay, Champ?«

Parker seufzte. »Logan, Logan … Seitdem du Vater geworden bist, bist du wirklich ein Waschschlappen, weißt du das? Du musst echt aufpassen; deine Weiber zu Hause machen aus dir noch ein Weichei.«

Logan lachte laut auf. »Gina und meine Kleine sind das Beste, was mir je passieren konnte. Aber lassen wir das, davon verstehst du nichts. Sowas nennt man Familienglück.«

»Du weißt doch, wie sehr ich Gina und deine Kleine vergöttere.«

»Trotzdem wäre es nett von dir, wenn du zu den Mädchen hier etwas freundlicher wärst. Gerade die kleine Holly hat es nicht leicht.«

»Ihre Schwester hat mich angekotzt, schon vergessen? Das ist mir noch mit keiner Frau passiert.«

»Fühlt sich der große Chris Parker etwa in seiner Eitelkeit gekränkt?«, witzelte Logan. »Na, komm schon, wer weiß, wie lange wir hierbleiben müssen. Wir brauchen ein Vertrauensverhältnis. Du weißt doch, wie das läuft.«

»Sie macht es mir nicht einfach.«

Ich zuckte zusammen, als ein Stuhl zurückgeschoben wurde. Was? *Er* hatte es nicht leicht? Was sollte denn das bedeuten? Schritte näherten sich und bevor sie mich beim Lauschen erwischen konnten, stieß ich die Tür auf und betrat die Küche.

»Oh Joy! Bist du schon fertig?«, fragte Logan an der Tür.

Parker lehnte lässig an der Spüle und trank den letzten Schluck aus der Bierflasche. Er würdigte mich keines Blickes.

»Ja, mir reicht es für heute.« Ich ging zu den Hängeschränken und suchte nach einem Glas.

»Mir auch. Ich hau mich aufs Ohr.« Parker nickte Logan zu und verschwand. Irgendwie war ich enttäuscht, dass er schlafen ging, und gleichzeitig hatte ich gute Lust, dem Kerl die Augen auszukratzen. Eigentlich war es mir ja egal, was Parker von mir dachte – zumindest sollte es mir das sein. Er vertraute mir nicht und schätzte mich falsch ein.

Natürlich fand ich das Glas im letzten Schrank, setzte mich zu Logan an den Tisch und goss mir aus der Wasserflasche ein. »Ist der immer so?«

Logan sah auf. »Wer? Parker?«

Ich sah mich in der Küche um. »Gibt es hier etwa noch mehr Idioten?«

Er schmunzelte. »Chris ist nicht immer so.«

Wer's glaubte! Schweigend trank ich von meinem Wasser und lauschte dem Ticken der Küchenuhr.

»Es wäre vielleicht ganz hilfreich, wenn du morgen eine Liste mit den Dingen oder Regeln erstellst, die für Holly wichtig sind. Das macht es für alle Beteiligten leichter«, unterbrach Logan die Stille.

Die Idee war wirklich gut. »Zuhause hatten wir auch so einen Punkteplan, an den sich alle gehalten haben.«

»Es wird alles gut werden, Joy. Wichtig ist, dass wir zusammenarbeiten.«

»Das alles ist ein Albtraum«, murmelte ich gedankenverloren und starrte in mein Glas.

Logan sah mich mitfühlend an. »Auch dieser wird ein Ende haben«, erwiderte er zuversichtlich. Wie schön, dass er versuchte, mich aufzumuntern. Leider funktionierte das nicht so.

»Tut mir leid, im Augenblick bin ich wirklich nicht zu ertragen, oder?«

Es tat mir leid, dass ich schnippisch zu Logan gewesen war. Er konnte ja nichts dafür – das konnte eigentlich niemand, außer vielleicht mein Vater. Letztlich waren wir alle hier gefangen und mussten ausharren, ob wir wollten oder nicht.

»Schon gut. Wir werden uns schon zusammenraufen. Parker war länger nicht mehr im Dienst. Er braucht bestimmt auch noch Zeit, sich wieder an die Arbeit zu gewöhnen.«

Neugierig sah ich auf. »Wieso? Hatte er länger Urlaub?«

Logan schmunzelte und schüttelte den Kopf. »Nein, sagen wir, er hat sich eine Auszeit genommen. Er hat eine schwere Phase hinter sich. Gib ihm Zeit.«

Ich betrachtete Logan. Mir war klar, dass er mir die Gründe für Parkers Auszeit nicht nennen würde, auch wenn ich sie gerne gewusst hätte, dennoch fand ich es nett von ihm, dass er für seinen Kollegen sprach.

»In Ordnung.«

Kurze Zeit später trug ich Holly hinauf ins Zimmer. Den nächtlichen Umzug bekam sie nur im Halbschlaf mit. Ihre kleinen Ärmchen umschlangen meinen Hals und sie seufzte leise. Behutsam legte ich sie in die Kissen und deckte sie zu. Einen Moment verharrte ich über ihr und sah sie an. Sie wirkte so friedlich. Sie war unserer Mum ähnlich. Ich vermisste sie sehr und mich überkam eine tiefe Sehnsucht. Sie hätte mich beruhigen und mir Trost spenden können. Mum hatte immer für alles eine Lösung gehabt. Nur bei ihrem Tod, da hatte sie keinen Ausweg gewusst.

Liebevoll strich ich Holly eine verirrte Haarsträhne aus dem Gesicht und hielt noch einen Augenblick inne. Ich war so müde, dass eine Katzenwäsche für heute ausreichen musste. Kaum spürte ich den warmen Körper meiner Schwester neben mir, fiel ich auch schon in einen tiefen, traumlosen Schlaf.

***

Sonnenstrahlen kitzelten mich. Es war so herrlich ruhig im Zimmer. Ganz leise hörte ich Holly neben mir gleichmäßig atmen. Es war schon jetzt ziemlich warm, dabei ging die Sonne gerade erst auf. Ich blinzelte kurz und plötzlich brach die

Erinnerung an die letzten Tage wieder in mir auf. Wir waren weit weg von zu Hause, hatten alles zurückgelassen, ohne zu wissen, ob wir jemals wieder heimkehren konnten. Schnell schloss ich meine Lider, in der Hoffnung, der Realität noch für ein paar Minuten zu entkommen. Meine Gedanken sprudelten und jegliche Müdigkeit verschwand, als Parkers Gesicht im Geiste vor mir auftauchte. Seit ich gestern das Gespräch zwischen ihm und Logan belauscht hatte, war meine Abneigung ihm gegenüber gestiegen. Er glaubte doch tatsächlich, dass ich etwas mit der ganzen Sache zu tun hatte. Der Kerl war echt irre. Die Polizei – dein Freund und Helfer. Ha, darüber konnte ich nur lachen!

Leise, damit ich Holly nicht weckte, stand ich auf. Ich brauchte dringend eine Dusche und meine Haare konnten auch mal wieder eine Pflegespülung vertragen. Aus meiner Reisetasche nahm ich frische Unterwäsche und Kleidung, öffnete die angrenzende Badezimmertür und hielt mitten im Schritt inne. Wieso brannte Licht? Die Luft war feucht und jemand stand halbnackt, nur mit einem spärlichen Handtuch um die Hüften, vor dem Spiegel. Mir stockte der Atem und mein Hirn schaltete auf Standby. Parker.

Einzelne Wasserperlen lagen noch auf seiner Schulter. Er hatte weißen Rasierschaum auf seine Wangen- und Kinnpartie verteilt und war gerade dabei, sich zu rasieren. Sein Anblick verschlug mir schier die Sprache. Sein muskulöser Körper und das süße Ziehen in meinem Schritt verursachten zusätzlich wilde erotische Bilder in meinem Kopf. Gierig wanderte mein Blick über seinen Bauch, tiefer zu dem feinen Härchenpfad, der unter dem Handtuch verschwand. Wie es sich wohl anfühlen würde, über seine makellose Haut zu streichen? Ich biss auf meine Unterlippe und zwang mich, ihm in die Augen zu schauen. Als könnte er meine Gedanken erraten, grinste er. Röte schoss mir ins Gesicht und endlich entschloss sich mein Hirn dazu, wieder zu arbeiten.

»Was ... Was machst du hier?«

Parker musterte mich ebenfalls. Außer einem kurzen Top trug ich nur meinen Slip. Ich fühlte mich nackt. Sein Blick wanderte meine Beine entlang und blieb an meinen Brüsten hängen. Sofort reagierten sie und wollten sich ihm entgegenrecken. Gott, was passierte nur mit mir? Ich schluckte und verbot meinem Körper und meinen Gedanken, so offensichtlich auf ihn zu reagieren. Schnell überkreuzte ich die Arme, versperrte ihm so den Anblick.

»Guten Morgen. Wonach sieht es denn aus?«, konterte er gelassen und wandte sich wieder dem Spiegel zu.

Ich war immer noch so perplex, dass ich zu stottern begann. Ich hasste mich dafür.

»Aber ... das ist ... doch ... mein Badezimmer!«

»Die Brause in unserem Zimmer ist defekt. Ich werde sie später reparieren, aber tu dir keinen Zwang an. Es stört mich nicht, wenn du neben meiner Rasur duschst.« Ungläubig riss ich die Augen auf. »An dir gibt es nichts, was ich bei euch Weibern nicht schon gesehen hätte.« Er grinste verwegen und zwinkerte mir zu.

Scharf sog ich die Luft ein und sah ihn fassungslos an. War das sein Ernst? Schon allein bei der Vorstellung fing meine Haut an zu prickeln und er genoss es sichtlich, wie unangenehm mir diese Situation war.

»Du spinnst ja! Nie im Leben.« Wütend über mich selbst, knallte ich die Tür zu. Sein kehliges Lachen folgte mir. Empört pfefferte ich meine Kleidung auf den Sessel neben der Kommode und lief im Zimmer auf und ab. So ein Arsch! Er ließ keine Gelegenheit aus, mich zu reizen.

Holly gähnte und rieb sich die Augen. »Ist irgendwas los, Mia?«

Ach, du meine Güte! Durch meine Aktion war Holly wach geworden. Das alles war nur seine Schuld! Warum provozierte er mich auch so?

»Mia, Miiiiiaaa?« Holly riss mich aus meinen Gedanken und sah mich fragend an. Aus Versehen war ihr mein richtiger Name rausgerutscht.

»Entschuldige, Keks, alles gut. Hast du gut geschlafen?«

»Ja. Ich habe Hunger.« Auch mir grummelte der Magen und ich freute mich auf eine Tasse Kaffee, doch das Frühstück würde wohl noch eine Weile warten müssen.

»Weißt du noch, was Director Bennet uns gestern erklärt hat?«, fragte ich sie, während ich meine Klamotten in den Schrank räumte. Viel war es ja nicht. Meine besten Sachen hatte ich zurücklassen müssen.

Holly überlegte kurz. »Du meinst, warum wir hier sind?«

»Genau.«

Sie nahm Mr. Floppy in den Arm und sah mich aufmerksam an. Ich unterbrach meine Arbeit und setzte mich zu ihr. »Solange wir hier sind, ist es wichtig, dass du mich Joy nennst.«

Sie nickte und senkte schuldbewusst ihren Blick. »Ich weiß, ich sage manchmal noch Mia zu dir.«

Oh nein! Ich wollte nicht, dass sie sich deshalb schlecht fühlte. Ich hob ihr Kinn an, damit sie mich ansehen musste.

»Das ist nicht so schlimm, Keks. Wir müssen das beide trainieren.«

»Trainieren?«

»Klar. Man muss vieles üben: schreiben, lesen, malen ...«

»Malen!«, rief sie aus.

»Genau. Man muss üben, um einen Strich richtig zu platzieren, und manchmal dauert es, bis man es hinbekommt.«

»So wie du mich gemalt hast?«

Ich lächelte. »Genau so. Vielleicht hilft es uns, wenn wir zum Beispiel die Namen aufschreiben.«

»Aber ich kann noch nicht schreiben.«

»Ich könnte es dir aufzeichnen, und während du mit einem Stift die Linien nachfährst, singst du ein Lied.«

Ihre Augen begannen zu leuchten. »Das ist eine gute Idee.«
»Okay, dann lass uns nach dem Frühstück mit dem Training beginnen.«

Holly war ganz begeistert von meiner Idee. Sie schlüpfte aus dem Bett, gerade als es an unserer Badezimmertür klopfte. Parker streckte seinen Kopf herein. Der Schaum in seinem Gesicht war verschwunden und er war glattrasiert. Der Duft des Aftershaves strömte ins Zimmer und zog mich sofort wieder in seinen Bann. Sein unglaubliches Lächeln und das Strahlen seiner Augen vernebelten mir die Sinne. Wie schaffte er das nur? Dämlich wie ein Mondkalb gaffte ich ihn an.

»Das Bad ist jetzt frei.« Er zwinkerte Holly zu und sah mich kurz an, bevor er die Tür hinter sich zuzog. Die Intensität seines Blickes ging mir durch und durch. Ich vergaß das Atmen. Da war dieses warme Gefühl, das mich völlig aus der Bahn warf. Wahrscheinlich musste ich dringend zu einem Psychiater.

»Ich muss mal. Können wir danach frühstücken gehen?« Holly unterbrach meine Gedanken und ich war ihr dankbar, denn ich glotzte völlig abwesend die Badezimmertür an. Parker geisterte einfach zu oft in meinem Hirn herum. Dort hatte er definitiv nichts verloren.

»Natürlich«, antwortete ich ihr schnell. Wieso hatte dieser unverschämte Agent so eine Wirkung auf mich?

***

Nachdem ich meine Dusche nachgeholt und auch Holly ihre Morgentoilette erledigt hatte, folgten wir dem köstlichen Kaffeeduft in die Küche. Zu meiner Verwunderung stand Parker am Herd und hantierte mit einer Pfanne. Der Esstisch war bereits für vier Personen gedeckt. Zufrieden entdeckte ich Obst, Brötchen und Kaffee, sogar frischgepressten Orangensaft. Der Mann schaffte es, mich zu überraschen. Vielleicht hatte meine Ansage gestern Abend geholfen und die Agenten endlich begriffen, dass es bei diesem Auftrag um mehr ging als nur Personenschutz.

»Darf ich Pancakes essen?«

»Natürlich, dafür habe ich sie doch gemacht.« Parker nahm den Teller mit den Eierkuchen und Holly zog sich einen herunter. Dazu reichte er ihr die Flasche Ahornsirup.

»Aber nur einen«, ermahnte ich sie, was mir sofort einen düsteren Blick von Parker einbrachte. »Sie muss auf ihre Ernährung achten«, verteidigte ich mich und holte die Tasche hervor, in der ich ihre Medikamente aufbewahrte.

Holly war es von klein auf gewöhnt, verschiedene Arzneimittel zu nehmen. Nach der Transplantation waren es unzählige gewesen. Jedes Mal, wenn wir ein Präparat absetzen durften, war es für mich wie ein kleiner Sieg, auch wenn ich wusste, dass sie ihr Leben lang unterschiedliche Pillen, Tabletten und Tropfen einnehmen musste. So ein transplantiertes Herz war anspruchsvoll und sehr empfindlich.

Parker beobachtete, wie ich die einzelnen Medikamente für Holly vorbereitete. Für heute Morgen waren es sieben an der Zahl. Die Tropfen, die sie brauchte, damit ihr Körper das Transplantat nicht abstieß, zählte ich in einen Becher Orangensaft ab und reichte ihn ihr. Ohne darüber nachzudenken, nahm Holly den Saft und trank ihn in einem Zug aus.

Verwirrt sah Parker mich an. »Muss sie immer so viel Zeugs schlucken?«

»Ja, ihr Leben lang.« Ich nahm einen Apfel und begann, ihn in kleine Stücke zu schneiden.

Erstaunt riss er seine Brauen hoch und starrte Holly an, die unbekümmert in ihren Pancake biss. »Es tut mir leid. Ich ... Mir war nicht bewusst, was das für sie bedeuten würde.«

Hieß das etwa, dass er plötzlich Mitgefühl hatte? Mir konnte es recht sein, solange er endlich die Ernsthaftigkeit von Hollys Erkrankung erkannte.

Ich schob meiner Schwester ein paar Apfelstücke auf den Teller und wollte das Thema wechseln. Ich sprach nicht so gern über Hollys Herz, wenn sie dabei war. Es hatte lange gedauert, sie psychisch so stark aufzubauen. »Wo ist Logan?«

»Der schläft. Er hat die Nacht über Wache gehalten und hat noch Pause.« Parker goss sich ein Glas Milch ein.

Nachtwache? Dann schien unsere Situation bedrohlicher zu sein, als ich angenommen hatte. Viel wusste ich nicht von den Leuten, die angeblich hinter uns her waren. Die Tatsache, dass Logan zu unserem Schutz eine Nachtschicht eingelegt hatte, machte mir ein wenig Angst.

Parker musste gesehen haben, wie beunruhigt ich war. »Keine Sorge, niemand weiß, wo wir sind. Das ist Routine«, beruhigte er mich.

Routine also!

Plötzlich fing Holly an zu kichern und hielt sich die Hand vor den Mund. Verdutzt sah ich zu ihr. »Was ist so witzig?«

»Er sieht mit Schnurrbart lustig aus«, giggelte sie und deutete auf Parker. Er hatte einen breiten weißen Milchrand, der wie ein Oberlippenbart aussah. Mit seinem unschuldigen Dackelblick und dem Bart konnte ich mir ein Schmunzeln nicht verkneifen.

»So sieht er immer aus, wenn er Milch trinkt.« Unsere Köpfe fuhren herum. Logan stand im Türrahmen.

»Verräter!« Schnell wischte sich Parker mit dem Handrücken über den Mund. Auch wenn ich es nicht gerne zugab, er hatte irgendwie süß ausgesehen mit seinem Milchbart. Logan stieß sich von der Tür ab und setzte sich zu uns an den Frühstückstisch. »Na, wie war eure erste Nacht?«

Holly blubberte munter los und erzählte ihm, dass sie gar nicht mitbekommen hatte, wie sie ins Bett gekommen war. Ich war mir sicher, dass sie die beiden Agenten schnell um den Finger wickeln konnte. Ich schwieg und hörte den dreien aufmerksam zu.

Ich erwischte meine Schwester dabei, dass sie während des Frühstücks Parker ständig ansah. Er hatte ihren Blick bemerkt und zwinkerte ihr ein paarmal zu. Sie schien völlig fasziniert von ihm zu sein.

»Wieso hast du so lange Haare?«, fragte sie irgendwann. Logan prustete kichernd in seine Kaffeetasse. Leicht stieß ich meine Schwester an und ermahnte sie. Manchmal hatte sie eine vorlaute Klappe.

»Ich habe vergessen, sie schneiden zu lassen. Gefällt es dir?«

Holly neigte ein wenig den Kopf und musterte ihn gründlich. »Du siehst aus wie ein Mädchen.«

Das reichte aus, damit Logan sich fast verschluckte und laut loslachte. »Ich hab's dir doch gesagt, Champ. Nicht alle Frauen stehen auf diesen Look.«

Parker fuhr sich durch das Haar und blickte verständnislos von Holly zu Logan. »Ich weiß gar nicht, was ihr habt! Ich finde es bequem.«

Auch Holly kicherte. »Du bist komisch. Du kannst deine Schuhe nicht binden und siehst aus wie eine Frau. Soll ich dir auch zeigen, wie man Zöpfe flicht?«

Jetzt konnte ich mich auch nicht mehr zurückhalten und lachte, was mir einen beleidigten Blick von Parker einbrachte. Sofort schaute ich auf meinen Teller.

»Ja, warum nicht, wir haben ja genug Freizeit. Da wir gerade alle so gemütlich beisammensitzen, wäre es an der Zeit, euch mit den Regeln vertraut zu machen«, konterte Parker, was unser Lachen augenblicklich verstummen ließ.

»Regeln?«, fragte Holly neugierig. Da war auch ich gespannt.

»Ganz recht. Es ist absolut wichtig, dass ihr beide euch an die Punkte haltet.« Logan nickte zur Unterstützung. »Erstens: Ihr dürft niemals ohne unser Einverständnis das Haus verlassen. Alle Besorgungen und Einkäufe erledigen Logan oder ich. Falls ihr raus wollt, muss einer von uns beiden darüber informiert werden.«

»Und was ist mit dem See? Gestern habt ihr gesagt, ich darf darin plantschen.« Ängstlich, dass sie ihr das Baden nun doch noch verbieten würden, sah sie abwechselnd in ihre Gesichter. »Ich kann schon schwimmen. Mia, … äh … Joy hat es mir beigebracht.«

Parker grinste. »Erstmal nicht, Süße. Aber bestimmt in ein paar Tagen. Wir reden noch mal drüber, okay?«

Enttäuscht schob sie ihre Unterlippe vor und blickte Parker mit traurigen Augen an. Ohne dass sie noch etwas dazu sagte, seufzte er und revidierte seine Aussage. »Na ja, mal sehen, vielleicht können wir schon morgen hingehen. Du versprichst mir aber, dass du nicht ohne uns zum See gehst.« Ich lächelte. Hollys Masche funktionierte besser, als ich gedacht hätte.

Holly schleckte ihren Daumen, Zeige- und Mittelfinger ab und berührte damit ihr Herz. »Ich schwöre.«

Parker kniff die Brauen zusammen und Logan schmunzelte. »Was ist denn das für ein merkwürdiger Schwur?«

»Na, so haben das die Indianer immer gemacht. Weißt du das denn nicht?«

Er schüttelte den Kopf. »Wie auch immer«, kam er wieder zu seinen Regeln zurück. »Zweitens: Verwendet immer eure neuen Namen.«

»Das ist leicht. Joy hat versprochen, mit mir zu üben.«

Parker blickte mich fragend an und ich fühlte mich genötigt, ihm zu erklären, was sie damit meinte. »Sie hat mich heute Morgen Mia genannt, aber das war direkt, nachdem sie aufgewacht ist. Wir üben das.«

»Okay, trainiert das schnell. Das ist wichtig. Drittens: Ihr redet mit niemandem, was eigentlich kein Problem sein sollte, da hier sowieso keiner auftaucht. Falls doch, erzählt ihr, dass ihr hier Urlaub macht. Das war's. Meint ihr, ihr schafft es, euch an alles zu halten?«

Holly nickte und ich machte mir Gedanken, ob das wirklich alles war, was sie uns zu sagen hatten.

»Also ich hätte da noch ein paar Fragen.«

»Okay, schieß los.«

»Was sollen wir den ganzen Tag tun? Ich meine, Holly hat kaum Sachen zum Spielen dabei. Und vor allem: Wer von uns ist für die Mahlzeiten zuständig? Wer kocht, putzt und wäscht?«

Die beiden Agenten wechselten stumme Blicke. Bestimmt hatten sie sich darüber noch keine Gedanken gemacht. Wieder spielte dieses süße schelmische Grinsen um Parkers Mundwinkel. »Du hast gestern eindrucksvoll bewiesen, wie viel Potenzial du bei der Hausarbeit besitzt. Ich bin damit einverstanden, wenn du diese Aufgaben übernimmst.«

Was für ein Mistkerl! Das würde ihm so passen. »So? Du wärst damit einverstanden? Ich aber *nicht*!«, fauchte ich genervt. »Ich bin dafür, dass wir uns die Arbeit teilen.«

»Und wie stellst du dir das vor?«

»Ganz einfach: Wir erstellen einen Plan. Jeder muss mal kochen, waschen und putzen. Das wäre nur fair.« Das süße Grinsen war plötzlich aus seinem Gesicht verschwunden.

Kapitel 5

Parker hatte sich mit einer lahmen Ausrede vor dem Abräumen des Frühstückstisches gedrückt und blieb auch den restlichen Vormittag unsichtbar. Wahrscheinlich reparierte er die Duschbrause. Trotzdem hallten seine Regeln noch eine Weile in mir nach. Das Grundstück nicht zu verlassen, sollte nicht so schwierig sein, schließlich war das Haus groß und bestimmt gab es einiges zu entdecken. Außerdem war ich mit der Grundreinigung ja noch nicht durch und an meinen Zeichnungen wollte ich auch weiterarbeiten.

Holly und ich hatten es uns auf dem Sofa im Salon gemütlich gemacht und übten, wie versprochen, unsere Namen. Wir alberten herum, reimten uns witzige Wortkombinationen zusammen und schrieben sie auf. Holly hatte großen Spaß dabei, ihren neuen Namen schreiben zu lernen, und es dauerte nicht lange, bis sie es sogar schaffte, die Buchstaben völlig frei in einer kindlichen, wackeligen Krakelschrift auswendig aufs Papier zu bringen. Wir kicherten, bis uns die Bäuche wehtaten. Es tat mir gut, Holly aus vollem Herzen lachen zu hören. Die letzten Tage waren sehr beängstigend und verwirrend gewesen, gerade für sie.

Am Nachmittag feilte ich ein wenig an meinen Bildern, während Holly ein Schläfchen auf dem Sofa hielt. Ich schlug meine Ledermappe auf und betrachtete meine Zeichnungen. Am liebsten skizzierte ich Porträts, einfache Gegenstände oder Momente, die mich beeindruckten. Ich mochte das Spiel von Konturen und Schatten. Mum hatte meine Leidenschaft früh entdeckt, sie stets gefördert und mir viel beigebracht. Sie hatte die Malerei geliebt, genau wie ich. In unserem Ferienhaus in Porth Arthur befand sich Mums Atelier, in dem wir viele

Stunden gemeinsam verbracht hatten. Einige ihrer Bilder ließ sie damals einrahmen. Seither war alles so geblieben, wie Mum es verlassen hatte. Sogar der Pinsel, mit dem sie zuletzt gemalt hatte, und ihr Tupftuch lagen noch genauso neben der Staffelei. Eine tiefe Sehnsucht nach ihr breitete sich in mir aus. Ich hörte ihr Lachen, nahm ihren unverwechselbaren Duft wahr. Ich hatte es geliebt, wenn sie ihre Hand um meine gelegt und mir beim Malen geholfen hatte. Ich seufzte und schob die Erinnerungen beiseite.

Die meisten Skizzen, die ich bisher gezeichnet hatte, zeigten Holly. Mein Kohlestift schwang dann wie von selbst über das weiße Papier. Sie hatte in meinen Augen ein perfektes Gesicht, war ausdrucksstark mit vielen unterschiedlichen, weichen Facetten. Mum wäre begeistert gewesen.

Das letzte Porträt, an dem ich gearbeitet hatte, war so eine Art Momentaufnahme meines Vaters. Oft hatte ich beobachtet, wie er seinen Kopf auf seine Hände stützte und seine Finger verschränkte. Er blickte aus dem Fenster und schien gedanklich weit fort zu sein. Er träumte mit offenen Augen und ein leises Lächeln umspielte seine Lippen. In meiner Fantasie stellte ich mir vor, dass er an unsere Zeit im Ferienhaus in Porth Arthur dachte. Genau diese Körperhaltung und seinen verträumten Ausdruck hatte ich ziemlich gut zu Papier gebracht.

Meine besten Zeichnungen entstanden durch schöne Erinnerungen oder Gefühle, die ich verarbeitete. Ich war in dieser Hinsicht absolut romantisch veranlagt. Das Zeichnen war für mich wie ein Ventil, wenn mir alles über den Kopf zu wachsen drohte. Dann gab es nur meinen Kohlestift und mich.

Eingehend sah ich mir die Arbeit an dem Porträt meines Vaters genauer an. Etwas stimmte nicht. Mit dem Hintergedanken, dass mein Vater für diesen Kriminellen gearbeitet haben sollte, erschien mir sein gedankenverlorener Blick plötzlich nicht mehr so verträumt, sein Lächeln galt nicht mehr unserer Zeit in Porth Arthur. Man könnte es als ein hinterhältiges Grinsen deuten. Seine Körperhaltung strotzte vor übertriebenem Selbstbewusstsein – Dad wirkte so anders und fremd. Wieso wirkte er so negativ auf dem Porträt? Entstand dies durch unsere lebensverändernden Ereignisse und meine Wahrnehmung?

Sofort nahm ich meinen Kohlestift und begann alles Zynische, Unschöne und Schneidende zu überzeichnen. Verzweifelt versuchte ich, den ursprünglichen Charakter der Skizze wieder einzufangen – ohne Erfolg. Meine Striche wurden immer fester, schneller und aggressiver, bis das Papier kleine Löcher bekam und an ein paar Stellen einriss. Fassungslos starrte ich auf das Gekritzel, das nun völlig zerstört war. Es kam noch schlimmer. In meiner unbemerkten Wut war ich so verkrampft gewesen, dass ich die Mine meines letzten und besten Stiftes kaputtgemacht hatte. Er war schon ziemlich kurz und anspitzen konnte ich ihn ohnehin nicht mehr. So ein verdammter Mist! Wütend warf ich den Stummelstift, das Porträt und schließlich meine Ledermappe mit den anderen Skizzen gegen die Wand. Sie segelten wie kleine Papierflieger zu Boden. Holly seufzte leise und für einen Moment dachte ich, sie würde aufwachen. Sie drehte sich aber um und schlief weiter.

Mir war zum Heulen zumute. Wie sollte ich jetzt arbeiten? Ich wollte mich in den Sommerferien auf mein Studium vorbereiten und weiter an verschiedenen Skizzentechniken feilen. Meine Hände waren schweißnass und mir war heiß. Enttäuscht und wütend über mich selbst, stand ich auf und verließ leise den Salon, um in der Küche etwas zu trinken. Keiner der Agenten war zu sehen und ich war froh darüber. Einen blöden Kommentar von Parker oder einen seiner düsteren Blicke hätte ich jetzt nicht ertragen können.

Nachdem ich meinen Durst gelöscht hatte und zurück in den Salon gekommen war, begann ich, meine Arbeiten wieder vom Boden einzusammeln und zu sortieren. Ich musste mir etwas einfallen lassen. Vielleicht gab es in der kleinen Stadt ein Geschäft mit Künstlerbedarf. Holly hatte nur einfache Filzstifte, mit denen ich unmöglich skizzieren konnte. Ich seufzte schwer, als ich den Stummel mit der abgebrochenen Mine in der Hand hielt. Das war's dann für die nächste Zeit!

Ich legte mich zu Holly, lag nur so da und stellte mir vor, wie ich Parker porträtieren würde. Sein Gesicht zu zeichnen, wäre eine Herausforderung. Abgesehen von dem Veilchen, das immer noch deutlich sichtbar war, versprühten seine Augen eine Lebendigkeit, die nicht leicht einzufangen wäre. Es kribbelte in meinen Fingern, an ihm zu üben.

Am späten Abend, als Holly friedlich in meinem Bett eingeschlafen war, kam das erste Mal Langeweile auf. Normalerweise hätte ich es mir jetzt im Bett neben Holly gemütlich gemacht und gezeichnet, aber ohne Stift ging das ja schlecht. Leise verließ ich mein Zimmer und horchte – alles war ruhig, nur das Radio in der Küche summte vor sich hin. Dann drangen Geräusche von unten aus dem Salon zu mir herauf. Neugierig ging ich die Treppe hinunter und erhaschte einen Blick. Parker saß auf dem Sofa und polierte etwas mit einem Tuch. Was da genau für Teile vor ihm auf dem Tisch lagen, konnte ich nicht erkennen. Es waren kleine schwarze Metallstücke. Er schien in seine Arbeit vertieft zu sein und bemerkte mich nicht. Für mich *die* Gelegenheit, ihn ungestört zu beobachten.

Wieder trug er seine Boots offen, was mich zum Schmunzeln brachte. Sein Haar stand wie immer unbändig zu allen Seiten ab. Ich hatte gute Lust, mit meinen Fingern darin zu wühlen ...

Was für Gedanken waren denn das schon wieder? Es fehlte nur noch, dass ich sabberte. Er war wirklich sexy, auch wenn ich das nicht gerne zugab. Er hatte etwas Wildes an sich, das in mir die Lust nach Abenteuer und Freiheit weckte. Manchmal konnte ich mich in seinen Augen verlieren. Das Braun wirkte oft fast schwarz und so lebendig. Ich seufzte leise.

»Na, schläft die Kleine?« Erschrocken zuckte ich zusammen. Ohne den Blick von seiner Arbeit zu nehmen, hatte er mich schon längst bemerkt. Er war eben ein Bulle und lebte von seinen Instinkten. Mutig trat ich in den Salon. »Sie ist sofort eingeschlafen. Was machst du da?«

»Ich poliere mein Baby.«

Erst als ich fast beim Sofa stand, erkannte ich den Lauf einer Pistole in seiner Hand. Vor ihm auf dem Tisch lagen ein gefülltes Magazin mit Patronen und Fotos. Neugierig schaute ich mir einen der Schnappschüsse näher an. Ein kahlköpfiger Mann mit Sonnenbrille und dunklem Anzug war darauf zu sehen. Er unterhielt sich mit einem anderen Kerl, ohne zu bemerken, dass er fotografiert wurde. Ich nahm ein weiteres Foto. Auch hier war der Typ zu sehen. »Wer ist das?«

Parker sah auf. »Das ist Oilily, einer der Lackaffen der *Eminenz*. Ein sehr gefährlicher Mann.«

Ich hätte den Kerl für einen Geschäftsmann gehalten. Er wirkte nicht unbedingt wie ein Gangster. Er war sehr gepflegt und man sah ihm an, dass er Geld hatte. Auf dem Foto, das ihn näher zeigte, konnte ich erkennen, dass der Anzug eine Maßanfertigung, die dicke Armbanduhr wertvoll und der blinkende Diamantohrstecker echt war. Mit seinem Aussehen bediente er sämtliche Klischees, die man bei einem reichen Mitglied der Mafia erwartet hätte. Ein Stich durchfuhr mein Herz, als etwas meine Aufmerksamkeit erregte – ein Tattoo. Die Manschette seines weißen Hemdes verdeckte zwar einen Teil davon, aber gerade, weil mir das Motiv so vertraut war, konnte ich es klar identifizieren. Es war genau derselbe Baum, den mein Vater auf der Innenseite seines Unterarms hatte. Der Stamm war kräftig und dunkel, die Krone auslaufend und filigran gearbeitet. Wieso hatte Dad mit so einem Typen Gemeinsamkeiten?

»Der trägt ja das gleiche Tattoo wie Dad!«, entfuhr es mir.

»Das ist das Erkennungsmerkmal der *Eminenz*. Alle Männer, die zu seinem Clan gehören, tragen es«, erklärte Parker ungerührt und polierte seelenruhig weiter. »Beim FBI ist dieses Symbol seit fünf Jahren bekannt.

Ich versuchte, den dicken Kloß in meinem Hals hinunterzuschlucken. Das bedeutete also tatsächlich, dass Dad einer von ihnen war? Nein, nein, nein. Dad hatte mir erklärt, dass sein Tattoo ein Lebensbaum war. Er stand für unsere Familie, für Liebe und Wachstum. Ich liebte dieses Tattoo.

Eindringlich sah ich mir das Foto noch näher an. Dad hatte sich die Anfangsbuchstaben von Cathrins und meinem Namen in die Krone tätowieren lassen. Parker musste sich täuschen. Mein Vater gehörte nicht zu diesen Kriminellen.

»Das muss Zufall sein. Mein Vater trägt es auf der Innenseite seines Unterarms, und außerdem sind Cathrins und meine Initialen in der Baumkrone zu sehen.« Kaum hatte ich es ausgesprochen, wurde mir klar, dass ich mich wie ein naives Kind anhörte. War das der Beweis, dass das FBI recht hatte?

Parker lachte verächtlich. »Genau, ein Zufall ... netter Zufall. Die Stelle, an der die Männer es tragen, ist völlig egal. Wichtig ist für die Sippe nur, dass sie es tragen, verstehst du?«

Trotzdem, mein Herz weigerte sich immer noch, das zu glauben, auch wenn mein Verstand mir etwas anderes zu sagen versuchte. Jeder hatte es sich bisher erlaubt, meinen Vater zu verurteilen, dabei hatte er noch nicht einmal die Gelegenheit gehabt, sich zu wehren oder es zu erklären. Er hatte mir beigebracht, dass man immer fair und gerecht bleiben musste. Er war Anwalt, ein Vertreter des Gesetzes. Ich wollte ihm erst die Gelegenheit geben, sich zu rechtfertigen, bevor ich mein Urteil fällte. Bestimmt würde sich alles aufklären. Ich legte die Bilder wieder auf den Tisch zurück und beobachtete den Agenten dabei, wie er sein ›Baby‹ gewissenhaft und liebevoll, beinahe zärtlich, reinigte.

Er war ein Cop und hatte bestimmt mit seinem ›Baby‹ schon einiges erlebt. Ob er damit schon jemanden erschossen hatte? Ein Schauer fuhr mir bei dem Gedanken den Rücken hinunter. Mit sicherem Abstand setzte ich mich auf die Lehne des Sofas und sah ihm dabei zu, wie er sein ›Baby‹ polierte. Kurz warf er mir einen Blick zu.

»Erzähl mir was von dir«, begann er.

»Was willst du denn wissen?«

»Alles«, sagte er trocken, legte das Tuch beiseite und fing an, seine Pistole zusammenzubauen. »Je mehr Logan und ich von euch wissen, desto besser.«

Wieso wurde ich das Gefühl nicht los, dass er die Aussagen, die ich der Polizei mehrfach gegeben hatte, nicht gelesen hatte? »Steht alles in unserer Akte.« Schnippisch verschränkte ich die Arme vor meiner Brust.

»Ich weiß. Ich würde es aber gern von dir hören.«

»Wozu? Wer lesen kann, ist klar im Vorteil.«

»Bist du immer so schwierig?«

»Bist du immer so anstrengend?« Wir funkelten uns an. Sein Kiefer mahlte, dann erschien dieses schiefe Grinsen auf seinem Mund, was mich kurz innehalten ließ. Er wandte sich wieder seiner Waffe zu und steckte die letzten Teile zusammen, bis sie laut hörbar einrasteten. »Kanntest du die Männer, mit denen dein Vater Geschäfte gemacht hat?«

Genervt verdrehte ich die Augen. Er vermutete, dass ich in alldem Mist eine Rolle spielte oder sogar mit drinsteckte. Was für ein Lackaffe! »Hör zu, Parker, ich weiß gar nichts. Ehrlich gesagt, glaube ich das alles auch erst, wenn ich es von meinem Vater selbst gehört habe. Er ist ein liebevoller und vertrauenswürdiger Mensch. Diese Anklage ist einfach lächerlich.«

Er schmunzelte. »Verstehe.«

»Du verstehst gar nichts. Mein Vater hat alles getan, um uns Mädchen glücklich zu machen.« Er lehnte sich zurück, überkreuzte die Arme und hörte zu. »Es war schrecklich, als meine Mutter bei Hollys Geburt gestorben ist.« Die Erinnerungen daran taten weh. Der Schmerz schob sich wieder in meine Brust. »Es war sehr schwer für uns, erst recht, als die

Ärzte uns erklärten, dass Holly krank ist. Dad tat alles, damit man ihr helfen konnte.. Einmal hat er gesagt, wir müssten Holly, als letztes Geschenk von Mum, hüten wie einen Schatz.« Ich sah auf meine Hände. Warum erzählte ich ihm das? Ich brach ab und hob stolz das Kinn. »Mein Vater ist ein großartiger Mensch. Für mich ist dieses Tattoo kein Beweis.«

»Mag sein, dass er ein guter Vater ist, deswegen kann er trotzdem – oder gerade deshalb – krumme Dinger gedreht haben. Ich meine, er war ein kleiner Anwalt mit einem normalen Durchschnittsgehalt. Die Operationen und die Behandlungen haben bestimmt eine ganze Stange Geld gekostet. Ihr habt in einer schönen Villa gelebt, du bist auf eine Privatschule gegangen und soweit ich weiß, ist dein Kunststudium in New York auch nicht gerade billig.«

Wut stieg in mir auf. Ich fand es ungerecht, wie er über unsere Familientragödie redete. Er hatte keine Ahnung, wie schwer die letzten Jahre für uns gewesen waren. »Dad hat hart für das alles gearbeitet«, presste ich sauer hervor. »Holly wäre heute nicht mehr am Leben, wenn er nicht wie ein Verrückter geschuftet hätte. Er hat sich als Anwalt einen Namen gemacht, hatte wichtige Mandanten – reiche Leute. Das hat uns finanziell gerettet. Das macht ihn noch lange nicht zu einem Verbrecher. Verurteilst du immer alle Menschen, deren Geschichte du nur halb kennst?« Parker schwieg. Ich stand auf und lief zur Tür. »Weißt du was? Vergiss es einfach. Was hätte ich von einem arroganten, aufgeblasenen und selbstverliebten Bullen auch erwarten sollen?« Ich schnaubte verächtlich und ließ ihn allein. Sollte er ruhig wissen, wie es sich anfühlte, gedemütigt zu werden.

**

Gerade wollte ich den Salon verlassen, als Parker mich plötzlich am Arm festhielt. Unsanft drückte er mich gegen die

Wand und vor Überraschung schrie ich leise auf. Schnell fing er meine Handgelenke neben meinem Kopf ein und presste seinen Unterleib an mich. Bei jedem Atemzug blähten sich seine Nasenflügel auf, dabei strich sein Atem warm über mein Gesicht. Sein Duft strömte mir in die Nase – eine Mischung aus Duschgel, Sandelholz und etwas anderem; etwas, das verführerisch und angenehm in meinem Bauch prickelte. Ich hielt die Luft an, wollte nicht, dass er so eine Wirkung auf mich hatte, und schon gar nicht, dass er bemerkte, wie sehr er mich damit verwirrte.

»Die Leute sagen und denken vieles über mich, aber noch niemand hat zu mir gesagt, dass ich arrogant bin«, flüsterte er grinsend. »Du kennst mich nicht und du weißt nichts über mich, also sei vorsichtig mit dem, was du sagst.« Seine Stimme war rau und belegt, trotzdem sollte er nicht glauben, dass er mich damit beeindruckte. Mutig streckte ich ihm mein Kinn entgegen. »Sonst?«

Er schmunzelte. »Das willst du lieber nicht herausfinden.«

»Drohst du mir etwa?«

Sein Blick verweilte auf meinen Lippen. Unwillkürlich biss ich drauf. Süße Wärme strömte in meinen Unterleib. Sein Gesicht war so nahe. Ein unbändiges Verlangen stieg in mir auf, das mich erschaudern ließ. Mein Gott! Ich wünschte mir, er würde mich küssen! Ich leckte mir über die Lippen, als könnte ich ihn dadurch schmecken. Hatte ich den Verstand verloren? Was tat dieser Kerl mit mir? Seine Pupillen weiteten sich, das Braun seiner Augen wurde dunkler, fast schwarz.

»Nein, das ist keine Drohung, sondern ein Versprechen.«

Zwischen uns lagen nur wenige Zentimeter. Grund genug, den Abstand zu vergrößern, aber ich konnte nicht. Es war wie Hexerei, deren Zauberformel für mich wie eine unlösbare Mathematikaufgabe war. Ich wollte, dass er mich berührte, wollte ihn schmecken, ihn fühlen. Ich war wie benebelt und hörte die schrillen Alarmglocken wie durch Watte. Vorsichtig, fast scheu, bot ich ihm meine Lippen an. Wie hypnotisiert erwartete ich, dass er sich nahm, was er wollte. Überall kribbelte es voller Vorfreude und Ungeduld. Er lockerte den Griff um meine Handgelenke und streichelte sanft mit dem Daumen über meinen Mundwinkel. Ich spürte seinen Körper und die Beule in seinem Schritt. Leise entfuhr mir ein Stöhnen – ich stand in Flammen. Ich würde mich ihm sofort hingeben, wenn er es wollte.

Parker ließ mich los und wandte sich von mir ab.

»Hast du ein Glück, dass ich nicht auf dich stehe, Süße.«

Als hätte er einen Eimer Eiswasser über meinen Kopf geschüttet, endeten abrupt meine Fantasien. Ohne ein weiteres Wort verließ er den Raum. Ich blieb ungeküsst und voller wilder, ungekannter Sehnsüchte allein. Schamesröte stieg mir ins Gesicht. Wie angewurzelt und noch völlig hypnotisiert, stand ich an der Wand und konnte nicht glauben, was gerade passiert war. Ich kam mir vor wie eine dämliche, liebeskranke und notgeile Kuh.

Shit! Shit! Shit!

Er hatte nur mit mir gespielt und ich war darauf reingefallen. Wütend ballte ich meine Hände zu Fäusten. Ich schämte mich. Wie erbärmlich ich doch war!

Noch lange lag ich in dieser Nacht wach und dachte über das Geschehene nach. Chris Parker war ohne Zweifel ein Typ, der sicher nichts anbrennen ließ. Er sah unglaublich gut aus und sein unverwechselbarer Charme öffnete ihm bestimmt so manche Schlafzimmertür. Er nahm sich einfach, was er wollte. Normalerweise konnte ich mit solchen Kerlen umgehen, nur heute Abend eben nicht. Vermutlich hatte ich einen schwachen Moment gehabt. Seit Tagen musste ich stark sein und hatte keine Schulter zum Anlehnen, die ich dringend brauchte. Ich schob meine Willenlosigkeit auf genau diesen Umstand und schwor, mich zukünftig zusammenzureißen. Vielleicht wäre es das Beste, Parker aus dem Weg zu gehen.

***

Holly schlief in der Nacht unruhig und weckte mich durch ihren unregelmäßigen und viel zu schnellen Atem. Ich wandte mich zu ihr. Vielleicht träumte sie ja schlecht.

»Hey, Keks, wach auf, du träumst.« Ich rüttelte sie sanft und dabei spürte ich, dass sie vor Hitze glühte. Sofort wurde ich hellwach, schaltete das Nachtlicht ein und fühlte ihre Stirn. »Scheiße, du hast ja Fieber!«

Nervös versuchte ich sie zu wecken, doch sie murmelte nur unverständliche Worte. Eilig ging ich ins Badezimmer, nahm kleine Handtücher aus dem Schrank und hielt sie unter kaltes Wasser. Vorsichtig legte ich die nassen Tücher um ihre Handgelenke und Waden.

»Es wird alles wieder gut, Krümel. Dir geht es bald besser«, versprach ich, obwohl ich wusste, dass sie mich nicht wahrnahm. Während ich hoffte, dass die Wickel ihr Fieber senken würden, rannte ich aus dem Zimmer und klopfte bei Parker. Er öffnete völlig verschlafen, mit wirrem Haar. Verwirrt fuhr er sich übers Gesicht.

»Holly geht es nicht gut, sie hat hohes Fieber.«

»Was sagst du?«

»Sie muss zu einem Arzt!«

»Okay, ich komme.«

Ich lief zurück ins Zimmer, wechselte die Wickel und tupfte den Schweiß von ihrer Stirn. In Gedanken ging ich den Abend durch. Nichts hatte darauf hingewiesen, dass sie sich nicht wohlgefühlt hatte. Vor einem solchen Infekt hatte ich immer große Angst gehabt.

Die Tür wurde geöffnet, Parker und Logan kamen herein. »Was ist passiert?«, fragte Logan und trat ans Bett.

»Sie hat hohes Fieber. Wir müssen dringend zum Arzt.«

Er nickte und berührte vorsichtig ihre Stirn. »Das kenne ich von meiner Tochter.«

Parker zog sein Handy aus der Hosentasche.

»Sir? Wir brauchen einen Arzt. Der Kleinen geht es nicht gut. ... Sie hat hohes Fieber. ... Ja, so schnell wie möglich.« Er begann im Zimmer auf und abzulaufen. »Ja, ich warte.« Es vergingen nur wenige Augenblicke, bis Parker wieder sprach. »In Ordnung. ... Nein, das kriegen wir hin.« Er beendete das Gespräch und steckte das Handy zurück in seine Hosentasche. »Ein Hubschrauber wird uns in zehn Minuten abholen und zum Flughafen fliegen. Wir bringen sie in eine Spezialklinik nach Chicago. Bennet klärt gerade alles. Pack am besten ein paar Sachen zusammen. Wir müssen gleich los, der Heli landet etwas abseits von Virginia.«

Ich tat, was er sagte. Nur kurze Zeit später trug Parker Holly zum Auto. Sie war so schwach, dass sie überhaupt nichts mitbekam und weiterschlief. Logan startete den Wagen.

»Mach dir nicht so große Sorgen, Joy. Kinder bekommen schnell mal Fieber.«

Das stimmte zwar, aber in Hollys Fall war Fieber immer ein schlechtes Zeichen – ein ganz schlechtes Zeichen.

»Ich habe solche Angst, dass ihr Körper das Herz abstößt.«

»An so etwas darfst du nicht denken. Es wird alles gut«, versuchte er mich zu beruhigen, und fuhr los. Parker hatte meinen Keks in meine Arme gelegt und war auf der Beifahrerseite eingestiegen. Die Hitze, die von ihrem Körper ausging, trieb mir den Schweiß auf die Stirn, aber ich ertrug es.

Als wir die Landstraße erreichten, landete der Helikopter nicht weit von uns auf einer Wiese. »Da ist er schon. Haltet mich auf dem Laufenden, okay?«

»Das machen wir.«

Logan fuhr so nahe wie möglich an den Heli heran und wir stiegen aus.

»Ich halte so lange die Stellung hier«, rief Logan laut gegen das Geräusch der Rotorenblätter an. Der verursachte Wind peitschte mein Haar ins Gesicht.

»Wir melden uns, sobald wir da sind, Bro«, verabschiedete sich Parker, nahm mir Holly ab und nickte seinem Freund zu, bevor wir leicht gebeugt zum Heli liefen. Sofort wurde die Schiebetür geöffnet. Meine Schwester wurde auf eine Liege gelegt, fixiert und mit einer goldglänzenden Rettungsfolie zugedeckt. Parker schloss die Tür und schon hoben wir ab.

Tausend Sorgen flatterten durch mein Hirn, sodass ich meine Flugangst völlig vergaß. Ich beobachtete, wie ihr eine Infusion gelegt wurde, und schon tauchten Bilder aus der Zeit auf, in der sie viele Monate im Krankenhaus hatte verbringen müssen. Wie tapfer sie bisher alles ertragen hatte! Ich konnte nur hoffen, dass diesmal auch alles gut ausgehen würde.

Es dauerte nicht lange, da landeten wir auf dem *Abraham Lincoln Capital Airport* in Springfield. Beim Aussteigen entdeckte ich ganz in unserer Nähe ein kleines Flugzeug.

»Könnten Sie den Infusionsbeutel halten?«, fragte mich der Typ, der Holly versorgt hatte. *Dr. Willson* stand in bestickten Buchstaben auf seinem T-Shirt. Ich nahm den Beutel, während er die Bahre zum Flieger schob.

Der einstündige Flug ging schnell vorbei. Dr. Willson und ein weiterer Arzt kümmerten sich um meine Schwester. Sie wollten alles über die Herztransplantation wissen. Bereitwillig gab ich ihnen Auskunft, machte Angaben, von welchen Ärzten sie behandelt und operiert worden war. Während ich über alle Details redete, wurde mir bewusst, dass ich damit unsere Identität preisgab. Die Ärzte würden bestimmt stutzig werden, wenn auf Cathrins Krankenakte plötzlich ein anderer Name stand.

Ich stupste Parker an. »Ich habe den Ärzten alle Informationen gegeben. Werden sie sich nicht über Hollys Namen wundern und Fragen stellen?«, fragte ich leise.

»Nein, mach dir keine Sorgen. Das FBI hat alles frisiert. In solchen Dingen sind wir meist gründlich.«

Ich runzelte die Stirn. »Wie meinst du das?«

»Alle Daten, Unterlagen, Pässe, eben alles wurde geändert. Wir haben dafür Spezialisten, die den ganzen Tag nichts anderes machen, als das neue Leben mit dem alten abzugleichen.«

Erleichtert sank ich in meinen Sitz zurück. »Okay, dann ist es ja gut.«

Im Krankenhaus wurde Holly sofort untersucht, während Parker und ich in ein Wartezimmer gebracht wurden. Dieses war mit ein paar Stühlen und einem winzigen Tisch, auf dem Zeitschriften und Zeitungen lagen, spärlich eingerichtet. Trostlose, kahle Wände ließen in mir eine noch größere Leere hochkommen. Die Zeit verging sehr langsam und mit jeder Minute wuchs meine Ungeduld. Parker besorgte uns einen Kaffee, den er mir stumm und mit einem mitleidigen Blick entgegenstreckte.

»Danke«, flüsterte ich leise, und lief zum Fenster. Das dunkle Gebräu schmeckte scheußlich, aber wenigstens hatten meine Hände eine Beschäftigung. Ich sah in die Ferne. Die Lichter der Stadt leuchteten mir hoffnungsvoll entgegen und gaben ein schönes Panoramabild ab.

»Sie wird wieder gesund werden.« Parker stellte sich neben mich, trank aus seinem Plastikbecher und spähte in die Nacht. Es war seine Art mich zu trösten, das spürte ich deutlich. Ich sagte nichts, wünschte mir nur, dass er Recht behalten würde.

Endlich wurde die Tür geöffnet und ein Mann in einem weißen Kittel betrat das Wartezimmer. Er schaute auf sein Klemmbrett und blätterte in den Unterlagen, bevor er aufsah. Sofort liefen Parker und ich ihm entgegen.

»Hallo, ich bin Dr. Ramirez. Sind Sie die Schwester der kleinen Patientin?« Er blickte wieder auf seine Unterlagen. »Äh ... Joy Brown?«

»Ja, die bin ich. Wie geht es ihr?«

»Nun, ich denke, den Umständen entsprechend gut. Wir haben ihr ein fiebersenkendes Mittel und Antibiotika gegeben. Das Fieber sinkt bereits und die Herzfunktionen sind normal.

Sie hat eine Infektion, die kurzzeitig das Herz geschwächt hat. Die weiteren Untersuchungen müssen wir noch abwarten.«

»Das sind ja tolle Nachrichten.« Parker freute sich, aber ich war immer noch beunruhigt.

»Dann stößt ihr Körper das Herz nicht ab?«

Er schüttelte den Kopf. »Nein, bei unseren bisherigen Untersuchungen haben wir keinen Hinweis darauf gefunden. Ihr Herz schlägt jetzt normal und regelmäßig. Zur Sicherheit haben wir sie auf die Isolierstation gebracht, um kein unnötiges Risiko einer neuen Infektion einzugehen, da das Immunsystem geschwächt ist. Aber ich gehe davon aus, dass das Mädchen sich schnell wieder erholen wird«, erklärte Dr. Ramirez und lächelte zuversichtlich. Ich stieß die Luft aus meinen Lungen und sofort entkrampften sich meine Muskeln. Unglaubliche Erleichterung machte sich in mir breit und am liebsten wäre ich dem Arzt um den Hals gefallen.

»Dürfen wir zu ihr?«

»Im Moment nicht. Die Entzündungswerte sind noch zu hoch und wir haben die Untersuchungen nicht abgeschlossen. Ich denke aber, in ein paar Stunden können Sie zu Ihrer Schwester. Versuchen Sie zu schlafen und ruhen Sie sich aus.«

»Danke, Dr. Ramirez.« Parker streckte ihm die Hand entgegen und schüttelte sie. Dann wandte er sich von uns ab und verließ das Zimmer.

»Siehst du? Es wird ihr bald wieder gutgehen.«

»Ja, ich bin sehr froh darüber«, murmelte ich.

»Dann sollten wir jetzt genau das tun, was der Arzt gesagt hat. Wir schlafen ein paar Stunden und kommen dann wieder zurück. Okay?«

»Und wer bewacht sie? Wir können doch nicht einfach verschwinden!«

»Nein, dafür hat das FBI schon gesorgt. Zwei Beamte wurden hier postiert. Das FBI hat hier ganz in der Nähe ein Hotel für uns gebucht, das ebenfalls abgeschirmt wird.«

Es fiel mir schwer, das Krankenhaus zu verlassen, aber mit dem Wissen, dass Holly hier in Sicherheit war, ließ ich mich bereitwillig von Parker hinausführen. Er telefonierte, während wir durch die langen Gänge der Klinik gingen. Vor dem Eingang wartete ein Wagen, der uns zum Hotel brachte. Ich staunte, wie gut diesmal alles organisiert war.

Wir wurden in zwei Einzelzimmern untergebracht. Parkers Zimmer lag genau gegenüber von meinem. Es dämmerte bereits, als ich in die Kissen sank und sofort einschlief.

***

Sechs Stunden später wurden Parker und ich auf die Isolierstation geführt. Eine Krankenschwester gab uns Schutzkleidung, die wir erst anziehen mussten, bevor wir das Zimmer, in dem Holly lag, betreten durften. Ich konnte es kaum mehr erwarten, sie zu sehen. Die Schwester führte uns den Gang entlang und blieb vor einer Tür stehen, an der ein Polizist stand.

Parker und er wechselten kurz ein paar Worte, dann durften wir eintreten. Da lag sie und schien zu schlafen. Sie war an eine Maschine angeschlossen, die leise piepste und ihren Herzschlag aufzeichnete.

»Der Arzt kommt gleich zu Ihnen«, meinte die Krankenschwester und ließ uns mit Holly allein. Parker brachte mir einen Stuhl, damit ich mich zu ihr setzen konnte. Ich streichelte über den kleinen Handrücken. Ihr Oberkörper hob und senkte sich gleichmäßig. Das regelmäßige Piepsen der Überwachungsmaschine erfüllte den Raum.

»Hey Keks!« Sie blinzelte ein wenig. »Bist du wach?«

Jetzt öffnete sie tatsächlich ihre Augen. Ich lachte ihr breit ins Gesicht, auch wenn sie es durch den Mundschutz nicht sehen konnte.

»Mia?«

»Hi, meine Süße! Wie geht es dir?«

»Wo bin ich?«

»In einem Krankenhaus. Du hattest hohes Fieber.«

Sie bewegte sich und das Rascheln der Bettwäsche war zu hören. »Ich habe Durst.«

Ich wechselte einen Blick mit Parker, der ebenfalls grinste.

»Na, wenn das kein gutes Zeichen ist«, sagte er und traute sich näher ans Bett heran. Holly drehte den Kopf und schenkte ihm ein müdes Lächeln. »Hi Chris! Du bist ja auch da.«

»Natürlich bin ich da! Wo sollte ich denn sonst sein?«

Der Arzt von letzter Nacht betrat das Zimmer. Er nickte mir und Parker zu und wandte sich dann an Holly. »So, wie geht es meiner kleinen Patientin heute?«

»Ich habe Durst«, antwortete sie jetzt mit einer etwas kräftigeren Stimme.

»Na, dagegen können wir etwas machen.« Er kontrollierte die Maschine und notierte sich etwas auf seinem Klemmbrett. »Dein Fieber ist gesunken, das ist sehr gut. Ich werde kurz mit deiner Schwester draußen sprechen, okay?«

»Okay, aber kommst du wieder, Mia?«

»Natürlich.« Ich folgte dem Doktor aus dem Raum.

»Ich glaube, sie hat das Schlimmste überstanden«, verkündete er freundlich. »Das Herz arbeitet völlig ruhig. Das Fieber und die Infektion gehen zurück.«

»Gott sei Dank.«

»Eine Abstoßung des implantierten Herzens kann ich ausschließen. Allerdings möchte ich sie zur Beobachtung noch ein bis zwei Tage hierbehalten.«

»Das dürfte kein Problem sein«, willigte ich ein.

»Wunderbar. Ich werde veranlassen, dass Ihre Schwester etwas zu trinken bekommt, und wir sehen uns später.«

»Danke, Dr. Ramirez.«

Als ich wieder bei Holly im Zimmer war, hatte sie sich schon aufgesetzt. Auch wenn es ihr besser ging, zeigten die dunklen Schatten unter ihren Augen, wie erschöpft sie war.

»Wo ist Mr. Floppy?«, fragte sie, als ich mich zu ihr setzte.

»Den konnten wir in der Eile nicht mitnehmen, aber ich verrate dir was: Der Doktor hat gesagt, wenn es dir weiterhin besser geht, darfst du bald nach Hause.«

Die Krankenschwester kam herein und brachte etwas zu trinken. Parker hatte sich auch einen Stuhl organisiert und setzte sich zu uns. Holly und er unterhielten sich eine Weile, bis sie wieder müde wurde und einschlief.

»Komm, lass uns auch einen Happen essen gehen«, flüsterte er mir zu. Eigentlich wollte ich das Zimmer nicht verlassen, aber mein Magen rumorte schon eine ganze Weile und schließlich würden wir uns nur einen Snack holen und bald wieder zurück sein. Der Keks bekam das bestimmt nicht mit.

Im Krankenhaus gab es eine kleine Cafeteria mit einer Selbstbedienungstheke. Ich nahm mir einen gemischten Salat, ein Brötchen und zum Nachtisch einen Joghurt. Parker entschied sich für zwei belegte Brötchen und ein Glas Milch. Es war nicht viel los und so setzten wir uns in eine Nische, von der aus er das Restaurant gut überblicken konnte.

»Ich bin so froh, dass es deiner Schwester besser geht. Was hat der Arzt gesagt, wann wird sie wieder fit sein?« Ich berichtete ihm, was Dr. Ramirez vor der Tür gesagt hatte.

»Wunderbar, ich bin sehr erleichtert.«

Ich lächelte. »Ja, ich auch.«

Wir aßen schweigend verbrachten den ganzen restlichen Tag bei Holly. Wir konnten zusehen, wie es ihr stündlich besser ging. Das zarte Rosa kehrte auf ihre Wangen zurück und das Blau ihrer Augen begann allmählich zu leuchten. Die Krankenschwester brachte uns ein Puzzle und ein paar Kinderbücher. Somit konnten wir sie beschäftigen und die Zeit verging wie im Flug. Parker und ich wechselten uns beim Vorlesen aus den Büchern ab, Holly hörte uns gespannt zu. Gegen Nachmittag durfte sie eine Nudelsuppe essen. Sie verputzte die ganze Portion und verlangte sogar einen Nachschlag. Erst spät am Abend, als sie bereits eingeschlafen war, gab ich ihr einen Kuss auf die Stirn und verließ mit Parker das Krankenhaus. Auf dem Weg zum Hotel besorgten wir uns etwas zu essen.

»Du kannst ganz gut mit Kindern umgehen«, sagte ich, als wir den Gang zu unseren Zimmern entlangschlenderten. »Musstest du früher auf deine Geschwister aufpassen?«

Er zögerte mit einer Antwort und irgendetwas regte sich in seinem Gesicht. »Nein, ich habe keine Geschwister.«

»Dann bist du also ein typisches Einzelkind.«

»Ja, das könnte man sagen.«

»Dann bist du besonders kinderlieb.«

»Ich? Nein! Ich habe mit den kleinen Biestern eigentlich nichts am Hut, außer vielleicht mit Logans Wurm.«

Ich war mir sicher, dass er total untertrieb. Allein, wie er mit Holly umging, zeigte mir, dass er in sie vernarrt war.

Mittlerweile standen wir vor meiner Zimmertür und eine merkwürdige Stimmung baute sich zwischen uns auf, in der keiner von uns wusste, was er sagen sollte. Ich trat von einem Bein aufs andere und suchte krampfhaft nach einem Gesprächsthema. Ich wollte noch nicht, dass jeder in sein Zimmer verschwand.

»Tja, dann ... Gute Nacht, Joy.«

Enttäuscht, dass er dem Ganzen ein Ende setzte, drehte ich mich um und schob die Karte, die meine Tür öffnete, in den Schlitz. »Danke für alles. Gute Nacht.« Er beobachtete, wie ich die Tür aufschob, eintrat und sie langsam wieder schloss. Stumm lehnte ich mich dagegen und hörte, wie auch seine Tür zufiel. Innerlich rief ich mich zur Ordnung und versuchte, jeden weiteren Gedanken an ihn zu unterdrücken. Ich war völlig erledigt, duschte und lag dann endlich erschöpft im Bett, konnte aber trotzdem nicht einschlafen.

Gleich am nächsten Morgen fuhren wir nach einem kleinen Frühstück zu Holly. Die ganze Nacht war sie fieberfrei geblieben und ihre Werte hatten sich normalisiert. Das fremde Herz in ihrer Brust schlug kräftig und gleichmäßig. Ich war glücklich, als der Chefarzt persönlich bei der Visite vorbeikam.

»Ich denke, einer heutigen Entlassung steht nichts im Wege, aber ich empfehle Ihnen, einen Kontrolltermin in Ihrer Klinik zu vereinbaren. Nur um ganz sicherzugehen. Das Antibiotikum soll sie weiter nehmen, und natürlich auch ihre anderen Medikamente.«

»Wo ist denn Doktor Ramiz?«, fragte Holly, als sich der Chefarzt von ihr verabschiedete.

Er lachte. »Du meinst Dr. Ramirez? Er wird bestimmt noch bei dir vorbeischauen, bevor du gehst. Ich werde ihm sagen, dass du nach ihm gefragt hast.« Holly war ganz aufgeregt und wurde ungeduldig. Parker telefonierte und kümmerte sich um unseren Rückflug, während ich Holly beim Anziehen half. Die Krankenschwester brachte uns die Entlassungspapiere. »Dr. Ramirez bittet Sie, noch zu warten. Er kommt in ein paar Minuten, um Sie zu verabschieden.«

»Danke.« Ich nahm den Entlassungsbrief und steckte ihn in meine Tasche. Fertig für die Heimreise saßen wir beide auf dem Bett und warteten darauf, dass der Doktor endlich kam. Doch statt Ramirez kam Parker gutgelaunt ins Zimmer zurück.

»Seid ihr soweit?«

»Eigentlich schon, aber wir warten noch auf den Arzt. Die Schwester war eben da und brachte uns den Bericht. Sie meinte, wir sollen uns noch ein paar Minuten gedulden und auf ihn warten. Er will sich von uns persönlich verabschieden.«

Parker stutzte und zog die Augenbrauen hoch. Er trat näher. »Den Brief hast du aber?«

»Ja.«

Er verzog den Mund und eine tiefe Falte erschien auf seiner Stirn. »Dann kommt, wir gehen. Unser Shuttle wartet.«

Eindringlich blickte ich Parker an. »Aber wieso? Dr. Ramirez kommt bestimmt gleich.«

Parker schüttelte kaum merklich den Kopf. »Vertrau mir, Joy. Lass uns gehen. *Jetzt*.« Sein Blick war so intensiv, dass ich seine innere Angespanntheit sofort wahrnahm. Was war denn los? Ich stand vom Bett auf. »Okay.« Parker trug Holly und ich nahm ihre Tasche. Zusammen gingen wir hinaus. Er wechselte mit dem Beamten noch ein paar Worte, dann liefen wir den Gang entlang zum Aufzug. Ich kapierte zwar nicht, was Parkers Problem war, aber als seine Schritte immer schneller wurden, machte er mich nervös.

»Bleib dicht bei mir, Joy. Hast du verstanden?«

»Parker! Jetzt warte doch mal«, forderte ich ihn auf, aber genau in dem Moment blieb er abrupt stehen. Sein Blick ging angespannt zum Aufzug am Ende des Ganges. Zwischen den Putzwagen, Schwestern und Patienten konnte ich sehen, wie sich der Lift öffnete und zwei Männer in Anzügen direkt auf uns zukamen. Um sie genau zu erkennen, waren sie zu weit weg, aber ich spürte deutlich, wie Parkers Muskeln sich anspannten.

»Shit! Ich wusste es«, brummte er, drehte sich hastig um und lief mit eiligen Schritten den Weg zurück.

»Was ist? Wer ist das?« Ich konnte ihm kaum folgen.

»Scheiße, Mädels, jetzt müssen wir uns beeilen. Lauf, Joy, und bleib dicht bei mir.«

Eilig, aber so unauffällig wie möglich, hasteten wir den Flur entlang. »Es muss doch hier einen Notausgang geben«, zischte Parker und sah sich fieberhaft nach einem Schild um. Mein Herz begann zu flattern, als ich zu den Männern zurückschaute. Tatsächlich schienen sie uns mit ausdruckslosen Gesichtern zu folgen.

»Da! Ein Treppenhaus.« Parker blickte ebenfalls zu den Männern zurück. Genau in dem Moment schrien Leute auf und das Chaos brach aus.

Kapitel 6

Holly klammerte sich ängstlich an Parkers Hals, während wir Stufe für Stufe die Treppen hinuntereilten.
»Wer sind die?«, schrie ich Chris zu.
»Männer von Suárez!«
Mein Hirn registrierte nur Gefahr und Angst, meine Beine legten ganz automatisch einen Zahn zu. Ich hörte, wie oben die Tür aufgestoßen wurde. Ich riskierte einen Blick ins Treppenauge hinauf und sah, dass sie Pistolen in ihren Händen hielten. Panik stieg in mir auf und ich konnte keinen klaren Gedanken mehr fassen, dachte nur an Flucht. Wenige Sekunden später ertönte ein Alarm, der laut und eindringlich anschlug. Holly begann zu weinen, versteckte ihr Gesicht in Parkers Halsbeuge. Er presste sie fest an sich. »Wenn wir unten ankommen, rennst du mit ihr dorthin, wo viele Leute sind, und suchst nach einem dunklen Van, okay?«, rief Parker keuchend.
Ich hatte keine Zeit, um darüber nachzudenken. Ich konnte nur die Schritte hören, die immer näherkamen. Unten angekommen, riss er die Tür auf und drückte mir meine Schwester in die Arme. »Lauf!«
Ich rannte mit ihr durch die Eingangshalle. Holly schrie und weinte, während ich sie fest an mich drückte. Durch den Alarm strömten die Leute zum Ausgang. Zwei Wachmänner wiesen den Weg. Auch ich mischte mich zwischen die Menschen, sah mich aber nach Parker und unseren Verfolgern um. Plötzlich fielen Schüsse und die Menge geriet in Panik. Die Leute schrien ängstlich, drängelten, fielen zu Boden. Weitere Schüsse waren zu hören, diesmal lauter. Mein Herz klopfte wild, die Angst lähmte mein Gehirn. Was sollte ich tun, wo

sollte ich hin? Da fiel mir der dunkle Van ein, den Parker erwähnt hatte. Ich kämpfte mich zwischen den Leuten hindurch, und als ich es geschafft hatte, suchte ich die Straße nach dem Fahrzeug ab.

Plötzlich wurde ich hart am Oberarm gepackt und etwas drückte sich in meine Seite. Erschrocken sah ich auf.

»Los, mitkommen!« Einer der Typen im Anzug und mit fiesem Gesicht schob mich aus der Menge. Oh nein! Mein Mund war staubtrocken und ich presste Hollys Kopf an meine Schulter. »Es wird alles gut«, tröstete ich sie, aber das beruhigte sie in keinster Weise.

Widerwillig folgte ich ihm. Wo war Parker? War er verletzt? Der Kerl führte mich aus dem Pulk von Menschen heraus und dirigierte mich zu einem Wagen. »Bitte, tun Sie uns nichts«, versuchte ich ihn mit zitternder Stimme umzustimmen, obwohl das zwecklos war.

»Halt's Maul und steig ein«, fuhr er mich an, als wir den Wagen erreichten. Weinend und völlig aufgelöst, tat ich, was er verlangte. Der Motor wurde angelassen und der Typ mit der Waffe stieg auf der Beifahrerseite ein. Dann gab der Fahrer Gas und wir rasten davon. Von Weitem näherten sich Sirenen, aber ich wusste, dass wir in der Falle saßen.

Plötzlich versperrten uns zwei schwarze Limousinen den Weg und mehrere bewaffnete Männer zielten auf uns.

»Mierda!«, stieß der Fahrer fluchend aus, und bremste scharf. Er legte den Rückwärtsgang ein, gab Gas und knallte gegen ein parkendes Auto. Unberührt davon, wollte er wieder anfahren, als Parker sich ihm plötzlich in den Weg stellte und schoss. Das Glas der Windschutzscheibe zersprang und ein weiterer Schuss traf den Fahrer direkt in den Kopf. Holly und ich schrien auf.

Der zweite Mann fluchte und brüllte, bis ein weiterer Knall auch ihn zum Schweigen brachte. Er sackte tot zusammen. Holly schrie. Das Blut rauschte in meinen Ohren und mein

Herzschlag ging viel zu schnell. Ich begann zu zittern und schloss die Augen. Innerlich verabschiedete ich mich von meinem Leben und kreischte panisch auf, als mich jemand berührte. »Es ist vorbei, Joy. Ihr seid in Sicherheit.« Es war Parker. Vorsichtig und behutsam nahm er Holly an sich. Sie ließ sich sofort von ihm in die Arme nehmen.

»Sie sind tot. Es ist vorbei«, wiederholte er, und es dauerte eine ganze Weile, bis diese Nachricht zu mir durchdrang. Holly weinte laut und umklammerte Chris. »Niemand wird euch etwas tun. Schsch, ... alles ist gut.«

Langsam und noch etwas unsicher, stieg ich aus dem Wagen. Dabei versuchte ich, nicht auf die beiden toten Männer zu schauen. Überall waren Polizisten. Sirenen und ein Hubschrauber waren zu hören. Wortlos und völlig durcheinander, ließ ich mich von Parker wegbringen.

Holly und ich wurden sofort medizinisch versorgt und anschließend vom Klinikgelände gebracht. Ich hatte keine Ahnung, wo sie uns hinbrachten, und im Augenblick war mir das auch egal. Ich war einfach nur froh, dass Holly nicht verletzt worden war. Wir lebten, das war das Wichtigste.

Wir saßen in irgendeinem Büro auf einem Sofa. Holly hatte sich an mich gekuschelt und döste, während ich darauf wartete, dass endlich die Tür aufging.

»Hey, ihr zwei. Alles klar?« Parker kam herein und hatte ein künstliches Lächeln aufgesetzt. Er lehnte sich an die Schreibtischkante.

»Wie konnten sie uns finden? Und wie geht es jetzt weiter?«, wollte ich wissen, ohne auf seine Frage einzugehen.

»Tja, meine Leute haben die undichte Stelle gefunden.«

Ich riss die Augen auf. »Und wer?«

»Ob du es glaubst oder nicht, es war Dr. Ramirez.«

Was?! Mir klappte der Mund auf. Der nette, freundliche Arzt, der sich so lieb um Holly gekümmert hatte? »Aber wie konnte das geschehen?«

»Mir war aufgefallen, dass er dich merkwürdig angesehen hat, als Holly dich Mia nannte. Erinnerst du dich?«

Ich war geschockt, ich hätte ihm das nie zugetraut.

»Der gute Ramirez ist ein Teil der Organmafia. Ich bin meinem Instinkt gefolgt und habe ihn überprüfen lassen. Es hat zwar eine Weile gedauert, bis unsere Leute etwas über ihn gefunden haben, aber zum Glück ist ja alles gutgegangen.«

»Du meinst, er hat herausgefunden, wer wir sind, und diese Kriminellen informiert?«

Parker nickte. »Er wusste, dass bei euch etwas faul war. Für Geld macht der Kerl alles.«

»Und was wird jetzt geschehen? Ich meine, diese Männer wissen, dass wir in Chicago sind. Sie werden uns suchen.«

»Genau, deshalb werden wir jetzt nach Virginia zurückkehren. Niemand weiß, dass wir dort im *Safe House* sind. Noch bevor sie etwas wittern, sind wir schon verschwunden.«

»Ich habe Angst«, flüsterte ich und streichelte gedankenverloren über Hollys Haar.

»Ich werde euch beide beschützen. Es wird euch nichts mehr passieren.«

»Das kannst du nicht wissen«, sagte ich tonlos.

»Können wir nach Hause, Mia? ... Joy?« Holly richtete sich auf und rieb sich die Augen. Sie tat mir so leid. Sie vermisste ihr Zuhause, wollte endlich wieder in ihren normalen Alltag zurück. Es brach mir das Herz, ihr diesen Wunsch nicht erfüllen zu können.

Unbeschadet und völlig erschöpft kamen wir am Safe House an. Logan kam aus dem Haus gerannt und umarmte mich und Holly. »Geht es euch gut?«

»Ja. Alles okay soweit.« Die Erleichterung stand ihm ins Gesicht geschrieben. Er wandte sich an Parker. »Hey Bro! Was war denn bei euch los? Ihr habt Chicago ganz schön aufgemischt! Die Nachrichtensender berichten von nichts anderem.«

Parker warf ihm einen besorgten Blick zu. »Keine Sorge. Unsere Leute haben sie auf eine falsche Fährte gelockt.«

Chris entspannte sich augenblicklich. »Es war knapp, aber lass uns rein gehen, dann erzählen wir dir alles.«

In den folgenden Tagen erholten wir uns von den schrecklichen Ereignissen in Chicago. Holly steckte die versuchte Entführung erstaunlich gut weg. Sie hatte zwar in der ersten Nacht, in der wir wieder in Virginia waren, schlecht geträumt, aber für sie schien die Welt wieder in Ordnung zu sein. Ich traute dem Frieden nicht und behielt sie genauer im Auge. Logan und Parker waren nun übervorsichtig, nach allem, was in Chicago geschehen war. Eigentlich hatte ich den Eindruck gehabt, dass sich die Spannungen zwischen Parker und mir seit Hollys Infektion gelegt hatten. Doch als wir wieder zurück waren, redete er nicht viel mit mir, ging mir aus dem Weg und vermied jeden Blickkontakt. Einzig der Keks verwickelte die beiden Polizisten in Gespräche, wobei ich stiller Beobachter der Unterhaltungen blieb.

Wenn ich mit Logan in der Küche war und Parker mit ihm sprechen wollte, bat er ihn kurz heraus. Beim Frühstück fragte er mich nie nach der Milchpackung oder nach dem Marmeladenglas, obwohl es für mich einfacher gewesen wäre, es ihm zu reichen. Man konnte fast sagen, dass er mich wie Luft behandelte. Die Eiszeit blieb auch Logan nicht verborgen. Manchmal blickte er fragend zwischen uns hin und her, sagte aber kein Wort.

Draußen war es viel zu heiß, um in den Garten zu gehen. Holly hatte es sich im Salon gemütlich gemacht, während ich damit beschäftigt war, die Gästetoilette zu reinigen. Ich war so in Gedanken vertieft gewesen, dass ich nicht mitbekam, dass Parker sich zu Holly gesellt hatte. Ich war fertig mit der Arbeit, als ich hörte, wie die beiden sich unterhielten. »Guck, ich mache das so: Es war einmal ein Hase, der hüpfte kreuz und quer, dann kam er zu einem Baum. Er flitzte um ihn herum, dann sah er einen Teich und sprang hinein. Bändchen hin und Bändchen her, Schuhe binden ist nicht schwer!«

Neugierig spähte ich in den Salon. Parker saß auf dem Sofa, vor ihm kniete Holly. Erstaunt, dass sie ihm gerade tatsächlich das Schuhebinden beibrachte, musste ich schmunzeln.

Verwirrt blickte er auf seine Boots hinunter und kratzte sich am Kopf.

»Wieso kaufst du dir eigentlich Schnürschuhe, wenn du gar nicht binden kannst?«

»Tja, ich finde, dass sie ganz gut aussehen«, antwortete er, und beugte sich runter, um es zu versuchen. »Also das mit dem Knoten bekomme ich hin, aber die Schlaufen ... Und was war das mit dem Hasen?«

Holly kicherte. »Zieh mal deine Schuhe aus. Ich zeige es dir noch einmal.« Parker streifte die riesigen Boots ab, die laut polternd auf den Boden fielen. Mit ihren nackten kleinen Füßen stieg Holly hinein, was wirklich zum Schreien aussah. Seine Treter reichten ihr fast bis zu den Knien. Sie schlurfte ein paar Schritte durch den Raum.

»Hast du riesige Füße!«, rief sie erstaunt.

»Und du so winzige. Da kommt man ja kaum voran.«

»Ich wachse ja noch«, verteidigte sie sich und stolperte zum Sofa zurück. »Also schau.« Sie nahm die Schnürsenkel in die Hand und erklärte es ihm ganz langsam: »Es war einmal ein Hase, der hüpfte kreuz und quer, dann kam er zu einen Baum. Er flitzte um ihn herum, dann sah er einen Teich und sprang hinein. Bändchen hin und Bändchen her, Schuhe binden ist nicht schwer! Siehst du? Ist doch ganz einfach.«

Der Anblick der beiden rührte mich. Parker erschien mir plötzlich so zahm und sanft. Wenn er Holly ansah, lag eine Zärtlichkeit in seinem Blick, die mir bisher noch nicht aufgefallen war. Mein Keks war sowieso der reinste Zucker.

Holly zog einen Schuh aus. Sie hatte alle Mühe, ihn Parker über den Fuß zu streifen. Schließlich half er nach. »Jetzt machen wir es zusammen.« Sie begann mit dem Spruch, den uns Dad beigebracht hatte, und zeigte es diesmal noch langsamer. Ich kicherte in mich hinein, als ich Parkers Gesicht dabei beobachtete. Immer wieder blickte er zu ihr rüber und ahmte alle ihre Schritte nach.

»Hey! Ich kann´s!«, rief er begeistert. Zwei riesige Schleifen zierten nun seinen Schuh. Er grinste breit und betrachtete sein Werk. Auch Holly schien mit dem Ergebnis zufrieden zu sein. »Du bist eine gute Lehrerin, Holly.«

Sie strahlte über sein Kompliment. »Siehst du, jetzt wirst du nicht mehr auf die Nase fallen.«

Schmunzelnd wandte ich mich ab, bevor Parker mich entdecken konnte, und ging in die Küche, um das Mittagessen vorzubereiten. Es war süß von ihm, wie er den Ahnungslosen spielte und sich von ihr zeigen ließ, wie man Schuhe band. Damit hatte er meine Schwester zum Strahlen gebracht.

Ich war so mit dem Salat beschäftigt gewesen, dass ich Holly und Parker im Salon völlig vergessen hatte. Ich wischte mir die Hände an einem Handtuch ab und wollte nach dem Keks sehen. Verwundert blickte ich mich um, konnte sie aber nirgends finden. »Holly?«

»Ja?«, hörte ich sie aus dem Wirtschaftsraum, der sich neben der Küche befand. Ich öffnete die Tür und fand sie bei der Waschmaschine.

»Hier bist du! Was machst du denn da?« Um sie herum lag ein Berg Schmutzwäsche, den sie eifrig mit ihren kleinen Kinderhänden in die Trommel stopfte. Das Waschmittel war überall verstreut und auch in der dafür vorgesehenen Lade thronte ein überquellender Haufen des weißen Pulvers.

»Ich wasche, was sonst?«

Ich runzelte grinsend die Stirn. »Du wäschst?« Der Anblick war zum Schießen. »Aber wir haben unsere Wäsche schon fertig. Und wieso trägst du keinen Mundschutz und keine Handschuhe? Du weißt doch, dass das gefährlich für dich ist.«

Sie senkte schuldbewusst ihren Kopf. »Ich dachte, es geht ganz schnell und ich werde nicht krank.«

Ich verzog den Mund und schüttelte den Kopf. »Und wessen Kleidung wäschst du da eigentlich?«

»Na, Parkers.« Als wäre es das Selbstverständlichste der Welt, sah sie mich mit ihren Kulleraugen an. Ihre eigene Kleidung war voll mit Waschmittelklecksen.

»Du wäschst *Parkers* Wäsche? Warum das denn?« Ich war völlig perplex.

»Na, weil er es nicht kann, genau wie Schuhebinden.«

Noch immer schüttelte ich ungläubig den Kopf. Hatte der Kerl sie noch alle? »Hat Chris das von dir verlangt?«

Holly verdrehte ihre Augen und seufzte. »Nein, aber Logan wollte es nicht machen und da dachte ich, ich wasche für ihn.«

Mein kleiner Keks! Das war so typisch. Hilfsbereit und liebenswert, wie Mum. Aber wieso konnte Parker sich nicht selbst um seine Wäsche kümmern? Bestimmt hatte er nur keine Lust dazu. Seufzend lief ich zu ihr. »Das ist sehr lieb von dir, Keks.« Ich atmete tief durch. »Ich möchte, dass du dir jetzt gründlich deine Hände waschen gehst und aus der Küche Mundschutz und Handschuhe holst, dann helfe ich dir.«

»Na gut.« Schon sprang sie auf und ließ mich in dem Durcheinander allein. Ich sah mich um. Was für ein Chaos! Ich versuchte, das überschüssige Pulver aus der Lade herauszuholen, und zog alle Kleidungsstücke aus der übervollen Trommel. Es dauerte nicht lange, da kam Holly zurück.

»Ich möchte seine Wäsche reintun und die Knöpfe drücken«, forderte sie.

»Natürlich. Mit Parkers Schmutzwäsche habe ich nichts zu tun.« Ich gab ihr die Teile, die sie in die Trommel stopfte.

»Und das da.« Sie deutete auf ein T-Shirt mit einer auffälligen Schrift auf der Vorderseite. »Das ist sein Lieblingsshirt.«

Meine Güte, meine Schwester schien sich ein wenig in den Agenten verguckt zu haben. Grinsend nahm ich das Shirt und breitete es neugierig aus. Große Buchstaben sprangen mir entgegen: SEXMACHINE.

Ich schüttelte den Kopf. Der Kerl war sehr von sich überzeugt. Was für ein arroganter Schnösel! Ich reichte es Holly.

»Was steht denn da drauf?« Sie hielt mir die Aufschrift des T-Shirts direkt unter die Nase. Ach, du lieber Himmel, auch das noch! »Äh ... also … Ich liebe dich«, log ich und hoffte, sie würde *niemals nie* Parker danach fragen.

»Das ist schön. Wen liebt er denn?«

Auf diese Frage wusste ich die perfekte Antwort, und die war noch nicht einmal gelogen. »Nur sich selbst, Keks.«

Holly begriff nicht wirklich, was ich da gesagt hatte, und ich war froh, dass sie von mir keine nähere Erklärung wollte.

»Jetzt schließ die Tür und drücke diesen Knopf hier!«

Eifrig machte sie sich an die Arbeit. Sie liebte es, selbstständig im Haushalt mithelfen zu dürfen. Die Maschine brummte und man hörte Wasser gluckern. »Jetzt heißt es, abwarten. Falls du nochmal so etwas vorhast, denk an deine Schutzmaßnahmen. Das ist sehr wichtig.«

»Okay.« Zufrieden, ihrem Schwarm geholfen zu haben, verließ sie den Wirtschaftsraum. Im Stillen verfluchte ich Parker. Dem würde ich etwas erzählen!

Die Gelegenheit dazu bekam ich prompt. Holly ging in den Salon zurück. Sie und Logan setzten sich an den Tisch und unterhielten sich. Aus der Küche hörte ich Geräusche. Das konnte nur Parker sein. Na, der konnte was erleben!

Er stand an der Küchenzeile, biss in einen Apfel und goss sich ein Glas Milch ein. Mir war schon bei den Mahlzeiten aufgefallen, dass er beim Salat und beim Gemüse gern zugriff. Nur sein Milchverschleiß, der war alles andere als normal. Ich hatte noch nie einen Kerl gesehen, der so viel Milch trank wie andere Leute Wasser.

»Was ist denn in dich gefahren, dass du meine Schwester deine schmutzigen Sachen waschen lässt?«

Überrascht drehte er sich zu mir um. Er schien meine Frage nicht zu verstehen und runzelte die Stirn. »Bitte, was?«

»Du hast mich schon verstanden. Hast du schon mal was von Kinderarbeit gehört?«

»Jetzt mal langsam. Was redest du da?«

Ich verdrehte über so viel Begriffsstutzigkeit die Augen. »Gerade habe ich Holly im Wirtschaftsraum entdeckt, wie sie deine Klamotten mit einem halben Kilo Waschpulver waschen wollte.« Ein paar Sekunden war es absolut still in der Küche. Parker blickte mich fragend an, während ich auf eine Erklärung von ihm wartete.

»Die Kleine ist wirklich ...« Er grinste, beendete aber den Satz nicht. Stattdessen drückte er den Punkt zwischen Stirn und Nasenrücken und lachte. »Ich habe ihr nicht den Auftrag gegeben, meine Wäsche zu waschen. Wieso auch?«

»Und wie kommt sie dann auf so eine Idee?«

Er wurde wieder ernst. »Sie hat mitbekommen, wie ich mit Logan gesprochen habe. Sonst übernimmt er immer diese Arbeit für mich, doch diesmal hat er sich geweigert.«

»Er weigert sich?«

Es war ihm sichtlich unangenehm. »Dafür gibt es Gründe.«

»Da bin ich mir sicher. Und welche sind das?«

Wie ein ertappter Schuljunge ließ er die Schultern hängen und schaute wie ein bedröppelter Welpe, was bei seiner breiten Statur echt süß aussah. »Er hat sich geweigert, weil er wollte, dass ich ... dich darum bitte.«

»Mich?«

»Ja. Gleichzeitig sollte ich mich bei dir für mein Verhalten entschuldigen«, ergänzte er leise. »Und das wollte ich auch tun, aber ...«

Das wurde ja immer besser! Ungeduldig trat ich von einem Bein aufs andere und überkreuzte die Arme. »Aber?«

Er nahm das Glas und trank von seiner Milch. »Ich hatte bisher einfach nicht die Zeit dazu. Ich hätte es irgendwann schon noch gemacht«, lenkte er ein. Wir wussten beide, dass das eine lahme Ausrede war.

»Wieso machst du deine Wäsche nicht selbst? So schwer ist das nun wirklich nicht.«

»Ich habe keine Ahnung davon, das ist Weiberkram.«

Das hielt man ja im Kopf nicht aus. Weiberkram! Von dem Sprichwort ›Selbst ist der Mann‹ hatte er wohl noch nie etwas gehört. Selbst mein Vater konnte jede Hausarbeit erledigen, sogar bügeln. Ich wünschte, ich hätte ein neues knallrotes Hemd mit in die Trommel gegeben. »Dir ist wirklich nicht mehr zu helfen, Parker! Also du kannst keine Wäsche waschen, weil es Weiberkram ist, und Schuhe binden kannst du auch nicht? Was bist du nur für ein Neandertaler!«

»Doch, das mit den Schuhen krieg ich jetzt hin.« Er schmunzelte und zwinkerte mir zu.

»Ja. Dank meiner Schwester.« Natürlich war mir klar, dass er sich die Schuhe binden konnte, aber er sollte ruhig wissen, dass ich ihn tatsächlich für so einen Idioten hielt. Ich schüttelte den Kopf. »Was ist eigentlich in deiner Kindheit schiefgelaufen? Ich werde dir bestimmt nicht zeigen, wie man eine Waschmaschine bedient, wenn du nicht nett fragst.«

Sein belustigter Ausdruck wurde hart. In seinen Augen blitzte es gefährlich auf. »Nicht jeder hat die Möglichkeit, so wohlbehütet aufzuwachsen wie du, Prinzessin, aber wenigstens weiß ich, wer meine Eltern waren«, konterte er verbissen.

»Pah! Ich kenne meinen Vater.« Stolz streckte ich ihm mein Kinn entgegen und marschierte aus der Küche.

***

Kaum war ich wieder in der Waschküche, tat es mir leid, was ich Parker an den Kopf geworfen hatte. Natürlich kannte ich ihn nicht und wusste erst recht nicht, unter welchen Umständen er aufgewachsen war. Es hatte sich so angehört, als hätte er keine leichte Kindheit gehabt. Bei dem Gedanken schlängelte sich Mitleid durch meine Brust, aber auch Neugierde.

Schon bald begann Holly sich zu langweilen. Außer Mr. Floppy, ihrem Lieblingsbuch und ihren Malsachen hatte sie keine Spielsachen dabei. Den ganzen Tag versuchte ich, sie zu beschäftigen, doch so langsam gingen mir die Ideen aus. Sie half beim Kochen oder sang mit mir. Erst wenn sie abends eingeschlafen war, probierte ich, mit einem ihrer Buntstifte an meinen Zeichnungen zu arbeiten, verwarf aber die meisten meiner Ergüsse wieder. Ich war unzufrieden und mir fehlte die ruhige Hand, um das auszudrücken, was ich fühlte. Kurz: Mir fiel die Decke auf den Kopf, hier ging nichts voran. Die meiste Zeit verbrachten wir mit Warten, dabei wussten wir noch nicht einmal, worauf. Logan und Parker waren es bestimmt gewohnt, über längere Zeiträume abseits der Zivilisation auszuharren, ich aber sehnte mich nach Menschen, den Geräuschen der Stadt, Fernsehen und ... einem Freund. Mittlerweile empfand ich das auferlegte Verbot, das Grundstück zu verlassen, als übertrieben, aber ich fügte mich. Wo sollte ich auch hin? Manchmal glaubte ich, kurz vor dem Durchdrehen zu sein.

Eines Nachts war es so stickig, dass ich das Fenster weit öffnete und alle Lichter löschte. Durch die Hitze konnte ich nicht schlafen und sah hinaus in die sternenklare Nacht, als ich plötzlich Logan und Parker hörte.

»Du kannst nicht jeden Abend in der Stadt auftauchen, Parker. Das fällt auf.«

»Ich weiß. Beruhige dich, alles gut. Ich hatte nur ein paar Drinks und hab mich ein wenig bei den Einheimischen umgehört. Niemand hat bisher Fragen gestellt. Fremde sind auch keinem aufgefallen.«

»Woher willst du das wissen?«

»Es gibt da eine ... Süße. Für ein bisschen Aufmerksamkeit frisst sie mir aus der Hand.«

Ein Stich durchfuhr mich, was ich aber sofort unterdrückte.

Parker war in der Stadt gewesen? Neid schmälerte den kleinen Eifersuchtsstachel in mir.

Logan lachte auf. »Du bist wirklich unverbesserlich, Chris. Na, hoffentlich bleibt die Kleine auch süß und macht uns keine Probleme.«

»Sicher nicht.«

»Weißt du, was ich merkwürdig finde?«, fragte Logan, nachdem die beiden einen Moment geschwiegen hatten.

»Hm?«

»Ich frage mich schon die ganze Zeit, warum Bennet ausgerechnet uns an diesen Fall heranlässt. Wieso nicht Murphy? Ich meine, der hat alles getan, um in Bennets Arsch zu kriechen, und zwar recht erfolgreich, wie ich meine.«

Ich hörte Parker verächtlich lachen. »Das stimmt.«

»Aber jetzt mal im Ernst, Bro. Findest du das nicht auch merkwürdig, nach allem, was in den letzten drei Jahren geschehen ist? Ich meine, ich wundere mich, dass wir unsere Hundemarken überhaupt behalten durften.«

»Tja, Smithy, er liebt mich eben wie einen Sohn ...« Die Tür fiel zu und ihre Stimmen verstummten.

Was hatte das zu bedeuten? Was hatte Parker auf dem Kerbholz, dass Logan sich über seinen oder ihrer beider Einsatz wunderte? Das alles war mehr als sonderbar. Was lief da?

Tagsüber bewachten die beiden abwechselnd das Gelände. Manchmal unterhielten sie sich über die Männer, die hinter uns her waren, unterbrachen aber sofort das Gespräch, sobald sie mich bemerkten.

Holly und ich gingen in den Garten. Er war ungepflegt und teilweise verwildert, nicht zu vergleichen mit dem frischgemähten Rasen und den liebevoll angelegten Blumenbeeten bei uns zu Hause. Ich war nicht wählerisch und genoss die Stunden, die ich mit Holly außerhalb der kahlen Wände im Freien verbringen konnte. Unter einer großen Linde machten wir es uns auf einer Decke gemütlich, während wir Logan und Parker dabei beobachteten, wie sie mehrere Stangen miteinander verschraubten.

»Was machen die da?«, fragte Holly neugierig.

»Ich glaube, sie bauen eine Hantelbank auf.« Genau konnte ich nicht sagen, was das für Teile waren. Erst als Parker verschiedene Gewichte auf der Wiese ablegte, erkannte ich die Bank. »Sie wollen sich fit halten und trainieren«, erklärte ich ihr. Der Aufbau dauerte eine ganze Weile und Holly verlor das Interesse an den beiden Männern. Sie widmete sich wieder ihrem Malbuch. Die Äste und dichten Blätter spendeten uns genug Schatten, sodass wir es auch in den Nachmittagsstunden gut dort aushalten konnten. Ich legte mich auf den Rücken und blickte in den blauen Himmel, beobachtete, wie die Wolken langsam über uns hinwegzogen. Wie friedlich es hier war, im Gegensatz zu Pasadena, wo das Leben tobte. Der Trubel fehlte mir.

»Bist du traurig, Joy?« Holly riss mich mal wieder aus meinen Gedanken. Meine Schwester unterbrach ihre Malerei. Es war bereits später Nachmittag, die Vögel zwitscherten fröhlich und der Wind blies leise wie ein warmer Föhn.

»Wie kommst du denn darauf?«

Sie packte ihre Malsachen beiseite, nahm Mr. Floppy in den Arm und legte sich zu mir. »Wegen Daddy.«

Bisher war ich froh gewesen, um das Thema herumgekommen zu sein. Zwar hatte ich ihr erklärt, dass die Polizei ein paar Dinge über Dads Arbeit herausfinden musste und wir deshalb so lange nicht nach Hause konnten, aber ich wusste, dass Holly nicht dumm war. Im Gegenteil, sie war für ihr Alter weit entwickelt und verstand sehr gut, dass etwas im Argen lag.

»Bist du denn traurig?«

Sie zuckte mit den Schultern. »Ich will, dass Daddy endlich zu uns kommt. Ich vermisse ihn. Und ich will wieder nach Hause.« Tränen standen ihr in den Augen. Mein Herz wurde schwer, wenn ich sie so sah. Ich strich ihr eine Haarsträhne hinters Ohr. »Ich weiß, Keks. Das will ich auch, aber wir müssen es wohl noch eine Weile hier aushalten.« Nichts fiel mir ein, um sie zu trösten. Es war schwierig, das alles einem kleinen Kind von fünf Jahren begreiflich zu machen. Cathrin … *Holly* hing an unserem Dad. Sie vergötterte ihn, genau wie er sie. Ihr zu erklären, dass er vielleicht ein schlechter Mensch war, brachte ich einfach nicht übers Herz. »Weißt du, was ich immer mache, wenn ich traurig bin?« Erwartungsvoll sah sie mich mit ihren braunen Knopfaugen an. »Ich denke dann an etwas Schönes.«

»Und an was?«

»Zum Beispiel an unseren letzten Urlaub in Porth Arthur. Kannst du dich noch daran erinnern?«

Sie nickte.

»Erinnerst du dich noch, als wir unter Mums Baum ein Picknick gemacht haben? Dad hat den ganzen Tag mit uns gespielt und uns von Mum erzählt. Wir haben viel gelacht. Das war ein toller Tag.«

»Erzähl mir davon, Joy.«

Holly konnte nie genug von Mum erzählt bekommen, dabei kannte sie die Geschichten in- und auswendig. »Na gut.« Ich überlegte, womit ich sie fröhlicher stimmen konnte. »Mum und Dad haben das Ferienhaus damals einem Klienten von Dad abgekauft. Seitdem sind wir jedes Wochenende nach Porth Arthur gefahren. Mum hat sich um den Garten gekümmert und Dad hat das Haus renoviert. Einmal durfte ich sogar meine damalige beste Freundin Belinda mitnehmen. Wir haben den ganzen Tag im Garten gespielt und manchmal Mum geholfen.

Als du dann unterwegs warst, haben wir uns so sehr darüber gefreut, dass Mum und Dad eigens für dich einen Kirschbaum an einer besonders hübschen Stelle im Garten gepflanzt haben. Mum sagte damals, dass dieser Baum für unsere Familie steht. Er soll groß und stark werden, viele Blüten und Früchte tragen und tiefe Wurzeln haben.«

»Aber geblüht hat er bisher noch nicht«, unterbrach sie mich, und eine Minifalte bildete sich auf ihrer Stirn.

»Nein, leider nicht. Vielleicht braucht er noch etwas Zeit.«

»Oder ihm fehlt Mum.«

Sie war wirklich süß. Ich grinste. »Ja, vielleicht hast du recht. Mum hatte sowas wie einen grünen Daumen.«

Holly sah mich verdutzt an.

»Sie hatte einen grünen Finger?«

»Du Dummerchen«, lachte ich. »Das sagt man nur so, wenn eine Person besonders gut mit Pflanzen umgehen kann. Mum war so jemand. Sie brachte alles zum Blühen.«

Plötzlich klingelte ein Telefon und wir schauten auf. Parker und Logan waren noch immer damit beschäftigt, ihre Trainingsgeräte aufzubauen. Parker griff in seine Jeanstasche und zog sein Handy heraus. Ich verstand kein Wort, dafür stand er zu weit von mir entfernt, aber ich sah, wie sich seine Rückenmuskeln anspannten und er eine andere Körperhaltung einnahm. Sofort grummelte es nervös in meinem Bauch. Hatten die Kerle uns etwa gefunden? Instinktiv zog ich Holly schützend näher an mich und wartete gebannt darauf, dass Parker das Gespräch beendete. Er gab Logan ein Zeichen und dieser rannte hektisch ins Haus.

»Was ist los?« Hollys Stimme war ganz leise. Sie hatte Angst, genau wie ich.

»Keine Ahnung, Keks. Wir erfahren es sicher gleich.«

Parker schaute in unsere Richtung. Aus seiner Miene konnte ich nichts deuten. Was zum Teufel war los? Sekunden vergingen, die mir wie eine halbe Ewigkeit vorkamen. Als er endlich das Handy wieder in seine Hosentasche steckte, winkte er uns zu, dass wir ins Haus kommen sollten. Ohne weitere Worte ging er voraus und ließ die Tür offen stehen.

»Komm, wir müssen rein.«

Ich nahm Holly an die Hand und zog sie mit mir. Männerstimmen und verzerrte Geräusche von Funkgeräten kamen aus der Eingangshalle. Das FBI war im Haus.

Kapitel 7

»Daddy! Daddy!« Holly riss sich von meiner Hand los und rannte unserem Vater, der in Handschellen gefesselt war und von mehreren Polizisten ins Haus gebracht wurde, entgegen. Wie erstarrt blieb ich stehen. Der Mann, der dort in der Eingangshalle stand, sah meinem Vater zwar ähnlich, aber er schien um Jahre gealtert zu sein. Sein graues Haar an den Schläfen war jetzt fast weiß, genau wie sein Vollbart. Er hatte deutlich mehr Falten und an Gewicht verloren. Tiefe Augenringe zeugten von zu wenig Schlaf und das Leuchten seiner sonst so hellblauen Augen war einem müden Graublau gewichen. Erst als er uns zwischen den vielen FBI-Leuten entdeckte, flammte Leben darin auf. Genaugenommen erkannte ich meinen Dad nur daran. Ich war geschockt, dass er sich in so kurzer Zeit so verändert hatte.

»Meine Kleine«, rief er ergriffen, und beugte sich zu Holly hinunter, um sie auf den Arm zu nehmen. Sie kuschelte sich an ihn. Dad lächelte mich liebevoll an, wie er es immer tat.

Ich wusste nicht, was ich fühlen sollte, ich war verwirrt. Ein Beamter befreite ihn schließlich von den Handschellen. Ohne dass er Holly absetzen musste und in dem Moment, als er frei war, streckte er seine Hand nach mir aus. Da konnte ich nicht anders, rannte zu ihm und schlang meine Arme um seine Mitte. Er küsste Holly und mich auf die Stirn und murmelte irgendwelche Worte, dass wir ihm gefehlt hätten. Heiße Tränen brannten in meinen Augen, als ich seinen Duft, der mir so vertraut war, einsog. Ja, er war mein Dad, und endlich waren wir wieder zusammen. Ich fühlte mich geborgen und beschützt.

»Geht es euch gut?«, fragte er mit belegter Stimme.

Ich brachte nur ein Nicken zustande. Skeptisch sah er mich an. Er kannte mich gut genug, um zu wissen, dass die letzten Wochen wie ein Albtraum für mich gewesen sein mussten.

»Können wir jetzt nach Hause, Daddy?« Holly hatte ihre kleinen Hände in seinem Vollbart vergraben und legte mal wieder ihren süßen Welpenblick auf.

Jemand räusperte sich, bevor er antworten konnte. »Mr. Brown, das sind Special Agent Parker und sein Kollege Logan Smith. Die beiden sind ab jetzt für Ihre Sicherheit zuständig«, sagte Director Bennet. Dad ließ mich los und stellte Holly auf die Füße. Er wandte sich an die Männer. »Meine Herren, vielen Dank, dass Sie sich um meine Töchter gekümmert haben.« Dad schüttelte Parker und Logan die Hand.

»Gut, dann schlage ich vor, wir klären noch ein paar Einzelheiten.« Director Bennet führte Dad in die Küche. Für mich war es selbstverständlich, dass ich bei dem Gespräch dabei sein würde, und ich wollte ihnen folgen. Kurz vor der Türschwelle stellte sich mir ein Beamter in den Weg. Mit seinem mürrischen Blick sah er auf mich herunter.

»Hey, lass mich durch!«

»Tut mir leid, Miss.« Meine Geduld wurde auf eine echt harte Probe gestellt. Völlig genervt wollte ich mich an ihm vorbeidrängen, wurde aber von seinem Arm daran gehindert. Dieser Kerl versperrte mir tatsächlich den Durchgang!

»Ich mache nur meinen Job, Miss.«

Verächtlich schnaubte ich und sah ein, dass ich keine Chance hatte. »Komm, Keks, wir lassen die Männer kurz mit Dad allein reden.« Nur widerwillig folgte sie mir in die Eingangshalle. Überall standen die Leute des FBIs mit ihren dunklen Anzügen und grimmigen Gesichtern. Ich ging mit meiner Schwester schnurstracks in den Garten zurück, wo wir so lange warteten, bis das FBI wieder verschwand.

Es dauerte mehr als eine Stunde, bis der Spuk vorbei war. Endlich wurde die Tür zum Garten geöffnet und Logan streckte seinen Kopf hinaus. Mit einem Wink signalisierte er, dass wir zu unserem Vater durften. Holly ließ sich das nicht zweimal sagen und rannte sofort los.

Mit einer Kaffeetasse zwischen den Händen saß dieser in der Küche. Mein Blick fiel auf die blinkende Fußfessel, die unter dem langen Hosenbein hervorlugte. Als er bemerkte, wie ich das Ding anstarrte, zog er seine Beine ein und verwehrte mir so den weiteren Anblick. Holly saß auf seinem Schoß und lehnte sich an seine Brust. Sie winkte mir freudestrahlend zu, als ich die Küche betrat. Sie war glücklich, ihren Dad wiederzuhaben. Parker stand mit einem Glas Milch an die Küchenzeile gelehnt da. Er trug sein Pistolenholster, in dem seine Waffe steckte. Unsicher, weil er mich beobachtete, setzte ich mich an den Tisch und hörte zu, wie Dad und Holly sich unterhielten. Es war merkwürdig. Es war, als wäre Dad von einer langen Geschäftsreise zurückgekommen, um jetzt hier mit uns einen Urlaub zu verbringen. Holly blubberte vergnügt und erzählte Dad von den letzten Tagen, von den Schrecken in Chicago und von unserem Flug zurück. Meine Schwester nahm unseren Vater so sehr in Beschlag, dass ich befürchtete, erst dann ein paar Antworten auf meine Fragen zu erhalten, wenn sie zu Bett gegangen war.

»Alles in Ordnung mit dir, Mia?«

Er sprach mich mit meinem richtigen Namen an und aus irgendeinem Grund machte mich das wütend.

»Joy. Ich heiße jetzt Joy, Dad.« Den schnippischen Unterton konnte ich nicht unterdrücken und auch Parker wurde hellhörig. Dad räusperte sich.

»Ach so, ja, Joy also. Bist du okay, *Joy*?«

Diesmal betonte er die Buchstaben meines Fake-Namens. Ich sah zu Parker. Wieso ließ der Kerl uns nicht allein? Bisher hatte er es nicht ertragen können, mit mir in einem Raum zu sein, und jetzt tat er, als würde er ohne uns nicht sein können.

»Klar. Bis auf ein paar Mini-Kleinigkeiten ist alles *okay*.«

Keine Ahnung, woher plötzlich mein Sarkasmus kam. Es fiel mir schwer, mich im Zaum zu halten.

»Mini-Kleinigkeiten? Was fehlt dir denn?«

War das sein Ernst? Entweder stellte er sich absichtlich dumm an oder er wollte nicht vor Parker mit mir sprechen.

»Nichts, Dad! Alles in bester Ordnung«, gab ich grimmig zurück. Ganz sicher hatten wir einiges zu klären, aber vielleicht war das nicht der richtige Augenblick. Ich kannte meinen Vater und auch er wusste genau, dass ich kurz vorm Überschäumen stand. Er blieb wie immer ruhig, sah bedächtig in seine Kaffeetasse und streichelte über Hollys Haar.

»Können wir später reden? Ich bin müde und würde mich gerne ausruhen.«

Pfff! Jetzt hielt ich es auf meinem Hintern nicht länger aus und musste mich bewegen, damit ich nicht platzte. Ich stand auf und begann die Geschirrspülmaschine auszuräumen, obwohl das heute nicht meine Aufgabe gewesen wäre.

»Na wunderbar, Dad, ruh dich nur aus. Es ist ja nicht so, als ob wir überstürzt aus unserem Zuhause gerissen worden wären, Holly und ich in einer Pflegefamilie unterkommen mussten und wir keine Freunde mehr haben. Ganz zu schweigen davon, dass ganz Pasadena uns für Verbrecher hält. Genieß den Superservice und das ansprechende Ambiente hier.« Laut klapperte ich mit dem Geschirr, um mich irgendwie abzureagieren. Dabei stand mir Parker mehr als im Weg. »Und du schaff deinen Hintern hier weg, bevor ich mich vergesse!«

Böse funkelte ich ihn an. Am liebsten hätte ich alle aus der Küche geworfen und lautstark irgendwelche Schnitzel verdroschen. Dad war ebenfalls aufgestanden und beobachtete mich.

»Nimm es nicht so schwer, Kleines. Ich erkläre dir alles, gib mir einfach eine Verschnaufpause.«

Einen Moment hielt er inne, als würde er auf eine Reaktion von mir warten. Als ich ihn aber ignorierte, verließ er zusammen mit Holly die Küche. Parker folgte ihm.

***

Ich hatte meine Gefühle nicht unter Kontrolle. Waren ein paar ehrliche Worte etwa zu viel verlangt, nach allem, was Holly und ich durchgemacht hatten? Auf die Kleine brauchte Dad nun wirklich keine Rücksicht zu nehmen, sie war nicht dumm.

Meine Laune erreichte einen Tiefpunkt, als ich feststellte, dass unsere Vorräte so gut wie aufgebraucht waren. Wir konnten doch nicht in den wenigen Tagen schon alles verbraten haben! Als dann auch noch Parker die Küche betrat, sich wortlos ein weiteres Glas Milch eingoss und mich provozierend beobachtete, war meine Selbstbeherrschung dahin.

»Was?«, fauchte ich ihn an. Er lehnte lässig an der Theke, trank unbeeindruckt seine Milch und ließ mich nicht aus den Augen. Was letztlich das Fass zum Überlaufen brachte, war, dass er mit verschränkten Armen dastand und nicht einen Millimeter zur Seite ging, als ich aus einem Schrank eine Pfanne rausholen wollte.

»Würdest du bitte ...?«, forderte ich ihn auf. Er grinste dämlich und trat ein kleines Stück nach links.

»Statt hier so blöd rumzustehen, könntest du dich nützlich machen. Unsere Vorräte sind fast aufgebraucht.«

Parker zog seine Augenbrauen zusammen. »Was ist eigentlich dein Problem?«

Ich knallte die Tür des Schränkchens zu und stellte die Pfanne auf den Herd. »Was mein Problem ist? Na, im Augenblick habe ich ganz viele Probleme, falls dir das noch nicht aufgefallen ist, und du bist eines davon.«

Jetzt machte er große Augen. »Ich? Wieso?«

Ich wandte mich zum Herd, damit ich ihn nicht ansehen musste. »Es ist ja offensichtlich, dass wir uns nicht schmecken können. Zwangsläufig entstehen da Spannungen«, begann ich. »Deshalb.«

»Ich weiß nichts von Spannungen.«

Na super, jetzt tat er auch noch so, als wüsste er von nichts.
»Vergiss es einfach, okay?«
»Ich vergesse niemals etwas, Pinselchen.«
Ich verdrehte die Augen. Wieso nannte er mich Pinselchen? »Dann geh mir jetzt nicht länger auf die Nerven und lass mich in Ruhe überlegen, was ich kochen könnte. Und übrigens: Es wäre dein Job gewesen, den Geschirrspüler auszuräumen. Du schuldest mir etwas.«

Er grinste. »Bist du immer so zickig? Komm erstmal wieder runter, du kleiner Borstenpinsel.« Eine Weile sagte ich nichts und versuchte tatsächlich, meinen Puls auf eine normale Frequenz zu bringen. »Wirst du jetzt total ausflippen, wenn ich dich bitte, deinem Vater einen Tee zu machen? Er hat mich gebeten, dich zu fragen.«

Ich verdrehte die Augen. Dad trank zwar immer eine Tasse Tee, wenn er zu Bett ging, aber schließlich waren wir nicht zu Hause. Ich hoffte doch schwer, dass er mir vorher noch ein paar Antworten geben würde.

»Tut mir leid, wir haben keinen Tee. Wie ich schon sagte, unsere Vorräte sind fast aufgebraucht. Auch deine heißgeliebte Milch neigt sich dem Ende zu.«

»Shit!«, entfuhr es ihm.

»Jemand sollte sich darum kümmern oder ich gehe selbst.«

»Nein, du bleibst hier und gehst nirgendwo hin«, zischte er plötzlich und sah mich warnend an. Verwundert hielt ich inne. Mir war schon klar, dass ich das Grundstück nicht verlassen durfte, aber es war die Art, wie Parker es gesagt hatte: bestimmend und besitzergreifend. Als ob er gespürt hätte, dass sein Ton ein wenig zu herrisch gewesen war, lenkte er ein: »Ich oder Logan erledigen das.«

»Gut.«

Peinliche Sekunden vergingen, in denen wir uns musterten. Mein Hirn war leer, sein Blick ging mir durch Mark und Bein. Schnellstens musste ich mich aus seinem Bann befreien. Ich ging hinüber zum Esstisch, war froh, mich auf einen Stuhl setzen zu können, und begann eine Einkaufsliste zu schreiben, während ich seinen bohrenden Blick im Rücken spürte. So langsam fragte ich mich, warum er eigentlich immer noch in der Küche war. Dass ich meinem Vater einen Tee zubereiten sollte, hatte er mir ja ausgerichtet. Er schlenderte zum Tisch, setzte sich mir gegenüber hin und trank sein Milchglas aus. Dabei hatte sich über seiner Lippe ein Milchbart gebildet, was wirklich niedlich aussah.

»Hör mal, Joy, ich sehe dir an, wie dich das alles hier mitnimmt.« Er kratzte sich am Kopf und sah überall hin, nur nicht in meine Augen. Es war ihm unangenehm, das war deutlich zu spüren. »Ich kann durchaus verstehen, dass du sauer auf deinen Vater bist, aber ich glaube, es wäre besser, wenn du ruhiger und nicht so aufbrausend ihm gegenüber wärst. Weißt du, was ich meine?«

Was waren denn das für Töne? Seit wann interessierte es Parker, wie es mir ging oder wie es zwischen meinem Dad und mir lief?

»Ich denke, man sollte ihn nicht zu sehr reizen. Außerdem hat er eine harte Zeit im Gefängnis hinter sich. Gib ihm ein paar Tage.«

Ich kam aus dem Staunen nicht mehr raus. Ein FBI-Agent, der einen Komplizen des gefährlichsten Verbrechers Amerikas bewachte, gab mir Ratschläge, wie ich mich verhalten sollte?

»Tut mir leid. In diesem Fall sind Geduld und Einfühlungsvermögen nicht gerade meine Stärken«, entgegnete ich tonlos.

»Schade. Dein Vater hatte bestimmt seine Gründe, warum er für die *Eminenz* gearbeitet hat. Rede in Ruhe mit ihm darüber.« Irgendwie wurde ich aus diesem Kerl nicht schlau. Ich schüttelte den Kopf.

»Was ist dein Problem?«, fragte Parker.

»Du hast mich in den letzten Tagen völlig ignoriert und gibst mir jetzt Tipps, wie ich mit meinem Dad umgehen soll?«

»Ich versuche dir zu helfen.«

Ich zog die Augenbrauen hoch. Das wurde ja immer besser. »Du willst mir helfen?«

»Natürlich. Schließlich müssen wir für einige Zeit miteinander auskommen, und ich bin für euch verantwortlich. Ich dachte, es wäre gut, wenn ...« Er brach ab und schien über die Wirkung seiner Worte nachzudenken.

»Wenn ...?«

»Es ist wichtig, dass wir fünf uns, solange wir hier sind, einigermaßen verstehen. Familienzwistigkeiten und Streit könnten alles verkomplizieren.«

Da musste ich ihm recht geben, und trotzdem hörte es sich aus seinem Mund merkwürdig an. Irgendwie war er nicht der Typ für Friede, Freude, Eierkuchen – für Familie schon gar nicht. »Dann wirst du mich ab jetzt auch nicht mehr wie Luft behandeln?«

Er schmunzelte. »Das tue ich nicht. Im Gegenteil, ich bekomme mehr mit, als dir lieb ist.« Sofort schoss mir das Blut in die Wangen, als ich sein anzügliches Grinsen sah. Oh Gott! Natürlich bemerkte er das und lachte. »Keine Sorge, wir werden keine besten Freunde, aber wir sollten einen Weg finden, miteinander auszukommen. Solange du dich an meine Regeln hältst, ist alles in Butter. Deshalb schlage ich dir einen Waffenstillstand vor.« Sichtlich zufrieden lehnte er sich im Stuhl zurück und studierte geduldig meine Reaktion.

Ich spürte einen Stich im Herz und seine Worte hallten wie ein Echo in mir nach. *Keine Freunde ...* Sorgfältig versuchte ich, die leise Enttäuschung darüber, dass er mich nicht mochte, zu verbergen.

Einen Waffenstillstand wollte er also. Irgendwie konnte ich das nicht glauben. Chris Parker war alles andere als ein Typ, der sich nach Harmonie und Versöhnung sehnte.

»Frieden?«, fragte ich verwundert. Als er mir dann auch noch kommentarlos seine Hand entgegenstreckte, um seinen

Vorschlag zu besiegeln, starrte ich verdutzt darauf. Er meinte es offensichtlich ernst.

»Na gut, Parker. Ich habe zwar keine Ahnung, was du wirklich damit bezweckst, aber ich werde es versuchen.« Noch etwas scheu, weil ich dem Angebot nicht traute, nahm ich seine Hand. Die Berührung war elektrisierend und strömte warm durch meinen Körper. Meine Finger kribbelten und für einen Sekundenbruchteil hielt ich den Atem an, genau wie er. Sofort ließ er meine Hand wieder los.

»Du vertraust mir nicht«, stellte er mit zusammengekniffenen Brauen fest.

»Du mir auch nicht«, konterte ich und sah ihm tief in die Augen.

Sein Mundwinkel hob sich zu einem Schmunzeln. Er stand auf und wandte sich zum Gehen. »Mädchen wie dir sollte ich niemals vertrauen. Du bist gefährlich und ich wäre besser dran, wenn ich einen großen Bogen um dich machen würde.« Er schlenderte zur Tür, hielt inne und drehte sich noch einmal um. »Ach ja, gib mir die Liste, sobald sie fertig ist. Ich werde die Sachen besorgen.« Dann verschwand er und ließ mich nachdenklich in der Küche zurück.

Regungslos saß ich da und starrte zur Tür. *Ich* war gefährlich? Wie zum Henker sollte ich das denn verstehen? Er hatte so verständnisvoll gewirkt und gleichzeitig fühlte es sich an, als ob ich einen Pakt mit dem Teufel eingegangen wäre. Mir wollte einfach nicht in den Kopf, dass er plötzlich so etwas wie Mitgefühl für mich hegte. Zumal ich tatsächlich zugeben musste, dass er vielleicht recht hatte. Wenn ich wollte, dass Dad mir endlich alles erzählte, dann sollte ich ihm zuhören und versuchen, meine Wut anderweitig rauszulassen.

Kapitel 8

Mit meiner langen Einkaufsliste ging ich in den Salon. Dad hatte es sich zusammen mit Holly auf dem Sofa bequem gemacht, während sich Parker und Logan mit Kartenspielen die Zeit vertrieben. Es war bereits später Nachmittag, und wenn Parker heute noch alle Lebensmittel besorgen wollte, sollte er sich langsam auf den Weg machen.

»Hier, die Einkaufliste.« Ich überreichte ihm den Zettel.

»Oh Liebes, hast du auch an meinen Tee gedacht?«, mischte sich mein Vater ein.

»Natürlich.«

»Sehr gut, danke.« Holly löste sich aus Dads Armen und richtete sich auf.

»Darf ich mitkommen?« Sie blickte zu Parker, der meine Liste studierte.

»Auf keinen Fall«, antwortete er, ohne aufzusehen. Er stand auf und nickte Logan kaum merklich zu. Als hätten die beiden sich abgesprochen, stand auch Logan auf.

»Oh, äh, Holly, hast du Lust, mir beim Training zu helfen? Chris wird eine Weile unterwegs sein und ich brauche jemanden, der mir beim Zählen meiner Einheiten hilft.«

Erst kapierte ich nicht, was genau er von Holly wollte. Als sie Logan aber mit leuchtenden Augen in den Garten folgte und Parker mir kurz zuzwinkerte, bevor er ging, verstand ich, dass sie mich mit meinem Vater alleinlassen wollten, damit wir ungestört miteinander reden konnten.

Dad setzte sich auf und sah Holly nach. Langsam schlenderte ich zum Sofa und nahm Platz. Es war still im Salon. Wir hörten Holly von draußen kichern, während Logan irgendwelche Übungen machte. Ich schaute zu Dad. Er hatte seinen

Blick gesenkt und drehte an seinem Ehering. Auch nach all der Zeit hatte er ihn niemals abgenommen und würde er auch nicht, solange er lebte.

»Bevor ich dir alles erzähle, Mia, möchte ich, dass du weißt, dass ich stolz auf dich bin. Du hast gezeigt, dass du zu einer starken und verantwortungsbewussten jungen Frau herangewachsen bist. Du hast dich immer vorbildlich um Cathrin gekümmert, besonders jetzt, in dieser schwierigen Situation. Ich bin sehr glücklich, dich an ihrer Seite zu wissen.«

»Ich bin einfach nur froh, dass sie schnell gesund wurde.«

»Ja, ich auch. Deine Mum wäre sehr stolz auf dich.«

»Dad, bitte! Rede nicht um den heißen Brei herum.« Unruhig rutschte ich auf meinem Platz hin und her. Mir klopfte das Herz bis zum Hals, weil mir klar wurde, was er gerade tat. Seine Süßholzraspelei konnte er sich sparen. »Sag mir endlich, ob du dich wirklich freiwillig gestellt hast und ob die Vorwürfe wahr sind. Ich will es aus deinem Mund hören.«

Er wagte es nicht, mich anzusehen, und sagte kein Wort. Stattdessen blickte er schuldbewusst auf seine Hände und ließ die Schultern hängen. Mir wurde schwindlig. War das sein Schuldeingeständnis? Das konnte doch nicht sein! Mein Weltbild geriet ins Wanken. »Das glaub ich einfach nicht! Du bist der ehrlichste und aufrichtigste Mensch, den ich kenne. Mein Dad würde sich niemals mit jemandem wie der *grauen Eminenz* einlassen.«

»Es tut mir leid, Liebes«, sagte er traurig.

Ruckartig stand ich auf und lief aufgebracht hin und her. Tausend Gedanken, Bilder und Fragen schossen mir durch den Kopf. Ich suchte nach kleinen Schönheitsfehlern in meiner Kindheit, die ich bisher übersehen hatte. Ich fand nichts, nur eine Menge glücklicher Tage, viel Trauer, Schmerz und ... Liebe. Es war mir unverständlich. »Aber wieso, Dad?«

»Setz dich, Liebes«, bestimmte er und wollte mir entgegenlaufen, um mich in den Arm zu nehmen, doch das verwehrte ich ihm, indem ich auswich. Das war das Letzte, was ich gebrauchen konnte. Dennoch ermahnte ich mich und tat, was er sagte. »Das ist nicht so leicht zu erklären. Ich war zu dieser Zeit sehr verzweifelt und sah keine andere Chance für uns ... für Cathrin ... *Holly*.« Ich ahnte, von welcher Zeit er sprach. »Als deine Mum starb und mir die Probleme über den Kopf wuchsen, wusste ich keinen anderen Ausweg. Wir hatten Schulden, und zwar nicht zu knapp. Hinzu kam, dass deine Schwester todkrank war und die Operationen, die Betreuung und die Medikamente viel Geld gekostet haben. Mit meinem geringen Einkommen hätte ich es nie geschafft und Holly wäre wahrscheinlich gestorben.«

Er fuhr sich durchs Haar und seine Augen wurden glasig. Ungläubig schüttelte ich den Kopf. »Gab es denn keine andere Möglichkeit? Ich meine, Dad, du bist ein Krimineller!«

»Ich weiß, Kleines, und es tut mir aufrichtig leid«, flüsterte er. »Ich habe schon deine Mutter verloren. Ich hätte es nicht ertragen, wenn deine Schwester auch ...« Weiter kam er nicht. Eine dicke Träne schlich sich aus seinem Auge und lief ihm die Wange hinunter. Es war das erste Mal, abgesehen von Mums Beerdigung, dass ich meinen Vater weinen sah. Jetzt hatte ich auch einen Kloß im Hals und kämpfte gegen die Tränen an.

»Dann hast du also all die Jahre für diesen Verbrecher gearbeitet?«

»Ja.«

Wie sollte ich mit dieser Wahrheit umgehen? Wie sah unsere Zukunft jetzt aus? Bestimmt musste er ins Gefängnis. Was würde aus Holly und mir werden? Wir saßen hier fest, hatten alles verloren und mussten uns vor skrupellosen Monstern verstecken. Ich konnte das alles immer noch nicht fassen.

»Dad, ich habe Angst. Was wird aus Holly und mir werden?«, fragte ich mit zitternder Stimme. Es ging nicht, ich hatte keine Kraft mehr und ließ die Tränen endlich zu.

Dad sah auf. »Bitte, Mia, weine nicht. Ich bin dabei, alles wieder in Ordnung zu bringen. Bitte ...«

»Alles wieder in Ordnung bringen? Wie stellst du dir das vor? Die werden dich ins Gefängnis stecken, Holly wird in einem Kinderheim landen. Wir können nirgends hin. Du hast uns alle in Gefahr gebracht.« Ich schlug die Hände vors Gesicht und wurde von einem Weinkrampf geschüttelt.

»Nein, nein, Kleines!« Er rutschte zu mir auf und zog mich in seine Arme. »Du siehst das falsch. Schsch ... weine nicht. Ich bringe das wieder in Ordnung. Ich verspreche es.«

Von ihm gehalten zu werden, war jetzt nicht mehr das Gleiche. Es tröstete mich nicht, sein vertrauter Duft machte alles nur schlimmer, doch ich fand nicht die Kraft, mich von ihm zu lösen. Einerseits war ich froh, dass er endlich bei uns war, und andererseits hasste ich ihn für das, was er getan hatte.

»Hör zu. Ich habe eine Vereinbarung mit der Regierung. Ich bin der Einzige, der *Die graue Eminenz* je gesehen hat. Ich weiß, wie er aussieht, kenne seine Gepflogenheiten. Ich werde ihnen sagen, wo sie ihn aufgreifen können. Im Gegenzug bekomme ich mildernde Umstände und ... wir können irgendwo ein neues Leben anfangen – nur wir drei.« Schlagartig waren meine Tränen versiegt und ich blickte ihm entsetzt ins Gesicht. In seinen Augen las ich Euphorie und Hoffnung. Er strich mir eine Haarsträhne aus der Stirn und redete weiter auf mich ein. »Du wirst sehen, es wird alles gut. Bald werden sie *die Eminenz* schnappen, ihm den Prozess machen und dann ist alles vorbei.«

Das hörte sich zu schön an, um wahr zu sein. Aber es war zu einfach. Mein Vater mochte im Vergleich zu diesem grauen Monster ein kleiner Fisch sein, dennoch würde so jemand wie *die Eminenz* alles tun, um seine Gegner auszulöschen. Ich wusste, welche Grausamkeiten diesem Psychopathen nachgesagt wurden, und allein bei dem Gedanken daran wurde mir übel. Ein winziger Fehler und wir könnten alle tot sein.

»Und wenn es schiefgeht?«

»Es wird nicht schiefgehen. Für Holly und dich habe ich gesorgt.«

Ich löste mich aus seinen Armen und ging im Salon ein paar Schritte auf und ab. Ich war völlig durcheinander und brauchte Zeit zum Nachdenken. Lange hatte ich mich geweigert, der Polizei und Presse zu glauben. Mein Vater war Rechtsanwalt. Er hatte von Anfang an gewusst, worauf er sich eingelassen hatte. Ich blickte zu ihm, wie er auf dem Sofa saß und mich hoffnungsvoll anblickte.

»Kannst du mir verzeihen, kleine Malerin?«

Er sprach mich mit meinem Kosenamen an. Mum hatte mich immer so genannt. Ich konnte ihn nicht ansehen, weil ich nicht wusste, wie und was ich empfinden sollte. Da fiel mein Blick auf seinen Unterarm – auf sein Tattoo, das ich immer bewundert hatte. Mit der Wahrheit hatte es alles Schöne und Familiäre für mich verloren. Es war Verrat – an Cathrin, an mir, sogar an Mum.

Er folgte meinen Blick. Es war ihm unangenehm und er drehte seinen Arm weg. Wir schauten uns an und wussten beide, dass dieser Baum ab jetzt zwischen uns stehen würde.

»Ich hab Hunger«, platzte plötzlich die fröhliche Kinderstimme von Holly zu uns herein. Sie stockte und ihr Lächeln verschwand, als sie mich sah. »Warum weinst du?«

Holly, mein kleiner Keks! Oh Gott! Schnell wischte ich mir die Tränen aus dem Gesicht. Wie sollte ich ihr das alles nur erklären? In meiner Brust wurde es eng, wenn ich in ihre süßen, unschuldigen Kulleraugen blickte. Ich fühlte mich in die Enge getrieben. Am liebsten würde ich fortlaufen und mir eine Decke über den Kopf ziehen – nichts hören, nichts sehen, nichts wissen.

»Deine Schwester ist gerade ein wenig traurig«, erklärte ihr mein Vater. »Sie beruhigt sich gleich. Komm her, Kleines. Erzähl mir, was du draußen mit Logan gemacht hast.«

Holly tat, was er sagte, war aber sichtlich verunsichert. Ich nickte ihr zu und zwang mich zu einem Lächeln, bevor ich aus dem Salon ging. Kaum hatte ich die Tür geöffnet und wollte hinaus, stieß ich mit Parker zusammen. Pizzakartons fielen zu Boden und er fluchte laut.

»Shit!«

Diesmal zügelte er sich, als er mich sah. Genauer gesagt, blieben ihm die schmutzigen Worte im Hals stecken. Schnell bückte ich mich und hob die duftenden Kartons auf. Zum Glück waren die Pizzen nicht rausgefallen. »Entschuldige«, nuschelte ich leise und übergab ihm die Schachteln.

Fast zärtlich sah er mich an. »Hat er dich geschlagen?«, platzte es plötzlich leise aus ihm heraus. Seine Augen verdunkelten sich vor Wut.

Natürlich musste er das denken. Schon als Kind hatte ich immer heiße rote Flecken im Gesicht und am Hals bekommen, wenn ich geweint oder mich aufgeregt hatte.

»Nein. Es geht mir gut. Ich möchte einen Moment allein sein.« Damit ließ ich ihn einfach stehen. Deutlich spürte ich seinen fragenden Blick in meinem Rücken, als ich die Stufen in mein Zimmer hinaufrannte.

***

Mum fehlte mir. Ich vermisste den Duft ihres Shampoos und die Art, wie sie mich angesehen hatte: gütig und liebevoll. Sie hatte für alle Probleme immer eine Lösung gehabt. Es war so schwer, diese Last zu tragen, und ich fühlte mich müde und erschöpft. Mein Verstand weigerte sich, über alles nachzudenken. Es war wie eine innere Barriere, die mein Hirn benebelte. Deutlich sah ich Mum vor mir. Sie lächelte mich zuversichtlich an. Ich wünschte, es wäre kein Traum.

Es klopfte an meiner Zimmertür. Als ich nicht reagierte, wurde sie geöffnet. Parker. Er räusperte sich.

»Joy? Joy, wach auf. Du musst etwas essen«, sagte er mit leiser Stimme. Er stand an meinem Bett und blickte auf mich herunter. »Ich habe Pizza besorgt, damit du nicht kochen musst.«

Eigentlich war das sehr süß von ihm, aber allein die Vorstellung, mit meinem Vater am Tisch zu sitzen und nicht zu wissen, wer er wirklich war, war mir zuwider.

»Ich habe keinen Hunger. Achte darauf, dass Holly sich die Hände gründlich wäscht, bevor sie isst. Und sie soll ihre Medikamente nehmen.«

Parker setzte sich seufzend auf den Rand meines Bettes.

»Willst du darüber reden?« Sein Mitgefühl in Ehren, aber ... »Ich bin ein guter Zuhörer«, baute er sein Angebot aus. Seine Stimme war so sanft; keine Spur von der Arroganz oder Wildheit, die sonst in ihr zu hören waren. Ich schluckte und war kaum in der Lage, überhaupt ein Wort rauszubringen. Obwohl ich mich ihm gern anvertraut hätte, blieb mein Mund bewegungslos.

»Na gut, du musst nicht reden, wenn du nicht willst. Vielleicht bin ich auch nicht der Richtige dafür. Aber du solltest etwas essen, Joy. Ich werde Logan sagen, dass er ein Stück für dich zur Seite legen soll.« Er stand auf, ging zurück zur Tür und blickte noch einmal zu mir. Wie lieb und fürsorglich er sein konnte! Sein Blick verursachte ein solches Chaos in mir, dass ich ausnahmsweise einmal nach netten Worten suchte, doch da fiel die Tür auch schon ins Schloss.

Einige Zeit später kam Holly zu mir ins Zimmer. »Joy? Schläfst du noch?« Sie rüttelte mich aus meinem Halbschlaf.

»Jetzt nicht mehr. Was ist los, du Monster?«

»Ich muss jetzt schlafen gehen, es ist schon spät.«

Ich streckte und reckte mich, gähnte laut.

»Wie spät ist es denn?«

»Keine Ahnung, aber Daddy hat gesagt, ich soll zu Bett gehen, es wäre schon spät.«

Ich verdrehte die Augen. ›... *aber Daddy hat gesagt ...* ‹, äffte ich sie in Gedanken nach. Dass Holly auch immer alles genau befolgen musste, was unser Vater ihr auftrug! Sie zog sich aus, legte ihre Kleidung ordentlich über den Stuhl neben der Kommode und ging ins Badezimmer. »Joy, richtest du mir meine Zahnbürste?«

Seufzend schwang ich meine Beine aus dem Bett und ging zu ihr. »Wie war deine Pizza heute Abend?«

»Sehr lecker. Wir haben dir etwas aufgehoben. Logan wollte ganz viele Stücke für dich zur Seite legen, aber Chris ist so ein Vielfraß.« Sie lachte. Mit einer Lotion wusch sie ihr Gesicht, ihren Hals und ihre Arme.

»Hast du alle Medikamente genommen?«

»Natürlich. Ich hab von ganz allein dran gedacht«, verkündete sie stolz.

»Du bist ein Wunderkind, Keks.«

Sie nahm die Zahnbürste und begann sich ihre Zähne zu putzen. Ich verließ das Badezimmer und schaltete das kleine Nachttischlämpchen an. Es war nach dreiundzwanzig Uhr und mein Appetit war nicht wieder zurückgekehrt. Holly würde mich bestimmt fragen, was los gewesen war, und ich machte mir Sorgen darüber, was ich ihr erzählen sollte. Die Wahrheit? Aber die kannte ich selbst noch nicht so genau.

Als Holly ihr Nachthemd trug und auf allen vieren auf mein Bett kletterte, war ich mir noch nicht sicher, welche Antworten ich ihr geben sollte. Vielleicht sollte ich es einfach auf mich zukommen lassen und abwarten. Ich legte mich neben sie, während sie sich an mich kuschelte.

»Ich bin froh, dass Daddy hier ist. Du auch?«, begann sie.

»Ja.«

»Aber warum hast du geweint?« Wie immer kam Holly direkt zum Punkt.

»Sag mal, weißt du, warum wir hier sind?«, erwiderte ich mit einer Gegenfrage.

»Wir machen Ferien.« Sie strahlte.

Natürlich! Das war die erste kindgerechte Version, die wir ihr verkauft hatten. Dabei wusste sie, dass das keine normalen Ferien waren.

»Ich meine es ernst, Keks. Du weißt, dass das keine Ferien sind, stimmt's?«

Das Strahlen erlosch. »Wir sind hier, weil Daddy etwas falsch gemacht hat. Die Polizei passt auf uns auf.«

»Genau. Und was weißt du noch?«

Sie überlegte. »Sie sagen, die Männer aus Chicago suchen nach uns und wollen uns etwas Böses.«

Es war erschreckend, wie viel sie wirklich wusste. Man merkte ihr an, dass sie meistens von Erwachsenen umgeben war. Durch die lange Zeit im Krankenhaus und das Verbot, einen Kindergarten zu besuchen, hatte sie bisher keine Freundschaften mit Gleichaltrigen knüpfen können.

»Ja, Keks, leider. Aber Chris und Logan passen sehr gut auf uns auf.«

»Wie lange müssen wir hierbleiben?«

»Nur eine Weile. Es wird alles wieder gut werden.« Sie kuschelte sich noch näher an mich und ich streichelte ihre weichen Locken. Ich spürte ihre Angst und hasste es, dass sie sich so fühlte.

»Glaubst du, wir dürfen bald wieder nach Hause?«

»Bestimmt«, log ich, obwohl ich wusste, dass dieser Wunsch in immer weitere Ferne verschwand. Dad hatte erwähnt, dass wir irgendwo ganz neu anfangen würden, aber das verschwieg ich ihr vorerst.

»Ich vermisse mein Zuhause.«

»Ich auch, Krümel. Das Wichtigste ist aber, dass wir zusammen sind. Wir können uns gegenseitig trösten. Du brauchst keine Angst zu haben, hier sind wir sicher«, beruhigte ich sie.

»Singst du mir jetzt vor?«, flüsterte sie schläfrig.

Ich begann mit dem Schlaflied, das Dad ihr immer vorgesungen hatte.

Schlaf', Kindlein, schlaf'!
Der Vater hüt' das Schaf,
die Mutter pflanzt ein Bäumelein,
darunter liegt ein Träumelein.

Schlaf', Kindlein, schlaf'!
So schenk ich dir das Schaf
mit einem gold'nen Glöckchen fein,
das soll dein Spielgeselle sein.

Schlaf', Kindlein, schlaf',
das Kind hüt' das Schaf
Bis sie sind in Sicherheit
und von jeder Angst befreit

***

Noch eine Weile hielt ich Holly in meinen Armen und dachte darüber nach, wie es wohl weitergehen würde. Wie würde meine Schwester es aufnehmen, wenn sie erfuhr, dass unser Vater vielleicht ins Gefängnis musste? Vor allem interessierte mich, was Dad für diesen Psychopaten getan hatte. Der Gedanke, mein Vater könnte jemandem etwas angetan haben, widerte mich an und jagte mir gleichzeitig Angst ein. Ich musste mehr erfahren, und zwar jetzt. Es war mir egal, ob Dad vielleicht schon zu Bett gegangen war, er schuldete mir diese Antworten.

Sachte und vorsichtig, damit Holly nicht aufwachte, befreite ich mich aus ihrem Klammergriff. Leise zog ich mich vollständig an und verließ das Zimmer. Schon als ich die Tür öffnete, dröhnte Dads laute Stimme aus dem Salon. »Im Moment werden Suárez' Männer noch mit den Füßen strampeln. Ich bin mir sicher, so schnell werden sie uns nicht finden.« Leichtfüßig lief ich die Stufen hinunter.

»Das ist ja auch Sinn der Sache. Das *Safe House* liegt gut geschützt«, erwiderte Logan.

»Trotzdem sollten wir vorsichtig sein und keine unnötigen Risiken eingehen.« Parker saß im Ohrensessel, Logan und Dad auf dem Sofa. »Was glauben Sie, wie viele Männer wird Suárez schicken?« Parker bemerkte mich als erster und unterbrach das Gespräch, als ich den Raum betrat.

»Du bist noch wach? Wir dachten, du schläfst tief und fest.« Dad pustete in seine Teetasse und trank winzige Schlucke. Sogar an seinen Tee hatte Parker gedacht.

»Holly hat mich geweckt.« Ganz bewusst setzte ich mich nicht neben Dad, sondern schlenderte zum Tisch, nahm auf einem Stuhl Platz und verschränkte meine Arme.

»Geht es dir besser? Hast du Hunger?«, fragte Logan. »Es gibt noch Pizza.« Ich fand es ganz rührend, wie er Anstalten machte aufzustehen, um mich mit Essen zu versorgen.

»Danke, aber ich habe keinen Appetit.«

»Du musst aber etwas essen, kleine Malerin.« Schon wieder sprach er mich mit diesem Kosenamen von früher an. Warum konnte er das nicht unterlassen? Verstand er denn nicht, dass er durch sein Handeln jetzt für mich in einem ganz anderen Licht stand? »Schon gut.« Ich schluckte mein Aufbegehren hinunter und nestelte nervös am Bund meines T-Shirts. Mein Magen krampfte kurz und ich suchte nach Worten. »Dad, ich ... Du musst mir ein paar Fragen beantworten.«

Er blickte zu Parker. Es war eine stumme Aufforderung an die FBI-Agenten, uns alleinzulassen. Zu meinem Erstaunen erwiderte Parker seinen Blick und lehnte sich trotzig in den Sessel zurück.

»Meine Herren, meine Tochter möchte mit mir sprechen. Würden Sie uns bitte entschuldigen?« Plötzlich konnte man die Kälte zwischen Dad und Parker spüren; sogar Logan sah unsicher zu seinem Freund. Sekunden vergingen, bis Parker schließlich doch zu mir schaute und auf eine Entscheidung wartete. Chris wollte mich beschützen, nachdem er gesehen hatte, wie sehr mich das letzte Gespräch unter vier Augen aufgewühlt hatte. Eine ganze Ameisenkolonne kribbelte durch meinen Körper.

»Ist okay, Dad. Ich denke, die Agents kennen bereits die Antworten.«

»Wie du meinst.«

Es war so still im Salon, dass man eine Stecknadel hätte fallen hören, was mich nur noch nervöser machte. Ich hatte Angst vor der Wahrheit, brauchte aber endlich Gewissheit.

»Du hast gesagt, du hättest damals keinen anderen Ausweg gesehen und dich deshalb auf *Die Eminenz* eingelassen.«

»Ja, das stimmt.«

»Wie muss ich mir das vorstellen? Bist du einfach zu ihm marschiert und hast ihn um Arbeit gebeten? Ich meine, ich erinnere mich, dass du viel auf Geschäftsreisen warst. Was für Dinge hast du für ihn getan und warum hast du nicht aufgehört, als es Holly besser ging?«

Er stellte seine Teetasse auf den Tisch. »Bist du sicher, dass du das genau wissen willst?«

Mein Herz pumpte. »Ja.« Es war fast nur ein Flüstern.

»Ich bin nicht gerade stolz darauf«, er kratzte sich an seinem Bart, »aber ich tat es für euch.«

Ich sah ihm an, wie unangenehm es für ihn war und dass er nicht darüber reden wollte. Er war derjenige gewesen, der mir beigebracht hatte, immer ehrlich durchs Leben zu gehen. Gerade deshalb tat ich mich auch so schwer, zu glauben, dass er ein Verbrecher sein könnte. Ich war der felsenfesten Überzeugung gewesen, dass er niemals etwas Unrechtes getan hatte. Dafür war er Rechtsanwalt! »Was hast du genau getan?«, bohrte ich weiter.

»Okay, ich werde es dir erzählen, aber bitte lass mich in Ruhe ausreden und urteile nicht vorschnell.« Seine Stimme war dünn und ich hatte das Gefühl, es würde ihn wirklich Überwindung kosten, über seine Taten zu sprechen. »Ich hatte damals einen Klienten. Ich wusste, dass er schuldig war, trotzdem habe ich den Prozess für ihn gewonnen. Er war von meiner Arbeit so begeistert, dass er mir einen Job anbot, was ich natürlich ablehnte. Als deine Mutter dann starb und ich dieses schwerkranke Bündel in meinen Händen hielt, war ich so verzweifelt, dass ich keinen anderen Ausweg mehr wusste und mich dann doch an ihn wandte. Die Krankenhausrechnungen stapelten sich und von allen Seiten wurde der Druck größer. Nachdem mir die Bank kein weiteres Darlehen geben wollte, entschloss ich mich, das Angebot meines Mandanten doch anzunehmen.«

»Und was hast du genau für ihn getan?«

Er schluckte. »Zuerst sollte ich zweimal die Woche ein Päckchen überbringen. Am Anfang hatte ich Angst, erwischt zu werden. Jedes Mal, wenn eine Polizeistreife meinen Weg kreuzte, glaubte ich aufzufliegen. Dem war aber nicht so, im Gegenteil. Eigentlich war es ganz einfach. Mit der Zeit wurde ich immer sicherer und das Geld stimmte, bis die erste große Operation deiner Schwester anstand.«

Ich konnte nachvollziehen, warum er es getan hatte, und trotzdem machten mich seine Worte wütend.

»Mein neuer Boss war bereit, mir mehr Geld zu geben, dafür müsste ich aber mehr für ihn tun. Und ich tat es. Plötzlich war ich nicht mehr der, der die Pakete überbrachte, sondern ich überwachte ganze Lieferungen, die nachts ankamen. Ich zahlte andere Mitarbeiter aus, stellte neue ein. Mein Aufgabengebiet wurde immer größer. Mir gefiel die Verantwortung und auch die Geldsumme, die auf unser Konto wanderte.«

Das hörte sich an, als hätte er Spaß an seiner ›Arbeit‹ empfunden. Die Informationen strömten in mein fassungsloses

Bewusstsein. Ich registrierte, dass Dad über Jahre ein Doppelleben geführt haben musste. Wieso hatte ich niemals etwas bemerkt? Als Kind fragte man sich nicht, woher das Geld für die Privatschule kam oder an welchem Fall der Vater gerade arbeitete. Nach der Herkunft des Geldes oder der teuren Geschenke hatte ich auch nie gefragt. Und selbst wenn, hätte er mich wahrscheinlich belogen.

»Es war leichtverdientes Geld, Mia. Es war, als würde ich die Karriereleiter der Mafia in Rekordzeit hinaufklettern.«

»Hattest du denn nie ein schlechtes Gewissen?«

»Natürlich hatte ich das, aber wenn ich nach Hause kam und Cathrin und dich glücklich und zufrieden vorgefunden habe, war mir das Risiko einfach wert.«

Ich schüttelte den Kopf und war fassungslos.

»Das ist erbärmlich. Haben Sie je daran gedacht, dass die Drogen, die Sie in Umlauf gebracht haben, Ihre eigenen Töchter hätten umbringen können?«, zischte Parker leise und stand auf. »Wissen Sie, wie viele Drogentote unser Staat im Jahr hat? Und Sie entschuldigen Ihr Handeln mit Geldsorgen?« Aufgebracht ballte er seine Hände zu Fäusten.

»Chris, sei still. Es steht dir nicht zu, so mit ihm zu reden«, mischte sich Logan ein.

»Lassen Sie ihn nur, Mr. Smith. Ihr Kollege hat nicht unrecht. Meine Begründung ist moralisch kaum vertretbar, aber ... ja, mit diesem Wissen habe ich das Drogengeschäft für *Die graue Eminenz* in vielen Stadtteilen und später sogar in den meisten Großstädte der USA aufgebaut.«

Schockiert hörte ich meinem Vater zu. Schwang da etwa Stolz in seinen Worten mit? Eine Karriere bei der Mafia? War das wirklich mein Vater, der uns liebevoll und überaus fürsorglich großgezogen hatte?

Parker schien sich zu beruhigen und hielt sich mit seinen Äußerungen zurück, dafür begann in mir ein Sturm zu brodeln, den ich kaum aufhalten konnte.

»Dann hast du uns all die Jahre belogen. Du hast uns etwas vorgemacht. Du hast Menschenleben auf dem Gewissen. Ich kann nicht fassen, was für ein Mensch du bist«, platzte es voller Abscheu aus mir heraus.

»Ja, Mia, ich bin ein schlechter Mensch. Das einzige Gute, was ich in meinem Leben hervorgebracht habe, sind du und deine Schwester. Aber du musst mir glauben, ich bereue es zutiefst. Ich habe mich von diesem Milieu blenden lassen, habe viele niederträchtige und schreckliche Dinge getan. Der wahre Teufel ist aber mein Boss. Durch seinen Befehl wird täglich gemordet, werden Menschenhandel und Drogengeschäfte durchgeführt. Ihm will ich das Handwerk legen.«

»Helfen Sie uns dabei und geben Sie seinen Namen preis, Brown«, forderte Parker meinen Vater auf.

»Einige Namen habe ich euch schon gegeben. Die wahre Identität der *grauen Eminenz* gebe ich zu gegebener Zeit heraus. Sie werden verstehen, Parker, dass ich absolut sicher sein muss, dass meine Töchter und ich die Zusicherung haben, in Ruhe irgendwo leben zu können, und dass ich natürlich Straffreiheit aushandeln kann. Solange werde ich das Geheimnis, wer hinter der *grauen Eminenz* steckt, weiter hüten.«

Noch nie hatte ich meinen Vater so kaltherzig und kalkulierend sprechen gehört. Das war nicht mein Dad. Er war ein Fremder.

Kapitel 9

Drogengeschäfte, Menschenhandel, Morde – das hörte sich an wie in einem schlechten Hollywoodstreifen. Der Mann, der völlig ruhig und gelassen auf dem Sofa saß, hatte nicht viel mit meinem Vater, den ich über alles liebte, gemein. Ich starrte auf die Fußfessel, die unaufhörlich rot blinkte. Mit jedem Aufleuchten erinnerte sie mich daran, dass das die Realität war. Es war kein Traum, es war die Wirklichkeit.

Mir wurde übel und mein Herz ertrug seinen Anblick nicht länger. Ich musste dringend an die frische Luft.

»Das war alles, was ich wissen wollte. Gute Nacht.«

Ausdruckslos drehte ich mich um und ging raus. Dad sah mir nach. Er hatte Angst, das konnte ich deutlich in seinen Augen erkennen, aber helfen konnte ich ihm nicht. Ich musste erstmal zusehen, dass ich das alles selbst auf die Reihe bekam.

Statt die Stufen hinaufzugehen, öffnete ich die Glastür in der Küche, die in den Garten führte. Die Luft war noch aufgeheizt von der Sonne und die Grillen zirpten geräuschvoll. Der Mond leuchtete hell und ließ die Bäume als graugrüne Schatten erkennen. Immer noch war ich in den Erzählungen meines Vaters gefangen. Sie hallten wie ein langes Echo in mir nach.

Mittlerweile war ich an den Rand des Gartens gelangt und entdeckte etwas abseits einen winzigen Trampelpfad, der durch den dichten Busch führte. Ohne darüber nachzudenken, lief ich hindurch und stand plötzlich mitten im Wald, der mir wie pure Freiheit vorkam. Ich blickte zurück zum Haus. Alles war ruhig, niemand hatte bemerkt, dass ich das sichere Grundstück verlassen hatte. Es war Verlockung pur, wie ein Rebell unerlaubterweise durch den Wald zu laufen. Hatte nicht Logan vorhin erst gesagt, dass wir hier sicher waren?

Ich machte mir keine weiteren Gedanken und spazierte zwischen den Bäumen weiter, bis ich die Lichter der Kleinstadt entdeckte. Niemand kannte mich dort, ich war eine Fremde, also beschloss ich, mir eine Auszeit zu nehmen.

Virginia war ein kleines, verschlafenes Nest mitten in der Pampa. Ich fand es ganz hübsch mit den niedlichen und sauberen Vorgärten. Überall blühten Blumen, die an diesem Abend einen betörenden Duft verströmten. Es war schon spät und in den Häusern brannte Licht. Man konnte das Flimmern der Fernseher erkennen. Ich ging ein Stück die Hauptstraße entlang, als ich wie magisch von einem leuchtenden Reklameschild angezogen wurde – eine Bar. Endlich normale Menschen. Zielstrebig machte ich mich auf den Weg dorthin. Vor der Tür hörte ich schon die Musik und das Gebrabbel von Leuten. Kurzentschlossen ging ich hinein. Der Geruch nach Frittierfett und Bier schlug mir entgegen. Es war eine Menge los. Pärchen tanzten engumschlungen und die meisten Tische waren besetzt. Als ich nähertrat, wurde ich neugierig gemustert. Wahrscheinlich kam es nicht oft vor, dass sich Fremde hierher verirrten. Erst jetzt merkte ich, wie sehr ich mich nach Normalität sehnte. Hinter der Theke stand eine Frau mit kurzen Haaren und polierte Gläser. Freundlich lächelte sie mir zu.

Mist, was tat ich hier? Ich hatte noch nicht einmal Geld dabei. Sofort machte ich auf dem Absatz kehrt.

»Hey, nicht so schnell! Wo willst du denn hin? Du bist doch gerade erst gekommen.« Jemand packte mich am Arm und zog mich zur Bar. Ich war total überrumpelt. »Komm, trink etwas und erzähl mir, wo du herkommst.«

»Äh, nein, ich kann nicht. Ich muss gehen.«

Der Typ ließ mich los, grinste frech und nickte der Frau hinter der Bar zu. »Hey Pat, mach der Kleinen mal einen von deinen Beschleunigern.«

War der Kerl etwa taub? Ich wollte nichts trinken und schon gar keinen Alkohol.

»Sei friedlich, Karl. Sie will nichts«, rief die Frau ihm zu.

»Jetzt stellt euch nicht so an. Was ist gegen einen Drink einzuwenden? Es ist Samstagabend, entspannt euch.« Der Kerl lächelte mich an und seine Bierfahne schlug mir ins Gesicht. Er war ungepflegt mit seinem fettigen Haar und dem leicht verschmutzten T-Shirt. »Ich verspreche dir, Süße, Pat macht die besten Drinks. Nur einen von ihren Beschleunigern und du bist gut drauf.« Der Typ ließ einfach nicht locker.

»Hast du nicht verstanden, was sie gesagt hat? Sie will nicht. Und jetzt zieh Leine, Karl, sonst passiert das Gleiche wie letztes Mal.«

Ein zweiter Typ mischte sich ein. Er war groß und breit, hatte kurze hellbraune Haare und trug ein kariertes Hemd und verwaschene Jeans. Karl hob abwehrend und ein wenig eingeschüchtert seine Arme.

»Ist ja schon gut. Sie gehört dir, Miller.« Rückwärts machte er sich vom Acker.

»Entschuldige. Alles okay bei dir?«, wandte sich dieser Miller jetzt an mich, als Karl in die hintere Ecke der Bar abgezottelt war.

»Ja, mir geht es gut, danke.« Ich sollte wirklich gehen. Ich durfte nicht hier sein.

»Du siehst trotzdem aus, als könntest du einen Drink vertragen. Wäre es sehr unverschämt, wenn ich dir einen ausgeben würde?«

Na super! Er bettelte förmlich darum mit seinen grünen Augen. Hin- und hergerissen, überlegte ich. Was war denn schon dabei? Vielleicht konnte ich herausfinden, ob es hier ein Geschäft mit Künstlerbedarf gab. Kurz zögerte ich noch, doch dieser Miller sah wirklich harmlos aus und hatte mich schließlich vor Karl gerettet. Nach allem, was ich heute erfahren hatte, tat mir die Abwechslung bestimmt sehr gut. Ich warf meine Bedenken über Bord.

»In Ordnung.«

Er strahlte und legte das Grübchen auf seiner Wange frei. Mit meiner Zusage hatte er wohl nicht gerechnet. Wir setzten uns an die Bar.

»Was darf es sein?«

»Eine Coke, bitte.«

Die Barfrau, die unser Gespräch mitangehört hatte, stellte mir eine kleine Flasche mit der dunklen Brause auf den Tresen. »Endlich mal ein Mädchen, dass sich nicht dem Alkohol verschrieben hat.« Sie zwinkerte mir zu und lief ans andere Ende des Tresens, von wo aus mich eine hübsche Blondine mit langen Locken schon eine Weile beobachtete.

»Wie heißt du?«

Damit fingen meine Probleme schon an. Konversation. Die Lügen, die ich ihm gleich auftischen würde, waren wichtig, auch wenn ich es nicht gerne tat. Ich sollte sparsam mit den Details sein. »Joy Brown. Und du?«

»Mike Miller.« Wir reichten uns die Hände.

»Dann auf dein Wohl, Joy Brown.« Er stieß mit seinem Bier an meine Coke an. »Du kommst nicht von hier, oder? Dich habe ich hier noch nie gesehen.«

»Äh, nein ... Ich mache hier mit meiner Familie Ferien, und du? Wohnst du schon immer hier?« Vielleicht konnte ich ihn dazu bringen, mehr von sich selbst zu erzählen.

»Ja. Meinem Vater gehört die einzige Autowerkstatt in der Gegend. Wir sind sozusagen ein Familienbetrieb.«

Ich nickte halbinteressiert und trank ein paar Schlucke. Mir entging nicht, dass die Barfrau uns beobachtete. Jedes Mal, wenn sich unsere Blicke trafen, lächelte sie mir freundlich zu. Obwohl mir bewusst war, welches Risiko ich einging, fühlte ich mich sehr wohl. Mike war nett, ich fand ihn auf Anhieb sympathisch. Er war zwar nicht so attraktiv wie Parker, aber er hatte eine sanfte, angenehme Stimme. Wir unterhielten uns über Autos und den bevorstehenden Sommer, sodass ich völlig vergaß, dass ich eigentlich zurückgehen sollte.

»Wenn ihr hier Ferien macht, dann wohnt ihr bestimmt beim Lake-Forest.«

Unsicher, was ich darauf sagen sollte, nahm ich schnell einen Schluck von meiner Cola und trank sie gleich in einem Zug aus. Heiß und kalt lief es mir den Rücken hinunter. Es war ein Fehler gewesen, hier aufzutauchen. Parker würde mir den Kopf abreißen, wenn er wüsste, was ich hier tat.

»Na, ihr zwei, darf ich euch noch etwas bringen?« Die Barfrau blickte mich fragend an und ich war erleichtert, dass Mike vergessen hatte, auf meine Antwort zu warten. »Bring ihr noch eine Coke, Mum.«

Eigentlich wollte ich ablehnen, aber bei dem Wort ›Mum‹ war ich so erstaunt, dass ich mich fast verschluckte.

»*Mum*?«

Mike grinste. »Mum«, bestätigte er lächelnd. »Die Kneipe gehört dem alten Sam, aber solange er noch im Krankenhaus ist, haben Mum und ein paar Leute aus dem Ort das *Sam's* übernommen.«

»Oh, das tut mir aber leid. Was ist geschehen?«

»Er hatte einen Herzinfarkt, aber es geht ihm schon besser. In ein paar Wochen ist er wieder der Alte.«

»Es ist sehr nett von deiner Mutter und den anderen Leuten, dass sie sich in der Zwischenzeit um sein Geschäft kümmern.«

»Wir sind hier alle eine große Familie, Joy. Wenn's bei einem brennt, springen wir alle füreinander ein. Und wie sieht es bei dir aus? Wo kommst du her?«

»Äh ... also ...«

Plötzlich wurde die Kneipentür aufgerissen und Parker sah sich hektisch im *Sam's* um. Schweiß stand auf seiner Stirn und sein Brustkorb hob und senkte sich schnell, als wäre er gerannt. Verdammt! Verstecken war aussichtslos, denn die Kneipe war nicht gerade groß. Außerdem hatte sein düsterer Blick mich schon gefangen genommen. In zwei Schritten stand er bei mir und funkelte mich böse an.

»Die Party ist vorbei. Du kommst sofort mit.« Er griff nach meinem Oberarm und wollte mich vom Hocker ziehen.

»Hey, ganz ruhig, Wolf«, beschwichtigte Mike. »Gibt es ein Problem?«

Ich war so geschockt, dass Parker mich gefunden hatte, dass ich kein Wort herausbekam.

»Lass die Finger von ihr. Ich unterhalte mich gerade.«

Mike stand auf und baute sich vor uns auf. Er war paar Zentimeter kleiner als Parker, aber sein stählerner Blick signalisierte, dass er bereit war, sich mit seinem Gegenüber anzulegen. Auch das noch! Eine Prügelei war das Letzte, was ich gebrauchen konnte. Außerdem hatten wir bereits die Aufmerksamkeit aller Leute. Mikes drohender Ausdruck schien Parker nicht im Geringsten zu beeindrucken. Die beiden hatten scheinbar völlig vergessen, dass ich zwischen ihnen stand.

»Ich habe gesagt, du kommst mit. *Sofort*«, zischte Parker, ohne mich anzusehen. Er blickte dabei bedrohlich und düster in Mikes Augen.

»Ist ja schon gut. Ich komm ja schon.« Nervös gab ich nach und rutschte vom Barhocker. »Ich sollte dann mal lieber gehen, Mike. Tut mir leid.«

»Wer ist der Kerl, etwa dein Freund?«

Ich kicherte hysterisch. »Mein Freund? Äh, nein … Er ist mein Bruder.«

***

Sofort entspannte sich Mike und das Machogehabe verschwand. Nur Parker wurde nicht lockerer. Deutlich spürte ich, wie wütend er auf mich war. Doch für einen kurzen Moment hatte ich ihn mit meinem improvisierten Familienzuwachs verwirrt und er starrte mich an.

Mike grinste. »Dann bist du wohl ausgerissen, was?«

»Danke für die Cola. Es war nett, dich kennenzulernen.«

Ich verabschiedete mich von ihm und winkte der Barfrau, die alles mitangesehen hatte, noch kurz zu. Dann ließ ich mich bereitwillig von Parker aus der Bar führen. Jetzt konnte ich mich bestimmt auf etwas gefasst machen.

Das erwartete Donnerwetter blieb aber aus. Eilig folgte ich Chris durch die Straßen. Ich musste fast neben ihm herrennen, um Schritt zu halten. Mit jedem Meter, den wir zurücklegten, spürte ich seine Wut deutlicher. Sein Blick war stur geradeaus gerichtet und er sagte kein Wort. Er war wie ein Vulkan, der jeden Moment ausbrechen konnte.

Ich rechnete damit, dass der Hurrikan in wenigen Sekunden explodieren würde. Ich konnte ihn ja verstehen, aber ich wollte seinen Zorn lieber nicht am eigenen Leib zu spüren bekommen. *Flucht*, schoss es mir durch den Kopf.

Bis zum Haus war es nicht weit. Parker würde sich zusammenreißen und mich nicht in der Nähe von Holly, Logan und meinem Vater anschreien. In der Schule war ich immer ganz gut in Sport gewesen und in meiner Verzweiflung traute ich mir zu, ihn abzuhängen und es bis zum Haus zu schaffen. Vor zwei Jahren hatte ich sogar einmal eine Waldrallye gewonnen. Meine Kondition war durch regelmäßiges Joggen ganz gut, außerdem war es dunkel und vielleicht hatte ich tatsächlich eine Chance, ihn abzulenken.

Wir liefen über die Wiese, die an den Wald grenzte. Das Mondlicht leuchtete auf ein paar Büsche, die nicht weit vor uns auftauchten. Ich verringerte mein Lauftempo und fiel ein wenig zurück. Parker bemerkte das, ignorierte mich aber und lief stur weiter. Als ich bei den Büschen angekommen war, versteckte ich mich hinter einem Strauch und wartete. Ich wusste genau, dass er irgendwann mein Fehlen bemerken würde. Leise schlich ich aus dem Schatten des dichten Blattwerks heraus und sprang hinter einen dicken Baumstamm. Schon verhallte das Rascheln der Blätter und das Knacksen der Äste. Parker war stehengeblieben.

»Joy?«

Mein Herz raste vom Adrenalin. Er lief gut zwanzig Meter zurück – das war meine Chance. So schnell ich konnte, sprintete ich los. Natürlich war er jetzt auf mich aufmerksam geworden und rannte mir nach. Mit dem Vorsprung könnte ich es schaffen. Ich hoffte, die Dunkelheit würde mich verbergen, aber die morschen Äste knacksten laut unter meinen Schuhen und verrieten mich.

Der See kam in Sichtweite. Es war nicht mehr weit. Meine Beine brannten und ich merkte, wie meine Kraft langsam schwand. Ich warf einen Blick hinter mich, weil ich wissen musste, wie weit Parker aufgeholt hatte. Das war ein fataler Fehler. Ich stolperte über eine Wurzel und stürzte. Schmerz durchfuhr mich und ich schrie kurz auf. Mein Knie brannte, aber ich wollte weiter. Ich rappelte mich auf, biss die Zähne zusammen und sprintete humpelnd am Ufer entlang. Ich hörte meinen Verfolger; er kam immer näher.

Plötzlich packte er mich von hinten und sprang mich an. Hart trafen wir auf den Boden auf, rollten über den Waldboden und blieben kurz vorm Wasser im Sand liegen. Außer Atem lag ich auf ihm und mein Kopf ruhte an seiner Brust, die sich schweratmend hob und senkte. Seine Arme umschlangen mich fest. Sekunden vergingen, bis wir uns beide regten. Mit einem Ruck drehte sich Parker um, sodass ich auf dem Rücken lag. Sein ganzes Gewicht drückte nun auf mich und ich konnte mich kaum rühren. Schnell fing er meine Handgelenke neben meinem Kopf ein und funkelte mich böse an.

»Tu das nie wieder! Hast du mich verstanden?«, zischte er. Seine Augen waren kleine Schlitze und ich spürte deutlich, wie er sich zusammenriss, um nicht völlig auszuflippen. Seine Stimme war rau belegt und ich nahm die Anspannung in seinen Muskeln wahr. Dabei strich sein Atem warm über mein Gesicht. Ich nickte zögernd.

»Antworte, verflucht!«, presste er hervor.

»Ich verspreche es. Es tut mir leid ... wirklich!«, flüsterte ich eingeschüchtert.

Augenblicklich verrauchte sein Zorn. Sein Blick wanderte zu meinen Lippen und verweilte dort. Seine Züge wurden weicher, was mir ein Kribbeln im Bauch bescherte.

»Wir könnten jetzt aufgeflogen sein. Ist dir das klar?«, begann er wieder zu motzen, aber diesmal mit weniger Ärger in der Stimme.

»Du brauchst mir kein schlechtes Gewissen mehr einzureden. Ich hab's ja verstanden. Außerdem war die Bar echt harmlos«, verteidigte ich mich.

»Das weiß man nie. Hinter jedem Kerl könnten unsere Verfolger stecken.«

»Weiß mein Vater, dass ich fort war?«

»Nein, niemand.«

Ich runzelte die Stirn. Woher wusste er es dann? Parker ahnte meine Frage, verdrehte die Augen und wich meinem Blick aus, dabei lockerte er den Griff um meine Handgelenke.

»Ja, ich gebe es ja zu, ich war in deinem Zimmer.« Ich grinste über sein Geständnis. »Du hast so traurig und enttäuscht gewirkt. Ich wollte einfach kurz nach dir sehen.«

Wow! Chris Parker machte sich Sorgen um mich? Ich fühlte mich geschmeichelt.

»Bilde dir bloß nichts darauf ein«, ruderte er die Bedeutung seines Geständnisses zurück. »Es gehört zu meinem Job, mich um die Personen zu kümmern, für deren Schutz ich verantwortlich bin.«

Mein Grinsen wurde noch breiter. »Ist klar.«

Um seine Mundwinkel zuckte es verdächtig, bis schließlich ein schiefes Schmunzeln erschien. Er ließ meine Handgelenke ganz frei und stützte sich auf seinen Unterarmen ab. Regungslos blieb ich liegen.

»Du glaubst mir nicht?« Ich schüttelte ganz langsam den Kopf. »Okay, mal sehen ...«, überlegte er. »Du bist nervig und die widerspenstigste Person, die ich kenne. Du tust nie das, was man dir sagt, hast einen ausgeprägten Putzfimmel, bist aufbrausend und ein kleines bisschen naiv.«

»Und weiter?«

Sein Daumen streichelte zart meinen Hals. Sofort brannte die Stelle. Mein Herz fing an zu rasen, obwohl es sich gerade erst beruhigt hatte. Dann spürte ich die wachsende Beule in seiner Hose und mir wurde heiß. Wie schaffte er das? Eben war ich noch auf der Flucht vor ihm gewesen und jetzt sehnte sich mein Körper nach seiner Nähe. Er neigte sich ein wenig zu mir herunter und sah mir dabei in die Augen.

»Du bist sexy und wunderschön. Die Art, wie du mit mir schimpfst oder auf deine Lippen beißt, macht mich total an. Du duftest nach etwas, das ich nicht kenne, aber es bringt mich um den Verstand, sodass ich nicht weiß, wie lange ich mich zurückhalten kann. Du machst aus mir ein Weichei und ich habe keine Ahnung, wie ich das abstellen soll.«

Er hielt inne und unsere Blicke verschmolzen. Ich stand nach diesen Worten völlig in Flammen, dennoch erinnerte ich mich daran, was er mir das letzte Mal angetan hatte, als wir uns nähergekommen waren. Ein zweites Mal würde ich mich nicht blamieren und mich ihm so anbieten, egal wie stark es zwischen meinen Beinen pulsierte. Im Gegenteil, um ihn weiter zu provozieren, biss ich mir auf die Unterlippe. In dem Augenblick presste er seine Lenden fest gegen meinen Schoss und stöhnte.

»Miststück!«

Dann lagen seine Lippen auf meinen.

***

Ein süßer Stromschlag zuckte durch meinen Körper, als seine Zunge in meinen Mund glitt. Ich war wie elektrisiert, hyperempfindlich, und sog jede Berührung auf, als wäre ich eine

Ertrinkende. Mein Shirt war ein Stückchen hochgerutscht und gab ein wenig Haut frei. Mit kreisenden Bewegungen streichelte er mich. Es war, als zöge er eine Feuerspur auf meiner Haut. Ich seufzte auf, als seine Hand meine Brust umfasste. Noch nie in meinem Leben hatte ich so stark auf einen Mann reagiert. Es verwirrte mich und ich war nicht in der Lage, auch nur einen vernünftigen Gedanken zu fassen. Meine Vorsätze von eben waren nur noch Hieroglyphen in meinem Kopf. Wie von selbst vergruben sich meine Finger in seinem Haar.

Er schob mein Shirt weiter hoch und zog das Körbchen meines BHs hinunter. Meine Brustwarzen richteten sich auf und reckten sich ihm entgegen. Sein Mund schwebte nur wenige Zentimeter über meinem Nippel.

»Du bist eine verbotene Frucht, Pinselchen, aber ich muss einfach von dir kosten. Nur dieses eine Mal.«

Kurz hielt er inne und wartete auf meinen Widerstand. Ich konnte nicht anders, sehnte mich so sehr nach Zärtlichkeiten, bog den Rücken durch und bot mich ihm an. Nur Sekunden später nahm er meine Brustwarze endlich in den Mund, leckte mit der Zunge darüber und sog daran. Es war, als würde meine intimste Stelle explodieren. Ich schrie auf.

»Heilige Scheiße, Joy. Ich hätte nicht gedacht, dass du so abgehst.« Seine Stimme war rau und heiser. Sanft biss und neckte er mich, was mein Verlangen nur noch mehr anheizte. Ich wollte ihn berühren und schob sein T-Shirt hoch. Kurzerhand zog er es sich über den Kopf und warf es zur Seite. Zärtlich fuhr ich mit der Hand über seine Muskeln. Er fühlte sich großartig an – stark und samtig zugleich. Durch die Dunkelheit konnte ich seine Tattoos im Mondlicht nur schemenhaft erkennen. Seine Hand wanderte hinab zu meiner Hose. Flink öffnete er sie und schob seine Finger tief in meinen Slip.

»Fuck, Joy, du bist so feucht«, stöhnte er an meinem Ohr. Er glitt zwischen meine geschwollenen Schamlippen, berührte mich sanft und schickte damit meinen Verstand endgültig in die Wüste. Es tat so gut! Ich seufzte noch lauter auf, als er mit einem Finger in mich eindrang.

»Scheiße nochmal, du machst mich echt fertig.« Seine Worte erregten mich noch mehr. Mein Herz pochte wild, während er mich verwöhnte. Sein Finger schnellte hin und her und ich fühlte, wie sich das Feuer immer mehr in mir ausbreitete. Mein Körper schrie nach Erlösung, doch ich wollte ihn ganz in mir spüren. Gierig küsste er mich. Er schmeckte leicht nach Pfefferminz und nach etwas anderem, was mich absolut süchtig machte. Ich legte meine Hand auf die dicke Beule in seiner Jeans. Parker stöhnte laut.

»Was machst du mit mir?« Ich rieb ihn. Meine Güte, wie groß war er denn? Wie würde er sich wohl in mir anfühlen?

»Wenn du so weitermachst, kann ich für nichts garantieren, Babe.«

Das sollte er auch nicht.

»Schlaf mit mir ... bitte, Chris.«

Er zögerte und blickte auf mich herab. Ich wusste, dass er mich auch wollte. Wo lag das Problem? Er erstickte meine Worte mit einem wilden Kuss. Ich spürte, wie er mit seiner Beherrschung rang.

»Du willst, dass ich es dir besorge?« Er nahm einen zweiten Finger, drang damit in mich ein und drückte gleichzeitig mit seinem Daumen sanft gegen meine Klitoris. Seine Bewegungen wurden immer schneller.

»Oh Gott, Chris! Bitte ...« Ich stand kurz davor, doch jedes Mal hielt er inne und bewegte seine Hand nicht mehr, was mich an den Rand des Wahnsinns trieb. Es war wie eine kleine Folter, die er ausübte.

»Willst du kommen? Soll ich es dir besorgen? Sag es«, befahl er mit einem rauen, aber bestimmenden Unterton.

»Ja, ich will es ... bitte.«

Ein lüsternes Grinsen legte sich auf seine Lippen und er begann mich mit seiner Hand bis zur Ektase zu treiben.

»Dann komm, süße Joy. Zeig mir, wie schön du dabei aussiehst. Lass es mich spüren.«

Alles verschwamm vor meinen Augen und mein ganzer Körper vibrierte. Ich flog über die Klippen, verlor mich völlig, eingehüllt in seinen Duft und seine Arme.

Langsam beruhigte sich mein Puls wieder. Das war der intensivste Orgasmus gewesen, den ich je erlebt hatte.

»Du bist wunderschön, wenn du kommst«, hauchte er zärtlich und gab mir einen leichten Kuss auf den Mund. Dieser Moment war so innig. Ich strich ihm sein langes Haar aus dem Gesicht und legte meine Arme um seinen Hals. Wir lächelten uns beide an.

»Hast du echt in meinem Zimmer nach mir sehen wollen?«

»Ja. Als ich dich dort nicht vorfand, bin ich wie ein Verrückter durchs Haus gelaufen und habe dich gesucht.«

»Und wie bist du dann darauf gekommen, dass ich in Virginia sein könnte?«

Er zuckte nachdenklich mit den Schultern. »Ich wusste, dass der heutige Tag für dich nicht leicht war, und ich dachte mir schon, dass du dich meinen Regeln widersetzen würdest.« Er grinste. »Du hast wirklich einen Dickschädel, Pinselchen.«

»Manchmal schon«, gab ich zu.

»Und?« Sein Kiefer mahlte wieder. »Ich hoffe, du hast *ihm* nichts über dich erzählt.«

War er etwa eifersüchtig?

»Nein. Nichts, was uns in Gefahr bringen könnte. Eigentlich wollte ich ihn über die verschiedenen Geschäfte in der Stadt ausfragen, aber dazu kam ich ja nicht mehr.«

»Stattdessen hast du ihm gesagt, dass ich dein Bruder bin. Darauf muss man erstmal kommen.« Er grinste. »Zumindest weiß er jetzt, dass ich auf dich aufpasse.«

»Du wärst ein fürchterlicher Bruder«, neckte ich ihn.

»Hey! Ich wäre der beste und gewissenhafteste Bruder überhaupt. Wie kannst du so etwas sagen?«

»Na ja, dank dir hat Mike wahrscheinlich das Interesse an mir verloren.« Ich lachte.

»Das sollte er auch!« Er strich mit einem Finger über meine Wange und wurde wieder ernst. »Joy, es tut mir leid, was du heute alles über deinen Vater erfahren musstest. Ich weiß, wie schwer das ist.« Woher wusste er das? Bevor ich ihn danach fragen konnte, redete er weiter. »Ich finde es bewundernswert, wie du dich um deine Schwester kümmerst. Ich habe dich völlig falsch eingeschätzt.«

»Ist das jetzt so etwas wie eine Entschuldigung?«

»Wenn du so willst.«

»Okay. So langsam habe ich das Gefühl, dass wir vielleicht doch noch Freunde werden könnten. Du nicht auch?«

»Auf keinen Fall«, grinste er. Ich zog ihn zu mir runter und küsste ihn. »Ach, bevor ich es vergesse.« Er löste sich aus meiner Umarmung. Ich schloss meine Hose und setzte mich ebenfalls auf. Aus seiner Gesäßtasche zog er etwas heraus und versteckte es in seiner Hand. »Hier, ich glaube, das könntest du ganz gut gebrauchen.«

Er streckte mir etwas entgegen. Ich erkannte es sofort im Mondlicht: ein Kohlestift. Wie süß war das denn?!

»Aber das ist ja ... Woher wusstest du das?« Sprachlos und gerührt blickte ich vom Stift in meiner Hand zu ihm. Es war genau die gleiche Minenstärke wie mein letzter.

»Ich bin FBI-Agent, Joy. Mir entgeht nichts.«

Ich verdrehte die Augen, freute mich aber so sehr darüber, dass ich mir einen spitzen Kommentar verkniff.

»Du hast keine Ahnung, wie dringend ich so einen Zeichenstift brauche ...« Ich hielt inne und überlegte. Natürlich wusste er es. Wahrscheinlich hatte er beobachtet, wie ich meine Zeichenutensilien gegen die Wand im Salon geworfen hatte. »Stalkst du mich etwa?«

»Das Geniale an meinem Job ist: Ich darf das, und zwar ganz offiziell.«

Lächelnd schüttelte ich den Kopf. Ich war von ihm hingerissen. Chris Parker konnte gefühlvoll und lieb sein. Wer hätte das gedacht? Die Glücksgefühle und die romantische Stimmung rauschten durch meinen Körper. Es war schön mit ihm, unverkrampft und leicht. Ich legte die Hand auf seine Wange.

»Danke, das ist absolut süß von dir.« Ich schenkte ihm ein Lächeln und sah ihm in die Augen. Dann wollte ich ihn zu mir ziehen und küssen, aber er wich im letzten Moment meinem Mund aus und küsste mich nur auf die Wange. Sekundenlang schaute er mich an. Darin las ich so viel Bedauern, dass sich mein Herz schmerzhaft zusammenzog. Die Luft zwischen uns war verändert und das Knistern erloschen.

»Joy, ich ...« Er stand auf und schob die Hände in seine Jeanstaschen. Hatte ich etwas falsch gemacht?

»Was ist los?« Ich sah abwartend zu, wie er am Ufer auf- und ablief. Etwas schien ihn zu beschäftigen. Eben waren wir uns noch so nahe gewesen, jetzt war da plötzlich diese Mauer, die sich unaufhörlich zwischen uns aufzubauen drohte.

»Wir sollten das nicht mehr tun. Ich darf das nicht.«

»Wie meinst du das?«

»Na, du und ich, das ist keine besonders gute Idee.«

Ich riss meine Brauen hoch. »Und das fällt dir jetzt ein? Wieso? Wir sind beide erwachsen.«

»Darum geht es nicht.«

»Red nicht um den heißen Brei herum, Parker.«

Er seufzte. »Du solltest dich von mir fernhalten, Joy. Du darfst dich nicht in mich verlieben.«

Fassungslos keuchte ich. »*Was*?! Wie meinst du das?«

»Du weißt, was ich meine.«

Jetzt wurde ich langsam sauer. »Nein, das weiß ich nicht.«

»Ich meine die Art, wie du mich ständig anmachst. Ich merke es, wenn ein naives Mädchen sich in mich verliebt. Ich bin nicht der Typ für sowas.« Das war ja wohl die Höhe! Wieso machte er das zarte Band zwischen uns kaputt? Wütend stand ich auf. »Versteh mich bitte nicht falsch, du bist sehr sexy und hast eine enorme Wirkung auf mich, aber wenn ich mit dir etwas anfange, wird es am Ende Tränen geben. Du bist zu gut für mich. Du würdest einen großen Bogen um mich machen, wenn du meine Vergangenheit kennen würdest.«

Ich schnaubte verächtlich. Was sollte das wieder bedeuten?

»Kommt jetzt etwa die berühmte *Ich-bin-nicht-gut-genug-für-dich*-Nummer? Damit kommst du bei mir nicht durch.«

Seine Verwunderung stand ihm ins Gesicht geschrieben, aber auch das beeindruckte mich nicht sonderlich.

»Du kennst mich nicht. Ich bin kein Romantiker, Joy. Ich ficke gern. Du hast etwas Besseres verdient.«

War es deshalb nicht bis zum Äußersten gekommen? Ich schluckte meine Enttäuschung runter und reckte ihm stolz das Kinn entgegen.

»Ich kann selbst entscheiden, was für mich gut ist. Außerdem verliebe ich mich nicht so schnell«, fauchte ich ihn an.

»Ich bin FBI-Agent. Wenn das hier vorbei ist ...«

»... werde ich dir keine Träne nachheulen«, unterbrach ich ihn trotzig. Ich wusste genau, dass ich mit dem Feuer spielte. Er war mir schon jetzt nicht egal und es wäre ganz leicht, sich in den Chris von eben zu verlieben, aber das wollte ich ihm nicht zeigen. Er legte den Kopf in den Nacken und seufzte.

»Ich will dir nicht wehtun, Joy. Du bist ein Teil des Jobs, den ich diesmal nicht vermasseln darf.« Diesmal? Meine Neugier war geweckt. »Das vorhin hätte nicht passieren dürfen.«

»Und warum hast du es dann getan?«

Ich deutete mit dem Finger auf die Stelle im Sand, in der wir intim gewesen waren. Er starrte mich an.

»Ich bin verkorkst, berechnend und egoistisch – das liegt mir im Blut. Das eben war ein kleiner Spaß. Es war nett, aber es wird nicht wieder vorkommen, Joy.«

Damit ließ er mich stehen und lief die Böschung hinauf.

Kapitel 10

Verdammt! Wieso fühlten sich seine Worte wie ein Schlag ins Gesicht an? Eigentlich war es ganz einfach: Wir hatten beide unseren Spaß gehabt – ich mehr als er – und damit sollte es sich erledigt haben. Ich war kein Kind von Traurigkeit, hatte schon einige Erfahrungen hinter mir, aber gefühlsmäßig lief hier irgendetwas schief.

In den folgenden Tagen herrschte zwischen Parker und mir Eiszeit – wieder einmal. Er redete nicht mit mir und ich nicht mit ihm. Wir gingen uns aus dem Weg. Trotzdem sorgten die Erinnerungen an diese Nacht am See dafür, dass ich ihn auch im Schlaf nicht vergessen konnte. Mein Unterbewusstsein spielte völlig verrückt und bescherte mir erotische Träume, sodass ich sogar von meinem eigenen Stöhnen und mit einem wilden Pochen im Schritt aufwachte. Es war eine Qual für mich, da er sich bis in meine Tagträume schlich.

Ich lenkte mich mit Zeichnen ab und dachte viel über Dad nach. Wir hatten uns im Haus gut eingelebt. Unsere Vorräte wurden von Logan und Chris aufgefüllt, das Kochen hatte ich mittlerweile ganz übernommen. Holly ging es gut, seit wir aus Chicago zurück waren, was mich sehr erleichterte. Jedoch musste sie bald für die Kontrolluntersuchung zu einem Arzt.

Mein Vater war für mich ein Fremder geworden, trotzdem ging er mit Holly und mir sehr liebevoll um. Manchmal beobachtete ich ihn, wenn er sich mit Logan oder Parker unterhielt. Er zeigte gewisse Gesichtszüge und Ansichtsweisen, die mir fremd waren. Der Mann mit dem weißen Vollbart und den gütigen Augen hatte nichts mehr mit meinem Vater gemein. Er wirkte dann wie ein skrupelloser Geschäftsmann, der für seinen Vorteil alles tun würde … sonderbar.

Ansonsten vergingen die Stunden sehr langsam und nichts passierte, sodass ich die Gefahr fast für eine Erfindung halten würde, wenn Logan und Parker nicht rund um die Uhr das Gelände sichern würden.

Eines Nachmittags saß ich auf den Stufen am Hauseingang im Schatten und zeichnete frustriert eine gruselige, witzige Karikatur des Mannes, der mich am meisten provozierte und mir nicht aus dem Kopf ging. Ich dichtete ihm dicke, dunkle Augenbrauen, stark ausgeprägte Hasenzähne, riesige Ohren und wilde lange Haare, die zu allen Seiten abstanden, an. Kleine Teufelshörner rundeten meine Zeichnung ab. Mit einer diebischen Freude konnte ich mich an Parkers Gesicht abreagieren. Ich entspannte mich zusehends und gab mir bei den Augen besonders viel Mühe. Parker war deutlich zu erkennen; ich sollte das Bild zwischen den anderen vor ihm verstecken.

Plötzlich und völlig unerwartet knirschten Autoreifen. Ein Wagen steuerte direkt auf unser Haus zu. Erschrocken klappte ich meine Mappe zu und blickte zur Einfahrt. Wer war das? Ein roter Pick-up kam aus dem kleinen Waldstück und fuhr Richtung Haus. Sogleich hatte ich einen Kloß im Hals und wusste im ersten Augenblick nicht, was ich tun sollte. Der Wagen kam zum Stehen, als ich Parker hinter mir hörte. »Joy, geh ins Haus, sofort! Versteckt euch!«

Mit weichen Knien tat ich, was er sagte, und ließ meine Ledermappe auf den Stufen zurück. Holly schlief oben und Dad hatte sich auch hingelegt. Als ich an Parker vorbeihuschte, sah ich, wie er seine Pistole hinterm Rücken verborgen hielt und am Hauseingang stehenblieb. Logan, der neben dem rechten Flurfenster stand, hatte ebenfalls seine Waffe gezogen, fuchtelte wild mit einer Hand und signalisierte mir so, dass ich verschwinden sollte.

»Hallo. Du bist Joys Bruder, nicht wahr? Erinnerst du dich an mich? Ich bin Mike Miller aus *Sam's Bar* von neulich Abend.«

Mike? Was wollte der denn hier? Ich huschte leise zum nächsten Fenster, von wo aus ich den Eingangsbereich ein wenig einsehen konnte.

»Ich erinnere mich«, brummte Parker. Seine Anspannung war ihm deutlich anzuhören. »Was willst du hier?«

»Deine Schwester hat mir erzählt, dass ihr hier eure Ferien verbringt. Ich dachte, vielleicht habt ihr Lust, zu dem traditionellem *Bar–B–Que* von Virginia zu kommen.« Vorsichtig spähte ich durch das Fenster. »Es ist ein großes Ereignis mit tollen Aktionen. Hier, steht alles auf der Einladung.« Mike hielt ihm ein Papier hin. »Ihr seid herzlich willkommen.«

Parker nahm das Blatt mit einer Hand an, während er hinter seinem Rücken immer noch die Waffe versteckte.

»Mal sehen. Sonst noch was?«

Ratlos schüttelte ich den Kopf. Wie konnte man nur so unfreundlich sein? Es tat mir leid, dass Mike so von Parker behandelt wurde. Er trat unsicher von einem Bein aufs andere und zupfte an seinem Cowboyhut.

»Äh ja, kann ich mit ... Joy reden?«

Parker ließ die Hand mit der Einladung sinken. »Was willst du von ihr?«

»Hey, Mann, werd mal locker, ich will sie nur was fragen.«
»Nein!«, donnerte Parker sofort zurück.

Mir klappte der Mund auf. Verdammt, Mike hatte ganz sicher nichts mit der Sache meines Vaters zu tun!

»Kann deine Schwester nicht selbst für sich sprechen?«

»Nein. Sie ist nicht da«, brummte er weiter, was mich echt auf die Palme brachte. Dieser aufgeblasene Mistkerl! Ich konnte nicht länger mitanhören, wie Parker mit dem armen Mike umging. Außerdem erschien mir Mike wie eine Rettung. Ich verließ mein Versteck und eilte hinaus. Natürlich würde ich mir riesigen Ärger mit Parker einhandeln, aber für ein nettes Gespräch mit Mike war es mir das wert. Ich überhörte Logans Geflüster, der mich davor warnte, rauszugehen.

»Hallo Mike. Entschuldige das Verhalten meines Bruders.«
Ich setzte ein fröhliches Lächeln auf und ignorierte Parkers finsteres Gesicht. Wenn Blicke töten könnten ... Ich lief die Stufen zu ihm hinunter. »Hi! Wie hast du uns gefunden?«

»Das war nicht schwer. Es gibt nicht viele freistehende Häuser in dieser Gegend. Ich bin hier aufgewachsen und kenne mich aus.«

Er war ein Typ von hier und kein fieser, skrupelloser Gangster, der es auf uns abgesehen hatte. Um das zu verdeutlichen, drehte ich mich kurz um und warf Parker einen vielsagenden Blick zu.

»Und was ist das für eine Feier, von der du erzählt hast?«

»Meine Mutter ist Mitorganisatorin und meinte, vielleicht habt ihr Lust vorbeizukommen. Es gibt Livemusik, tolles Essen und jede Menge Dinge, die Spaß machen. Steht alles auf der Einladung.« Er deutete auf das Papier in Parkers Hand.

»Das hört sich prima an. Danke.« Wieder trat Parker von einem Bein aufs andere. Unsicher warf Mike einen Blick zu ihm, während er immer noch am Eingang stand. »Du wolltest mich etwas fragen?«

Ich versuchte, die Aufmerksamkeit wieder auf mich zu lenken. Es war offensichtlich, dass Parker Mike nervös machte.

»Äh, ja ... Können wir unter ... vier Augen reden?«

»Nein, könnt ihr nicht«, mischte sich Mr. Wichtig hinter mir ein. Diesmal funkelte er mich an und warnte mich mit seinem Blick, es nicht zu wagen, mich ihm zu widersetzen. Meine Güte, konnte der böse schauen! Für Mike musste Parkers Benehmen mehr als merkwürdig erscheinen. Ich fragte mich, ob dieses Verhalten nicht zu auffällig war.

»Entschuldige, er hat heute schlechte Laune, deshalb will ich ihn nicht reizen«, wiegelte ich schulterzuckend ab.

»Ist der immer so drauf?«

»Er liebt mich eben. Brüder verhalten sich schon mal so verschroben, wenn es um ihre kleine Schwester geht.«

Er lachte und Parker schickte mir kleine Blitze entgegen, die mich auf der Stelle verbrannt hätten, wenn sie real gewesen wären. Ich spielte wirklich mit meinem Leben.

»Also, ich habe auch Schwestern, mehrere sogar, aber so extrem ist mein Beschützerinstinkt dann doch nicht ausgeprägt. Okay, lassen wir das. Von mir aus kann er ruhig zuhören.« Mike trat näher. »Ich wollte dich fragen, ob du Lust hast, mit mir auszugehen. Ich weiß, wir kennen uns nicht wirklich, aber das würde ich gerne ändern. Natürlich nur, wenn du willst.« Und wie ich Lust dazu hatte!

»Auf keinen Fall geht sie mit dir aus.«

Parker war die Stufen hinuntergesprungen. Offenbar hatte er seine Waffe wieder eingesteckt. Mike hob beschwichtigend seine Hände.

»Hör mal, ich verstehe ja, dass du sie beschützen willst, aber ich bin völlig harmlos.«

Parker verzog verächtlich den Mund. »Das haben schon ganz andere gesagt.«

»Ich hege keine schmutzigen Absichten. Ich finde deine Schwester nett und würde einfach nur einen schönen Abend mit ihr verbringen«, verteidigte sich Mike.

»Ausgeschlossen.« Parker verschränkte die Arme und blickte Mike finster an. Wieso musste er immer den Obermacker spielen?

»Und wieso nicht? Was ist dein Problem, Mann?«

»Was soll das bringen? Nach dem Sommer sind wir fort und du siehst sie nie wieder.«

Mike runzelte die Stirn. »Was ich davon habe? Eine Erinnerung an ein schönes Mädchen in einem außergewöhnlich heißen Sommer.«

Das war echt süß von Mike. In meinem alten Leben wäre ich spätestens jetzt schwach geworden, aber Parker blieb unbeeindruckt. In seinen Augen tobte ein Sturm, der mich und Mike am liebsten verschlingen wollte.

»Ich will nur ein Essen und einen Spaziergang.« In seiner Verzweiflung wandte sich Mike an mich. »Kannst du denn nicht selbst für dich sprechen? Du bist doch alt genug, um deine eigenen Entscheidungen treffen zu können, oder?«

Beide Männer starrten mich an und warteten auf eine Antwort. Parker erwartete natürlich eine klare Absage und Mike eine selbstbewusste Zusage. Was sollte ich jetzt tun? Ich hasste es, den schwarzen Peter zugeschoben zu bekommen. Beide trieben mich in die Enge.

Mike tat mir leid. Ich blickte in seine grünen Augen, die mich hoffnungsvoll ansahen. So gern hätte ich einen Abend mit ihm verbracht! Es imponierte mir, dass er sich nicht einmal von meinem verrückten ›Bruder‹ abschrecken ließ. Das zeigte, wie sehr er sich ein Date mit mir wünschte. Trotzdem musste ich vernünftig sein. Parker und Logan hatten mir mehrfach erklärt, wie gefährlich es für uns war, in der Öffentlichkeit gesehen zu werden, und das verstand ich. Es war wirklich ein Jammer. Endlich passierte mal etwas und jemand war bereit, mich aus meinem Gefängnis zu befreien, und dann musste ich auch noch freiwillig Nein sagen. Schweren Herzens fällte ich meine Entscheidung. Ich wandte mich zu Mike und wollte ihm gerade die schlechte Nachricht verkünden, als Parker mal wieder dazwischenfunkte.

»Du bekommst deinen Abend. Unter einer Bedingung.«

Ich fuhr rum, starrte ihn völlig überrascht an. Hatte ich richtig gehört? Er ließ mich gehen? Und was für eine Bedingung?

»Und die wäre?«, fragte Mike interessiert.

»Ich komme mit«, verkündete Parker und grinste mich schief an.

***

Ich bekam den Mund vor Staunen nicht mehr zu. Er wollte uns begleiten? Wie zu Hölle sollte ich mich entspannen und vor allem: Wie sollte daraus ein schöner und gemütlicher Abend werden? War er jetzt völlig verrückt geworden? Wahrscheinlich hatte er großen Spaß dabei, mich ständig zu schikanieren.

Auch Mike war im ersten Moment verwirrt. »Du kommst mit? Ist das dein Ernst?«

»Nimm mein Angebot an oder lass es.«

Vielleicht hatte Parker damit gerechnet, dass Mike nun einen Rückzieher machen würde, doch er schien ernsthaft darüber nachzudenken.

»Können wir uns darauf einigen, dass du einen gewissen Abstand zu uns hältst? Ich meine, ein Date zu dritt ist nicht unbedingt das, was in Virginia üblich ist, und ich habe schließlich auch einen Ruf zu verlieren.«

Parker überlegte kurz. »Du behältst deine Finger bei dir und rührst sie nicht an. Kein Alkohol und du zahlst.«

»Einverstanden.«

Die beiden besiegelten ihr Geschäft per Handschlag. So langsam kam ich mir vor wie eine Kuh auf dem Markt.

»Hallo! Habt ihr sie noch alle? Ihr könnt doch nicht über mich hinwegbestimmen.«

»Morgen gegen halb acht hole ich sie ... *euch* ab.«

»Abgemacht.«

Das war ja wohl die Höhe. Ich stemmte die Fäuste in die Hüften und sah zu, wie Mike zum Pick-up lief und Parker die Stufen zum Haus hinaufschritt. Sie hatten mich einfach stehengelassen. Mike stieg ein, winkte mir lächelnd zu und setzte zurück. Parker hielt es nicht mal für nötig, auf mich zu warten.

»Na toll! Ich freu mich!«, schrie ich laut, aber ich bezweifelte, dass Mike oder Parker mich hörten. Als ich das Haus betrat, diskutierten Logan und Parker in der Küche. Mein Vater kam gerade die Stufen hinunter.

»Was ist denn los? Wer war das?«

»Das war Mike. Parkers und mein Date für morgen Abend«, sagte ich hitzig.

»Date? Ich verstehe kein Wort.« Verdutzt sah mir Dad hinterher, als ich, wütend und ohne ihm eine Antwort zu geben, in die Küche marschierte.

Logan redete auf Parker ein: »Du kannst das Risiko nicht abschätzen, Chris. Bis morgen können wir den Typen zwar überprüfen lassen, aber dann müssten wir das Büro darüber informieren. Wie ich dich kenne, willst du das in unserem Bericht nicht erwähnen, oder?«

»Sag mal, spinnst du?«, fuhr ich Parker direkt an. Mal wieder hielt er ein Glas Milch in seiner Hand und über seiner Oberlippe lag sein berühmter Milchschnauzer. »So kannst du nicht mit mir umgehen. Wieso hast du das getan?« Wütend tippte ich mit dem Finger gegen seine Brust.

»Wieso? Ist doch alles gut gelaufen. Du hast bekommen, was du wolltest.«

Das wurde ja immer besser! »Ich wollte Mike absagen, verdammt!«, schrie ich ihm entgegen.

»Das glaubst du ja selbst nicht. Ich habe genau gesehen, was du wolltest. Erzähl mir keine Märchen.«

»Vielleicht wäre ich unter anderen Umständen mit ihm ausgegangen, aber ich wollte tatsächlich Nein sagen. Stattdessen habt ihr über mich verhandelt, als wäre ich eine Kuh, die gute Milch gibt.« Im Augenwinkel sah ich Logan schmunzeln. »Was gibt es zu lachen? Ich finde das überhaupt nicht lustig.«

»Entschuldige, Joy. Du hast ja recht. Ich finde Parkers Idee auch nicht gerade prickelnd.« Endlich mal jemand, der auf meiner Seite stand.

»Beruhige dich, Puma. Ich bin nur zu deinem Schutz da, vergiss das nicht.«

»Kann mir mal jemand erklären, was eigentlich los ist?« Dad hatte sich an den Tisch gesetzt und verfolgte neugierig unser Streitgespräch. Wütend fuhr ich herum.

»Frag doch den Special Agent, er muss schließlich wissen, was er tut.«

»Darauf kannst du dich verlassen. Ich weiß immer, was ich tue.«

»Du bist so ein ... Ahhhh!«

Alles weitere verkniff ich mir und schlug auf meinem Weg aus der Küche fest die Tür hinter mir zu. Erst als ich unter der Dusche stand, schaffte ich es, mich zu beruhigen. Das kalte Wasser tat gut. Parker würde nichts unversucht lassen und es schaffen, das Date morgen Abend zu einer Farce werden zu lassen. Ich traute ihm einiges zu.

In den letzten Tagen war die Anspannung zwischen ihm und mir auch den anderen nicht verborgen geblieben. Sogar Holly hatte mich gefragt, warum Parker und ich nicht mehr miteinander redeten. Ganz unmissverständlich hatte sie mir klargemacht, dass sie ihn mochte – sehr sogar. Das lag wahrscheinlich daran, dass er sich öfter mit ihr beschäftigte. Ein paarmal hatte ich beobachtet, wie sie gemeinsam etwas spielten. Sie hatte ihm beigebracht, wie man Schnürsenkel band, und einmal musste ich schmunzeln, als er mit den riesigen Schlaufen an mir vorbei durch den großen Flur lief. Parker hatte Holly um den Finger gewickelt, was mich ein wenig frustrierte. Die Kleine fand alles toll, was er sagte oder tat.

Nach der Dusche warf ich einen Blick in den Salon. Durchs Fenster sah ich meinen Vater mit Logan im Garten. Holly spielte im Schatten auf unserer Decke mit Mr. Floppy. Von Parker gab es keine Spur – zum Glück. Mir stand nicht der Sinn nach weiteren Diskussionen, fiesen Blicken oder angespannter Atmosphäre.

Im Haus war es angenehm kühl. Noch mit nassen Haaren und barfuß lief ich zum Haupteingang und wollte meine Ledermappe holen, die ich dort liegengelassen hatte, als Mike gekommen war. Verwundert blieb ich im Flur stehen. Wieso war die Tür angelehnt? Die Nachmittagshitze strömte ungehindert herein. Als ich die Klinke schon in der Hand hatte, hörte ich Parker draußen leise reden.

»Ich kann nicht so laut sprechen. ... Nein, bisher habe ich keine Spur von dem Geld, aber ich bleibe dran. Ich kann nicht sagen, ob die Tochter etwas weiß ... Sie ist nicht gerade ... Sagen wir so, sie macht mir das Leben ein wenig schwer und ich muss vorsichtig sein, damit sie keinen Verdacht schöpft. ... Ja, wir werden sehen. ... Nein, ihr Vater wiederholt immer wieder nur seine bisherige Aussage. Er ist gewitzt und ich traue ihm nicht.«

Neugierig spähte ich durch den Türspalt. Parker saß auf den Stufen und hatte meine Ledermappe auf seinem Schoss. In seiner rechten Hand hielt er die Karikatur, die ich von ihm gezeichnet hatte, und betrachtete sie eingehend, während er mit der anderen Hand sein Handy ans Ohr hielt. Mir wurde heiß und kalt. Wer war da am Telefon und von welchem Geld sprach Parker? Welchen Verdacht durfte ich nicht schöpfen? Was zum Teufel hatte er für Geheimnisse?

»Gut. Sobald sich jemand rühren sollte oder es Anzeichen gibt, dass Männer in unsere Richtung geschickt wurden, informieren Sie uns. Ich melde mich wieder, bis dann.«

Mein Herz klopfte bis zum Hals, als Parker das Gespräch beendete. Versteckt hinter der Tür, hielt ich die Luft an und versuchte zu begreifen, was ich da gerade mitangehört hatte. Spielte er etwa ein falsches Spiel? Von welchem Geld hatte er gesprochen? Ich überlegte. Mir fiel nur das Geldversteck in meinem Zimmer zu Hause ein. Meinte er etwa dieses Geld? Seit mehr als vier Jahren hatte ich es gespart. Dafür gab es noch nicht einmal einen besonderen Grund. Ich fand es einfach cool, ein Versteck zu haben und darin ein kleines Vermögen anzusammeln. Nicht einmal Dad wusste davon.

Noch einmal spähte ich nach draußen. Er saß immer noch auf der Stufe und sah sich meine Zeichnungen an. Es brodelte in mir. Einerseits wollte ich ihn am liebsten auf das Telefonat ansprechen und andererseits hatte er mich nicht bemerkt. Ich konnte einfach so tun, als wüsste ich von nichts, und ihn im

Auge behalten. Allerdings fand ich es schlimm, dass er in meiner Zeichenmappe blätterte. Für mich war das, als würde er in meinem Tagebuch lesen. Ich riss mich zusammen und trat nach draußen.

»Hast du überhaupt keinen Anstand?«

Ertappt schaute Parker auf. Empört ging ich auf ihn zu und riss ihm die Mappe und Skizze aus der Hand.

»Joy! Ich habe dich gar nicht kommen gehört.«

Kurz war ihm die Überraschung anzusehen, doch schnell hatte er wieder sein undurchschaubares Pokerface aufgesetzt. Er fragte sich bestimmt, ob ich sein Telefongespräch mitbekommen hatte, aber er sprach es nicht aus.

»Wieso schnüffelst du in meinen Sachen? Ist dir denn gar nichts heilig?«

»Ich wusste nicht, dass du so gut zeichnen kannst«, entgegnete er und stand auf. Eng presste ich die Ledermappe gegen meine Brust und funkelte ihn vorwurfsvoll an.

»Lenk nicht vom Thema ab, Parker.«

Er seufzte tief. »Tut mir leid, okay? Sie lag einfach da und ich habe darin geblättert, ohne mir Gedanken zu machen. Ich hätte das nicht tun dürfen.«

Entschuldigte er sich etwa oder hatte ich mir das nur eingebildet? Wie er so dastand und schuldbewusst dreinblickte, wäre ich fast auf ihn reingefallen. Das seltsame Gespräch von eben spukte noch in meinem Kopf.

Er nickte zu der Mappe. »Ich finde es interessant, wie du mich siehst. Bin ich wirklich so ein Monster für dich?«

»Schlimmer«, gab ich kurz zurück, ließ ihn stehen und ging rein. Ich war gerade im Flur angekommen, da war er mit wenigen Schritten bei mir, packte mich grob am Arm und drückte mich gegen die Wand.

»Wenn ich nicht genau wüsste, dass du das Bild aus reiner Boshaftigkeit gemalt hast, würde ich sagen, du hast mich ganz gut getroffen.«

Seine Augen waren wieder so dunkel, und diesmal wusste ich nicht, ob er wütend war oder mich auf den Arm nahm.

»Schön, dass dir meine Zeichnung gefällt. Ich finde auch, ich habe dich ganz authentisch hinbekommen.« Ich zog eine sarkastische Grimasse.

»Warum bist du nur so ...« Er kam ein wenig näher, sodass er mich leicht hätte küssen können. Ich widerstand dem Drang, meine Lider zu schließen und mich dem berauschenden Gefühl, das seine Lippen mir versprachen, hinzugeben. Wieder roch ich seinen Atem – Pfefferminz und etwas anderes, köstliches. Es lullte mich ein und ich spürte, wie meine Knie weich wurden. Mit jeder Faser meines Körpers sehnte ich mich nach einer Berührung. Wenn er es endlich tun würde, würde ich innerlich wie ein Feuerwerk explodieren.

»Iiieeehhhhh! Küsst ihr euch etwa?« Holly stand im Flur und hielt sich die Hände vor die Augen. Parker und ich fuhren sofort auseinander. Mein Blut schoss mir in die Wangen.

»Wie kommst du denn darauf?«, fragte Parker und fuhr sich verlegen durchs Haar. Zwischen zwei gespreizten Fingern lugte Holly zu uns.

»So machen die das im Film auch immer, manchmal sogar mit Zunge. Das ist voll eklig.«

Er zog die Brauen hoch und grinste mich verschlagen an.

»Bist du sicher, dass die Kleine die richtige TV-Kanäle schaut?«

Ich seufzte und verdrehte die Augen.

»Chris, spielst du was mit mir?«

»Willst du nicht lieber was mit mir machen?«, wandte ich ein. »Chris hat bestimmt zu tun, stimmt's?« In der Erwartung, dass er meinen Wink verstehen würde, lächelte ich ihn honigsüß an. Das schien ihn leider nicht sonderlich zu interessieren. Er kniete sich zu meiner Schwester.

»Ich würde sehr gern mit dir spielen. Vielleicht kann Joy ja bei uns mitmachen.«

Der Kerl hatte wirklich keine Skrupel. Es ärgerte mich, dass Holly so auf ihn abfuhr.

»Oh ja. Willst du, Joy?«

Ganz sicher hatte ich keine Lust, mehr Zeit als nötig mit ihm zu verbringen. Mir reichte es schon, wenn ich an den morgigen Abend dachte.

»Schon gut, Keks. Ich muss sowieso noch das Badezimmer putzen. Du hast ihn ganz für dich allein.«

Parker blickte fast enttäuscht drein, als ich die beiden stehenließ und ins Zimmer hinaufging. Natürlich war die Putzerei eine Ausrede gewesen, aber das brauchte er nicht zu wissen.

***

Wenig später hatte ich jedes meiner Kleidungsstücke mindestens zweimal in der Hand gehabt. Nichts war für ein Date geeignet. Das einzige Oberteil, das nach etwas aussah, wollte zu meinen Hosen nicht recht passen. Pumps, Sommerkleider und Accessoires hatte ich ja zu Hause zurücklassen müssen.

Ich dachte an meine Freundinnen Jenny, Vio und Marcy. Genau in diesem Moment vermisste ich sie. Auch wenn ich jetzt wusste, dass sie nicht wirklich meine Freundinnen gewesen waren, würde ich viel darum geben, wenigstens einer alles erzählen zu können. Sie würde auf meinem Bett liegen, sich alles anhören, mir Mut machen und mir in vielen Punkten beistehen. Wie oft hatten wir es uns in meinem Zimmer gemütlich gemacht und YouTube-Videos geschaut? Wir liebten es, Schmink- und Klamottentipps von anderen anzusehen.

Enttäuscht und einsam lehnte ich mich in die Kissen zurück und starrte zur Decke. Zusammen mit meiner coolsten Jeans würden meine Oberteile nach Alltagslook und sehr langweilig aussehen. Das schlimmste waren die Turnschuhe, die ich hier täglich trug. Das wäre ein absolutes No-Go für ein Date. Fakt war: Ich brauchte ein Kleid. Kurzerhand schwang ich meine

Beine aus dem Bett und machte mich auf den Weg nach unten. Meinen Vater wollte ich in diesem Fall gar nicht erst fragen, er hatte ohnehin keine Entscheidungsgewalt mehr. Und Parker ...? Nur über meine Leiche. Der würde keine Gelegenheit auslassen, um mich zu ärgern. Also machte ich mich auf den Weg zu Logan.

Mit einer ausgebreiteten Landkarte saß er zusammen mit Parker, der Holly auf dem Schoss hatte, am Küchentisch.

»... also gibt es viele Möglichkeiten für uns.« Parker entdeckte mich als erster im Türrahmen.

»Logan, kann ich dich kurz sprechen?«

»Na klar, was ist los? Gibt es ein Problem?«

Parker beobachtete mich genau. Wenn ich jemals nervös gewesen war, dann jetzt. Ich wollte auf keinen Fall, dass er etwas davon mitbekam. Ich nestelte mit den Fingern.

»Äh ... Ich meine unter vier Augen.«

Verwundert blickte Logan zu seinem Freund. »Okay.«

Er stand auf und ging mit mir aus der Küche. Ich führte ihn zur Eingangstür und öffnete sie.

»Was ist los, Joy?« Er musterte mich eindringlich.

»Also, es mag vielleicht gerade unpassend sein, aber ich brauche für morgen ein Kleid.«

Seine Sorgenfalten lösten sich nach und nach auf und sein gestresster Ausdruck wurde wieder weicher.

»Ach, du meinst für das Date!«

»Ja, genau. Ich habe hauptsächlich sportliche Sachen dabei, noch nicht mal Schuhe mit Absatz. Mike würde es bestimmt merkwürdig vorkommen, wenn ich morgen in Jeans und normalem T-Shirt auftauche, noch dazu in Turnschuhen. Als wir damals zu den Doyles gebracht wurden, hatte ich kaum Zeit und habe nur das Nötigste eingepackt.«

Er kratzte sich am Kinn. »Verstehe.«

»Deshalb wollte ich dich fragen, ob du mit mir nach Virginia fährst, dort gibt es bestimmt ein Bekleidungsgeschäft.«

»Tja, das gibt es dort ganz sicher, allerdings kann ich das nicht entscheiden, Joy. Da kann ich dir leider nicht helfen. Das musst du mit Chris besprechen – er ist der Boss.«

Ich schloss die Augen. Na super! Im Geiste sah ich mich schon in Jeans und Turnschuhen beim Date. Parker würde niemals zustimmen, das wusste ich genau. Außerdem war es alles andere als angenehm, ihn um etwas zu bitten.

»Kannst du ihn für mich fragen? Du weißt, wie das zwischen ihm und mir ist.«

Er lachte. »Ich verstehe gar nicht, was bei euch abgeht. Ehrlich gesagt, kapier ich überhaupt nichts. So habe ich ihn noch nie erlebt. Was ist eigentlich los mit euch?«

Meine Wangen glühten rot und ich blickte schuldbewusst zu Boden. »Ich weiß nicht. Es ist irgendwie schwierig ...«

»Ja, das sehe ich. Hör mal, Joy, Parker ist ein toller Kerl, aber es wäre besser, wenn ...«

»Wenn was?«

»Ich weiß, wie er auf Frauen wirkt, aber ... Er ist mehr der Typ, der überall gern und viel nascht, wenn du verstehst, was ich meine.«

Ich war doch nicht diejenige, die ihn dazu ermunterte!

»Wenn du glaubst, dass ich ...«, grummelte ich beleidigt.

»Ich glaube gar nichts. Ich wollte es dir nur gesagt haben.«

Logan hatte keine Ahnung, in welchem Gefühlschaos ich mich befand. Einerseits war mein Körper total süchtig nach Chris, reagierte völlig verrückt, und andererseits wusste man bei ihm nie, woran man war. Er brachte mich auf die Palme und ständig unterdrückte ich den Drang, ihn umzubringen.

»Was ist mit ihm? Wieso verhält er sich so?«

Ich wollte nicht indiskret erscheinen, aber was diesen Agenten betraf, war meine Neugier grenzenlos. Logan druckste herum und trat von einem Bein aufs andere.

»Es steht mir nicht zu, dir das zu erzählen. Nur so viel: Er hat zwar ein paar Eigenarten und manchmal ist er wirklich ein

Esel, aber er ist der beste Agent, den wir je in unserer Einheit hatten. Du kannst ihm vertrauen.« Er strich über meinen Oberarm und ging hinein. An der Tür drehte er sich noch einmal zu mir um. »Frag ihn einfach nach dem Kleid. Er wird bestimmt nicht Nein sagen.« Er zwinkerte mir noch aufmunternd zu.

Na super! Unschlüssig setzte ich mich auf die oberste Stufe. Natürlich kannte Logan Parker besser, aber was mich betraf, würde Parker alles tun, um mich zu provozieren. Mein Stolz ließ es nicht zu, dass ich vor ihm zu Kreuze kroch, da ging ich lieber in Jeans und Turnschuhen. Gerade wollte ich das Thema abhaken, da hatte ich plötzlich eine Idee. Es gab allerdings zwei Probleme, die das ganze schnell wieder zunichtemachen konnten. Ich stand auf und lief eilig in die Küche.

»Gibt es hier im Haus irgendwo Nähutensilien?«, fragte ich an der Schwelle.

Logan sah auf und kniff die Augen zusammen. »Keine Ahnung. Schau mal in den Schränken nach. Die meisten sind zwar leer, aber in einigen befindet sich noch allerlei Kram. Vielleicht ist da etwas dabei.«

Sofort machte ich mich auf die Suche und fing im Salon an. In einem alten Sekretär fand ich Papier und in einer Vitrine entdeckte ich Kerzen, Streichhölzer, einen vergilbten Tischläufer, irgendwelche Schlüssel, alte Zeitungen und jede Menge Blumenvasen. Im Flur im oberen Stockwerk befanden sich auch mehrere kleine und große Kommoden. Eilig durchsuchte ich auch diese. Ganz am Ende der Diele stand ein Schrank, der noch mit einem Leinentuch verhangen war. Ich zog das staubige Tuch herunter. Die Flügeltüren quietschten laut, als ich sie öffnete und ein kleines Schuhparadies zum Vorschein kam. Ich konnte mein Glück kaum fassen. Damenschuhe in allen Varianten: Sandalen, Berg- und Wanderschuhe, Mokassins und sogar ein Paar schwarzer High Heels. Es waren zwar keine Manolos und gebraucht waren sie auch, aber dafür waren sie sehr extravagant und edel. Die Schuhe glitzerten geheimnisvoll und die Absätze betrugen bestimmt mehr als zehn Zentimeter. Ob ich damit überhaupt laufen konnte? Vorsichtig nahm ich einen Schuh heraus und pustete den Staub herunter. Er war wirklich hübsch. Ich hielt ihn ins Licht und suchte nach der Größenangabe. Durch das Tragen war die Schrift im Schuhinneren nicht mehr erkennbar. Ich schlüpfte hinein und sie passten wie angegossen. Unsicher ging ich ein paar Schritte. Sie waren schon sehr hoch, aber die einzigen, die für morgen Abend in Fragen kamen, wenn ich keine Turnschuhe anziehen wollte.

Mit den High Heels in der Hand, suchte ich weiter nach Nähutensilien, doch ich wurde enttäuscht. In der letzten Kommode, in der ich noch nicht nachgesehen hatte, fand ich nur eine Schere, die ich sofort an mich nahm, Stricknadeln, mehrere Kugelschreiber, altes Geschirr und ... eine Rolle Klebeband. Beinahe wäre ich gehüpft, wie Holly es immer tat, wenn sie sich über etwas freute. Jetzt brauchte ich nur noch das Hauptstück. Das zu besorgen sollte nicht schwierig sein.

Am Abend saß ich mit Dad und Holly im Garten. Die Sonne färbte die dicken Wolken am Himmel orange-rosa. Es sah wunderschön aus. Wie gebannt beobachtete ich, wie sie immer mehr Farbe annahmen. Es erinnerte mich an den letzten Sommer mit Mum. Damals waren wir die ganzen Sommerferien in Porth Arthur geblieben. Jeden Abend hatten wir auf der Veranda verbracht, Kerzen gegen die Mücken angezündet und uns unterhalten. Mum war mit Holly schwanger gewesen und hatte Babysachen gestrickt.

Ich dachte gern an die Zeit zurück, weil da noch alles in Ordnung gewesen war. Nach ihrem Tod hatte ich dieses Farbenspiel am Himmel nie wieder so intensiv gesehen, bis jetzt. Die Bilder lebten in mir auf und beinahe hörte ich Mums Lachen, weil Dad witzige Sprüche über das Gras im Garten machte. Es wäre sein natürlicher Feind, weil es so schnell wuchs und er nicht hinterherkam, den riesigen Rasen auf dem

Grundstück zu mähen. Die Erinnerung daran zauberte ein Lächeln auf meine Lippen, ohne dass ich es bemerkte.

»Was ist so lustig?« Dad lächelte mich an und es war fast wie früher, nur dass Mum nicht bei uns war und er sich verändert hatte.

»Nichts. Ich habe nur nachgedacht.«

»Und worüber?«

Ich wollte ihm nicht sagen, wie sehr ich diese Zeit vermisste, wie sehr mir mein Vater fehlte. Der Vater von damals, der ein rechtschaffener Anwalt mit normalem Einkommen und geregelten Arbeitszeiten gewesen war, der Mum und mich glücklich gemacht hatte, wenn er uns mit einem verlängertem Urlaub überraschte, und viel mit uns unternahm.

»Über Porth Arthur und Mum.«

Er nickte. Plötzlich beugte er sich zu mir rüber.

»Porth Arthur ist vielleicht alles, was wir noch haben. Wenn das hier vorbei ist oder mir etwas zustoßen sollte, gib das Haus niemals aus unserem Besitz«, flüsterte er so leise, dass Holly es nicht mitbekam. »Versprich es mir.«

Ich sah ihn an und wunderte mich über den harten Ausdruck in seinen Augen. Er hatte seine Hand auf meine gelegt und drückte sie. Er tat mir nicht weh, doch der Druck war groß genug, um das leichte Zittern seiner Finger spüren zu können. Natürlich würde ich das Haus in Porth Arthur nie verkaufen, dafür liebte ich es zu sehr. Dort gab es zu viele Erinnerungen an Mum. Für kein Geld der Welt würde ich es je hergeben.

»Niemals, versprich es«, forderte er jetzt nachdrücklicher. Was war denn plötzlich in Dad gefahren? Wieso überkam ihn diese Panik?

»Ich verspreche es«, sagte ich schließlich. Erst dann entspannte er sich wieder und sah zu Holly, die mit Mr. Floppy spielte. Dabei sang sie ihr Schlaflied, was Dad lächeln ließ.

Kapitel 11

»Du siehst toll aus, Joy!« Holly saß auf meinem Bett, während ich übte, in den High Heels zu laufen. Dazu ging ich im Zimmer auf und ab. Mein Herz wummerte nervös, da in wenigen Minuten Mike auftauchen würde. Den ganzen Nachmittag hatte ich mich in meinem Zimmer verschanzt und an meinem Outfit gearbeitet. Ich betrachtete mich im Spiegel und war mehr als zufrieden. Zugegeben, mein neues Kleid war sexy und zeigte viel Haut, aber allein um Parkers blödes Gesicht zu sehen, war es mir das wert. Ein diabolisches Lächeln umspielte meine Lippen.

»Bist du dir sicher, dass Chris nicht böse auf dich sein wird? Also ich wäre es.«

»Ach Keks, mach dir keine Sorgen, er kriegt sich wieder ein. Danke, dass du dichtgehalten hast.« Parker würde wahrscheinlich ausflippen, wenn er mich zu Gesicht bekam! »Freust du dich, dass du heute bei Dad im Bett schlafen darfst?«, lenkte ich sie vom Thema ab.

»Ja. Er hat mir versprochen, aus meinem Buch vorzulesen.«

»Das ist schön, Keks.« Ich lief zum Bett. »Ich denke, ich bin soweit. Gib mir noch einen Kuss, bevor ich gehe.« Sie stand auf der Matratze und war dadurch nur noch einen Kopf kleiner als ich. »Viel Spaß, Joy. Erzählst du mir, wohin ihr gegangen seid?«

»Natürlich.« Sie schlang ihre Ärmchen um meinen Hals und ich drückte sie an mich. Kurz verharrten wir so, bis ich mich von ihr löste. »Komm, lass uns runtergehen. Sie warten bestimmt schon.«

Holly sprang vom Bett. »Darf ich vorgehen? Dann sage ich ihnen, dass du kommst.«

»Klar.« Schon öffnete sie die Tür und war auf dem Weg nach unten. Ich atmete noch einmal tief durch, dann begab ich mich in die Höhle des Löwen.

Vorsichtig, aber relativ sicher, schritt ich die Stufen hinunter. Ich konnte nur hoffen, dass ich den Abend in den Tretern halbwegs gut überstehen würde. Logan, Dad und Parker kamen gerade aus dem Salon. Wie angewurzelt blieben sie stehen und starrten mich an. Parker klappte der Mund auf.

Mein langes Haar hatte ich mithilfe von leeren Toilettenpapier- und Küchenrollen zu großen Locken geföhnt. Etwas Make-Up und dunkler Lidschatten betonten mein Gesicht und der Lippenstift, den ich noch zufällig in meiner Handtasche gefunden hatte, ließ meine Lippen verführerisch rot und voll wirken. Zufrieden lächelte ich den Männern entgegen.

»Wow! Joy, du siehst einfach unglaublich aus«, sagte Logan bewundernd.

Sichtlich stolz schwoll meinem Vater die Brust.

»Meine Tochter war schon immer eine Schönheit, genau wie ihre Mutter.«

Parker schluckte schwer, während sein Blick an meinen Beinen hängen blieb. Seine dunklen Augen verschlangen mich mit Haut und Haar. Er war wie erstarrt.

»So kannst du niemals gehen«, brummte er mürrisch. »Das ist viel zu sexy und überhaupt ... Ich will nicht, dass Mike ...« Innerlich triumphierte ich und machte eine Siegerpose.

»Wieso nicht? Was hast du an meinem Kleid auszusetzen?«

Ich drehte mich jetzt absichtlich um die eigene Achse, damit er sehen konnte, was ich da wirklich trug. Als sich unsere Blicke wieder begegneten, waren aus seinen Augen zwei Feuerwalzen geworden. Empört begann er zu stottern.

»Aber ... Das ist doch ... Wo hast du das her?«, zischte er.

»Ich konnte ja schlecht in Jeans und Shirt gehen und als ich dieses alte T-Shirt gefunden habe, dachte ich, ich schneidere mir eben ein Kleid. Gefällt es dir etwa nicht?«

Mit unschuldigem Wimpernaufschlag schaute ich erst an mir herab, dann in sein Gesicht. Ich musste ein lautes Lachen unterdrücken. Ich trug Parkers Lieblings-Shirt. Daraus hatte ich mir ein Kleid genäht. Naja, genäht eigentlich nicht, sondern mit Klebeband fixiert. Es war ärmellos, hauteng und sehr knapp. Meinen Hintern zierte die Aufschrift SEXMACHINE.

„Da steht ja ›Ich liebe dich‹!«, rief Holly erfreut und deutete auf mein Hinterteil.

Parker schnappte nach Luft. »Das ist ... *war* mein T-Shirt. Wie konntest du dieses ... Nichts daraus machen? Zieh dich um, sofort. So kannst du Mike nicht unter die Augen treten.«

Selbst mein Vater gab ihm nickend recht, nachdem er meine Rückseite gesehen hatte. Ich hatte mir schon gedacht, dass Parker nicht wollte, dass ich so ausging. Schmunzelnd wandte ich mich ab und ging hinaus, als es draußen hupte.

»Zu spät, sorry!« Ich setzte ein bedauerndes Lächeln auf und zuckte mit den Schultern. Ich winkte Holly, Logan und Dad zu und stolzierte hinternwackelnd aus dem Haus.

***

Mein Auftritt war perfekt gewesen. Damit hatte ich mich ein kleines bisschen an Parker gerächt. Heute Abend würde ich mich amüsieren, und er sollte sehen wie gut!

»Guten A... Wow! Joy, du siehst ... wunderschön aus.«

Mikes Augen glitzerten, als er mich sah. Er war frisch rasiert und sein herbes Aftershave stieg mir in die Nase. Kaum hatte er mir den Handrücken geküsst, stand Parker auch schon mit einem grimmigen Gesicht hinter mir und legte mir seine Jacke um die Schultern.

»Es könnte kühl werden«, erklärte er.

Na klar! Tagsüber hatten wir fast vierzig Grad und die Nächte waren auch nicht sehr viel besser. Seit wann war er denn so prüde?

»Hör auf mit dem Quatsch, Bruderherz. Es ist viel zu heiß dafür.« Ich schubste die Jacke von meinem Rücken.

Eine Autotür wurde zugeschlagen.

»Hi, ich bin Anne, Mikes Schwester.«

»Entschuldigt, das hätte ich beinahe vergessen. Joy, das ist Anne. Anne, das sind Joy und ihr Bruder Chris.«

Er brachte seine Schwester mit? Ich verkniff mir ein Schmunzeln.

»Ich dachte, ein Date zu viert sei besser als eines zu dritt. Sie wird deine Begleitung sein«, erklärte Mike Parker.

Es war deutlich, dass Mike diesen Augenblick, in dem er Parker quasi mundtot machte, genoss. Schließlich würde er sich Anne gegenüber zu benehmen wissen, oder? Es lief wirklich nicht besonders gut für den Agenten. Fast tat er mir schon ein wenig leid.

Anne war ungefähr in meinem Alter. Ihre Haare hatten genau den gleichen Farbton wie die ihres Bruders, nur ihre Augen waren heller und leuchteten intensiver. Sie war schlank und ausgesprochen hübsch.

»Hallo Anne, schön, dich kennenzulernen.« Wir schüttelten uns die Hand, dann wandte sie sich Parker zu. Sie lächelte süß, fast *zu* süß.

»Ich hoffe, dir macht es nichts aus, dass mein Bruder mich einfach mitgeschleppt hat?«

Sein Gesicht sprach Bände. Er stierte grimmig zu Mike und hätte ihn am liebsten k. o. geschlagen, doch dann fing er sich.

»Schon gut, nett von deinem Bruder, dich mitzubringen.«

Das zu sagen, fiel ihm nicht leicht, aber immerhin schaffte er es, Anne ein Lächeln zu schenken, wenn auch nur gezwungenermaßen.

»Gut, dann lasst uns losgehen. Ich habe Hunger.« Mike deutete auf seinen Wagen, doch Mr. Griesgram winkte ab.

»Ich fahre selbst.« Parker ging keine Diskussionen ein und lief einfach zur Garage. Die arme Anne war so überrascht, dass sie ihm unsicher und verdutzt hinterherschaute und nicht wusste, bei wem sie einsteigen sollte. Mit einer nickenden Kopfbewegung ermunterte ich sie, ihm nachzugehen, um bei ihm mitzufahren.

Während der Fahrt redete Mike unaufhörlich von Virginia. Er schien das Ministädtchen sehr zu lieben. Auf dem Weg ins Restaurant fuhren wir an seinem ehemaligen Kindergarten, seiner Schule und dem Sportplatz vorbei, auf dem er – laut eigener Aussage – seine halbe Kindheit verbracht hatte. Unter normalen Umständen würde mich das nicht sonderlich interessieren, aber im Hinblick auf mein Leben beneidete ich ihn fast für seine schönen und realen Erinnerungen. Wenn ich an meine Jugend zurückdachte, war diese zwar auch gespickt mit unvergesslichen Momenten, aber seit mein Vater uns gebeichtet hatte, seit mehreren Jahren ein Doppelleben geführt zu haben, verblassten die farbigen Bilder und alles erschien mir nur noch grau.

Anne und Parker fuhren direkt hinter uns. Im Rückspiegel beobachtete ich die beiden. Annes Versuch, Parker in ein Gespräch zu verwickeln, schien gescheitert zu sein. Einmal hatte ich gesehen, dass ihre Lippen sich bewegt hatten, seither starrten sie aber schweigend nach vorn. Ich fragte mich, wie der Abend wohl verlaufen würde. Irgendwie konnte ich mir nicht vorstellen, dass Parker sich entspannen und vielleicht ein klitzekleines bisschen Spaß haben würde.

Mike lenkte den Wagen auf einen Parkplatz vor einem Restaurant. Das Lokal lag etwas außerhalb von Virginia und war gut besucht. Überall parkten Autos, sogar am Straßenrand.

»Wo sind wir hier?«, wollte ich wissen.

»Im *Philadelphia*. Das Lokal heißt auch so.«

Wir stiegen aus und Mike war sofort an meiner Seite, während sich Anne bei Parker einhakte. Mir entging nicht, dass er sich umschaute und etwas in sein Handy eintippte. Wahrscheinlich gab er Logan durch, wo genau wir uns befanden.

»Ich hätte nicht gedacht, dass dein Bruder sich tatsächlich auf das Date einlassen würde. Ehrlich gesagt, habe ich damit gerechnet, dass er im letzten Moment alles abbläst.«

»Bei Chris kann man nie wissen, aber letztlich hat es ja geklappt. Ich bin sehr froh darüber.« Wir lächelten uns an.

Wir gelangten zum Eingang und Mike führte uns um den Gasthof herum. Gleich hinterm Haus befand sich eine wunderschöne Gartenterrasse mit stimmungsvollen Lichterketten, gemütlichem Flair und Livemusik. Ich war überrascht, hinter dem Restaurant ein solch perfektes Ambiente vorzufinden.

Ein Kellner kam auf uns zu. »Hallo Mike, schön, dich zu sehen. Deine Mum sagte, du würdest heute Gäste mitbringen. Komm, ich bringe euch zu euren Tischen.«

Tischen? Mehrzahl? Wir folgten ihm durch den Garten. Überall wurde Mike von anderen Gästen begrüßt. Hin und wieder blieb er kurz stehen und schüttelte Hände. Der einzige freie Tisch, den ich sehen konnte, war für zwei gedeckt. In der Mitte standen eine kleine Blumenvase und ein Schild: RESERVIERT.

»Wir sind zu viert«, wandte Parker ein, und war genauso überrascht wie ich, als der Kellner Anne den Stuhl rückte.

»Du siehst ja, was hier los ist, deshalb werden wir wohl heute Abend nicht zusammen essen können. Deine Schwester und ich sind aber in der Nähe. Wir sitzen genau dort drüben, siehst du?« Mike zeigte auf einen weiteren Tisch, der sich allerdings auf der gegenüberliegenden Seite der Terrasse befand. Er grinste Chris frech an und überließ seine Schwester einfach ihrem Schicksal.

***

Eines musste ich Mike lassen – Er konnte sich mühelos gegen Parker behaupten, und es schien ihm egal zu sein, wie wütend dieser auf ihn sein würde. Ein Blick in Parkers Gesicht und ich wusste Bescheid. Mike hatte damit sein Todesurteil provoziert, dennoch setzte sich Parker und schaute uns übelgelaunt nach, während der Kellner Mike und mich an unseren Tisch brachte. Mit jedem Schritt spürte ich seinen vernichtenden Blick im Rücken. Das bedeutete Krieg, und wahrscheinlich war ich diejenige, die es ausbaden durfte. Touché – Mike hatte ihn schon das zweite Mal ausgetrickst.

Wir nahmen Platz und gaben beim Kellner unsere Bestellung auf. Von hier aus konnte ich die beiden anderen beobachten. Sie schwiegen. Anne hörte der Band zu, Parker konnte es nicht lassen und blickte immer wieder verstohlen zu uns rüber.

»Es ist sehr schön hier. Kommst du oft her?«, begann ich ein Gespräch, um Parker für einige Zeit endlich aus meinem Hirn zu vertreiben.

»Das Restaurant gehört meiner Familie. Also meiner Mum, meiner Schwester Gabi und meiner Schwägerin Monica.«

Erstaunt riss ich die Brauen hoch. »Wie viele Geschwister hast du denn?«

»Wir sind zu viert. Gabi ist zweiunddreißig, Brad fünfundzwanzig, ich siebenundzwanzig und Anne ist einundzwanzig Jahre alt. Mum hat die Gaststätte und Dad die Autowerkstatt.«

Ich war ehrlich beeindruckt. Die Millers schienen eine sehr fleißige Familie zu sein.

»Dann arbeitet ihr alle in beiden Betrieben?«

»Ja, Brad und ich in der Werkstatt, und Brads Frau Moni, Gabi und Mum arbeiten hier. Nur Anne studiert.«

»Sie studiert? Und wo?« Damit war meine Aufmerksamkeit geweckt und ich vergaß den Agenten auf der anderen Seite.

»In Springfield. Sie ist, glaube ich, im zweiten Semester.«

»Und was genau studiert sie?«

»Betriebswissenschaft«, antwortete er stolz. »Sie ist unser schlaues Küken und wird einmal alle Unternehmen der Millers globalisieren«, scherzte er.

Ich kicherte. »Hört, hört!«

»Spaß beiseite. Wir sind eine normale Familie. Meine Eltern leben einfach nur ihre Träume und das sind zufälligerweise die Interessen ihrer Kinder. Wie sieht es bei dir aus? Wovon träumst du?«

»Ich zeichne und male gern. Es wäre schon cool, wenn ich irgendwann mein Hobby zum Beruf machen könnte.« Ich dachte an meine Unipläne. Alles war so weit weg, mein Kunststudium schien in unerreichbare Ferne gerückt zu sein.

»Du bist Künstlerin, das gefällt mir. Und was sind deine Motive?«

»Och, eigentlich alle möglichen Dinge. Augenblicke, die mich berühren oder beeindrucken. Und du? Was machst du, wenn du mal keine Autos reparierst?« Ich war froh, den Ball wieder in seine Richtung zu spielen. Ich musste höllisch aufpassen, dass ich nicht zu viel von mir verriet.

»Eigentlich ... habe ich gar nicht so viel Zeit für Hobbys. Da meine Mutter noch im Stadtrat tätig ist, fallen immer wieder Arbeiten an. Meistens bin ich viel unterwegs, helfe aus, wo ich gebraucht werde. Ansonsten verbringe ich Zeit mit Freunden.«

»Hallo, ihr zwei.« Mikes Mum stand plötzlich an unserem Tisch. Sie lächelte freundlich, genau wie das letzte Mal in der Bar. »Schön, dich wiederzusehen, Joy. Ich konnte mich letztens gar nicht vorstellen. Ich bin Pat.«

»Hi!«, begrüßte ich sie lächelnd.

»Ich hoffe, zu Hause gab es keinen Ärger.« Sie warf vorsichtig einen Blick zu Parker, der uns genau im Auge behielt.

»Nein, überhaupt nicht.«

»Sehr gut. Hat Mike unsere Einladung zum Virginia *Bar-B-Que*-Fest an euch überbracht?«

»Ja, das hat er. Danke.«

»Und? Ihr werdet doch kommen, oder?«

Bisher hatten wir darüber noch nicht gesprochen und ich bezweifelte, dass ich nach diesem Date noch einmal das Haus verlassen durfte – falls ich es überlebte. Ein Fest, bei dem ein Haufen Leute feierten, wäre vielleicht zu gefährlich ... oder aber auch nicht. »Das wissen wir noch nicht. Wir machen viele Tagesausflüge und manchmal bleiben wir auch über Nacht fort«, wich ich aus.

»Unser *Bar-B-Que* ist das Ereignis in dieser Gegend. Die Leute werden von überall herkommen. Das dürft ihr euch nicht entgehen lassen. So, jetzt ist es aber genug mit der Werbung. Habt ihr schon entschieden, was ihr essen möchtet?« Pat zog einen kleinen Block aus ihrer Schürze. Ich überließ die Essensauswahl Mike. Nachdem seine Mum zu Parkers Tisch gegangen war, konnte ich nicht anders und sah zu ihnen. Pat redete mit Parker und endlich entdeckte ich ein freundliches Lächeln auf seinem Gesicht. Das erleichterte mich so sehr, dass ich aufatmete.

Mike und ich hörten eine Weile der Liveband zu. Sie spielten sanfte Rockklassiker. Mir gefiel die Stimmung, die sie verbreiteten. Paare tanzten und es war ein schöner Abend.

»Woran denkst du?« Ich hatte gar nicht mitbekommen, dass Mike mich beobachtet hatte. Hoffentlich hatte er nicht gesehen, dass ich ständig zu Parker rüberlinste.

»An nichts«, log ich.

»Du bist eine schlechte Lügnerin«, grinste er. »Dein Bruder wird sich meiner Schwester gegenüber zu benehmen wissen, meinst du nicht? Oder machst du dir Sorgen, dass er es mir übelnehmen könnte, dass ich ihn quasi ausquartiert habe?«

Ich lachte. »Das war schon echt ... schlau eingefädelt von dir. Und ja, ich bin mir sicher, dass er dir das krummnimmt.«

»Ich glaube, damit kann ich leben.«

Mike war wirklich nett, und dass er mir Parker heute Abend vom Hals hielt, machte ihn nur noch sympathischer. Dennoch musste ich ständig zu ihnen rüberspicken. Innerlich rief ich mich zur Ordnung und konzentrierte mich auf Mike. Das hatte er nach allem, was er für mich riskiert hatte, verdient.

Wir unterhielten uns während des Essens. Er war witzig und charmant und ich musste höllisch aufpassen, ihm nicht zu viel von mir zu verraten. Er wollte so viel wissen. Zum Glück schaffte ich es geschickt, ihm auszuweichen und nur das Nötigste zu erzählen.

»Möchtest du tanzen?« Diese Frage überrumpelte mich so sehr, dass ich unsicher von Mike zu Parker schaute. »Was ist? Musst du ihn etwa um Erlaubnis bitten? Oder machst du dir wegen der Auflagen, die er mir aufgebrummt hat, Sorgen?«

»Ich? Äh ... Nein, warum auch.«

»Dann komm.« Er streckte mir seine Hand entgegen. Verdammt! Ich ärgerte mich über mich selbst. Mike hatte viel riskiert für diesen Abend, ich schuldete ihm zumindest meine ganze Aufmerksamkeit. Stattdessen wurde diese immer wieder zu dem anderen Tisch gelenkt.

Ich ergriff seine Hand und ließ mich von ihm zur Tanzfläche führen. Parkers Blicke folgten uns. Natürlich wusste ich, dass er mich keine Sekunde aus den Augen lassen würde. Mikes Hand auf meinem Rücken fühlte sich warm an, und als er mich ein wenig zu sich zog, befürchtete ich schon, dass Parker ihn erschießen würde.

»Du wirkst so angespannt. Ist alles in Ordnung?«

Nichts war in Ordnung!

»Ja, alles bestens.«

Ich sollte lockerer werden, aber solange uns Parker mit solch tödlichen Blicken anstarrte, konnte ich einfach nicht cool bleiben. Inzwischen unterhielten sich Anne und Chris und lächelten sich ständig an. Ich hatte ja gehofft, dass die zwei sich einigermaßen verstehen würden. Als Parker dann auch noch aufstand und Hand in Hand mit Anne zur Tanzfläche kam, verkrampfte ich mich noch mehr und wusste nicht, ob ich das nun gutheißen sollte oder nicht.

»Ich habe den Eindruck, dass du Angst vor ihm hast. Ich will mich ja nicht einmischen, aber bist du sicher, dass wirklich alles in Ordnung ist? Ich bin ein guter Zuhörer, Joy. Du kannst mir alles anvertrauen.«

»Was? Wie meinst du das?«

Jetzt hatte er wieder meine ungeteilte Aufmerksamkeit. Er war misstrauisch, was ja eigentlich kein Wunder war.

»Ich meine ja nur ... Dein Bruder scheint einen großen Einfluss auf dich zu haben und man liest in Zeitungen öfter mal von Familienmitgliedern, die zu Gewalt neigen.«

Ich war entsetzt.

»Was?«, entfuhr es mir. »Parker schlägt mich doch nicht!«

»Parker?« Irritiert sah mich Mike an. »Wer ist Parker?«

Shit! Shit! Verfluchter Shit!

»Äh ... Ich nenne ihn manchmal bei seinem Zweitnamen, Parker«, versuchte ich mich rauszureden. »Und was die andere Sache betrifft, da kann ich dich beruhigen. Ich freue mich für ihn, denn offensichtlich gefällt ihm der Abend doch ganz gut.«

Ich deutete mit einer Kopfbewegung in Annes Richtung. Sie lachte und amüsierte sich, dabei lagen Parkers Arme eng um sie geschlungen. Für meinen Geschmack war das ein bisschen *zu* eng. Das Schlimmste war: Sie sahen toll zusammen aus. Eine Weile wiegten wir im Takt der Musik und ließen uns treiben. Als der Song endete, kündigte der Leadsänger die nächste Nummer an. Wir blieben auf der Tanzfläche stehen.

»Meine Damen und Herren, verehrte Gäste, viele von Ihnen haben bestimmt schon auf sie gewartet. Sie ist das Highlight des heutigen Abends und der ganze Stolz von Virginia. Bitte begrüßen Sie mit mir Scarlett Stevenson.«

Ein tosender Applaus brandete auf und alle Blicke richteten sich auf eine wunderschöne Blondine mit langem Haar, die zum Mikrofon lief. Ich erinnerte mich an sie. Ich hatte sie im *Sam´s* schon einmal gesehen. Sie trug ein bodenlanges, knallrotes Abendkleid und sah einfach umwerfend aus – wie eine Diva oder ein Filmstar. Sie verbeugte sich und ergriff das Mikrofon, während die Band eine Ballade spielte.

»Danke. Diesen Song widme ich allen verliebten Paaren.«

Sie begann zu singen und eine Gänsehaut bildete sich auf meinen Armen. Ihre Stimme ging mir so unter die Haut, dass ich völlig gebannt und geflasht von ihrem Talent war.

»Wow! Sie ist fantastisch«, sagte ich zu Mike, ohne den Blick von ihr zu nehmen.

»Ja, Scarlett könnte mal eine ganz Große werden«, bestätigte er. »Sie singt schon seit ihrer Kindheit.«

»Du kennst sie näher?«

»Natürlich, ich bin mit ihr aufgewachsen. Sie ist die Tochter unseres Bürgermeisters.«

Scarlett war sexy, einfach unglaublich schön. Sie schaffte es, das Publikum mit ihrer Stimme in ihren Bann zu ziehen. Kurz spähte ich zu Parker. Er stand mit Anne auf der Tanzfläche und fixierte die Sängerin. Erst jetzt fiel mir auf, dass auch Scarlett ihn ansah. Sie nahm das Mikrofon vom Ständer und ging ganz langsam auf ihn zu, dabei tanzte sie aufreizend. Ihm schien es zu gefallen – typisch! Als sie endete, zwinkerte sie Parker zu. Man hätte tatsächlich glauben können, die beiden hätten ein kleines, schmutziges Geheimnis. Die Leute waren begeistert, applaudierten und pfiffen.

Die Band fing erneut zu spielen an und Mike führte mich tanzend an den äußersten Rand des Parketts, sodass ich Parker nicht mehr sehen konnte. Mir war schon klar, warum er das tat. Ich schmunzelte, weil er mir gefiel.

»Warum lachst du?«

»Weil ... es schön ist mit dir.«

Sein Gesicht erhellte sich. »Ehrlich?«

»Ja.«

Er zog mich noch etwas enger an sich und tatsächlich begann ich mich zu entspannen. Mike war ein toller Tänzer, soweit ich das beurteilen konnte. Er schaffte es, dass ich ihm nicht auf die Füße trat und dass meine Bewegungen sicher aussahen – dabei war ich das überhaupt nicht.

»Wie viele Mädchen hast du denn schon ausgeführt?«

Er überlegte eine ganze Weile. Vielleicht hatte er meine Frage nicht verstanden? Ich tippte ihm leicht auf die Schulter und forderte ihn sanft auf, mir zu antworten.

»Moment, ich überschlage noch«, sagte er und tat so, als wäre sein Frauenverschleiß eine komplizierte Rechnung. Verdutzt riss ich die Augen auf, was ihn schallend auflachen ließ. »Nein, das war nur ein Spaß, ehrlich!« Ich kicherte über seinen Witz. »Dein Gesicht eben war wirklich lustig.«

»Schön, dass ich dich erheitere.«

»Oh ja, das tust du wirklich. Und um auf deine Frage zurückzukommen. Eine.« Jetzt zog ich ungläubig die Brauen hoch. »Na gut, drei. Aber nur bei einer war es mir wirklich ernst«, gab er zu.

»Was ist passiert?«

»Es hat sich leider gezeigt, dass sie sich etwas anderes vorgestellt hat. Sie war nicht der ländliche Typ, wollte Virginia immer verlassen und in einer Großstadt leben. Tja, eines Tages ist sie gegangen.« Ich sah ihm an, dass sie damals sein Herz mitgenommen hatte. Die Wunde, die sie hinterlassen hatte, war noch nicht ganz verheilt. »Aber das ist lange her und wir sind beide zufrieden«, fügte er schnell hinzu, weil er bemerkte, dass ich ihn durchschaut hatte.

»Das tut mir leid, Mike.«

»Es ist vorbei. Und du? Wie viele waren es bei dir?« Er schien mein Gesicht zu studieren. Ehrlich gesagt, war es mir unangenehm, ihm das anzuvertrauen. Im Gegensatz zu ihm hatte ich noch nie eine ernsthafte Beziehung gehabt. Wenn ich mit einem Typ zusammen gewesen war, war es meist nur um Spaß gegangen. So etwas wie tiefe und ernste Gefühle hatte ich nie zugelassen.

Sorgfältig überlegte ich mir eine Antwort und wollte gerade den Mund aufmachen, als Parker plötzlich bei uns stand. »Darf ich mal?«

Mike war so perplex, dass er einen Schritt zur Seite ging und ihm Platz machte. Schon spürte ich Parkers Arme und er wirbelte mich gekonnt durch die Menge.

Kapitel 12

Am entgegengesetzten Rand der Fläche kamen wir zum Stehen. Er ließ mich nicht los, sondern zog mich noch enger an sich. Völlig überrumpelt von seinen Tanzkünsten, war ich ein wenig irritiert. Mit fünfzehn Jahren hatte ich mal eine Tanzschule besucht, aber alles, was ich dort gelernt hatte, war schon längst aus meinem Gedächtnis verschwunden. Außerdem war diese Art zu tanzen eigentlich gar nicht mein Ding.

»Wieso kannst du so tanzen?«

»Gehört zur Grundausbildung eines Agents.« So einen Quatsch hatte ich ja noch nie gehört. »So, Fräulein, du schuldest mir einige Erklärungen«, zischte er leise. »Gefällt es dir, mich fertigzumachen?«

Scharf sog ich die Luft ein. »Das tue ich überhaupt nicht. Du bist doch derjenige, der sich blendend amüsiert.«

Er lachte schallend. »Ich wusste es: Du bist eifersüchtig.«

»Pfff ... Einbildung ist auch 'ne Bildung. Wieso sollte ich? Mike ist total nett. Er interessiert sich wenigstens wirklich für mich. Er ist freundlich, zuvorkommend und sehr charmant.«

»Dass ich nicht lache! Der schaut dir noch nicht einmal ins Gesicht, wenn er mit dir spricht, Pinselchen. Der sieht sich an deinem sexy Körper satt.« Lüstern und ohne Scheu starrte er mir ins Dekolleté. Augenblicklich wurde mir heiß.

»Hör auf, mich so anzustarren. Mike könnte das sehen.«

»Und wenn schon. Wenn der Kerl Augen im Kopf hat, dann sieht er, dass wir keine Geschwister sind.«

»Du kannst es doch nur nicht ertragen, dass er dich ausgetrickst hat«, konterte ich.

Er richtete den Blick wieder auf meine Augen und ein böser Kommentar wartete nur darauf, ausgesprochen zu werden.

»Niemand trickst mich aus und was dein Kleid betrifft, werde ich mich revanchieren. Darauf kannst du dich verlassen.« Wieder wanderte sein Blick abwärts. »Obwohl ich zugeben muss, dass du wirklich zum Anbeißen aussiehst.«

Röte stieg mir in die Wangen und es kribbelte verdächtig bei dem Gedanken. Schnell rief ich mich zur Ordnung.

»Da bist du ja endlich! Wo warst du denn? Ich habe dich schon gesucht.« Schlanke Arme legten sich um Parkers Hals und verdrängten mich. Fast wäre ich mit meinen High Heels gestolpert, konnte mich aber gerade noch rechtzeitig abfangen. Scarlett Stevenson schmiegte sich wie ein Kätzchen an ihn. Es fehlte nur, dass sie auch noch schnurrte. Plötzlich fand ich sie nicht mehr so bewundernswert und schön. Sie hatte mich einfach beiseite geschubst. Sie nahm sich, was sie haben wollte. »Wo warst du die letzten Nächte? Ich habe jeden Abend auf dich gewartet.«

Die beiden kannten sich? Und wieso waren sie so vertraut miteinander? Der Stachel bohrte sich tief in mein Herz, und als sie ihn auch noch auf den Mund küsste, war es mit meiner Beherrschung dahin. Wütend starrte ich die beiden an. Parker versuchte sich von ihr zu lösen, aber für meinen Geschmack zu halbherzig.

»Du bist so ein Arschloch«, schnaubte ich verächtlich und warf ihm giftige Blicke zu. Mir dämmerte es. Wieso war ich nicht gleich darauf gekommen? Sie war die heimliche Liebschaft aus Virginia, die ihn mit Informationen versorgte und mit der er Nacht für Nacht vögelte. War das der wahre Grund, warum er mich nicht wollte und mir irgendwelche Ausreden aufgetischt hatte? »Du hattest wirklich recht. Du bist egoistisch, verkorkst und berechnend.«

Ich drehte mich um und wäre beinahe nochmals über meine eigenen Füßen gestolpert. Verflixte High Heels!

Als ich in der Damentoilette ankam, war mir so heiß, dass ich erstmal den Wasserhahn aufdrehte und meinen Nacken mit dem kalten Nass benetzte. Ich ärgerte mich maßlos über mich selbst. Wie konnte ich nur immer wieder auf so einen Kerl reinfallen? Dabei hatte ich allen Grund, mich von ihm fernzuhalten. Was stimmte nur nicht mit Special Agent Chris Parker? Der Kerl war ein totaler Widerspruch. Einerseits war er ein FBI-Agent, der uns beschützen und bewachen sollte, und andererseits war er sexy, geradezu unwiderstehlich und verwirrte mich.

Was Männer betraf, war ich doch sonst nicht so schwer von Begriff. Schnell hatte ich die meisten Typen durchschaut und wusste, ob sie wirkliches Interesse an mir hatten oder auf eine flotte Nummer aus waren. Nur bei Parker schien mein Hirn auf eine Nebelbank zu stoßen. Es hätte mir klar sein müssen, dass ein Typ wie er nur Vergnügen suchte. Außerdem hatte er mich gewarnt und ich hatte es einfach nicht wahrhaben wollen, warum auch immer! In meiner verzwickten Situation konnten die Hormone schon mal verrücktspielen. Mit geschlossenen Augen stand ich vor dem Waschbecken, hatte den Kopf in den Nacken gelegt und versuchte, mich zu beruhigen.

»Hier steckst du! Mike und Chris suchen dich.« Ich hatte gar nicht mitbekommen, dass Anne hereingekommen war. »Alles okay?«

»Hi! Ja ... Ich habe nur leichte Kopfschmerzen«, log ich.

Sie wusch sich die Hände.

»Das tut mir leid. Brauchst du eine Tablette?«

»Nein, schon okay. So schlimm ist es nicht.«

»Ich hoffe, es macht dir nichts aus, dass wir nicht an einem Tisch sitzen.« Sie schüttelte den Kopf. »Mike ist manchmal wirklich ein Dickschädel. Wenn er sich etwas vorgenommen hat, muss er meistens mit dem Kopf durch die Wand.«

Ich lachte. »Das kenne ich. Nein, es ist okay. Es war auch nicht ganz fair, wie Chris sich ihm gegenüber verhalten hat.«

»Das stimmt. Mike hat es mir erzählt und ich fand es ... ungewöhnlich.« Sie drehte den Hahn wieder zu und riss sich zwei Papierhandtücher aus dem Spender. »Irgendwie witzig die beiden, findest du nicht?«

»Ja, irgendwie schon.«

Wir verließen die Toiletten. Auf dem Weg zur Terrasse unterhielten wir uns weiter. Anne war deutlich anzumerken, dass ihr mehr Fragen auf der Zunge lagen. Wahrscheinlich traute sie sich nicht, mich auszuhorchen, worüber ich ihr sehr dankbar war. Sie plauderte über Mike und ihre Familie. Ihr Vater wäre auch ein ähnlicher Dickkopf. Wir lachten und ich fand sie sehr nett. Wie schön wäre es, hier eine Freundin zu haben, der ich alles anvertrauen konnte!

Langsam schlenderten wir zur Terrasse. Von Scarlett fehlte jede Spur, allerdings von Parker auch. Das sollte mir egal sein, aber das war es ganz und gar nicht.

»Da bist du ja!« Mike trat zu uns. Besorgt sah er mich an. »Wo warst du? Ich habe mir Sorgen um dich gemacht.«

Ich schüttelte den Kopf. »Meine Güte! Ist dir nicht in den Sinn gekommen, dass ich mal für kleine Mädchen muss?« Ich lachte, als ich in sein Gesicht sah. »Ich war nur auf der Damentoilette. Ihr Männer seid doch wirklich unglaublich!«

»Wo hast du Chris gelassen?«, fragte Anne und blickte sich nach ihm um.

»Draußen. Er telefoniert, kommt aber bestimmt gleich.« Mike legte seinen Arm um meine Schultern. Innerlich grinste ich, weil ich wusste, dass er das nur tat, weil Parker es nicht mitbekam. »Was haltet ihr davon, wenn wir noch ins *Sam´s* gehen? Dort ist heute Abend ...«

»Joy! Wir müssen sofort los!« Hektisch stürmte Parker aus dem Restaurant zu uns. Beinahe hätte er eine Frau dabei umgerannt. »Komm, wir dürfen keine Zeit verlieren.«

»Mal ganz ruhig! Was ist denn los?« Mike war sichtlich irritiert und Anne schaute auch besorgt.

»Was? Was ist passiert?« Kaum hatte Anne die Frage ausgesprochen, erkannte ich Gefahr in Parkers Augen. Mein Herz begann heftig zu schlagen und ich befürchtete, meine Knie würden ihren Dienst versagen. Sofort dachte ich an Holly und meinen Vater und bekam eine Scheißangst.

»Holly geht es nicht gut. Wir müssen gehen.« Parker wartete gar nicht erst und zog mich einfach mit sich. Kurz blickte ich zu Mike zurück und schaute in sein verdutztes Gesicht, folgte dann aber Parker. Mit den Schuhen konnte ich unmöglich mit ihm Schritt halten. Kurzerhand zog ich sie aus und rannte barfuß mit ihm aus dem Restaurant. Während wir zu seinem Auto hasteten, telefonierte er.

»Ja, wir fahren jetzt los. Wo treffen wir uns? ... Gut, schnapp dir das Kind und den Vater. Bis gleich.« Hektisch stiegen wir ins Auto und fuhren los.

»Schnall dich besser an«, befahl er. Meine Hände zitterten so sehr, dass es eine Weile dauerte, bis ich gesichert war. Ich keuchte vor Angst und konnte nur an Holly denken. »Was ist mit meiner Schwester? Wo fahren wir hin?« Mit Vollgas setzte Parker aus der Parklücke heraus und beschleunigte.

»Wir treffen Logan und deine Familie an einem sicheren Ort.« Falls mich das beruhigen sollte, würde ich eine Tasse Tee vorziehen. Rasend schnell rauschten wir über die Landstraße. Keine Sekunde konnte ich den Blick von der Fahrbahn nehmen. »Was ist passiert?«

»Wir wurden geortet. Ich wurde informiert, dass Suárez' Männer in der Nähe sind. Ich kenne das Killerkommando, die sind eiskalt. Je schneller wir von hier verschwinden, desto besser.«

Meine Gedanken überschlugen sich und Angst kroch in meine Fingerspitzen. Wenn ich nur das Zittern unter Kontrolle bringen könnte! »Wie konnte das passieren? Ich dachte, wir wären bei euch sicher!«

»Das wissen wir noch nicht, aber wir arbeiten daran. Hast du gesehen, ob Mike sein Handy heute Abend benutzt hat?«

»Mike? Nein!«

»Oder hat er dich nach deinem Vater oder nach irgendetwas ausgefragt?«

Wieso zog er Mike jetzt in die Sache hinein? »Mike hat damit nichts zu tun. Ich habe aufgepasst.«

Parker schwieg. Sein Kiefer mahlte. Mittlerweile kannte ich ihn. Das tat er immer, wenn er wütend war.

***

Mit hoher Geschwindigkeit rasten wir durch die Nacht. Das Zittern hörte nach ein paar Minuten auf, aber meine Angst blieb. Ich konnte nur an Holly denken. Hoffentlich weinte sie nicht oder, noch schlimmer, brach in Panik aus. Ob ihr Herz schon so belastet werden konnte? Wäre ich doch nur bei ihr! Diese Ungewissheit fraß mich auf.

Parker telefonierte wieder. Er hielt das Handy ans Ohr, sagte aber nichts außer: »okay«, »gut« und »ja«. Ich fragte nicht nach, wollte nur so schnell wie möglich zu meiner Schwester.

Endlich! In der Ferne tauchten Lichter auf. Springfield. Vielleicht war die Idee, sich in einer größeren Stadt zu verstecken, gut ... aber wenn diese Mörder uns auch dort fanden?

»Wie konnten sie uns nur orten? Braucht man denn dafür nicht Netz?«

»Ja.«

Ich dachte nach. Logan und Parker waren die einzigen, die ein Handy bei sich trugen. Und wenn sie selbst das Signal ausgelöst hatten? Ich erinnerte mich, dass Parker am Abend an seinem Handy zugange gewesen war. Kurz warf ich ihm einen Blick zu. Ob er den Killern ...? Das war doch idiotisch! Irgendwann hatte ich mal mitbekommen, dass die Handys von FBI-Agenten abhörsicher waren. Außerdem würde Parker niemals etwas tun, was uns in Gefahr bringen würde.

Wir erreichten Springfield. Um diese Zeit war in der Stadt deutlich mehr los als in Virginia. Im Dunkeln fuhren wir durch die Straßen. Parker bog von der Hauptstraße in eine Seitengasse ab. Er wusste, wohin er wollte. Ich musste ihm vertrauen, auch wenn mein Verstand mir etwas anderes zuflüsterte.

Wir gelangten in ein Industriegebiet und hielten an einem Autohaus. Mehrere Wagen standen auf dem Hof, der einsam und verlassen schien. Was wollten wir hier? Aufgeregt suchte ich nach Logans Auto.

»Du wartest hier«, brummte Parker ohne weitere Erklärung. Er stieg aus und lief über den Platz zu einem Flachdachgebäude. Ich sah mich um. Niemand war weit und breit zu sehen. Parker klingelte an der Tür des Autohauses. Hundegebell war zu hören und Licht wurde eingeschaltet. Ein Mann, nur in Unterhemd und Jeans bekleidet, öffnete ihm. Sie redeten kurz und der Mann gab ihm etwas. Es war zu dunkel und die beiden zu weit entfernt, um Genaueres zu erkennen. Der Fremde deutete mit dem Finger auf eine Reihe teurer Sportwagen, die vorne an der Straße standen. Jetzt begriff ich. Wir wechselten das Fahrzeug. Während Parker zu den Autos lief, öffnete er mit der Fernbedienung einen der Wagen. Licht blinkte auf und er stieg ein. Er hielt mit dem neuen Auto neben mir an.

»Los, worauf wartest du? Hol die Notfalltasche aus dem Kofferraum und steig ein.«

Ich tat, was er verlangte, und schon gab er wieder Gas.

»Falls mein Handy das Signal gesendet hat, werden sie spätestens, wenn sie den Wagen finden, wissen, dass sie uns verloren haben. Ich habe das Handy zerstört.«

»Dann glaubst du, sie sind durch dein Handy auf unsere Spur gekommen?«

»Schwer zu sagen, aber ich geh lieber auf Nummer sicher und verwende jetzt mein Ersatztelefon.«

Das beruhigte mich ein wenig. »Und jetzt?«

»Jetzt treffen wir die anderen.«

Ich konnte es kaum erwarten, Holly in die Arme zu schließen. Ich durfte nicht darüber nachdenken, was wäre, wenn ihr etwas zugestoßen wäre. Erst nach und nach wurde mir bewusst, in welche Gefahr uns Dad gebracht hatte. Wut staute sich in mir an und ich bemerkte nicht, wie ich meine Hände zu Fäusten presste. Parker legte plötzlich seine Hand auf meinen Schenkel. Ich zuckte unter der Berührung zusammen.

»Ganz ruhig, Pinselchen. Es wird alles gut werden.«

Das half zwar nicht dabei, meine Wut in Rauch aufzulösen, aber seine Zuversicht und sanfte Stimme erlaubten mir, daran zu glauben.

»Weißt du, was das Schlimmste ist? Er hat gesagt, er hat diese Taten begangen, weil wir damals in Not waren. Bis zu einem gewissen Punkt kann ich das verstehen, aber dass er all die Jahre weiter für diesen Verbrecher gearbeitet hat, kann ich nicht nachvollziehen. Seinetwegen sind wir in Gefahr, haben unser Zuhause, sogar unsere Freunde, unser gewohntes Leben verloren. So schnell können wir nicht zurück. Er macht uns zu schlechten Menschen. Seinetwegen muss ich lügen, anderen Leuten etwas vorspielen. Ich hasse ihn dafür.«

Dicke Tränen waren in meinen Augen aufgestiegen und ließen meine Sicht verschwimmen. Alles war mir zu viel. Mit der Angst im Nacken, von irgendwelchen Drogenbossen ermordet zu werden, brachen meine Dämme. All die ungeweinten Tränen, die Fassungslosigkeit und die Panik übermannten mich. Ich schluchzte – ausgerechnet vor Chris! Mein Make-Up verschmierte und die Mascara lief in dicken schwarzen Schlieren über meine Wangen.

»Hey, weinst du etwa?«

Ich war genauso überrascht wie er und wandte mein Gesicht zum Fenster. Normalerweise hatte ich mich unter Kontrolle. Seit Mums Tod weinte ich nicht mehr, weil ich für Holly stark sein wollte.

Parker bog in eine ruhige Seitenstraße ein und hielt an. Er schaltete den Motor aus. »Du hast eine Panikattacke, Pinselchen. Es wird alles wieder gut, vertrau mir.«

Wie gern würde ich ihm glauben, wie gern würde ich mich darauf verlassen können. Ein Beben ging durch meinen Körper und ich klapperte mit den Zähnen.

Er löste meinen Gurt. »Komm mal her, Pinselchen.« Er zog mich auf seinen Schoss und drückte mich fest an sich. Jetzt flossen die Tränen erst recht und ich wurde von einem heftigen Heulkrampf geschüttelt. Chris war da, hielt mich, ließ mich einfach weinen. Er schaffte es, mich zu beruhigen, und schließlich hörte das Zittern auf und die Tränen versiegten. Noch eine Weile saß ich an ihn geschmiegt da und lauschte seinem gleichmäßigen Herzschlag. Ich wollte nie wieder woanders sein. Er gab mir die Zeit, die ich brauchte.

»Geht es dir besser?«

Ich rührte mich nicht, wollte auf keinen Fall, dass dieser friedliche Moment zwischen uns vorbei war.

»Ja, danke.« Widerwillig richtete ich mich auf. »Wir müssen weiter, Holly wartet. Ich wäre dir dankbar, wenn du meinen kleinen Ausbruch für dich behalten würdest.«

Ein Grinsen zeigte sich auf seinen Lippen. »Wieso glaubst du, die Toughe und Starke spielen zu müssen? Du darfst Schwäche zeigen, Joy, auch vor deiner Schwester. Kein Mensch kann das lange durchhalten. Glaub mir, ich weiß, wovon ich rede.«

Aus diesem unverschämt charmanten Kerl wurde ich einfach nicht schlau. Manchmal konnte er so unglaublich einfühlsam sein und dann war er wieder solch ein Ekelpaket, von seinen Geheimnissen mal ganz abgesehen. Zum ersten Mal dachte ich darüber nach, ob hinter seiner Fassade nicht auch ein verletzter Wolf stecken könnte.

»Ich hatte einen schwachen Moment, weil ich Angst um Holly habe. Da ist eben alles über meinen Kopf zusammengebrochen.«

»Ich weiß. Lange Zeit will man die Wahrheit nicht akzeptieren. Man verschließt die Augen vor der Realität, bis der

Druck zu groß wird und man den Tatsachen ins Auge blicken muss. Ich kann dir nur sagen, du brauchst diese Augenblicke, in denen du dir selbst deine Schwächen erlaubst, sonst gehst du vor die Hunde.« Das hörte sich an, als wüsste er genau, was in den letzten Tagen in mir vorgegangen war. Er machte mich neugierig, aber das Verrückte war, ich fühlte mich ihm noch stärker verbunden. »Nichts wird mehr so sein, wie es einmal war, Pinselchen. Deine Schwester und du werdet wahrscheinlich nie wieder in euer altes Leben zurückkehren können, aber ihr habt die Chance, etwas Neues zu beginnen, und das Allerwichtigste: Ihr habt euch.«

***

Ich saß immer noch auf seinem Schoss. Wie war es möglich, dass er mein Herz auf eine so tiefe Art berühren konnte? Es war schwer, ihm so nahe zu sein und ihn nicht sofort zu küssen. Je länger und intensiver unser Blickkontakt wurde, desto mehr versank ich darin. Ich fühlte mich geborgen und verstanden. Wenn ich jetzt von ihm runterrutschen würde, hätte ich nie wieder die Gelegenheit dazu. Wer wusste schon, was in den nächsten Stunden geschehen würde? Möglicherweise gab es kein Morgen für mich. Ich war jung und sollte zumindest einen Kuss wirklich gewollt haben – so wie jetzt. Ich nahm meinen ganzen Mut zusammen.

Langsam näherte ich mich seinem Mund. Unsere Lippen waren nur wenige Zentimeter voneinander entfernt. Ich hielt inne und fragte still um Erlaubnis. Parker würde bei diesem Angebot nicht Nein sagen, das war mir klar. Dieser Augenblick gehörte nur uns beiden. Ich liebte seinen Duft nach mildem Pfefferminz und den liebevollen Druck, der sich gleich auf meinem Mund legen würde. Ganz zart zog ich seine Lippen zwischen meine, legte so viel Sanftheit in den Kuss, wie ich aufbringen konnte. Schmetterlinge tobten in mir, wirbelten wie ein Sturm durch meinen Körper, dabei waren seine Lippen nur eine sanfte Berührung. Seine Hände umfassten behutsam mein Gesicht. Er erwiderte meinen Kuss, blieb aber einfühlsam und zärtlich. Diesmal war es anders – langsam, gefühlvoll und empfindsam.

Mit ihm war es leicht, mich treiben zu lassen. Ich fühlte mich vollkommen sicher. All die Gedanken, die mich vorher noch beschäftigt hatten, verrauchten wie ein Sack voller Stroh in einem lodernden Feuer. Die raue Schale, die Chris sorgfältig um sich aufgebaut hatte, riss mit jeder Sekunde ein Stück mehr ein. Er ließ zu, dass ich einen klitzekleinen Teil seiner wahren Seele erahnen konnte – nur für einen kurzen Moment.

Abrupt beendete er den Kuss. Überraschung und Verwunderung lagen in seinen Augen, aber auch Angst und Beklemmung. Wir wussten beide nicht, was dieses Gefühl zu bedeuten hatte. Es war, als wäre etwas völlig Neues und Fremdes zwischen uns geschehen.

»Chris ... ich ...«

»Ich glaube, wir sollten jetzt weiter«, brachte er heiser hervor. Damit holte er mich aus meiner rosa Blase. Wieso zog er seine Mauer wieder hoch? Es fühlte sich an, als hätte ich versäumt, meinen Fuß schnell in die Tür zu stemmen, die er gewaltsam vor meiner Nase versperren wollte. Er hatte ja recht. Holly wartete bestimmt schon.

Ich nickte enttäuscht und rutschte auf meinen Platz zurück. Ohne Kommentar startete er den Motor und wir fuhren zur Hauptstraße zurück. Ich war verwirrt. Was war das eben gewesen? Es war ihm unangenehm, dass ich durch einen winzigen Spalt in sein wahres Ich geschaut hatte.

Ich öffnete das Fenster, ließ kühlen Fahrtwind herein und ignorierte ihn. Die Stimmung zwischen uns war mit einem Mal wieder unterkühlt. Kein Anzeichen, wie einfühlsam er gerade eben noch gewesen war – nichts. Stattdessen starrte er verbissen auf die Fahrbahn. Innerlich rief ich mich zur Ordnung. Jetzt war nicht der richtige Zeitpunkt, mir über Parker und meine desolate Gefühlswelt Gedanken zu machen. Nun hatte ich wieder unsere Flucht vor Augen und damit loderte der Zorn auf meinen Vater erneut auf.

Wir erreichten ein Motel direkt an einer Hauptstraße. Es war schon spät, als wir ausstiegen und zum Gebäude liefen. Der Parkplatz war menschenleer, es standen kaum Autos dort.

»Joy! Joy!«

Holly kam vom Moteleingang auf mich zugerannt. Sie trug ihren Bärenschlafanzug und Sandalen. Mr. Floppys Ohren wippten wild, als sie auf mich zulief. Mit jedem ihrer Schritte hörte ich das kleine Glöckchen um seinen Hals. Ich breitete meine Arme aus, fing sie auf. Niemand konnte sich vorstellen, wie erlösend dieser Moment war. Ich lächelte und wäre vor Erleichterung beinahe wieder in Tränen ausgebrochen. Logan und Dad standen vor dem Motel und warteten auf uns. Ich sah in Hollys kleines Gesichtchen und entdeckte Tränenspuren.

»Geht es dir gut, Keks?«

Nickend legte sie den Kopf an meine Schulter. »Ich habe Angst, Mia«, flüsterte sie. Sie drückte ihr Gesicht in meine Halsbeuge. Mist! Ich wollte nicht, dass sie sich so fühlte.

»Wir sind in Sicherheit. Ich bleibe bei dir, versprochen.«

Wir liefen Logan und meinem Vater entgegen und blieben direkt unter einer blinkenden Reklametafel der Motelbar stehen. Dad lächelte mich breit an.

»Ich bin froh, dass meine Familie wieder vollständig ist.«

Erwartete er etwa, dass ich ihm vor Freude auch noch um den Hals fiel? Nicht in einer Million Jahren!

Das Schwarzlicht des Werbeträgers an der Hauswand ließ Dads weißes T-Shirt und seine Zähne unnatürlich grell leuchten. Parker und Logan unterhielten sich, während ich vor Wut schäumte.

»Wenn Holly etwas zugestoßen wäre, hätte ich dir das niemals verziehen«, zischte ich ihn an.

Sein Lächeln gefror. »Es ist nichts passiert, Joy! Es ist alles gutgegangen.« Ein harter Zug legte sich um seine Augen, normalerweise ein sicheres Zeichen für mich, jetzt besser meine Klappe zu halten. Doch diesmal war es mir egal.

»Du begreifst es einfach nicht. Deinetwegen sind wir überhaupt erst in so eine Lage gekommen. Du und dein verdammter Egoismus.«

Dad hob beschwichtigend die Arme, um mich zu besänftigen. Dabei fiel mein Blick auf sein Tattoo. Etwas irritierte mich. Der Baum bestand nicht nur, wie sonst, aus dem Stamm, der Krone und unseren Initialen. Für einen Augenblick konnte ich deutlich Wurzeln erkennen. Das ultraviolette Licht musste sie zum Vorschein gebracht haben. Ich war so überrascht, dass ich vergaß, was ich meinem Vater an den Kopf werfen wollte. Dad hatte von meiner Beobachtung nichts bemerkt und schaute zu Parker, der zu uns trat.

»Ich denke, wir sollten uns erstmal beruhigen. Komm, gib mir die Kleine. Ich trage sie.« Parker hob Holly auf den Arm, während ich noch immer verwirrt war. Hatten die Wurzeln etwas zu bedeuten? Wieso war der Teil des Tattoos nur im UV-Licht sichtbar? Ich hatte nicht gewusst, dass es sowas gab.

»Du musst mit Daddy nicht mehr schimpfen, Joy. Ich habe ihm schon gesagt, dass er mit den bösen Männern nicht mehr befreundet sein darf.«

Holly riss mich aus meinen Gedanken. Ich grinste. Sie war ein Engel. In ihrer Welt reichte eine Entschuldigung aus, um zu verzeihen. Was hatte Dad für ein Glück. Ich konnte nicht so leicht darüber hinwegsehen, zu viel stand zwischen uns.

Sie gähnte laut und lehnte kuschelte sich an Parkers Halsbeuge.

»Joy, du und die Kleine bekommt das große Zimmer. Parker wird die Nacht bei euch verbringen und Sie, Brown, haben mit mir das Vergnügen«, sagte Logan, der soeben zurückgekehrt war, und Parker den Schlüssel gab.

»Kann ich nicht bei meinen Kindern bleiben?«

»Tut mir leid, wir haben nur diese Zimmer bekommen und einer von uns muss Sie bewachen. Ich werde weiterhin Ihr Schatten bleiben.« Ohne zu murren, fügte sich mein Vater und sah uns etwas gequält hinterher, als Parker, Holly und ich uns auf den Weg zu unserem Zimmer machten. Parker und Logan hatten die Autos direkt vor den Zimmereingängen geparkt und unsere Notfalltaschen aus dem Kofferraum geholt.

Das Motel hatte vor Jahren vielleicht mal bessere Tage gehabt. An allen Ecken und Enden sah man den Zahn der Zeit, der an den Räumlichkeiten genagt hatte. Für eine Nacht würde es gehen.

Parker schaltete das Licht ein. Die Luft war stickig, die Teppiche abgenutzt und an manchen Stellen blätterte die Tapete. Zumindest schien das Zimmer regelmäßig gereinigt zu werden. Er ging zum großen Doppelbett und schlug die Decke beiseite, damit ich Holly hineinlegen konnte. Sie drehte sich im Halbschlaf um und kuschelte sich an Mr. Floppy. Vorsichtig streifte ich ihr die Sandalen von den Füßen und deckte sie zu. Wie lange mussten wir wohl hier ausharren? Dieser ständige Wechsel würde ihr nicht guttun, abgesehen davon, dass ich bei einem längeren Aufenthalt alles saubermachen musste.

Parker inspizierte das Zimmer und ich öffnete Hollys Notfalltasche, um ihre Medizin in den kleinen Kühlschrank zu stellen. Wo war nur die Minikühltasche?

»Scheiße, Parker, wir haben ihre Medikamente nicht dabei«, entfuhr es mir erschrocken.

»Was? Wieso das?« Er kam aus dem Badezimmer heraus.

Mir war gleich klar, warum sie nicht in der Tasche waren.

»Als wir im Haus angekommen sind, habe ich dich doch gebeten, sie herauszunehmen, weil sie kühl gelagert werden müssen. Dadurch sind sie jetzt nicht drin, und wahrscheinlich hat Logan nicht daran gedacht.« Schweiß bildete sich auf meiner Stirn. Wie sollte Holly jetzt versorgt werden?

»Verfluchter Mist! Und jetzt?«

»Wir brauchen einen Arzt.«

Er fuhr sich nachdenklich durchs Haar. »Jetzt werden wir so schnell keinen auftreiben können. Aber meinst du nicht, dass sie sie nach dem Abendessen genommen hat?«

»Doch, sie hat ja ihren Schlafanzug schon an.«

»Dann haben wir noch ein paar Stunden Zeit, oder nicht?«

»Spätestens morgen Früh braucht sie sie.« Ein weiterer Adrenalinstoß rauschte durch meine Blutbahn, als ich mir vorstellte, wie schnell es Holly wieder schlechter gehen könnte. Ich schüttelte den Kopf. In Anbetracht der Lage war es für meine Schwester purer Stress. Meine Gedanken rasten und suchten verzweifelt nach einer Lösung.

Parker verstand mich sofort. »Mach dir keine Sorgen, wir finden etwas. Ich muss sowieso mit dem Büro telefonieren, sie sollen einen Arzttermin in der Nähe ausmachen.« Er verließ das Zimmer, um alles zu regeln.

Kapitel 13

Parker war schon eine ganze Weile draußen und ich fragte mich, wo er blieb. Ich stand auf und ging zu dem Fenster, das sich direkt neben der Eingangstür befand. Leise unterhielt er sich vor der Tür mit Logan. Ich lauschte.

»Manchmal frage ich mich wirklich, mit was für Versagern wir zusammenarbeiten.« Parker schien sich über etwas zu ärgern. »Sowas darf einfach nicht passieren! Ich meine, da sitzt doch nicht nur eine Person und überprüft die Daten. Denken die denn nicht nach?«

»Ich verstehe es auch nicht, zumal es ein Risiko birgt. Wenn uns Brown durch so eine Aktion entwischt und untertauchen kann, ist die Kacke am Dampfen.«

»Der wird nicht abhauen«, widersprach Parker.

»Woher willst du das wissen? Er könnte einen Rückzieher machen. Du weißt, wie schnell sich Meinungen ändern.«

»Brown wird das nicht tun, vertrau mir.«

»Woher nimmst du nur immer dieses Wissen?«

»Menschenkenntnis, Logan.«

»Dennoch dürfen wir ihn nicht aus den Augen lassen. Wir hatten schon genug Probleme wegen der *Eminenz*. Na gut, du bist der Boss. Ich werde mich jetzt aufs Ohr hauen.« Logan wandte sich ab und wollte gehen, doch er drehte sich noch einmal zu Parker um. »Noch eine Sache: Was ist das eigentlich zwischen Joy und dir? Läuft da was?«

Es dauerte eine Weile, bis Parker antwortete. »Wieso?«

»Seit Tagen beobachte ich das zwischen euch.«

»Da läuft nichts, Mann! Ich finde sie nur heiß, mehr nicht.«

»Auch wenn du das vielleicht nicht so gern hörst, aber sie ist zu gut für dich. Halte dich zurück, sie hat genug am Hals.«

»Das ist aber jetzt nicht nett von dir.«

»Nein, aber dafür ehrlich. Du weißt, wie ich das meine. Muss ich dich daran erinnern, was auf dem Spiel steht?«

»Ist ja schon gut! Ich weiß, was ich tue. Jedenfalls ist da nichts, worüber du dir Sorgen machen müsstest.«

»Hoffentlich! Also, gute Nacht.«

Logan verschwand in seinem Zimmer, während Parker noch eine Weile draußen stehen blieb.

Es lief nichts zwischen uns? Er fand mich nur heiß? Enttäuscht und mit klopfendem Herzen schlich ich zurück ins Bett. Als Parker reinkam, kostete es mich alle Willenskraft, mir nicht anmerken zu lassen, wie traurig ich über seine Worte war. Ich schob das Thema beiseite und sah ihn fragend an.

»Und?«

Er blieb bei dem kleinen Sofa auf der anderen Seite des Bettes stehen und kratzte sich nachdenklich am Kopf.

»Tja, also ... Du wirst es nicht glauben, aber so, wie es aussieht, war der Notruf ... sowas wie ein Fehlalarm.«

»Was?« Ungläubig starrte ich ihn an.

»Ja, also ... So idiotisch sich das für dich anhören muss, aber es war ein Fehler von einem unserer Mitarbeiter.«

Das war jetzt nicht sein Ernst! Ich war fassungslos und schüttelte den Kopf.

»Das heißt, diese Männer sind uns nicht auf die Schliche gekommen?«, fragte ich voller Hoffnung.

»Nein, alles ruhig. Sie wissen nicht, wo wir sind, und sie befinden sich noch nicht mal in unserer Nähe.«

Ich musste mich aufsetzen. Das gab es doch nicht! Wie konnte das dem FBI passieren? Ein Fehlalarm, der dazu führte, dass meine Schwester und ich uns zu Tode erschraken!

»Und jetzt?«

»Leg dich schlafen und erhol dich. Morgen früh fahren wir zurück, dann kann Holly ihre Medikamente nehmen und um den Rest werde ich mich kümmern.« Er schlenderte zur Tür.

»Und wo gehst du jetzt hin?«

»Ich sehe mich mal hier um. Gute Nacht, Joy.« Er verschwand und zog leise die Tür hinter sich zu.

Ein Fehlalarm! Dabei las man immer nur die Erfolge, die das FBI verzeichnen konnte. Natürlich passierten überall Missgeschicke, aber wie konnte man eine solche Fehlinformation an die Agenten weitergeben?

Aus meiner Notfalltasche nahm ich Schlafsachen und Duschzeug heraus und ging ins Badezimmer. Der warme Strahl der Brause beruhigte mich ein wenig. Mein Nacken entspannte sich deutlich und länger als nötig genoss ich die kleine Massage. Anschließend wusch ich mir die verschmierten Make-Up-Reste vom Gesicht und seifte mich gründlich ein. Der Schaum zu meinen Füßen verschwand langsam im Abfluss. Wie schön wäre es, wenn ich auch all meine Sorgen einfach abwaschen und hinunterspülen könnte!

Was wohl Mike und Anne von uns dachten? Wir hatten sie bei unserer panischen Flucht einfach ohne große Erklärung sitzengelassen. Ich hatte Mike noch nicht einmal erzählt, wer Holly war.

Die Sache mit Parker im Auto ging mir nicht mehr aus dem Sinn. Es wäre nichts zwischen uns, hatte er zu Logan gesagt, doch so langsam musste ich mir eingestehen, dass das so nicht stimmte – zumindest nicht für mich. Wahrscheinlich hatten sich schon viele Frauen in den unberechenbaren FBI-Agenten verliebt. Am Ende ihrer Bekanntschaft brach er alle Herzen, ohne sich darüber Gedanken zu machen. Auch mich hatte er gewarnt und mir klargemacht, dass sich mehr als nur Sex mit ihm nicht lohnen würde.

Tief in Gedanken verstrickt, legte ich mich zu Holly ins Bett und versuchte mich abzulenken. Es war viel passiert. Unruhig wälzte ich mich hin und her und fand keine Ruhe. Wo steckte Chris eigentlich? Zwei Stunden waren schon vergangen, seit er aus dem Zimmer gegangen war. Bei jedem

Geräusch hoffte ich, er würde gleich reinkommen, doch die Tür blieb verschlossen.

Nach einer weiteren Stunde begann ich mir Sorgen zu machen. Was, wenn ihm etwas zugestoßen war? Ich richtete mich auf und spähte aus dem Fenster. Die Straßen waren verlassen, die meisten Menschen befanden sich schon in ihren Betten. Die Laternen beleuchteten den Asphalt und der Wind blies warme Luft ins Zimmer. Ich hörte die Blätter der Bäume rascheln, die vor einem Bürogebäude standen. Ein Obdachloser lag auf einer Parkbank und schlief. Alles war friedlich und still, von Parker war weit und breit keine Spur. Kurzerhand beschloss ich, bei Logan nachzufragen. Schnell zog ich mich an, huschte leise nach nebenan und klopfte zaghaft an die Tür. Ich sah mich um, aber die Nacht zeigte nur ihre langen, dunklen Schatten. Mir war ein wenig unheimlich zumute und ein Schauer fuhr mir den Rücken hinunter. Ich schlug noch einmal gegen die Tür, diesmal etwas kräftiger. Nach gefühlten Minuten hörte ich drinnen endlich Geräusche.

»Wer ist da?«

»Ich bin's, Joy.«

Völlig verschlafen öffnete Logan die Tür.

»Joy? Was ist los?«

»Weißt du, wo Parker ist?«

»Nein, er sollte eigentlich bei dir sein.«

»Er ist schon seit längerem verschwunden. Ehrlich gesagt, mache ich mir Sorgen.«

Er nickte. »Geh zurück in dein Zimmer und verschließ die Tür. Ich komme gleich.«

Unruhig ging ich auf und ab und wartete, bis Logan kam. Es war bereits zwei Uhr vierundvierzig und von Parker fehlte immer noch jede Spur. Endlich klopfte es leise und ich ließ Logan herein.

»Seit wann ist er weg?«, flüsterte er leise, um Holly nicht zu wecken.

Er war vollständig angezogen und schien genauso beunruhigt zu sein wie ich.

»Kurz vor Mitternacht hat er gesagt, dass er sich ein wenig umsehen will. Seitdem ist er nicht wieder aufgetaucht. Ihm wird doch nichts passiert sein?«

»So ein Mist!«, fluchte Logan und ging zum Fenster. Er zückte sein Handy. »Ich habe ihn schon angerufen, aber er geht nicht ran. Das ist merkwürdig.« Er versuchte es erneut.

So langsam bekam ich es mit der Angst zu tun. Was, wenn ihm wirklich etwas zugestoßen oder der angebliche Fehlalarm doch keiner gewesen war?

»Er geht nicht ran. Ich werde ihn wohl suchen müssen. Du bleibst hier und ...« Logans Aufmerksamkeit wurde auf die Straße gelenkt. »Ach, du Scheiße!«, entfuhr es ihm.

»Was ist da?« Ich trat zum Fenster und starrte hinaus.

***

Parker. Mit einer Flasche, die in Papier eingewickelt war, torkelte Mr. Obercool stockbesoffen über die Straße, stolperte dabei über seine eigenen Füße und fiel mitten auf die Fahrbahn. Kaum hatte ich die Situation erfasst, war Logan auch schon aus dem Zimmer gestürmt, zu ihm hinübergeflitzt und versuchte ihn in eine aufrechte Position zu bringen. Meine Güte! Er hatte sich völlig abgeschossen! Schnell und leise eilte ich Logan zur Hilfe.

»Joy, was machst du hier? Ich sagte, du sollst in deinem Zimmer bleiben.«

»Genau! Und dabei zusehen, wie ihr ...«

»Oh Schoyyy, meine Schooyyyy! Du bist so ein Mischtstück, *hicks*«, nuschelte Parker lachend, als er mich bemerkte. Ich verdrehte die Augen, nahm seinen Arm und legte ihn über meine Schulter.

»Reiß dich zusammen, Chris!«, ermahnte ihn Logan.

Schleifend schafften wir ihn immerhin von der Straße. Parker drehte seinen Kopf zu mir.

»Weischt duuuu, du schiehscht Lauren scho ähnlich. Diescher Duft, wie schie ... hm ...!« Tief sog er die Luft ein und beim Ausatmen schlug mir seine Alkoholfahne ins Gesicht. Urgs! Hatte er etwa einen Schnapsladen überfallen?

»Gott! Was hast du alles getrunken?«

Parker lachte laut auf. »Nur diesches Baby hier.« Er hielt seine Pulle in die Höhe. Sofort nahm Logan sie ihm ab.

»Damit ist jetzt Schluss, mein Freund.«

»Schpielverderba!« Endlich erreichten wir das Wiesenstück. Genau in diesem Moment verließ Parker die Kraft in den Beinen. Er stolperte erneut und fiel wie ein nasser Sack ins Gras. Er kringelte sich vor Lachen wie ein Wurm, während Logan und ich ihn entgeistert anstarrten. Das Gelächter verging ihm, als er mich wieder anblickte. Er wurde ernst. »Wiescho hast du misch verlaschen, Lauren? Wiesscho? Iiiich hab allesch für disch aufgegeben, allesch, *hicks*. Und du, du haust ab, einfaaach weg?« Unsicher blickte ich zu Logan.

»Hör einfach nicht hin, er redet Unfug.« Das hörte sich aber nicht so an. Hieß es nicht, Betrunkene und Kinder sagten die Wahrheit? »Komm, schaffen wir ihn ins Zimmer. Eine kalte Dusche wird ihm guttun.«

Gemeinsam griffen wir Parker unter die Arme und schleppten ihn weiter. Parker drehte seinen Kopf zu Logan.

»Isch lieebe disch! Du bischt wie ein Bruda für misch.«

»Schon gut, Alter. Ich liebe dich ja auch, aber du solltest aufhören, dich so volllaufen zu lassen. Echt, Mann!«, entgegnete Logan entnervt.

Es war sehr anstrengend, Parker Meter für Meter zum Motel zu schleppen. Sein Gewicht lag auf meinen Schultern und ich hatte wirklich Mühe, ihn zu halten.

»Heyyy! Isch hab ne Ideee!«

»Jetzt kommt's!«

»Ja, wir könnden zuschammen um die Häuscher ziehn. Lauren will beschtimmt auch was drinken.«

»Sicher nicht. Wir bringen dich jetzt ins Bett. Dort schläfst du deinen Rausch aus.«

»Isch hab keinen Rausch, isch hatte bloch ein klitsche kleines Flässchen, *hicks*.«

Ich grinste. »Das war wohl ein Fläschchen zu viel.«

Parker blieb stehen. »Schjooy, du weischt doch gar nischt, was isch gedrunken hab, und du weisch auch nischt, warum ich gedrunken hab – nämlisch wegen dia.«

Ich riss die Brauen hoch. »Jetzt bin ich auch noch Schuld, oder was?«

»Jaaa ...« Er nickte schwerfällig. »Wegen dir kann isch nimmer schlafen. Isch will disch ficken, aber isch darf nicht. Stimmt's, Bro?«

Er wandte sich an Logan und ich war froh darüber. Somit konnte dieser nicht sehen, wie peinlich mir das war.

»Hey, Parker! So redet man doch nicht! Sei anständig!«

»Anschtändig? Du weischt, dass isch das nischt bin – niiieee!«

Endlich erreichten wir das Zimmer. Es waren nur noch wenige Meter. »Du musst jetzt leise sein, du wecksst sonst Holly auf. Verstanden?« Logan war stehengeblieben, um ihm das zu verdeutlichen. Parker legte seinen Zeigefinger an den Mund.

»Schschsch ... Holly schläft.« Er lächelte breit. »Die ischt scho schüß, die Kleine.«

»Ja, das stimmt, und deshalb rede ruhiger, wenn du uns mit deinem Geschwafel unbedingt beglücken musst, okay?«, ermahnte ihn Logan noch einmal. Artig wie ein kleiner Junge nickte Chris und ließ sich bereitwillig von uns ins Zimmer führen. Wir brachten ihn ins Bad und Logan schaltete die Dusche an.

»Greif mal in seine Hosentasche und zieh das Handy und die Sachen raus, die er bei sich hat.«

Zuerst griff ich in seine Gesäßtasche und fand sein Portemonnaie. Aus der vorderen Tasche fischte ich das Handy, seine Schlüssel und ein Kondom. Kopfschüttelnd legte ich alles an den Waschbeckenrand.

Parker lachte. »Allscheits bereit, Süßsche!«

»Zieh ihm die Hose aus, die wird sonst bis morgen Früh nicht trocknen. Sonst muss er in Boxershorts zurückfahren.«

»Verdient hätte er es«, erwiderte ich, löste die Schnalle seines Gürtels, öffnete den Knopf und zog den Hosenladen auf.

»Heyyyy, ficken wir jetzscht dosch noch? Isch weisch aba nischt, ob isch ihn hohkriege, Pinschelchen.«

Parker hatte ein teuflisches Grinsen auf den Lippen. Schmunzelnd seufzte ich, schob ihm die Jeans hinunter und zog an den Schnürsenkeln der Boots. Bereitwillig streifte er seine Schuhe ab und strampelte sich aus der Hose. Logan schaffte es tatsächlich, ihm sein T-Shirt auszuziehen. Nur in Boxershorts bekleidet, stellten wir ihn unter die Brause. Sofort war Parker hellwach und begann zu zittern, weil das Wasser eiskalt war.

»Heeey! WAAA! Hört auf! Ist ja schon gut!«

Logan kannte kein Erbarmen. Er drehte den Regler auf noch kälter, was Parker wie ein Walross schnaufen ließ. Schließlich sackte er zusammen und blieb stark zitternd auf dem Duschboden sitzen. Nach weiteren Sekunden schaltete Logan das Wasser wärmer. »Das dürfte genügen. Jetzt kotzt er bestimmt gleich. In der Minibar müsste eine Flasche Wasser stehen. Kannst du ihm die bringen und eine Tablette richten, Joy?« Ich war kaum imstande, mich zu rühren. Ich konnte den Blick einfach nicht von Parker nehmen. Auch wenn er betrunken war, sah er fantastisch aus. Es pochte verräterisch in meinem Schritt. Er hatte einen so durchtrainierten Körper, dass ich mich wirklich zusammenreißen musste und mein Hirn anbrüllte, endlich auf Logans Anweisung zu reagieren. Nur widerwillig verschwand ich nickend im Zimmer. Holly hatte zum Glück nichts mitbekommen und schlief tief und fest. Tatsächlich stand in dem kleinen Kühlschrank Wasser. Ich musste meine Gedanken aber erst einmal sortieren. Mannomann! Mir war plötzlich so heiß.

Ich nahm die Wasserflasche und fand in meiner Notfalltasche noch eine Schmerztablette. Eingehüllt in Handtücher, lief Parker halb benommen zum Sofa und legte sich hin. Er sah furchtbar aus. Logan schenkte ihm Wasser ein und löste das Aspirin darin auf.

»Hier, trink das, dann wird es dir besser gehen.«

Er reichte ihm das Glas, das Parker widerwillig, aber brav austrank. Danach schlief er sofort ein und schnarchte leise.

»So, das wäre geschafft. Er wird zwar morgen übelgelaunt sein, aber daran ist er selbst Schuld«, flüsterte Logan und ging zur Tür. »Danke für deine Hilfe.«

Ich winkte ab. »Schon gut!«

»Ach, und nimm es nicht so ernst, was er vorhin gesagt hat. Wenn er besoffen ist, redet er die verrücktesten Dinge.«

Es interessierte mich, wer Lauren war.

»Darf ich dich etwas fragen?«

»Klar.«

»Wer war sie?«

Er presste die Lippen aufeinander. Er hatte gehofft, ich würde nicht danach fragen. »Ich wusste, du lässt nicht locker.«

»Warum sollte ich? Wenn ich ihn schon an sie erinnere, sollte ich wenigstens wissen, wer sie ist, oder?«

Logan schaute mich eine Weile an und nickte schließlich.

»Na gut, ich darf dir das eigentlich nicht sagen, aber da er mich sowieso umbringen wird, weil ich mich mit dir darüber unterhalten habe, kann ich es dir auch gleich ganz erzählen. Lauren war ein Fall, den wir vor drei Jahren hatten. Sie und Parker hatten eine Affäre und er wollte für sie sogar alles aufgeben. Kurz vor der Gerichtsverhandlung wurde sie erschossen. Er glaubt, für ihren Tod verantwortlich zu sein.«

Scheiße! Das steckte also dahinter! Ich hatte gewusst, dass er irgendeine Enttäuschung in seinem Leben durchgemacht haben musste. Deshalb hatte er also diesen Panzer aus Beton um sich herum aufgezogen.

»Danke, dass du mir das erzählt hast.«

»Bis morgen.« Logan nickte und ließ mich allein.

Langsam schlenderte ich zum Sofa und betrachtete den schlafenden Parker. Das war also sein Problem. Dennoch vermutete ich, dass das nicht alles war. Ein Kerl wie er verschloss sich nicht durch eine schlechte Erfahrung. Da musste mehr dahinterstecken.

***

Ich wurde durch leises Stöhnen geweckt. Parker saß aufrecht auf der Couch und stemmte den Kopf auf die Handflächen. Ich war sofort wach und schaute auf die Uhr – kurz vor sechs.

»Guten Morgen«, sagte ich und schwang die Beine aus dem Bett. Von Parker kam nur ein muffeliges »Hmmm«, dazu öffnete er noch nicht mal seine Augen. Ich verschwand im Bad, und als ich zurückkam, saß er immer noch genauso da. Aus meiner Tasche nahm ich die letzte Tablette und löste sie in seinem Wasserglas auf. »Hier, das wird helfen.« Er trank das Wasser und legte sich wieder hin. »Du musst aufstehen, Parker, wir müssen zurück. Du weißt schon … wegen Holly.«

»Ich weiß, gib mir noch ein paar Minuten.«

Die Handtücher, in die Logan ihn eingewickelt hatte, waren völlig verdreht und gaben seinen Oberkörper frei. Es war sehr verlockend für mich, mit der Hand über seine Haut zu streichen. Schon einmal hatte ich ihn berührt. Allein die Erinnerung daran ließ mein Höschen feucht werden. Sofort rief ich mir aber auch ins Gedächtnis, was er zu Logan über mich gesagt hatte, und stoppte somit das verräterische Ziehen in meinem Unterleib.

Ich zog mich an, brauchte dringend einen Kaffee. Aus dem Bad stibitzte ich mir sein Portemonnaie und schlich mich leise hinaus. Als wir gestern Abend hier angekommen waren, hatte ich nicht weit des Motels ein Diner gesehen. Ich machte mich auf den Weg und lief die Straße hinunter.

Das Diner hatte tatsächlich schon geöffnet. Mit vier Kaffees, einer heißen Schokolade für Holly und Donuts war ich schnell wieder auf dem Rückweg.

»Wo warst du?«, brummte Parker, als ich das Zimmer betrat. Seine Stimme klang rau und belegt und er schien gegen seinen Kater anzukämpfen. Sollte er ruhig!

Holly war mittlerweile wach und saß neben ihm auf dem Sofa.

»Guten Morgen. Ich habe uns einen Kaffee besorgt. Hi Keks, hast du gut geschlafen?«

»Parker geht es nicht gut, Joy. Wird er krank?« Sie überhörte meine Frage und machte ein sorgenvolles Gesicht.

»Nein, nein«, beruhigte ich sie. »Der wird schon wieder.« Ich stellte den Karton mit den Kaffeebechern auf einem kleinen Tischchen ab und nahm den Kakao für Holly heraus.

»Hier, möchtest du einen Donut?«

Sie machte große Augen. »Ich darf einen Donut essen?«

Lächelnd schwenkte ich die Tüte hin und her.

»Ausnahmsweise, und auch nur einen, verstanden? Geh aber bitte vorher deine Fingerchen waschen.«

Freudig sprang sie auf und hüpfte ins Bad. Parker saß immer noch regungslos mit seinem Kopf in den Händen da.

»Gab es keine Milch? Ich hätte lieber eine Milch getrunken«, murrte er, nahm sich einen Becher und schüttete eines der Päckchen Zucker hinein, die mir die Bedienung miteingepackt hatte. Der Kerl konnte einem mit seiner ständigen Milchtrinkerei echt auf die Nerven gehen.

»Sorry, heute Morgen musst du mit Kaffee vorliebnehmen.« Ich reichte ihm seine Geldbörse. »Deine anderen Sachen liegen noch am Waschbecken.« Kaum hatte ich es ausgesprochen, kam Holly mit Parkers Handy und dem Kondom in ihrer Hand wieder.

»Joy? Was ist das?« Neugierig sah sie das Präservativ an.

Na super!

»Das ist ... äh ... ist nichts für dich. Das gehört Parker.«

»Und für was braucht man es? Es ist nass geworden. Sieh nur, ist es jetzt kaputt?«

Interessiert drückte sie es zwischen ihren Fingern; die Verpackung knisterte. Meine Güte! Hitze stieg in meine Wangen.

»Nein, nein, das ist ... Ach, verflixt ...« Ich nahm es ihr ab und warf es Parker zu. Er rührte sich endlich und schob Holly das Kondom in die Hand.

»Könnt ihr ein wenig leiser reden, mir platzt der Kopf. Das Ding ist eine Lümmeltüte, Holly. Man verwendet es, wenn man seinen Spaß haben will. Alles klar?« Frech grinsend warf er mir einen Blick zu und verschwand im Badezimmer.

»Ich will auch so eine Lümmeltüte. Darf ich die behalten?«

Tief atmete ich ein und aus und nahm meiner Schwester die Packung wieder weg.

»Nein, das ist für Erwachsene. Iss jetzt deinen Donut, wir müssen bald los.« Der Kerl war einfach nur ätzend.

Mein Vater und Logan klopften wenige Minuten später an unsere Tür. Logan hatte tiefe Schatten unter den Augen und eine Cap aufgezogen. Er sah nicht unbedingt fit aus. Nur Dad, der von der nächtlichen Aktion nichts mitbekommen hatte, wirkte frisch und ausgeruht.

»Guten Morgen, alles fit?«, fragte Logan seinen Partner. Er schloss die Tür hinter sich und schmunzelte. Mit der Sonnenbrille auf der Nase und zotteligem Haar saß Parker nun angezogen da und sah mir dabei zu, wie ich unsere Sachen wieder in die Notfalltasche packte.

»Fit ist anders«, nörgelte er. »Aber lassen wir das Thema.«

»Was ist los? Geht es Ihnen nicht gut?«

Mein Vater sah abwechselnd von Parker zu mir. Was er dachte, war mir eigentlich egal, aber ich spürte, dass ihm etwas gegen den Strich ging. Es war die Art, wie er seine Augen zusammenkniff und mich betrachtete.

»Ich bin soweit. Wir können los«, beeilte ich mich zu sagen, damit Dad nicht auch noch auf die Idee kam, nachzubohren. Er würde Parker die Hölle heißmachen, wenn er erfuhr, dass er sich gestern abgeschossen und mich und Holly alleingelassen hatte. Auf eine Diskussion mit ihm hatte ich wirklich keine Lust. Die würde wahrscheinlich sowieso in einem weiteren Streit enden.

Keine zehn Minuten später waren wir auf dem Rückweg. Logan und mein Vater fuhren im Auto hinter uns. Holly hatte unbedingt bei uns mitfahren wollen und spielte nun mit Mr. Floppy. Parker telefonierte während der Fahrt und machte seinem Ärger über den Fehler des FBIs nochmal Luft.

»Es ist mir egal, dass die Ergebnisse gestern den Anschein erweckt haben. Wenn das nochmal vorkommt, werde ich Sie persönlich zur Rechenschaft ziehen, und jetzt geben Sie mir Bennet, verflucht nochmal!« Er wartete ein paar Sekunden. »Parker hier! Wir sind auf dem Rückweg. Ich hoffe schwer, dass sich unsere Rückkehr zum *Safe House* nicht als Falle herausstellt. ... Ich traue der *Eminenz* und Suárez alles zu. ... Verstehe ... Nein, wir sind schon unterwegs. ... Nein, es geht uns allen gut, aber bei dem Kind wäre bald die Kontrolluntersuchung fällig. Wieder so eine Sache, die das FBI vermasselt hat«, brachte Parker gereizt hervor. Ich hatte ihn noch nie so schlecht gelaunt erlebt. Auch die Dusche, eine weitere Schmerztablette und ein paar Donuts hatten nicht dafür gesorgt, dass er sich besser fühlte. »Nein, in Virginia ist alles *safe*. ... Auch dazu habe ich noch keine neuen Informationen, aber ich bin dran. ... Bei allem Respekt, Sir, Sie brauchen mich nicht ständig daran zu erinnern, wo ich herkomme oder wer ich bin. Ich bin Ihnen dankbar für alles, was Sie damals für mich getan haben, aber irgendwo hat meine Dankbarkeit auch Grenzen.« Kurz blickte er zu mir. »Klären Sie erst alles andere, dann füttere ich Sie vielleicht mit Informationen.« Er lachte verächtlich. »Tja, sieht so aus, als wäre es ein Geben und ein Nehmen. Ich erwarte Ihren Rückruf.« Er beendete das Gespräch und pfefferte sein Handy in die Ablage. »Arschloch!«

»Parker!«, ermahnte ich ihn und sah zu Holly.

»Schon gut! Aber manchmal muss man auch einem FBI-Chef zeigen, dass in seiner Garde viel Mist geschieht.«

Verwundert darüber, wie er mit seinem Vorgesetzten gesprochen hatte, schwieg ich.

»Joy? Was ist ein Arschloch?«

Ich verdrehte die Augen. Parker war für Holly kein Umgang – wahrscheinlich noch nicht einmal für mich.

»Das ist ein böses Schimpfwort und Parker tut es sehr leid, es gesagt zu haben, nicht wahr?« Ich stieß ihn mit meinem Ellenbogen in die Seite.

»Äh ... Ja, es tut mir leid. Sowas darf man normalerweise nicht sagen«, begann er, nur kam es so unglaubwürdig rüber, dass sogar Holly es ihm nicht abnahm.

»Und warum du hast es dann gesagt?«

»Weil ich sauer war. Ich werde es nicht mehr tun, okay?«

Holly schien damit zufrieden zu sein und spielte weiter mit Mr. Floppy. Parker schaltete das Radio ein, um uns abzulenken. So schnell ließ sich mein Gedankenkarussell nicht abstellen. Ich fand es mehr als merkwürdig, wie Parker mit seinem direkten Vorgesetzten sprach. Zumal ich selbst mitbekommen hatte, dass Bennet ihm mit Suspendierung gedroht hatte. Überhaupt war der Kerl mir echt ein Rätsel.

»Sag mal, was ist das eigentlich zwischen dir und Bennet?«, fragte ich ohne Umschweife.

Parker schaute kurz zu mir, bevor er seinen Blick wieder auf die Straße richtete.

»Was meinst du?« Er legte eine Unschuldsmiene auf.

»Ich denke, du weißt genau, was ich meine. Niemand redet so mit Bennet.«

Er umklammerte fest das Lenkrad, sodass seine Knöchel weiß hervortraten, und schwieg.

»Wieso redet er immer so, als würdest du ihm etwas schulden? Manchmal habe ich das Gefühl, er lässt dich für irgendetwas ... büßen. Chris, du kannst es mir erzählen.«

»Ich kann nicht darüber reden, Joy«, brummte er grimmig.

»Wieso nicht? Glaubst du, ich weiß nicht, dass du mir etwas verheimlichst? Das weiß ich schon lange. Wenn du das glaubst, bist du wirklich auf dem Holzweg.«

Endlich schien er zu überlegen. »Joy, ich ...«

Ich sah ihn unentwegt an und spürte, wie er mit sich rang. Es war klar, dass an seiner Beziehung zu Bennet etwas nicht stimmte. Offensichtlich gab es etwas, das er vor mir verbarg – etwas, womit ich zu tun hatte. Ich wusste nur nicht, wie.

»Tut mir leid, ich bin nicht der Typ, der viel redet, verstehst du? Vieles mache ich mit mir allein aus. Es wäre einfach nicht richtig.«

Ich wandte mich von ihm ab. Enttäuschung machte sich in mir breit und doch war meine Neugier erwacht. Irgendwie würde es mir schon noch gelingen, die harte Nuss namens Chris Parker zu knacken.

Kapitel 14

Wir hielten in einiger Entfernung zum Haus und starrten auf den roten Pick-up, der direkt vor dem Eingang parkte. Mike.

»Verdammt! Was will der wieder hier?« Parker schlug gegen das Lenkrad. »Langsam wird der Kerl aufdringlich.«

Eigentlich fand ich es nicht ungewöhnlich, dass Mike uns wieder besuchen kam. Nachdem wir gestern das Restaurant seiner Mutter so überstürzt mit der Erklärung, Holly ginge es nicht gut, verlassen hatten, fand ich es sogar sehr nett von ihm, nach uns zu sehen. Mike stand auf, als er uns kommen sah. Hatte er auf uns gewartet?

»Er scheint allein zu sein«, sagte Parker, als er hinter Mikes Wagen anhielt. Er gab Logan ein Zeichen, dass er direkt in die Garage fahren sollte. »Rede du mit ihm. Pass aber auf, was du erzählst.«

Ich stieg aus und lief auf Mike zu.

»Was machst du denn hier?«

Er kam die Stufen herunter. »Hi! Ihr seid so schnell verschwunden gestern Abend. Ich war gerade in der Nähe und dachte, ich schau mal nach euch. Ist alles okay?«

Ich scharrte mit den Füßen und konnte ihm nicht in die Augen sehen. »Es tut mir leid, dass es so gelaufen ist, aber ... meiner kleinen Schwester ging es nicht gut.«

»Dann ist Holly deine Schwester?«

»Ja, sie ist krank und musste zum Arzt.« Hoffentlich sah er mir diese Lüge nicht an. »Aber jetzt geht es ihr wieder gut.«

»Das freut mich zu hören. Ich wusste nicht, dass du noch eine Schwester hast.«

»Ich habe insgesamt drei Geschwister.« Parker stieg mit Holly aus dem Wagen und kam auf uns zu. Nickend grüßten sich die beiden Männer. Man spürte deutlich die Antipathie zwischen ihnen. Sofort knisterte die Luft. Holly schaute schüchtern zu Mike.

»Sie ist ja noch klein.« Mike war verwundert.

»Ja, ein Nachzügler«, kicherte ich unsicher.

»Hallo Holly, ich bin Mike. Wie alt bist du denn?«

»Ich bin fünf Jahre alt. Und du?«

Mike lachte.

»Siebenundzwanzig. Ich habe gehört, dass es dir gestern Abend nicht so gut ging. Schön, dass du wieder munter bist.«

Mein Herz machte einen Satz, weil Holly ihre Stirn fragend kräuselte. Gerade wollte sie es richtigstellen, doch ich kam ihr zuvor. »Geh doch schon mal mit deinem Bruder ins Haus, ja? Ich komme gleich nach.«

Gequält rang ich mir ein Lächeln ab. Parkers Gesicht wurde finster. Es passte ihm nicht, dass ich ihn mit Holly ins Haus schickte. Seine Muskeln versteiften sich, er wollte sich mir widersetzen. Er trat von einem Bein aufs andere und fixierte mich. Ich versuchte, ihm mit meinen Augen zu sagen, dass er gefälligst verschwinden sollte, doch erst als Holly seine Hand nahm, unterbrach er unseren Blickkontakt.

»Du bist mein Bruder«, sagte sie fröhlich.

Zum Glück hielt sie das für ein Spiel und zog Parker die Stufen mit sich hinauf. Natürlich ging er nicht, ohne mir deutlich und unmissverständlich zu zeigen, dass ihm das gar nicht passte. Mike fand es bestimmt befremdlich, dass Parker schon wieder so merkwürdig drauf war. Die Atmosphäre war mehr als angespannt. Mike spürte das sicher, aber er ließ sich nichts anmerken und lächelte freundlich. Als wir dann allein waren, fühlte ich, wie die Anspannung aus meinen Schultern wich.

»Bevor ich es vergesse, meine Mutter lässt fragen, ob du und deine Brüder morgen Abend Zeit hättet. Es gibt eine Versammlung in unserer Turnhalle. Es geht um das *Bar-B-Que*. Wir brauchen dringend noch Leute für den Aufbau und vielleicht jemanden, der uns bei den Requisiten hilft. Wir brauchen jede Hilfe, die wir kriegen können. Ein paar unserer Leute fallen dieses Jahr leider aus.«

»Oh, das tut mir leid.«

»Ja, dadurch hat Mum alle Hände voll zu tun. Meinst du, deine Brüder würden zusagen?«

»Keine Ahnung. Ich werde sie fragen.«

Er zog einen Zettel aus der Hosentasche. »Hier ist die Adresse. Morgen Abend um achtzehn Uhr. Es gibt Getränke und Snacks für diejenigen, die sich als Helfer eintragen lassen.«

»Ha, das wird meine Brüder bestimmt freuen. Ich frag sie, versprochen.«

Mike war wirklich ein lieber Kerl. Er hatte es nicht verdient, von mir so belogen zu werden, aber ich hatte keine andere Wahl – hier ging es um unsere Sicherheit. Je länger ich vor ihm stand, desto größer wurde mein schlechtes Gewissen.

»Tja, ich muss dann mal reingehen. Danke, dass du gekommen bist. Das war sehr nett von dir.«

Ich wollte mich von ihm abwenden und die Treppen hinaufsteigen, da hielt er mich am Arm fest.

»Joy, warte.« Ich drehte mich zu ihm um und lächelte.

»Das Date gestern war wirklich nett.«

Sein Gesicht erhellte sich, als hätte ich ihm das größte Kompliment gemacht, das er jemals bekommen hatte.

»Vielleicht bis morgen?«

»Ja, vielleicht.«

Ohne mich noch einmal zu ihm umzudrehen, rannte ich die Stufen hinauf und ging ins Haus. Ich hörte noch, wie Mike den Wagen zurücksetzte und davonfuhr.

Alle hielten sich in der Küche auf. Parker trank wie immer seine Milch und hatte Holly großzügigerweise auch ein Glas eingeschenkt, während mein Vater mit einer Teetasse beim Wasserkocher stand, der im Hintergrund brodelte. Logan durchsuchte den Kühlschrank nach Essbarem.

»Ich habe einen Bärenhunger.«

»Das ist bei dir nichts Neues«, meinte Parker mit der Anspielung auf Logans Minibäuchlein. Dann sah er mich in die Küche kommen und starrte mich abwartend an. »Und? Was wollte er diesmal? Hat er dir einen Heiratsantrag gemacht?«, spottete er.

Ich zog eine Grimasse und streckte ihm die Zunge raus. Das war zwar kindisch, aber ich hatte keine Lust auf ein Wortgefecht. Ich überging ihn einfach.

»Dad, hast du Holly ihre Medikamente gegeben?« Ich setzte mich zu ihr an den Tisch.

»Das habe ich längst erledigt. Jetzt sag, was wollte der Kerl schon wieder von dir?« Dad goss sich heißes Wasser in die Tasse und tränkte seinen Teebeutel darin. Es passte mir nicht, dass er so abfällig über Mike redete.

»Mike ist ein netter Kerl«, verteidigte ich ihn. »Er ist vorbeigekommen, um nach uns zu sehen, weil wir gestern so schnell aus dem Restaurant abgehauen sind. Und ... Er hat gefragt, ob wir morgen Abend zu einer Veranstaltung kommen. Für das große *Bar-B-Que* fehlen ihnen ein paar Helfer zum Aufbau.«

»Das kommt überhaupt nicht infrage«, brauste Dad auf. »Mit dem Date war ich schon nicht einverstanden, habe mich aber zurückgehalten und nichts gesagt. Dafür tue ich das jetzt ganz entschieden: Das ist zu gefährlich! Wir bleiben hier!«

Mir klappte der Mund auf. »Ausgerechnet du sagst, dass es zu gefährlich ist?« Plötzlich war meine Wut wieder da und diesmal konnte ich noch nicht mal auf Holly Rücksicht nehmen. »Parker hätte mich niemals mit Mike ausgehen lassen, wenn es tatsächlich so bedrohlich gewesen wäre. Ich glaube, die Agents können das besser einschätzen als du. Es ist doch nur ein harmloses Dorftreffen, um Helfer anzuwerben.«

Dad lachte höhnisch. »Du bist so naiv, Mia. Jeder da draußen könnte uns verraten. Ein winziger Fehler und ...«

»Du bist echt das Letzte! Dich hat es jahrelang nicht interessiert, ob deine Verbrechen jemals für Holly und mich bedrohlich werden könnten. Und abgesehen davon, wie viele Menschenleben hast du auf dem Gewissen? Hast du dir darüber mal Gedanken gemacht? Wohl kaum! Du hattest nur Augen für das schmutzige Geld, das du mit diesem Dreckskerl, der *Eminenz*, verdienen konntest. Wahrscheinlich warst du sogar noch richtig gut in deinem Henker-Drecksjob, sonst wärst du niemals zu seinem Sekretär aufgestiegen.«

»Schweig!«, brüllte mein Vater und warf die volle Teetasse wütend zu Boden. Holly schrie erschrocken auf. Es klirrte laut und die heiße Flüssigkeit spritzte zu allen Seiten. Dads Gesicht war aschfahl geworden und seine Lippen waren nur noch ein weißer, dünner Strich. »Du hast kein Recht, so über mich zu urteilen. Du weißt gar nichts!«

Aus dem Augenwinkel bemerkte ich, dass Logan sich einmischen wollte, doch Parker hielt ihn zurück. Stattdessen nahm er Holly auf seine Arme und verließ mit ihr die Küche.

»Ich habe dir schon erklärt, dass ich es für euch getan habe«, brüllte Dad. »Und ja, verdammt, ich war gut – sogar sehr gut! Keiner sonst hat es geschafft, die Karriereleiter der Unterwelt in so kurzer Zeit so hoch zu erklimmen. Keiner außer mir hatte so viel Verstand und die nötige Intelligenz, sich den Respekt der *Eminenz* zu verdienen. Ich war perfekt darin, seine Befehle weiterzugeben und auszuführen, Behörden zu schmieren oder Verhandlungen in seinem Namen zu führen. Ich war herausragend und das erste Mal in meinem Leben konnte ich überzeugen. Über die Jahre habe ich mir die Anerkennung der großen Mafia- und Drogenbosse verdient, sodass sie mir mit Respekt und Vertrauen begegneten. Ich bin ein mächtiger Mann, Mia, kapier das endlich! *Die Eminenz* und Suárez werden nichts unversucht lassen, mich mundtot zu machen. Und nicht nur mich, sondern auch euch und alle, die uns nahestehen und etwas wissen könnten.«

Mein Hals war wie zugeschnürt und jedes einzelne seiner Worte fühlte sich wie Gift an – bitter und widerwärtig. Das war nicht mein Vater, der da mit glitzernden und feurigen Augen von seiner schmutzigen Vergangenheit sprach – das war ein Teufel. Es ekelte mich an, wie er die Einzelheiten seiner Taten beschönigte und sogar auf ein Podest stellte. Er hatte nichts mehr mit dem herzlichen Dad gemein, der uns bedingungslos liebte und immer für uns da war.

Ich schlug die Hand auf den Mund und kämpfte gegen die Tränen an. Ich war all die Jahre blind gewesen. Jetzt wurde ich schonungslos ins Licht gezerrt und musste erkennen, dass mein Vater ein völlig anderer war, als ich mein Leben lang geglaubt hatte.

»Niemand wird sich mit diesem Kerl treffen. Ich verbiete es. Wir werden alle so lange hier in diesem Haus bleiben, bis ich meine Aussage machen kann und all diejenigen, deren Namen ich preisgeben werde, hinter Gittern sind. Danach werde ich auf freien Fuß kommen und wir werden verschwinden – für immer!«

***

Wie gelähmt stand ich da und starrte in diese hässliche Fratze, die er uns jetzt zum ersten Mal offenbarte. Er musste verrückt geworden sein – eine andere Erklärung hatte ich nicht.

Schlagartig wurden seine Züge wieder weicher. Er blickte zu Parker. »Entschuldigt meinen kleinen Ausbruch, manchmal geht es einfach mit mir durch«, schwächte er sein Verhalten von eben ab und fing plötzlich an, die Scherben vom Boden einzusammeln.

»Lassen Sie die Scherben liegen, Brown, und treten Sie zur Wand«, befahl Parker.

»Ich habe das angerichtet und ich werde es auch wieder in Ordnung bringen, Junge.«

»Brown! Ich sagte, lassen Sie die Scherben liegen und gehen Sie zur Wand!« Parker verlieh seiner Stimme einen bedrohlichen Unterton, der meinen Vater aufhorchen ließ. Wieder wurde sein Gesichtsausdruck so merkwürdig und ein leises, böses Lächeln zuckte in seinem Mundwinkel.

»Was ist dein Problem, Junge? Ich sagte, ich mache das sauber.«

So schnell, wie die Situation kippte, konnte ich nicht mal mit den Wimpern schlagen. Die Luft war plötzlich mit furchteinflößendem und explosivem Sauerstoff erfüllt und ich befürchtete, sie würden jede Sekunde aufeinander losgehen. Parker schluckte.

»Sir, tun Sie, was ich Ihnen sage.«

Er machte Dad unmissverständlich klar, dass er über ihm stand und Vater sich an seinen Befehl zu halten hatte. Mir stockte der Atem, als sie sich feindselig anstarrten.

»Joy, geh aus der Küche«, knurrte Parker leise und mit starrem Blick.

»Sie bleibt«, giftete Dad ihm entgegen und richtete sich auf. Ich war verunsichert und wusste nicht, was ich tun sollte. So aggressiv hatte ich Dad und auch Parker noch nie erlebt.

»Hört auf, alle beide«, versuchte ich verzweifelt, sie wieder runterzuholen, doch sie ignorierten mich, nahmen mich noch nicht einmal wahr. Plötzlich kapierte ich, dass es gar nicht um mich ging, sondern darum, wer hier das Sagen hatte.

Ich konnte meine Gedanken noch nicht zu Ende spinnen, da packte mein Vater Parker am Kragen. Der Agent reagierte sofort, befreite sich, drehte Dad die Arme auf den Rücken und presste ihn gewaltsam gegen die Arbeitsplatte. Dad stöhnte schmerzerfüllt auf.

»Sie sind ein Strafgefangener des US-Bundesstaates Texas. Welchen Deal Sie mit der Regierung ausgehandelt haben, interessiert mich einen Dreck. Solange Sie sich in Schutzhaft unter meiner Leitung befinden, tun Sie gefälligst, was ich

Ihnen sage.« Parker drückte den Arm meines Vaters höher, was ihn noch leidvoller ächzen ließ.

»Haben Sie mich verstanden?«, zischte Chris wütend.

»Schon gut, Junge. Nicht vor meiner Tochter, bitte.«

Die ganze Szene war so verworren, dass ich geschockt die Küche verließ. Meine Füße wollten am liebsten davonlaufen, weit fort von allem, doch der Gedanke, dass Holly den Ausbruch meines Vaters völlig verängstigt mitbekommen hatte, trieb mich zu ihr. Eilig rannte ich die Treppe hinauf, nachdem ich Logan und Holly im Salon nicht vorgefunden hatte. Mein Herz klopfte wie wild und ich war außer Atem, als ich die Tür zu meinem Zimmer öffnete.

Friedlich saß Logan auf meinem Bettrand und las meiner Schwester gerade aus ihrem Lieblingsbuch vor.

»Geh zu Parker runter. Ich glaube, er braucht dich.« Sofort legte er das Buch beiseite und hastete hinaus.

Ich schloss die Tür hinter mir und legte mich zu Holly. Sie hatte zwar gerötete Augen, doch sie schien sich wieder gefangen zu haben. Ich breitete die Arme aus und sofort kuschelte sie sich an mich. Es tat mir so leid, dass sie unseren Vater, der sonst immer liebevoll und freundlich war, so erlebt hatte. Ich konnte mich nicht daran erinnern, dass Dad jemals so vor uns ausgeflippt war. Selbst ich stand unter Schock, wie mochte es dann für Holly gewesen sein?

»Joy? Ist Dad jetzt wieder lieb?«, fragte sie leise an meiner Halsbeuge.

»Ja, er ist nur böse auf mich geworden, weil ich ...«

»Ich habe Angst vor ihm«, flüsterte sie. »Aber das darfst du ihm nicht sagen, okay?« Ich schob sie ein wenig von mir, sodass ich sie ansehen konnte. Sie senkte ihren Blick. »Er sieht so komisch aus, wenn er böse ist. Das macht mir Angst.«

Genau das Gleiche hatte ich auch empfunden. Ich legte meine Hand auf ihre Wange und streichelte mit dem Daumen darüber.

»Ich weiß, Keks. Es ist gerade einfach schwierig für ihn ... und auch für uns.« Wieso nahm ich ihn in Schutz? »Chris und Logan beruhigen ihn. Du wirst sehen, unser Daddy kriegt sich bald wieder ein. Morgen sieht die Welt ganz anders aus.«

Liebevoll drückte ich sie an mich. Wie sollte es nur mit uns weitergehen? Wenn ich an unsere Zukunft dachte, hatte ich ein schlechtes Gefühl. Ich erinnerte mich an die Worte von Parker: ›Nichts wird mehr so sein, wie es einmal war‹. Hoffentlich behielt er damit nicht recht. Bekümmert schob ich die düsteren Gedanken beiseite.

»Soll ich weiterlesen? Bis wohin ist Logan gekommen?«

Es beruhigte mich, wie leicht Holly sich ablenken ließ. Eine ganze Stunde spielte ich mit ihr. Wir malten, und auch ihr heißgeliebter Mr. Floppy bekam eine Spielrunde.

Im Haus war es ruhig, so ruhig, dass ich mich fragte, wo sie alle steckten. Während Holly vertieft an ihrer Blumenwiese malte, beschloss ich, nach den Männern zu sehen.

»Ich bin mal in der Küche. Ich schau, was ich uns zu Mittag kochen kann.«

Ich ging hinunter und hörte meinen Vater im Salon.

»Zu Suárez gehören ein paar fiese Typen. Ihre Namen sind Salvator, Sancho, Marico und der von allen gefürchtete Alevess. Das ist dieser hier auf dem Foto. Man nennt ihn auch den Schlächter von Mexiko.«

»Wir kennen ihn«, sagte Logan. »Einmal hätten ihn unsere Leute beinahe geschnappt.«

»Selbst wenn, wäre er ganz schnell wieder freigekommen. Suárez wie auch *die Eminenz* lassen ihre Männer nie hängen. Ihr unterschätzt den Einfluss, den die Mafiabosse haben. Schade nur, dass Suárez nicht Alevess nach Chicago geschickt hat, dann wären wir den gefährlicheren Teil seiner Bande schon los«, hörte ich Dad sagen.

»Das sollten Sie nicht zu laut sagen, Brown. Und glauben Sie mir, früher oder später kriegen wir die Typen. Ich für meinen Teil bin froh, dass es nicht Alevess war. Ich bin mir nämlich nicht sicher, ob der Befehl wirklich ›Entführung‹ hieß.«

Ich stand im Türrahmen. Mein Vater saß im Sessel, während Parker sich auf dem Sofa zurückgelehnt hatte und mit ihm redete. Logan saß auf einem Stuhl und sah sich Fotos von Männergesichtern an, die verstreut auf dem kleinen Wohnzimmertisch lagen. Sie unterhielten sich, als hätte die Auseinandersetzung in der Küche nie stattgefunden.

»Darf ich mich zu euch setzen?« Abrupt unterbrachen sie ihr Gespräch.

Mutig trat ich ein paar Schritte in den Salon. Ganz bewusst fragte ich Parker um Erlaubnis und nicht meinen Vater. Ihn würdigte ich keines Blickes.

»Joy, Süße, ich halte das für keine gute Idee«, begann Dad zu säuseln. Ich hasste es, wenn er mich ›Süße‹ nannte. Irgendwie konnte ich das nicht mehr ertragen.

»Natürlich, setz dich«, widersprach Parker und starrte Dad warnend an. Deutlich spürte ich, dass er sich ihm widersetzen wollte, aber er gab zähneknirschend nach.

»Ihre Tochter ist genauso in Gefahr. Sie sollte die Gesichter der Männer, die sie jagen, kennen. Je mehr sie weiß, desto besser.« Das schien meinem Vater einzuleuchten.

»Danke«, sagte ich und setzte mich zu Parker aufs Sofa. Neugierig betrachtete ich die Porträts und Schnappschüsse der verschiedenen Männer, die ausgebreitet vor uns lagen.

»Schau dir die Bilder genau an, Joy. Präge dir ihre Gesichter gut ein. Falls du jemals einen dieser Typen in deiner Nähe sehen solltest, musst du uns sofort informieren.«

Nickend nahm ich ein Foto in die Hand. Der Kerl, der darauf abgebildet war, sah wirklich zum Fürchten aus. Er war ein typischer Mexikaner: dunkles Haar, gebräunte Haut. Seine rechte Gesichtshälfte wurde durch eine große Narbe entstellt. Falls ich ihm je begegnen sollte, würde ich mich gleich daran erinnern. Seine Augen waren dunkel und in seinem Mund glitzerte Gold. Wie hatte Dad ihn vorhin genannt? Schlächter von Mexiko. Ein Schauer fuhr mir den Rücken hinunter.

»Ich würde Alevess als am gefährlichsten einschätzen. Er ist für seine barbarischen Foltermethoden bekannt. Er hat nur eine Schwäche, das ist sein rechter Arm, soweit ich weiß.«

»Auch das weiß ich bereits.« Die Unterhaltung ging weiter. Parker legte seine Arme über die Sofalehne und schien von den Informationen, die mein Vater ihm gab, nicht sonderlich beeindruckt zu sein. Für mich war es absolut schockierend und gleichzeitig fesselnd, solche Dinge aus Dads Mund zu hören. Das hörte sich alles wie ein Krimi an. Es machte mir jedes Mal klar, dass ich ihn eigentlich gar nicht kannte.

»Ich denke, Suárez hat ganz bewusst nicht seine besten Leute auf Chicago angesetzt. Das Risiko, sie zu verlieren, wäre zu groß gewesen. Wenn wir sie geschnappt hätten, wären sie zum Tode verurteilt worden und hätten nie wieder ein Gefängnis von außen gesehen«, meinte Logan und nahm ein weiteres Foto zur Hand.

»Irgendwann wird er alle seine Männer schicken, da bin ich mir sicher. Seine Existenz steht auf dem Spiel. Er weiß, dass ich singen und dem FBI alle Details seiner Drogenrouten, Übergabeplätze und Geschäftspartner preisgeben werde. Er wird das verhindern wollen. Aber noch mehr Sorgen machen mir die Männer der *Eminenz*. Brant, Ricki und Oilily sind diejenigen, die alles daransetzen werden, mich tot zu sehen.« Dad schlug seine Beine übereinander und faltete nachdenklich seine Hände. »Es ist wirklich Ironie des Schicksals, dass ich diese Männer ausgesucht und eingestellt habe und jetzt ganz oben auf ihrer Todesliste stehe.«

Parker nahm das Foto eines Mannes mit Glatze hoch.

»Das ist er. Oilily.« Er zeigte mir das Bild. »Ich hatte schon eine kleine Auseinandersetzung mit ihm. Leider war ich damals noch zu unerfahren und habe zugelassen, dass er mir eine Erinnerung hinterlässt.«

»Eine Erinnerung?«, fragte ich neugierig und schaute zu, wie Parker sein Hosenbein hochkrempelte und eine längliche Narbe an seiner Wade freilegte.

»Ja, das war in einer alten Lagerhalle in New York. Die Übergabe von dem Crystal war schon in vollem Gange, als wir zugriffen. Ich hatte einen Zweikampf mit ihm. Warum er mich am Leben gelassen hat, weiß ich bis heute nicht.«

Parker grinste, als wäre es eine nette Geschichte, die er beim Stammtisch erzählte. Ich mochte mir gar nicht vorstellen, was er und auch Logan schon alles erlebt und durchgemacht hatten.

»Brant und Ricki sind nicht ungefährlicher. Sie werden versuchen, uns aufzuspüren. Ich habe Direktor Bennet gesagt, dass zwei FBI-Agenten nicht ausreichen, um mich und meine Kinder zu schützen.«

»Wir werden sehen. Der Fehlalarm hat alle noch einmal wachgerüttelt, Sir. Sie sind unser wichtigster Mann. Das FBI wird alles tun, um Sie da lebend herauszubekommen.« Logan stand auf und vertrat sich die Beine. »Es würde mich nicht wundern, wenn Bennet Anweisungen von ganz oben bekommen würde.«

Dad grinste.

»Eines ist sicher: Es werden einige Köpfe rollen.«

***

Nachdenklich ging ich in die Küche. Diese Männer sollte ich mir einprägen und genau das hatte ich auch getan. Dabei spukten mir noch die beiden Mexikaner aus Chicago im Kopf herum. Ständig tauchten ihre Gesichter vor meinem inneren Auge auf, sodass meine Angst unterschwellig in mir hochbrodelte. Ich lenkte mich ab, schnitt sorgfältig Gemüse, Zwiebeln und Gewürze klein und gab alles in eine Pfanne. Ich schaltete den Herd ein und kurze Zeit später begann es leise zu brutzeln.

Draußen waren die Temperaturen unerträglich und ich empfand es als Strafe, auch noch vor dem Herd stehen zu müssen, um zu kochen.

»Das duftet aber lecker.«

Erschrocken zuckte ich zusammen und fuhr ruckartig herum, dabei hielt ich das scharfe Messer in meiner Hand. Nur Parker konnte sich so anschleichen. Er hatte Glück gehabt, dass ich ihn nicht verletzt hatte.

»Wow! Immer schön langsam mit dem Ding.«

Schnell legte ich es beiseite. »Verdammt! Musst du mich so erschrecken?« Er schmunzelte. »Das ist überhaupt nicht witzig, nach allem, was ich heute gesehen und gehört habe.«

Schon wieder stand er mir viel zu nahe und fixierte mich eindringlich. »Angst brauchst du keine zu haben, Pinselchen, solange wir bei dir sind. Aber es ist wichtig, dass du weißt, wie die Männer aussehen.«

Das hatte ich ja begriffen, aber trotzdem hatte ich eine Scheißangst.

»Ich benötige ein paar Dinge. Kannst du sie mir nachher hier auf die Arbeitsplatte legen?«

Dinge? Konnte er auch mal in zusammenhängenden Sätzen sprechen? »Was meinst du genau?«

Er druckste herum. »Na ja, ich habe deiner Schwester versprochen, mit ihr Cookies zu backen, und dafür brauche ich die Zutaten.« Es war ihm peinlich, mich darum zu bitten, das sah ich ihm deutlich an. Fast hätte ich mich an meiner eigenen Spucke verschluckt. »Du willst *was*?« Ungläubig zog ich die Brauen hoch.

»Schokoladencookies backen. Die kennst du doch, oder?«

Natürlich kannte ich Schokoladenkekse. Special Agent Chris Parker wollte backen? Das war genauso abstrus, als wenn Terminator sich bunte Socken stricken würde. Ich schaute bestimmt blöd aus der Wäsche und musste grinsen.

»Was ist so komisch?«

»Na, du. Man rechnet bei dir ja mit vielem, aber nicht damit, dass du dich mit Backen beschäftigen würdest.«

»Ich habe es Holly versprochen, nur deshalb ...« Er zog aus seiner Jeans einen Zettel hervor. »Hier, ich habe mir die Zutaten aufgeschrieben. Kannst du sie mir später rauslegen? Ich würde wahrscheinlich eine Stunde nach den Sachen suchen.«

Ich nahm das Papier an mich und studierte die Liste.

»Kein Problem.«

»Gut, danke.« Eigentlich wollte er sich abwenden, doch irgendetwas hielt ihn davon ab, die Küche zu verlassen. Ich wartete darauf, dass die nächste Frechheit über seine Lippen kommen würde, doch als die Stille zwischen uns länger andauerte, hatte ich das Gefühl, er hätte etwas auf dem Herzen.

»Ist noch etwas?«

»Ja, ich ... Es tut mir leid wegen heute Nacht. Ich war total betrunken und habe wahrscheinlich nur Mist geredet. Das tut mir leid, wirklich.«

Meine Schmetterlinge im Bauch veranstalteten eine Parade. Chris Parker entschuldigte sich bei mir? Er schaffte es zwar nicht, mir dabei in die Augen zu schauen, aber wenigstens waren die Worte genau die richtigen.

»Warum hast du dich so volllaufen lassen? Ich habe mir Sorgen gemacht, als du drei Stunden später immer noch nicht im Zimmer warst.«

Nachdenklich fuhr er sich durch sein langes Haar, das ihm mittlerweile ins Gesicht fiel. Völlig in Gedanken strich er es sich hinters Ohr. »Es gab viele Gründe. Wichtig ist nur, dass du weißt, dass es nicht wieder vorkommen wird.«

War ja klar, dass er nicht darüber reden würde. »Okay.« Mehr gab es nicht zu sagen, aber als er es endlich schaffte, mir doch in die Augen zu sehen, hätte ich dahinschmelzen können. Es war eine Mischung aus Reue, einer Millionen Fragen und Harmonie. Es stimmte mich versöhnlich. Ich erlaubte mir, ihm ein Lächeln zu schenken, wenn auch nur ein klitzekleines, bevor dieser Moment von ihm wieder zunichtegemacht wurde. In Zurückweisungen war er Spezialist. Erstaunlicherweise passierte das nicht. Er legte seine Hand auf meine Wange. Durch diese Geste veranstalteten meine Schmetterlinge einen großen Fanfarenzug mit Artisten in meinem Bauch. Ich verlor mich in seinem Blick, obwohl mein Hirn schon wieder Alarm schlug. Der Kochtopf verlangte meine sofortige Aufmerksamkeit, doch ich gönnte mir noch ein paar Sekunden.

Jemand räusperte sich und riss uns auseinander. Es war mir peinlich, dass ausgerechnet mein Vater uns in solch einer intimen Situation erwischte. Schnell drehte ich mich um und rührte das Gemüse. Seine Verwunderung war nicht zu übersehen gewesen.

»Joy, kann ich dich kurz sprechen?«

Dad erwartete natürlich, dass Parker aus der Küche verschwand und uns alleinließ, doch ich wünschte mir, er würde es nicht tun. Leider tat er es doch. Mist! Was, wenn mein Dad wieder so einen Wutanfall bekam? Ich löschte das Gemüse mit Brühe ab und schaltete den Herd auf kleinste Stufe.

»Joy! Seit wann ... Ich meine … Ich wusste nicht, dass du und der Agent ...«

Ich verdrehte die Augen und hielt es nicht für nötig, mich zu ihm umzudrehen. Was wollte er jetzt mit seiner Rede bezwecken? Sein Vater-Tochter-Gespräch konnte er sich echt sonst wohin schieben. Darauf pfiff ich. Er hatte sich alle Rechte verspielt, als ich von seinem wahren Charakter erfahren hatte. Ich unterdrückte meinen Ärger und meine Enttäuschung.

»Ich weiß, du bist jung und er gefällt dir, aber ich wünsche, dass das sofort aufhört«, befahl er in einem barschen Ton und brachte mich damit wieder auf Konfrontationskurs.

»Hör auf, Dad.« Verärgert wandte ich mich um.

»Er ist nichts für dich, Mia. Er behandelt Frauen schlecht und benutzt sie. Ich kenne solche Typen. Er würde alles tun, um an sein Ziel zu kommen, glaub mir. Das ist nicht ehrlich.«

Ich lachte höhnisch auf.

»Komisch! Wieso nur habe ich das Gefühl, von solchen Menschen umgeben zu sein?«

»Ich meine es ernst, Mia. Ich will, dass du dich von ihm fernhältst.«

»Was sonst, Dad? Wirst du einen Auftrag an deine Leute erteilen, es mir auf deine Art beizubringen?«

Ich wusste, dass ich lieber meinen Mund halten sollte, aber ich konnte nicht. Die Worte purzelten einfach so heraus.

Statt wütend zu werden, wurde seine Haut grau und faltig. Er stand mit hängenden Schultern vor mir und wirkte plötzlich klein und gebrochen. Mit traurigen Augen blickte er mich an.

»Was ist nur aus uns geworden, Tochter? Bevor du die Wahrheit über mich gewusst hast, hatten wir ein liebevolles Verhältnis. Und jetzt? Jetzt scheint es, als ob ich alles zerstört hätte, obwohl ich alles gutmachen will. Ich wünsche mir doch nur, dass wir wieder glücklich sind.«

»Ich kann nicht glücklich sein mit dem Wissen, dass du Leid und Unglück über viele Menschen gebracht, so viel Unrecht und schreckliche Dinge getan hast. Du warst mein Vorbild, mein Held. Ich wollte immer so stark und kämpferisch sein wie du. Ich hatte Achtung vor dir und den allergrößten Respekt.« Tränen liefen über meine Wangen und ich ballte die Fäuste. »Ich habe dich geliebt, Dad ... so sehr geliebt. Ich kann es noch immer nicht fassen und bin so unsagbar enttäuscht. Weißt du, wie sich das anfühlt? Wie Verrat. Du hast deine eigenen Töchter verraten, sogar Mum! Ich weiß nicht, ob ich dir das je verzeihen kann.«

Länger konnte ich ihn nicht ansehen. Er zitterte, hatte sich alles angehört, ohne einen Wutausbruch zu bekommen oder mich zu unterbrechen. Er weinte, aber selbst das brachte mich nicht dazu, Mitleid mit ihm zu empfinden. Ich fühlte nur diesen unendlich starken Schmerz in meiner Brust. Hinter mir stand mein Vater und nicht der skrupellose Verbrecher, aber auch das konnte mein Herz nicht mehr erweichen. Zwischen uns war ein Graben, der unmessbar tief war. Jeder Faden, der mich emotional mit ihm verbunden hatte, verbrannte in dem Feuer, das er entzündet hatte.

Kapitel 15

Mein Vater ging still und leise aus der Küche, als ich nichts mehr sagte und lautlos vor mich hin weinte. Blind vor Tränen hätte ich mich fast noch an dem Messer geschnitten. Der Schmerz und die Angst waren so unendlich groß, dass ich glaubte, niemals darüber hinwegzukommen. Es tat verflucht weh, zusehen zu müssen, wie alles auseinanderbrach. Eines war sicher: Wenn wir lebend aus dieser Sache herauskommen sollten, würde ich nicht mit ihm ins Exil gehen.

Der Appetit war mir gründlich vergangen. Während sich die anderen über das Essen hermachten, verkrümelte ich mich in mein Zimmer. Ich holte den Schlaf der letzten Nacht nach. Erst am frühen Abend wachte ich auf und war wie gerädert. Ich blinzelte, als ich wahrnahm, dass ich nicht allein war. Holly saß mit einem schokoladenverschmierten Mund neben mir und kritzelte in einem Malbuch. »Du Schlafmütze hast geschnarcht«, kicherte sie, und räumte ihre Stifte, die überall auf dem Bett verteilt lagen, zusammen.

»Ich schnarche nicht, Keks.« Müde fuhr ich mir mit der Hand durchs Gesicht.

»Oh doch, ganz laut sogar. Du kannst Chris fragen.«

Schlagartig war ich wach und richtete mich auf. »Chris?«

»Ja, er hat es auch gehört.«

Oh nein! Das nicht auch noch! Er würde keine Gelegenheit auslassen, mich damit aufzuziehen. Ich ließ mich wieder in die Kissen zurückfallen und erst ein paar Sekunden später kam mir ein Gedanke. Wieso wusste er, dass ich geschnarcht hatte? War er etwa in meinem Zimmer gewesen?

»Holly? Woher weißt du, dass Parker mich schnarchen gehört hat?«

»Na, weil er hier war!«

»Und was hat er hier gemacht?«

»Er hat etwas gesucht.«

Ich runzelte die Stirn. »Und was?«

Sie zuckte mit den Schultern. »Ich weiß nicht. Er stand da an deinem Schrank, als ich reinkam.«

Das gab es doch nicht! Sofort schwang ich meine Beine aus dem Bett und lief zu meinem Kleiderschrank. Tatsächlich waren deutliche Spuren seine Suche zu sehen. Meine Shirts lagen knittrig auf dem Ablagefach und auch meine Unterwäsche war durchwühlt worden.

»Wir haben Cookies gebacken. Die waren sooo lecker, Joy.«

Ich wandte mich Holly zu. »Das sehe ich. Du hast einen Schokomund.«

Meine Schwester glitt mit ihrer Zunge über ihre Lippen und schleckte die restlichen Keks- und Schokokrümel ab. »Komm, wir machen dein Gesicht sauber, und dann kannst du mir erzählen, was Parker alles durchsucht hat.« Holly folgte mir ins Badezimmer und ließ sich gründlich waschen.

»Sag mal, wie viele Cookies hast du denn gegessen? Das Zeug geht ja gar nicht mehr runter!«

»Viele«, antwortete sie und fing an, die verspeisten Kekse an ihren Fingern abzuzählen. »Mir war schon schlecht, aber dann hab ich mit Chris Milch getrunken und dann kam alles wieder raus.«

Erschrocken hielt ich inne.

»Was? Du hast dich übergeben?«

»Ja, alles. Die ganze Schokolade und die vielen Krümel und auch die Milch. Dann ging es mir wieder gut.«

Entsetzt sah ich sie an. »Wieso hast du mich nicht geweckt?«

»Weil Chris gesagt hat, dass du mit ihm schimpfen wirst, deshalb sollte ich leise sein.«

Jetzt hatte ich aber genug! Ich warf den Waschlappen ins Becken und machte mich auf die Suche nach ihm. Na, der konnte was erleben! Ich hörte den Zuckerbäcker schon in der Küche. Aus dem Radio dudelte ein Rocksong. Aufgebracht stieß ich die Tür auf und wollte ihn mit einer Ladung Vorwürfe überschütten, doch mir blieben die Worte im Halse stecken und lösten sich bei dem Anblick, der sich mir bot, in Luft auf. Die Küche sah aus, als wäre eine Bombe eingeschlagen.

Parker bemerkte mich nicht. Er stand mit dem Rücken zu mir, schwang seine Hüften im Takt der Musik hin und her und war damit beschäftigt, das Backblech zu schrubben. Die gesamte Arbeitsfläche, der Esstisch und Teile des Bodens waren mit Mehl bestäubt, als hätte es geschneit. Schmutziges Geschirr türmte sich an der Spüle; Eierschalen, Milchpackungen, Zuckertüten, Butterkleckse und Schokoladenkrümel lagen überall verteilt. Auf einem großen Teller hatte er die Cookies liebevoll angerichtet und es irgendwie geschafft, sie in dem Chaos ordentlich beiseitezustellen.

Den krönenden Abschluss bot Parker selbst. An seiner Jeans und am Shirt erkannte ich Mehlfingerabdrücke von Holly und an seinem Ärmel klebte angetrockneter Teig. Sein Haar war weiß, genau wie die Flecken an Nase und Wangen.

»Was hast du bitte gemacht?«

Ich warf die Hände über den Kopf, als sich mir das gesamte Ausmaß seines Backnachmittags offenbarte. Parker drehte sich zu mir um.

»Reg dich nicht auf, Pinselchen. Ich mache das alles wieder sauber ... Dauert nur ...«, versuchte er mich zu beschwichtigen. »Es ist ein wenig anders gekommen, als ich dachte, aber ... Willst du mal probieren? Sie schmecken wirklich himmlisch.«

Freudestrahlend hielt er mir den Teller mit den Cookies unter die Nase.

»Nein. Danke«, lehnte ich schnippisch ab. »Wieso hast du zugelassen, dass Holly so viele davon isst? Das darf sie nicht.«

»So viele waren es auch wieder nicht«, versuchte er das Ganze abzuschwächen.

»Sie hat sich übergeben! Hallo?!«

»Zugegeben, sie hat alles ausgekotzt. Schade nur um die schönen Cookies, aber jetzt geht es ihr wieder gut und alles ist in Ordnung. Wir hatten wirklich einen lustigen Nachmittag.«

»Das sehe ich.« Der Kerl machte mir Spaß. Mein Blick wanderte über das Chaos. »Dann besitzt du auch noch die Frechheit und verbietest ihr, mich zu wecken, weil du Schiss hattest, dass ich ausflippe. Und was hast du bitte an meinem Schrank verloren?«

»An deinem Schrank? Also ... Ich vermisse schon länger ein weiteres T-Shirt und da lag es nahe, bei dir nachzusehen. Ich wollte dich nicht wecken und habe selbst nachgesehen.«

»Sehe ich aus wie jemand, der ständig T-Shirts klaut?«

»Ich weiß nicht. Jedenfalls siehst du umwerfend aus in meinen Shirts.«

»Hör auf mit der Süßholzraspelei, Parker. Du kannst nicht ohne meine Erlaubnis an meine persönlichen Sachen gehen.« Wie ein Welpe, der etwas ausgefressen hatte, sah er mich mit seinen dunklen Kulleraugen an. »Hör auf, mich so anzuschauen, Parker. Das zieht bei mir nicht.«

Und wie es bei mir zog! Am liebsten wäre ich in lautes Gelächter ausgebrochen und hätte ihm das Mehl aus den Haaren geschüttelt, doch das verbot ich mir und bemühte mich, ein ernstes Gesicht zu machen. Das Schlimme war, dass Parker mich durchschaute und groß und breit angrinste. Himmel! Wie sollte ich da ernstbleiben?

»Du bist sexy, wenn du böse bist. Ich mag das an Frauen.«

Er stellte den Cookie-Teller beiseite. Es war ja wirklich nett, was er sagte, doch ich erinnerte mich an das, was er mit Logan über mich gesprochen hatte. Ich fühlte, wie es in mir kribbelte, als würde sich mein Körper mit Strom aufladen, während er näherkam. Es war schwer, ihm zu widerstehen.

»Sag das nicht. Das ist nicht fair, Chris.«

Er zog seine Brauen hoch. Er stand jetzt unmittelbar vor mir, sodass es ganz leicht wäre, durch sein Haar zu strubbeln.

»Wieso darf ich dir nicht sagen, wie schön du bist und wie verrückt du mich machst?«

Seine Augen verweilten auf meinen Lippen. Seine Nähe machte mich an. Mein Herz schmerzte plötzlich so sehr, als mir klar wurde, dass da nie mehr zwischen uns sein würde, ich aber definitiv mehr wollte.

»Weil ich nicht eines deiner Spielzeuge sein will«, sagte ich mutig und hielt den Atem an.

Ich war mir sicher, dass er mich hatte küssen wollen, und ich war stolz, dass ich mich ihm diesmal nicht angeboten hatte. Er rückte ein wenig von mir ab.

»Schade, Pinselchen. Wir beide hätten bestimmt eine Menge Spaß zusammen.«

Das war genau die Klatsche, die ich gebraucht hatte, um völlig aus meinem Wunschtraum aufzuwachen. Special Agent Chris Parker liebte das Spiel – und wie er es liebte! – leider auf Kosten anderer. Ich musste härter werden.

»Das bezweifle ich«, konterte ich schnippisch. Diesmal ließ ich ihn einfach stehen und ging aus der Küche.

»Miststück!«, rief er mir hinterher.

»Langhaariger Volltrottel.«

»Lass meine Haare aus dem Spiel, verdammt!«

»Joy? Was ist denn los?« Logan kam mir entgegen und blickte fragend zwischen der Küche und mir hin und her.

»Nur das Übliche. Parker bekommt seinen Willen nicht.«

Logan runzelte verständnislos die Stirn.

»Hä? Ich verstehe nicht.«

Bevor ich näher darauf eingehen konnte, stand Parker auch schon im Türrahmen. Er stemmte die Fäuste in die Hüften.

»Das brauchst du auch nicht, Kumpel«, rief er ihm erbost zu. »Sag dem Borstenpinsel, sie soll in ihr Zimmer gehen.«

»Ich gehe in mein Zimmer, wenn es mir passt, du Meisterbäcker.«

Er funkelte mich an. »Meine Cookies sind super!«

»Genau! So lecker, dass meine Schwester davon kotzen musste. Zum Glück habe ich keine gegessen.«

»Gut, du hättest auch keine bekommen!«, fauchte er.

»Prima!«

»Na, fein! Dann ist ja alles geklärt!«

Wir drehten uns gleichzeitig beleidigt um. Er ging zurück in die Küche und ich hinauf in mein Zimmer. Den armen Logan ließen wir einfach sprachlos stehen.

***

Eine Stunde später hatte ich mich abreagiert. Ich fragte mich, ob Parker die Küche wirklich blitzeblank geputzt oder einen anderen Dummen gefunden hatte, der die Drecksarbeit für ihn erledigte.

Es war bereits dunkel draußen und die Grillen zirpten ihr abendliches Lied. Mittlerweile hatte ich mich daran gewöhnt. Ich stand am Fenster und spähte in die Nacht hinaus, während Holly noch ihre Zähne putzte. Mein Vater hatte sich nach unserem Streit völlig zurückgezogen. Holly meinte, Dad hätte beim Abendessen kaum gesprochen. Vielleicht war ihm endlich klargeworden, wie schlimm sein Verhalten für mich war.

»Legst du dich auch ins Bett?«

Barfuß, in ihrem kurzen rosa Schlafanzug und mit Mr. Floppy im Arm, stand Holly plötzlich hinter mir. Sie hatte sogar ihr langes braunes Haar gebürstet, obwohl sie das überhaupt nicht mochte. Es glänzte golden und einzelne Härchen schwebten aufgeladen um ihren Kopf.

»Oh, du bist ja schon fertig. Das ging aber schnell.«

Sie hüpfte auf die Matratze und strampelte die Decke mit ihren Füßen von sich.

»Es ist so heiß«, sagte sie gähnend. Das war es wirklich. Ich bezweifelte, dass die Klimaanlage funktionierte, und selbst wenn, wäre sie für Holly gefährlich. »Singst du mir mein Schlaflied?«

Ich zog sie in meinen Arm und begann leise zu singen.

Schlaf', Kindlein, schlaf'!
Der Vater hüt' das Schaf,
die Mutter pflanzt ein Bäumelein,
darunter liegt ein Träumelein.

Schlaf', Kindlein, schlaf'!
So schenk ich dir das Schaf
mit einem gold'nen Glöckchen fein,
das soll dein Spielgeselle sein.

Schlaf', Kindlein, schlaf',
das Kind hüt' das Schaf
Bis sie sind in Sicherheit
und von jeder Angst befreit

Holly war schnell eingeschlafen. Mit ihr im Arm blieb ich liegen und blickte vom Bett aus in den sternenklaren Nachthimmel. Mein Vater beherrschte meine Gedanken. Ich suchte in unserer Vergangenheit nach versteckten Hinweisen, die auf seine kriminellen Geschäfte hingedeutet haben könnten, doch da war nichts. Gar nichts! Die einzige Veränderung war der finanzielle Aspekt gewesen. Das hatte ich mir mit seiner Tätigkeit als Rechtsanwalt und den reichen Klienten erklärt.

Welches Kind fragte schon nach, ob sich die Familie das leisten konnte, wenn es teure Geschenke bekam oder in ein großes Haus mit Pool zog? Rosa hatte sich um das Haus gekümmert und später hatte mein Vater noch einen Gärtner eingestellt, der sich einmal in der Woche dem Garten und Pool widmete. Ich vermisste die beiden, vor allem Rosas Kochkünste. Ich liebte ihr mexikanisches Essen, auch wenn sie die Schärfe Holly zuliebe immer weggelassen hatte.

Mein Arm wurde ganz steif. Vorsichtig betete ich Hollys Kopf auf das Kissen und zog ihn heraus. Sie seufzte, schlief aber weiter. Ich wälzte mich hin und her und fand keinen Schlaf. Stunden vergingen. Als dann auch noch mein Magen zu knurren anfing, weil ich das Abendessen hatte ausfallen lassen, schlich ich mich, nur in einem knappen Top und einem Slip, hinunter in die Küche.

Leise schloss ich die Tür hinter mir. Überraschenderweise blitzte und glänzte es in allen Ecken. Ob Parker selbst saubergemacht hatte? Mein Magen beschwerte sich grummelnd. Bestimmt war noch etwas von dem Gemüserisotto übrig, das ich vorhin gekocht hatte. Mir lief das Wasser im Mund zusammen, wenn ich nur daran dachte. Ich öffnete den Kühlschrank und fand – abgesehen von mehreren Packungen Milch – nur ein Stück Käse, eine schrumpelige Tomate, Joghurt und ein halbleeres Glas Marmelade.

Das durfte doch nicht wahr sein! Ich hatte Hunger, genauer gesagt Kohldampf! Im Vorratsschrank suchte ich nach etwas Essbarem, das ich mir sofort in den Mund stopfen konnte – eines der Schokocroissants, die Logan immer vernaschte, oder eine Banane oder ... irgendwas.

Fehlanzeige! Einzig der Teller mit den Schokoladencookies lachte mir entgegen. Eigentlich wollte ich die Dinger nicht anrühren, aber mein innerer Schweinehund starb gerade den Hungertod. Das konnte ich doch nicht zulassen! Ich war schon immer sehr tierlieb gewesen und ein Hundefreund sowieso. Niemand würde etwas bemerken.

Um mein hungerndes Dilemma zu beenden, musste ich dieses Opfer bringen. So schlimm würde es nicht werden. Ich konnte die Dinger ja schließlich mit Milch runterspülen. Ich holte für alle Fälle die Milchpackung aus dem Kühlschrank und zog den Teller mit den braunen Talern zu mir. Ich nahm einen in die Hand und biss zaghaft hinein.

Zuerst schmeckte ich den gebackenen dunklen Keks und dann den süß-herben Geschmack von edlem Kakao. Der Cookie schmolz in meinem Mund und entfaltete dort ein herrlich sahniges Aroma. Ich stöhnte vor Genuss auf und mir fielen die Augen zu. Es war ein samtig-süßer Mundorgasmus, eine Explosion von verschiedenen Aromen, die ich in dieser Kombination noch nie in meinem Leben geschmeckt hatte. Schnell schob ich mir den letzten Bissen hinein. Es war einfach himmlisch. Mit einem Schluck Milch spülte ich die Reste hinunter. Als mein Mund leer war, hielt ich inne und starrte den Teller mit den kleinen, verlockenden Köstlichkeiten an.

Es war ein Kampf, den ich mit mir ausfocht und jämmerlich verlor. Gierig wie ein Junkie stopfte ich mir gleich zwei Schokoladencookies in den Mund. Meine Backen waren voll wie bei einem Hamster. Während ich mich dem Geschmack erneut hingab, nahm ich den ganzen Teller und die Milchpackung und setzte mich auf die kühlen Küchenfliesen, um mich dem Verlangen nach diesem Kekswunder völlig hinzugeben.

Einer nach dem anderen wanderte lustvoll in meinem Magen. Weil ich so gierig war, schwappte die Milch beim Trinken über und lief in kleinen Rinnsalen meinen Hals und Dekolleté hinunter. Gleichgültig wischte ich mit dem Handrücken über meinen Mund. Eine dunkle Schokospur auf meiner Hand zeigte deutlich, wie verschmiert ich im Gesicht sein musste, aber das war mir schnurzpiepegal. Ich stopfte mir die Backen voll und lehnte mich genüsslich an den Küchenschrank.

»Wen haben wir denn da?«

Parkers dunkle Stimme fuhr mir in die Glieder und die Keksmasse blieb mir vor Schreck fast im Hals stecken.

Shit!

***

Halbnackt stand er im Türrahmen und sah zu, wie ich seine Cookies futterte. Er trug nur eine Boxershorts und in seiner rechten Hand eine Waffe. Mein Gesicht war feuerrot und ich wusste vor Scham nicht, wo ich hinsehen sollte. Alles wäre mir recht gewesen, sogar wenn sich die Hölle geöffnet hätte.

»Dir wird schlecht, wenn du so schlingst.«

Langsam trat er näher, legte seine Waffe auf die Arbeitsplatte und verschränkte die Arme. Er kam sich sehr erhaben vor. Der blanke Spott lag in seinen Augen. Ich schluckte. Wieso musste ausgerechnet er mich erwischen? Ich stand auf und wischte mir über den Mund.

»Hast du mir nichts zu sagen?«

Sein selbstgefälliges Getue ging mir jetzt schon auf die Nerven. Ich war genau da, wo er mich immer schon haben wollte – in der Rolle als üble Täterin. Verdammter Mist! Sein nackter Oberkörper ließ mich kaum einen klaren Gedanken fassen und ich wurde mir meiner eigenen Nacktheit bewusst.

»Ich hatte Hunger«, verteidigte ich mich. »Ihr habt vom Risotto nichts übriggelassen und der Kühlschrank ist leer.«

»Ich dachte, dir sind meine Cookies zuwider?«

»Der Hunger hat sie hinuntergezwungen«, sagte ich spitz.

»Genau! So sah das auch aus«, lachte er sarkastisch. »Du hast gestöhnt, du kleiner Borstenpinsel, und wie! Du hast die Cookies nicht gegessen, sondern sie fast vergewaltigt. Gib es wenigstens zu.«

Verdammt! Ich wollte gar nichts zugeben, aber ich war überführt worden. Es waren die absolut besten Schokoladencookies, die ich jemals gegessen hatte.

»Sie waren ganz okay«, lenkte ich gelassen ein.

»Du bist so eine schlechte Lügnerin.«

»Und du? Was machst du eigentlich halbnackt und mitten in der Nacht, noch dazu mit deiner Pistole, hier?«, versuchte ich ihn auf ein anderes Thema zu lenken. Dabei trank ich noch einmal aus der Milchpackung.

»Ich habe Geräusche gehört und ein kleines Mäuschen in der Küche gefunden.« Ich verdrehte die Augen. Er nahm mir die Milch ab, genehmigte sich einen Schluck und blickte mich nachdenklich an. »Was ist eigentlich mit dir los, hm?«

»Was soll los sein?«

»In der einen Sekunde bist zu zahm wie ein Lämmchen und in der nächsten schlimmer als eine Kratzbürste. Ich kenne keine Frau, die so launisch ist wie du.«

Ich und launisch? Hatte er mal darüber nachgedacht, dass er einen mit seinen Launen in den Wahnsinn treiben konnte?

»Das Gleiche könnte ich von dir auch behaupten.«

»Von mir?« Er machte große Augen und deutete auf sich, als wäre es das Verrückteste, was er je gehört hatte.

»Ja, du, ganz recht. Einmal gibst du mir das Gefühl, dass du mich magst, und dann stößt du mich wieder weg. Ständig suchst du Streit, unterstellst mir Dinge, die gar nicht stimmen, und dann sagst du so Sachen, die ... mich verletzen.«

Ich stockte und spürte, wie ich schon wieder rot wurde. Verflixte Hühnerkacke! Der Kerl schaffte es, dass sämtliches Blut in meine Wangen schoss.

»Ich?«

Entweder spielte er den Ahnungslosen oder er mochte es nicht, wenn man ihm sein Verhalten aufzeigte.

»Mann, Parker! Stell dich nicht so an! Du weißt genau, wovon ich rede. Du baggerst mich an und sobald dir das Knistern zwischen uns zu stark wird, wirfst du mich weg wie einen alten Kaugummi. Du bist wütend und aufbrausend, dann wieder einfühlsam und verständnisvoll. Kannst du dich mal für eine Variante entscheiden? Auf Dauer bekomme ich davon ein Schleudertrauma.« Nachdenklich schaute er auf seine nackten Füße und seufzte. »Du spielst mit mir und ich weiß einfach nicht, woran ich bei dir bin.«

Er stand unmittelbar vor mir und seine dunkelbraunen Augen flackerten geheimnisvoll auf.

»Das weiß ich manchmal selbst nicht, Joy«, sagte er in Gedanken und überraschend ernst. »Ich spiele nicht wirklich, ich versuche nur, damit klarzukommen, dass du ... jemandem sehr ähnlich bist, der mir einmal viel bedeutet hat.«

Sein Geständnis kam so unerwartet. Es war das erste Mal, dass er über sich sprach.

»Sie war wie du ein Job«, begann er. »Lauren und ich ... Es war kompliziert, weil es für mich neu war, jemanden zu lieben. Ich wollte sie so sehr, dass ich Fehler machte, weil ich zuließ, dass sie aus mir diesen verliebten Trottel machte – ein Weichei! Ich war bereit, meinen Job beim FBI aufzugeben, mein Hab und Gut zu verkaufen und mit ihr nach Europa zu gehen. Am Ende musste sie mit ihrem Leben bezahlen, weil ich nicht richtig aufgepasst habe. Verstehst du?«

»Was ist passiert?«

Er senkte den Blick. »Lauren war ein sehr freiheitsliebender Mensch. Sie und ihre Familie sind von uns in einer Wohnung in New York untergebracht worden. Ihr Bruder hatte Schwierigkeiten, war aber endlich bereit auszusagen. Dadurch war die ganze Familie in Gefahr. Er war Kronzeuge und unser Auftrag lautete, sie alle bis zur Verhandlung zu beschützen. Eines Abends überredete sie mich, mit ihr auszugehen. Logan hat mich noch gewarnt, doch ich war verrückt nach ihr und glaubte, alles unter Kontrolle zu haben. Wir waren damals schon seit Wochen untergetaucht. Ich missachtete seine Warnungen und ging mir ihr für ein paar Stunden unter die Leute. Sie liebte den Trubel und das Nachtleben, sie wollte unbedingt tanzen gehen. Also fuhr ich mit ihr in einen Club. Eine Weile hatten wir unseren Spaß, bis sie plötzlich auf die Idee kam, einen Joint zu rauchen. Ich konnte sie nicht davon abbringen und ehe ich mich versah, war sie in der Menge verschwunden, um etwas zu besorgen. Es ging alles so schnell. Während ich aus dem Dealer die Information herausprügelte, hörte ich von drinnen Schüsse. Panik brach aus und während alle hinausströmten, drängte ich mich nach drinnen. Sie hatten sie entdeckt und kaltblütig erschossen.«

»Das ist ja schrecklich.«

»Ihr Tod galt ihrem Bruder als Warnung. Falls er aussagen würde, waren sie bereit, weitere Familienmitglieder zu töten.«

»Das tut mir so leid, Chris.«

»Verstehst du jetzt, warum ich mich nicht wieder auf jemanden einlassen kann?«

»Aber du trägst doch nicht die Schuld an ihrem Tod.«

Entnervt fuhr er sich durchs Haar. »Ich war so verliebt, dass ich die falschen Entscheidungen getroffen habe. Das allein war ihr Todesurteil. Jedes Mal, wenn jemand ... « Er brach ab.

Er war voller Selbstvorwürfe und gab sich die Schuld. Ich konnte das zum Teil verstehen, aber ihm musste doch klar sein, dass diese Mörder überall zugeschlagen hätten. Egal, wo Lauren hingegangen wäre.

Langsam begriff ich. In Wahrheit war er nicht der harte Kerl. Schon längst hatte ich verstanden, dass er diese Mauer nur aufbaute, um sich zu schützen. Ergriffen von seiner Geschichte, drehte ich seinen Kopf zu mir. »Du hast sie geliebt und am Ende verloren.«

Er nickte.

»Ich werde nicht zulassen, dass das Gleiche nochmal geschieht.«

War das sein Eingeständnis, dass er Gefühle für mich hatte? Mein Herz setzte kurz aus und ich wagte kaum zu atmen. Ich hatte mich also nicht getäuscht. Da war etwas zwischen uns, nur wollte er es nicht, aus Angst, wieder einen Fehler zu begehen.

»Ich bin nicht der Typ für Gefühlsbeziehungen, Joy. Ich neige dazu, alles zu vernichten, wenn es intensiver wird. Das will ich dir ersparen.«

»Und wenn ich es aber will?«

Er seufzte.

»Nein, auch dann nicht. Es ist besser so, glaub mir.«

Er machte es sich schon sehr einfach. Er konnte doch nicht alle Gefühle, die er für jemanden entwickelte, unterdrücken oder gar ausschalten, nur weil er Angst hatte, weitere Fehler zu machen.

»Soll ich dir was sagen, Parker? Du bist ein Feigling.«

Er biss die Zähne zusammen, weil er genau wusste, dass ich recht hatte. »Joy, mach es mir nicht so schwer, bitte.«

»Ich habe es dir noch nie leicht gemacht«, grinste ich. »Glaubst du wirklich, dass sie sich das für dich gewünscht hätte? Ich denke, sie hätte gewollt, dass du glücklich bist. Versuch es doch und hör auf, dir die Schuld einzureden.«

»Du weißt gar nichts, Joy«, brummte er grimmig. In seiner Stimme schwangen Aggression, Wut und ein kleines bisschen Verzweiflung mit. Normalerweise hätte mich das entweder abgeschreckt oder verärgert, weil er mir dadurch wieder eine klare Abfuhr erteilte. Ich dachte, eine weitere Zurückweisung würde ich nicht mehr ertragen, doch diesmal erwachte mein Ehrgeiz. Parker war bestimmt eine harte Nuss – aber ich war härter. Ich war mir meiner Sache plötzlich so sicher, dass ich einfach mein Top über den Kopf zog und nur noch in meinem Höschen vor ihm stand.

»Versuch es einfach, bitte«, flüsterte ich. »Wir können ja sehen, wohin es führt.«

Sofort verengten sich seine Augen und seine Schultermuskeln spannten sich an. Sein Adamsapfel bewegte sich und er schluckte schwer, als er meine nackten Brüste betrachtete.

»Das ist nicht fair.«

Er wusste, dass er verloren hatte. Es dauerte nur wenige Sekunden, bis seine Vernunft in den Tiefen seines Hirns dahinschmolz wie eine Schneeflocke in der Sauna. Seine Brust hob und senkte sich und gierig saugte er meinen Anblick auf.

Mit seiner Hand berührte er meinen Busen und streichelte mich mit dem Daumen.

»Ich habe seit Lauren keine Frau so begehrt wie dich. Ich weiß nicht, was mit mir los ist. Was machst du mit mir? Ich weiß nur, dass ich dich will … sofort«, wisperte er mit rauer Stimme. Abrupt zog er mich an sich, hielt sich noch einen Moment zurück und drängte dann aber stürmisch seinen Mund auf meinen. Ich schlang meine Arme um seinen Hals und drückte ihn an mich. Wild und ausgehungert küssten wir uns. Etwas Animalisches funkelte in seinem Gesicht, als ich ihn kurz ansah, und entfachte in mir ein unbändiges Verlangen. Seine Hände kneteten meine Brüste, fuhren hinunter zu meinem Po. Er hob mich hoch und setzte mich auf den Rand der Arbeitsplatte. Ich keuchte auf, als er seine harte Beule gegen meinen Schritt presste. »Ich werde noch verrückt, wenn ich dich heute Nacht nicht haben kann.« Grob zerriss er mit einer Hand mein Höschen und sofort spürte ich seinen Finger auf meiner sensibelsten Stelle. »Jetzt gibt es kein Zurück mehr, Pinselchen. Hast du verstanden? Ab jetzt gehörst du mir.«

Berauscht von meinen Empfindungen und den Worten, nickte ich bereitwillig. Er küsste meinen Hals, meine Brüste, meinen Bauch. Überall kribbelte es und ich stand in Flammen. Mit der Zunge fuhr er verheißungsvoll über meinen Venushügel und drückte sanft meine Beine auseinander. Ich wusste, was er vorhatte, und konnte es kaum erwarten. Fordernd schob ich ihm meine Hüfte entgegen. Ein leiser Schrei entfuhr mir, als er mit seiner Zunge über meine Perle leckte. Zart und weich neckte er mich, biss zärtlich hinein. Ich hielt es kaum aus. Vor Verlangen begann ich, unkontrolliert zu zittern.

»Chris, lass mich nicht betteln. Ich will dich in mir.«

Ein anzügliches Grinsen lag auf seinen Lippen, als er sich wieder aufrichtete.

»Bist du sicher, Pinselchen? Ich kann dann nicht mehr aufhören.«

Während er redete, rieb sein Daumen über meine Klitoris, und es war mir unmöglich, etwas zu antworten. Ich brachte gerade mal ein leichtes Nicken zustande und registrierte, dass er sich den Bund seiner Boxershorts runterzog. Schnell öffnete er die Schublade neben dem Geschirrspüler und zauberte ein Kondom hervor. Wo hatte er die nur überall versteckt?!

»Gott! Du hast keine Ahnung, wie lange ich das schon tun will«, sagte er rau, riss die Packung auf und streifte sich das Kondom über. Er hielt noch einmal inne, bevor er mit einem einzigen Stoß kraftvoll und tief in mich hineinstieß. Fast hätte ich vor Überraschung aufgeschrien. Er füllte mich vollständig aus. Er gab mir Zeit, mich an ihn zu gewöhnen.

»Alles okay, Pinselchen?«

Ich nickte voller Erwartung und mit klopfendem Herzen.

»Heilige Scheiße, Joy, du fühlst dich fantastisch an!« Er warf den Kopf in den Nacken und als ich anfing, leicht mit meinem Becken zu kreisen, sog er scharf die Luft ein. »Wenn du nicht willst, dass ich sofort komme, dann tu das nicht.«

»Bitte, Chris«, flehte ich noch einmal. Es gefiel ihm, mich betteln zu hören. Sein schiefes Grinsen verschwand und sein Blick wurde dunkel. Ein Schauer fuhr mir den Rücken hinunter und dann begann er sich endlich in mir zu bewegen – schnell, hart und kompromisslos. Es war ein unglaubliches Gefühl, in diesem Moment ihm zu gehören. Süße Wellen fegten über meinen Körper hinweg und ließen mich völlig wegtreten.

»Baby, das ist Wahnsinn«, stöhnte er, trieb mich, bis ich mich aufbäumte und nach Erlösung sehnte. Meine Nägel krallten sich fest in seine Schultern. Er warf den Kopf in den Nacken und knurrte laut, als der Tsunami über uns hinwegfegte und uns in den Himmel katapultierte.

Sein Kopf lehnte an meiner Schulter. Atemlos und eng umschlungen, hielten wir uns in den Armen. Ich spürte ihn immer noch in mir und wollte nicht, dass dieser Moment endete.

Meine Stirn lag an seiner Halsbeuge, sein Duft strömte mir in die Nase und hüllte mich in einen Dunst aus Zuneigung ein.

Er löste sich ein wenig von mir. »Alles okay?«

»Ja«, flüsterte ich, immer noch überwältigt. Er wollte sich von mir lösen, doch ich hielt ihn zurück. Wir sahen uns an. Er verstand, dass der Akt zwar vorbei war, er sich aber noch nicht aus mir zurückziehen sollte. Einen kurzen Augenblick glaubte ich, er würde sich nicht darauf einlassen. Doch schweigsam hob er mich von der Arbeitsplatte und ließ sich auf den Fliesenboden nieder, sodass ich rittlings auf ihm saß. Er sah mich an und strich mir eine verirrte Haarsträhne aus dem Gesicht. Es war eine liebevolle Geste, die mir unter die Haut ging. Ich spürte ihn wieder hart in mir, was mir ein Grinsen entlockte. Er schien unersättlich zu sein. Mein Lächeln erstarb, als sich ein ernster Zug auf seinen Mund legte.

»Ich weiß, dass du mehr willst, Joy, aber ich weiß nicht, ob ich dir das geben kann. Wenn sie das herausfinden, bin ich meinen Job endgültig los.«

»Wie meinst du das? Liegt es an deinem Job oder an ... ihr?«

Er überlegte. »Beides.«

»Was hältst du dann von einem Deal?«

Er runzelte die Stirn. »Einen Deal?«

»Es bleibt unser Geheimnis und wir sehen einfach, was daraus wird. Deine Aufgabe ist es, nett zu mir zu sein und deine Empfindungen, egal welche, zuzulassen.«

Parker schien mir nicht ganz zu trauen, war aber neugierig und liebte Herausforderungen, das sah ich ihm an der Nasenspitze an. Um die Entscheidung zu meinen Gunsten voranzutreiben, wiegte ich die Hüften in einem langsamen Rhythmus. Mit den Händen fuhr ich zärtlich über seine Brust und grinste, während er die Augen schloss und leise die Luft einsog.

»Du machst es mir wirklich nicht leicht, Pinselchen.« Verlangen loderte erneut in seinen Augen auf, als er diese wieder öffnete. »Abgemacht, aber du musst nachsichtig mit mir sein, was die Sache mit dem Herz betrifft. Und erwarte nicht zu viel von mir.«

Ein breites Grinsen huschte über mein Gesicht.

»Einverstanden.«

Kapitel 16

Nach den Ereignissen der Nacht putzte ich noch einmal gründlich die Küche, bevor ich duschen ging und mich dann zurück zu Holly ins Bett schlich. In mir sprudelte ein neues, unbekanntes Gefühl; leicht, beschwingt und intensiv. Trotzdem – oder vielleicht auch gerade deswegen – fiel ich in einen tiefen Schlaf, kaum dass mein Kopf das Kissen berührte.

»Hey, du Schlafmütze, wach auf! Warum schläfst du denn heute so lange? Bist du krank?«

Holly hüpfte auf meinem Bett, sodass ich aus dem Schlaf gerüttelt wurde. Ich streckte mich und gähnte laut, dabei spürte ich meine schmerzenden Muskeln.

»Gibt es denn Frühstück?«, brummte ich verschlafen.

»Frühstück? Wir haben schon bald Mittag.« Mit einem letzten Hopser ließ sie sich auf die Matratze plumpsen und kicherte japsend. »Chris hat gesagt, ich soll dich wecken, weil er reden will.«

Sofort war ich hellwach. Hatte er es sich vielleicht anders überlegt, jetzt, nachdem wir Sex gehabt hatten? Bei dem Gedanken wurde mir flau im Magen. Ich schwang meine Beine aus dem Bett und huschte ins Badezimmer.

»Sag ihm, ich komme gleich runter«, rief ich Holly mit der Zahnbürste im Mund zu.

Voller böser Vorahnungen betrat ich mit noch feuchtem Haar und flatterndem Magen die Küche. Logan, mein Vater und Parker saßen am Tisch und unterbrachen ihr Gespräch, als ich hereinkam. Holly hatte es sich bei Parker auf dem Schoss gemütlich gemacht. Kleine Heuchlerin!

»Guten Morgen«, sagte ich mit leicht unsicherem Ton und steuerte die Kaffeemaschine an. Die Herren wünschten mir ebenfalls einen guten Morgen, nur Parkers Stimme vernahm ich nicht. Er hatte mich noch nicht einmal angesehen. Meine Wangen glühten vor Aufregung. Hatte er mich letzte Nacht nur ausgenutzt?

Ich setzte mich zu ihnen und schaute ihn endlich an. Er verzog keine Miene, sah ernst in seinen Kaffeebecher.

»Schön, dann sind wir ja vollzählig. Logan und ich hatten heute Morgen ein längeres Gespräch und haben uns beraten. Es geht um das Helfertreffen und um das *Bar-B-Que* in Virginia. Es ist wichtig, dass wir nicht unnötig auffallen. Genau das würden wir tun, wenn wir als Familie nicht an den kulturellen Feiern, zu denen wir sogar eingeladen wurden, teilnehmen. Deshalb werden Joy und ich heute Abend zum Helfertreffen gehen und beim *Bar-B-Que* auch Holly mitnehmen.«

»Nein! Das kommt überhaupt nicht infrage«, widersprach mein Vater sofort. »Ich will nicht, dass meine Mädchen zur Zielscheibe werden.«

Kurz warf mir Parker einen Blick zu. Warum tat er das jetzt auf einmal? Versuchte er mir zu zeigen, dass er sich Mühe gab? Wollte er beweisen, dass es ihm ernst war mit unserem Abkommen?

»Davon kann keine Rede sein, Mr. Brown. Es geht lediglich darum, bei den Anwohnern nicht Thema zu sein und aufzufallen. Es gibt viele Familien, die hier Urlaub machen, das ist nichts Ungewöhnliches. Wenn wir fernbleiben, wird vielleicht über uns geredet, und das ist auffällig«, erklärte Logan und brachte meinen Vater damit zum Nachdenken.

»Ich kann Ihre Bedenken verstehen, Sir. Unser Entschluss steht jedoch fest.«

Mürrisch schwieg Dad, aber ich wusste genau, dass es in ihm brodelte. Er hatte es noch nie leiden können, wenn jemand über seinen Kopf hinweg Entscheidungen über uns Mädchen traf.

»Außerdem haben wir einen Arzttermin mit Holly.«

»Wir können zu einem Arzt? Wann?«, fragte ich erstaunt.

»Morgen Vormittag. Parker hat bei Bennet ein wenig Druck gemacht. Ich begleite euch«, sagte Logan und lächelte meiner Schwester zu. »Du hast doch keine Angst, oder?«

»Nee, ich war schon bei so vielen Ärzten. Manchmal darf ich mir am Ende ein kleines Spielzeug aussuchen«, erzählte sie und ihre Augen strahlten vor Vorfreude.

Ich war beeindruckt. Endlich konnte Hollys Kontrolluntersuchung stattfinden. Dort würde sie jemand durchchecken und uns sagen können, ob sie die letzte Infektion ohne Folgen überstanden hatte. Erleichtert nickte ich und blickte dankbar zu Parker. Als er dann zurücklächelte und mir dabei ganz leicht zuzwinkerte, flatterten meine Schmetterlinge um die Wette und meine Welt war wieder halbwegs in Ordnung – zumindest vorerst.

Den ganzen Tag war ich müde und der Muskelkater machte deutlich, dass ich definitiv zu wenig Sport trieb. Ich zog es vor, mit Holly im Garten zu sitzen und zu zeichnen. Endlich war der Himmel einmal bewölkt und die Sonne hatte keine Chance, durch die dicke Wolkendecke hindurch zu scheinen.

Parker und Logan gingen ihren täglichen Routinearbeiten nach und mein Vater hatte es sich auf der Terrasse in einem Liegestuhl bequem gemacht. Ich war froh, dass Holly und ich etwas abseits von ihm auf der Wiese saßen. Er sah uns beim Malen und Zeichnen zu, was mich störte.

»Warum blinkt das Ding an Daddys Fuß eigentlich?«

Ich sah auf und folgte Hollys Blick. Sein Hosenbein war ein wenig hochgerutscht und gab das schwarze, leuchtende Metall frei.

»Das rote Lämpchen bedeutet, dass ...« Eigentlich war es nicht fair, dass ich meiner Schwester erklären musste, warum unser Vater eine Fußfessel trug. »Das ist, falls Daddy sich verläuft. Damit kann die Polizei ihn leichter finden.« Das war nicht die allerbeste Erklärung, aber zumindest war es eine.

»Das ist ja eine tolle Idee«, rief sie begeistert aus. »Sowas hätte ich auch gern, dann würde ich mich nie verlaufen.«

»Du bist doch auch nie allein unterwegs, Keks. Sowas brauchst du auf keinen Fall.«

»Aber wenn, dann wäre so ein Ring echt super. Ich würde mir ihn dann in Rosa aussuchen.«

Ich lachte laut auf. »In Rosa? Dann will ich aber auch einen in Rosa und mit kleinen Sternen drauf.«

Wir kicherten und alberten weiter. Parker stand am Salonfenster. Als ich ihn entdeckte, winkte er mich zu sich. »Ich bin gleich wieder da, Keks.« Ich stand auf und ging hinein. An der Tür blieb ich stehen. Er sah so verändert aus. Sein Haar war kurzgeschnitten!

»Was hast du gemacht?«

Fragend sah er mich an.

»Dein Haar! Du hast es schneiden lassen?«

»Ach so, ja.« Er ging zum Sofa.

»Wieso?«

Ich musste zugeben, dass er jetzt noch besser aussah. Der Kurzhaarschnitt betonte seine breiten Schultern und seinen Hals. Er wirkte noch männlicher und sportlicher. Ich trat näher und betrachtete ihn von allen Seiten. Es gefiel mir, sehr sogar.

»Nachdem ihr mich die ganze Zeit aufgezogen habt, dachte ich, runter damit. Außerdem ging mir die ewige Kämmerei auf die Nerven. Dein Keks hat mich schon mit einer Puppe verwechselt und wollte mir ständig Zöpfe flechten.«

Ich kicherte. »Ihr ist eben langweilig und du bist eine gute Ablenkung.«

»Eben. Deshalb habe ich deiner Schwester ein paar Sachen mitgebracht. Meinst du, das wäre etwas für sie?« Er deutete auf das Sofa. Erst jetzt entdeckte ich die Päckchen, die verstreut darauf lagen.

»Was ist denn das alles?«

»Ein paar Spielsachen für Holly.«

Verwundert sah ich von ihm zum Sofa. Spielzeug? Mein Blick wanderte über die bunten Kartons. Ein Tierpuzzle, eine Puppe und ein paar passende Puppenkleider, sogar ein kleines Teeservice, drei Bücher, darunter ein neues Malbuch mit Buntstiften, und ein Gesellschaftsspiel.

»Wow! Sie wird sich riesig freuen! Das ist ja wie Weihnachten und Geburtstag zusammen!«

»Meinst du?« Unsicher betrachtete er die Geschenke. »Du hast gesagt, sie hat nur ihr Schaf und das Malbuch. Ich wusste nicht, mit was sie sonst gern spielt, und die Verkäuferin meinte, mit dieser Auswahl würde ich nichts falsch machen.«

»Ich glaube, die Verkäuferin hat das Tagesgeschäft ihres Lebens gemacht.« Wieder ein Beweis dafür, dass er ein großes Herz hatte und gar nicht so raubeinig war, wie er immer tat.

»Holly wird ausflippen, garantiert. Ruf sie.«

Er ging um das Sofa herum, warf einen kurzen Blick zur Terrassentür und zog mich schnell an sich. »Für dich habe ich auch etwas, aber das bekommst du später.« Er küsste mich und drückte mich fest an sich. Seine Zunge schlich sich in meinen Mund und spielte. Prompt fuhr mir ein Schauer über den Rücken und ließ mich leise aufstöhnen.

»Joy?« Die Terrassentür wurde geöffnet und wir schnellten auseinander. Holly betrat den Salon, hatte aber zum Glück nicht gesehen, was Parker und ich gerade getrieben hatten. »Ich habe Hunger!«

»Ich mach dir gleich was, Keks.« Ertappt fuhr ich mir durchs Haar.

»Hey, ich habe gehört, dass sich Mr. Moppy manchmal langweilt«, sagte Parker und beugte sich zu ihr hinunter.

Holly seufzte und verdrehte die Augen. »Du sagst immer Moppy. Er heißt aber Mr. Floppy.«

»Verzeih mir. Ich meinte natürlich Floppy. Ich kann mir den Namen einfach nicht merken.«

»Es ist ganz leicht, einfach Floppy!«

»Okay, jedenfalls war ich heute in einem Spielzeuggeschäft.«

»Hast du dir was zum Spielen gekauft?«

»Oh ja, mehrere Sachen«, spielte Parker mit. »Und ich brauche deinen Rat, weil ich nicht weiß, welche Spielsachen ich behalten soll. Schau mal.« Er nickte Richtung Sofa und Holly bekam ganz große Augen. Sie ging zu den Päckchen und aus ihrem Mund kamen einige ›Ohhhs!‹ und ›Ahhhs!‹. »Guck mal, das ist sooo schön.« Sofort hatte sie die Puppe im Arm und sah sich die Kleider durch. Das Teeservice nahm sie gleich unter den anderen Arm und wollte, dass ich die Bücher und das Puzzle an mich nahm. »Das sind so schöne Sachen. Du musst sie alle behalten, Chris.« Sie kam aus dem Schwärmen gar nicht mehr raus. Sogar mein Vater war durch Hollys Gequietsche neugierig in den Salon gekommen.

»Schau mal, Daddy, was Chris sich gekauft hat.« Er runzelte die Stirn.

Parker grinste zufrieden und konnte den Blick gar nicht von Holly abwenden.

»Aber«, sie wandte sich zu ihm, »spielst du noch mit Spielsachen? Du bist doch viel zu alt dafür.« Es war zum Schreien komisch, als ihr endlich ein Licht aufging. Parker und ich brachen in schallendes Gelächter aus, nur mein Vater nicht. Irgendwas schien ihm nicht zu passen.

»Die Sachen sind für dich. Das ist ein Geschenk von allen Polizisten des FBIs. Damit dir nicht mehr langweilig ist.«

Scharf sog sie die Luft ein und ihr Blick wanderte zu mir. Ihr Mund stand offen und sie konnte ihr Glück kaum fassen. »Für mich? Etwa alles?« Sie war total überwältigt, hatte damit nicht gerechnet. »Mia! Das ist alles für mich!« Ihre Augen leuchteten und strahlten.

»Ja, Keks, ich weiß.«

Sorgfältig legte sie die Sachen zurück aufs Sofa und ging zu Parker. Sie winkte ihn zu sich herunter, als wollte sie ihm etwas ins Ohr flüstern. Plötzlich schlang sie ihre Ärmchen um seinen Hals und umarmte ihn. Er erwiderte ihre Umarmung und lächelte zufrieden.

»Kannst du allen Polizisten Danke sagen? Ich weiß gar nicht, wo die alle sind.«

»Mach ich.«

»Und der ist für dich.« Sie gab ihm einen Kuss auf die Wange.

Ich war verliebt in diesen Anblick. Zum einen, weil Parker meinen Keks glücklich gemacht hatte, und zum anderen, weil sie es geschafft hatte, das Herz des harten und starken Kerls im Sturm zu erobern.

***

Von Holly hörte ich den restlichen Nachmittag nichts mehr. Sie war längere Zeit im Salon beschäftigt und hatte sogar ihren Hunger völlig vergessen. Als ich sie zum Essen rief, nörgelte sie zwar, weil sie ihre Spielsachen nicht alleinlassen wollte, aber als ich ihr vorschlug, ihre Puppe mitzunehmen, war sie einverstanden.

»Das war nicht nötig. Ich bin durchaus in der Lage, für meine Töchter zu sorgen.« Mein Vater trank seinen Orangensaft und ich räumte gerade den Tisch ab. Die ganze Zeit über spürte ich, dass er verärgert war und Parker feindselig ansah.

»Ihre Konten wurden eingefroren, Sir. Ich wollte Ihrer Tochter nur eine Freude machen«, erwiderte Parker, verzog keine Miene und blickte ihm kalt entgegen. Inzwischen wusste ich, dass die beiden ein persönliches Problem miteinander hatten. Mir war nur noch nicht klar, warum.

»Das weiß ich!«, brüllte Dad plötzlich und donnerte mit seiner Faust auf die Tischplatte. Vor Schreck wäre mir beinahe der Kochtopf aus den Händen gefallen. Die beiden Männer funkelten sich böse an.

»Beruhigen Sie sich, Sir. Kein Grund, aggressiv zu werden.« Eine unheimliche Spannung knisterte in der Küche. »Wie wäre es mit einem Kartenspiel?«, versuchte Logan unsicher, Dad abzulenken, doch der sprang gar nicht darauf an.

Parker und Dad starrten sich hasserfüllt an. Sie stritten lautlos weiter. Es war verrückt, selbst Logan schien das zu spüren.

»Kommen Sie, Mr. Brown, es war nur ein Geschenk – mehr nicht.«

Wortlos verließ Dad die Küche. Parker fixierte einen Punkt am Boden und schien mit den Gedanken weit fort zu sein. Was auch zwischen ihnen war, langsam wurde ich nervös. Die Stimmung drohte jederzeit zu kippen. Obwohl ich Chris zugestehen musste, dass er sich Dad gegenüber relativ neutral verhielt, war es doch mein Vater, der ständig ausflippte.

»Musst du dich immer so mit ihm anlegen?« Logan fuhr sich aufgebracht durchs Haar. »Er flippt nur bei dir so aus. Wir brauchen ihn, Parker. Schon vergessen?«

»Es geht nicht um persönliche Differenzen, sondern um seine Ehre und vielleicht noch um ein paar andere Dinge.« Parker strich mit dem Finger über den Milchglasrand.

»Na prima! Wir sind von seiner Kooperation abhängig, also mach keinen Scheiß, Mann!«

Meines Erachtens hatte Dad ein Problem damit, dass nicht er es gewesen war, der Holly all die Geschenke gemacht hatte. Er war nur in seinem Stolz verletzt.

»Keine Panik! Ich habe alles unter Kontrolle. Überlass das Denken mir.« Parker rückte den Stuhl zurück und verließ ohne weiteren Kommentar die Küche.

»Tsss ... Das ist nicht zu fassen!« Logan schüttelte den Kopf. »Sorry, ich wollte nicht, dass du das mitbekommst.«

Ich legte das Geschirrtuch beiseite und setzte mich zu ihm an den Tisch.

»Es muss dir nicht leidtun. Das ist eine schwierige Situation ... für uns alle. Meinem Vater ist vielleicht jetzt bewusst geworden, dass er quasi mittellos und völlig vom FBI abhängig ist. Er kann es eben nicht verknusen, dass er im Augenblick nicht in der Lage ist, Holly Geschenke zu machen.«

»Ihm war das alles klar, bevor er sich stellte, Joy. Nein, das ist es nicht«, meinte er nachdenklich. »Chris war schon immer ein spezieller Typ.« Plötzlich sah er auf und kniff die Augen zusammen. »Sag mal, läuft da was zwischen euch?«

Mit hochroten Wangen hielt ich es am Tisch nicht mehr aus. Ich stand auf und räumte die Küche weiter auf. Was sollte ich jetzt sagen? Logan kannte Parker gut, und schon einmal hatte er mich gewarnt. »Was soll schon zwischen uns laufen?«

»Das wäre zumindest ein Punkt, der deinen Vater gegen Parker aufbringen könnte. Hör zu, Joy, die Sache ist zu groß, als dass wir wegen eines Sexabenteuers unseren wichtigsten Kronzeugen verlieren könnten. Parker kann sich keine weiteren Fehler erlauben und ich will meinen Partner noch eine Weile behalten.«

Verärgert verließ auch er die Küche und ließ mich mit einem schlechten Gewissen allein. Logan kannte seinen Partner gut. Er wusste es. Warum sonst hatte er versucht, mir nochmal ins Gedächtnis zu rufen, dass eine Affäre böse enden konnte?

Am Abend machten Parker und ich uns auf den Weg zum Helfertreffen. Auf der ganzen Fahrt belehrte er mich, wie ich mich zu verhalten hatte, welche Antworten ich geben sollte und was ich tun musste, falls ich irgendein Gesicht, das ich auf den Fotos gesehen hatte, erkennen sollte. Was das betraf, war ich entspannt, weil ich nicht glaubte, dass einer der Killer von Suárez oder der *Eminenz* dort auf uns wartete.

»Es wird schon schiefgehen«, versuchte ich, die Sache ein wenig runterzuspielen.

»Darum geht es nicht, Joy. Das *Bar-B-Que* ist ein großes Ereignis in dieser Gegend. Viele Menschen kommen von weit her, um zu feiern. *Die Eminenz* ist dafür bekannt, überall seine Leute zu haben, die ihn mit Informationen versorgen. Es muss nur jemand dein Gesicht oder das deines Vaters erkennen und schon sind wir aufgeflogen.«

»Wenn mein Dad der engste Vertraute der *Eminenz* war, weiß doch er am besten, wo sich seine Männer befinden, oder nicht?«

»Das stimmt, deshalb hat das FBI genau diesen Ort ausgesucht. Aber das bedeutet nicht, dass wir hier vollkommen sicher sind.«

»Verstehe.«

Er lenkte den Wagen über die Hauptstraße von Virginia und bog dann in eine kleine Seitenstraße ein. Vor uns tauchte das Schulgebäude auf. Die Turnhalle befand sich gleich nebenan. »Wir sind da. Denk an das, was ich dir gesagt habe, Pinselchen. Sei wachsam und pass auf, was du redest.«

»Ja, ja.« Ich verdrehte die Augen und stieg aus.

Von überallher kamen Leute und liefen zur Sporthalle. Parker sah sich zu allen Seiten sorgfältig um, bevor wir uns auf den Weg hinein machten. Sein finsteres Gesicht sprach Bände und allein sein Ausdruck würde die Menschen misstrauisch machen. Die Vorstellung, dass uns hier ein Killer auf den Fersen sein könnte, jagte mir eine Gänsehaut über den Rücken. Dennoch rang ich mir ein Lächeln ab, wenn Fremde uns zunickten. »Wie wäre es mit einem freundlicheren Gesicht? Man könnte meinen, du gehst zu deiner Henkersmahlzeit.« Er ignorierte meine Anspielung, nahm mich am Oberarm und führte mich in die Halle.

Es war keine sehr große Halle, zumindest war unsere in Pasadena um einiges größer. Im hinteren Teil war ein Podium mit einem Rednerpult aufgebaut. Ich erinnerte mich an meine Abschlussfeier vor ein paar Wochen. Wie erbärmlich ich mich gefühlt hatte, als ich zwischen den Stuhlreihen hindurch auf die Bühne geschritten war! Diesmal starrten mich die Leute nicht abfällig und verachtend an, sondern neugierig und freundlich. Ich musste zugeben, dass ich ein wenig nervös war. Zwischen all den Fremden konnte es gefährlich werden. Hinter jedem Gesicht könnte jemand stecken, der meinen Vater für immer zum Schweigen bringen wollte. Ein fürchterlicher Gedanke. Bevor ich hierhergebracht worden war, hatte ich nur Virginia, den Bundesstaat im Westen der USA, gekannt. Dieses Virginia war ein kleiner, verschlafener Ort, mit viel Landwirtschaft und friedlichen Leuten. Ich straffte die Schultern und schob die dunklen Gedanken beiseite.

»Hey, Joy! Chris! Hier!«, rief eine weibliche Stimme. Ich sah mich in der Menge vor dem Podium um und erkannte Anne, die uns zu sich winkte.

»Hey, schön, dass ihr gekommen seid.« Sie umarmte mich und Parker.

»Hi, danke für die Einladung.«

»Meine Mum muss ich euch ja nicht mehr vorstellen.« Pat umarmte mich ebenfalls und schüttelte Parker kurz die Hand.

»Das sind mein Dad Clark, meine Schwester Gabi und ... Wo ist denn Brad schon wieder hin?« Suchend sah sie sich um und zuckte mit den Schultern. »Den stell ich euch später vor.«

Clark Miller war ein großer, schlanker Mann mit grauem Haar und freundlichem Gesicht.

»Ich freue mich, euch kennenzulernen. Mike hat uns schon viel von euch erzählt.« Er schenkte mir ein warmes Lächeln, jedoch blieb mir nicht verborgen, wie er Parker mit einem merkwürdigen Blick musterte.

»So viel hat er nun auch wieder nicht erzählt«, unterbrach eine kleine Blondine mit kurzen Haaren Mr. Miller. »Hi, ich bin Gabi.« Die Millers schienen eine nette Familie zu sein. Normalerweise fühlte man sich bei solchen Vorstellungsszenarien meist unbehaglich, aber in diesem Fall empfand ich das überhaupt nicht so.

»Anne, sei so lieb und bring unseren Gästen etwas zu trinken. Wir haben eine leckere selbstgemachte Limonade«, sagte Pat, und schon war Anne unterwegs.

»Wo ist Mike?«, wollte ich wissen. Bisher hatte ich ihn noch nirgends entdecken können.

»Keine Ahnung, vor ein paar Minuten war er noch hier. Er wird schon auftauchen, Liebes.« Sie wandte sich an Parker. »Ich bin sehr froh, dass Sie heute Abend gekommen sind. Wir brauchen wirklich jede Hilfe, die wir kriegen können.«

»Kein Problem, wir helfen gern.«

»Sagen Sie, hat Mike nicht noch was von einem anderen Bruder erzählt?«, fragte Pat nicht ganz uneigennützig.

»Doch, ganz recht. Wir haben noch einen Bruder, Logan. Leider konnte er heute Abend nicht mitkommen. Unser Vater fühlt sich zur Zeit nicht wohl und er ist deshalb bei ihm und unserer Schwester geblieben.«

Pat nickte verständnisvoll. »Das ist bestimmt das Klima. Viele Leute haben mit diesen Temperaturen Schwierigkeiten.«

»Mike hat erzählt, Sie verbringen mit Ihrer Familie den ganzen Sommer hier in Virginia?«, fragte Mr. Miller, wurde aber von einem Mann im Anzug am Podium unterbrochen. »Oh, Bürgermeister O´Melly möchte beginnen. Ich hoffe, wir haben anschließend noch etwas Zeit. Bitte nehmt hier Platz.« Mr. Miller deutete auf die Stühle in der vordersten Reihe. Die Menge löste sich auf und ein allgemeines Stuhlrücken war in der Halle zu hören. Anne kam mit zwei Bechern Limonade zurück und drückte sie uns in die Hand. Sie setzte sich gleich neben Parker. Das Mikrofon piepte zweimal unangenehm in den Ohren, bevor der Bürgermeister zu sprechen begann und die Leute ihre Gespräche einstellten.

***

»Guten Abend, liebe Bürgerinnen und Bürger, Nachbarn und Freunde. Ich bin sehr froh, dass sich viele von euch die Zeit genommen haben, heute hier ...«

»Hi!«, flüsterte eine Stimme nahe meinem Ohr.

Mike und ein junger blonder Typ setzten sich leise.

»Hi!«, flüsterte ich zurück. Mike lächelte breit und nickte Parker zu. Er trug ein rotkariertes Hemd und eine Jeans, was ihm wirklich gut stand. Er sah aus wie ein Cowboy. Das neben ihm musste Brad sein. Er war deutlich jünger als Mike, aber ich erkannte ihn, weil er Mike sehr ähnlich sah.

»Ich hab gehofft, dass du kommst«, hauchte er mir ins Ohr.

»Ich freue mich auch.«

Wir richteten unsere Aufmerksamkeit auf den Bürgermeister. Seine monotone Rede war zum Einschlafen. Leises Getuschel raunte hinter mir. Endlich war er mit seinem allgemeinen Blabla und der Danksagung fertig und übergab Pat das Mikrofon.

»Danke, Frank.« Ein kleiner Applaus setzte ein. »Wie ihr alle wisst, fallen dieses Jahr bei unserem *Bar-B-Que* einige Helfer aus. Viele haben mit den unerträglichen Temperaturen zu kämpfen und die Leykers aus unserem Nachbardorf haben sich für die Meisterschaft qualifiziert. Das ist natürlich ein Grund zum Jubeln, aber gleichzeitig fehlen uns damit mehr als fünfzehn kräftige Männer, die sonst immer den Aufbau der einzelnen Buden übernommen haben. Außerdem brauchen wir Leute, die bei der Dekoration helfen, und wir haben noch jede Menge Platz für Kuchenspenden. Um nicht lange um den heißen Brei herumzureden: Wir haben Listen mit den verschiedenen Aktionen und ihr könnt euch gern in mehrere Kategorien eintragen. Wir sind für jede Unterstützung dankbar. Einige Damen haben heute den ganzen Tag den Kochlöffel geschwungen, damit euch die Entscheidung leichter fällt.« Gelächter brandete auf. »Deshalb greift zu und lasst es euch schmecken.«

Erneut klatschten alle, und man merkte anhand des euphorischen Applauses, wie beliebt Pat bei den Virginianern war. Die Leute ließen sich das nicht zweimal sagen und bildeten eine Schlange an den Tischen, auf denen die Listen auslagen.

»Entschuldige bitte die Verspätung. Das ist mein Bruder Brad und das mein bester Freund, Simon McKelly. Er ist der Hilfssheriff unserer Stadt«, erklärte Mike sichtlich stolz und klopfte dem mageren Simon auf die Schulter. Er trug eine dunkle Uniform und seine Waffe. Parker taxierte den Hilfssheriff genauso misstrauisch wie Mikes Bruder.

»Hi!« Brad und Simon schüttelten uns die Hände und ich war mir sicher, dass Mike ihnen etwas über Parker erzählt hatte. Sie musterten ihn eindringlich und es war ihnen anzusehen, dass sie ihn nicht unbedingt sympathisch fanden. Das schien auf Gegenseitigkeit zu beruhen.

»Und? Habt ihr euch schon für eine Liste entschieden?«, fragte Mike schnell, um der merkwürdigen Spannung, die zwischen den Männern entstand, aus dem Weg zu gehen.

»Noch nicht. Wir wollen uns die Aktionen erstmal ansehen«, sagte ich und suchte in Parkers Blick Unterstützung.

»Dann kommt mal mit, ich zeige sie euch.«

Wir folgten Mike zu den Tischen und ließen uns von Anne und ihm alles genau erklären. Als Mike allerdings von einem Thema ins nächste kam, waren Brad die Ausschweifungen seines Bruders wohl zu langweilig und er machte sich aus dem Staub. Simon nickte mir kurz zu und schlenderte ebenfalls durch die Halle. Ich konnte die beiden verstehen. Mike war in seinem Element und erklärte in jeder Einzelheit, wie man die Nägel richtig ins Holz schlug. Selbst Anne schien genervt.

»Ich denke, ich habe verstanden«, brummte Parker irgendwann und unterbrach Mike in seinen Erklärungen.

»Wenn du willst, kannst du dich in meine Gruppe eintragen«, meinte Anne. »Ich bin für die Dekoration der einzelnen Buden zuständig. Wir hängen bunte Girlanden und Lichterketten auf.«

»Gern.«

»Kannst du backen? Uns fehlen noch ein paar Kuchen, die man aus der Hand essen kann.«

»Du meinst sowas wie Muffins oder Cupcakes?«

»Genau«, rief sie begeistert.

»Also, mein Bruder Chris macht die besten Cookies der Welt«, meinte ich schmunzelnd, was mir einen bitterbösen Blick von Parker einbrachte.

»Wirklich?« Anne bemerkte natürlich meine Anspielung nicht – Wie sollte sie auch? – aber Parker wusste genau, wovon ich sprach. »Würdest du welche für uns machen?«

Er war total überrumpelt.

»Du backst?«, zog ihn Mike auf und kicherte wie ein Schuljunge. Parker überhörte Mikes belustigten Unterton und biss die Zähne zusammen, sodass ich sie deutlich mahlen sah. »Tja ... äh ... Ich weiß nicht. Wie viele braucht ihr denn?«

Parkers Augen blitzten mich an.

»So viele du machen kannst. Hauptsache sie sind so gut, wie deine Schwester behauptet.«

»Ich verspreche dir, Anne, es sind die Besten«, lachte ich.

»Wunderbar, dann bin ich sehr gespannt darauf.« Parker passte es überhaupt nicht, dass wir ihn zum Backen verdonnert hatten, aber etwas anderes schien seine Aufmerksamkeit erregt zu haben. »Entschuldigt mich bitte, bin gleich wieder da.« Sofort verging mir das Lachen und ein seltsames Gefühl machte sich in mir breit. Er schenkte mir kurz ein gequältes Lächeln und verschwand in der Menge.

Mike blickte Parker hinterher, wie er aus der Halle hinausging. »Ich bin sofort wieder bei euch, Mädels. Nicht weglaufen, ja?« Schon war auch Mike verschwunden. Was war denn nun los? Was hatte das zu bedeuten? Anne hakte sich bei mir unter. »Dein Bruder ist ein wirklich merkwürdiger Vogel, aber er sieht unverschämt gut aus«, schwärmte sie und führte mich zur anderen Seite der Halle, wo kleine Snacks bereitstanden.

»Das stimmt. Leider weiß er das auch.« Wo war Parker hingegangen? Hatte er etwa jemanden entdeckt? Unruhig drückte ich den Plastikbecher in meiner Hand.

»Hast du schon ein Kleid für das *Bar-B-Que*?«

Ich war so in Gedanken versunken, dass ich Annes Frage nur halb mitbekommen hatte. Waren wir in Gefahr? Hatte Parker jemanden gesehen? Wenn ja, hätte er mich doch nicht einfach hier stehengelassen, oder?

»Huhuuu! Erde an Joy!« Anne wedelte mit der Hand vor meinen Augen, bis sie wieder meine Aufmerksamkeit hatte.

»Entschuldige bitte, was hast du gesagt?«

Sie schüttelte grinsend den Kopf und schmunzelte versonnen. »Mein Bruder scheint dir ja gehörig den Kopf verdreht zu haben. Ich wollte wissen, ob du schon ein Kleid hast.«

»Ein Kleid?«

»Heiliger Bimbam! Du bist ja völlig hinüber. Natürlich fürs *Bar-B-Que*.«

»Äh, nein, noch nicht.«

»Dann geh zu meiner Tante. Sie hat eine Boutique mit tollen Sachen.«

»Mach ich. Entschuldige mich bitte.« Ich hielt diese Ungewissheit einfach nicht mehr länger aus und lief eilig durch die Menge. Es dämmerte bereits, als ich auf den Vorplatz kam. Ich sah mich um und plötzlich begann mein Herz wie wild zu klopfen. Ich musste zweimal hinsehen, um zu begreifen, was da auf dem Parkplatz vor sich ging. So schnell ich konnte, rannte ich zu unserem Auto. »Chris! Was tust du?«

Um Atem ringend, sah ich hilflos mit an, wie Mike und Parker sich prügelten. Parker schlug Mike mit der Faust ins Gesicht und in den Bauch. Mike krümmte sich vor Schmerzen, rappelte sich auf und verpasste ihm einen heftigen Kinnhaken. Parker kam ins Straucheln. Ein paar Schaulustige standen um die beiden herum und auch Simon entdeckte ich in der Menge. Wieso unternahm er nichts? Keiner hielt die beiden auf oder tat etwas, um den Kampf zu beenden.

»Hört auf!«, schrie ich außer mir. »Alle beide!« Was sollte ich tun? Ich bezweifelte, dass sie mich hörten. Hilflos sah ich mich um. Es kamen immer mehr Leute aus der Halle und ausgerechnet jetzt fiel Parkers Waffe zu Boden.

»Er hat 'ne Waffe!«, rief jemand.

»Parker, hör auf! Bitte«, kreischte ich verzweifelt, während er mehrere Treffer in Mikes Gesicht schmetterte und dieser sich kaum noch auf den Beinen halten konnte.

Eine Person kickte Parkers Pistole beiseite. Mike gab nicht auf. Wutentbrannt nahm er Anlauf und packte Chris. Beide fielen unsanft zu Boden. Die wilde Prügelei ging auf dem Asphalt weiter und Parkers Kopf schlug ein paarmal auf den harten Granitboden auf. Blut spritzte aus einer Wunde. Mir blieb fast das Herz stehen. Ehe Mike und Parker sich noch gegenseitig umbringen konnten, wurden sie von ein paar Männern endlich gepackt und auseinandergezerrt. Einige Männer bildeten einen Kreis um die Kämpfenden. Jetzt hatten wir die Aufmerksamkeit, die für uns so gefährlich war!

»Joy, was ist geschehen?« Atemlos standen Pat, Anne und Gabi plötzlich neben mir. Erst jetzt fiel unser Blick auf Brad, der verletzt an unserem Wagen lehnte. »Um Gottes willen! Was ist passiert?«

Sie gingen zu ihm. Parker war in der Zwischenzeit aufgestanden. Sein Hemd war zerrissen und sein Gesicht schwoll an. Er blutete am Kopf und an der Lippe. Er sah furchtbar aus.

»Was ist hier los?«

Bürgermeister O'Melly kam als letzter angerannt, doch niemand beachtete ihn. Simon und ein paar Männer brachten Mike fort und Parker wurde immer noch festgehalten, doch er wehrte sich. Pat wechselte einen vielsagenden Blick mit ihrem Mann und wandte sich dann Parker zu.

»Es reicht!«, fuhr sie ihn an und baute sich mutig vor ihm auf. »Jetzt sind Sie wirklich zu weit gegangen, Parker. So läuft das bei uns nicht!«

»Da, wo ich herkomme, schon«, brummte Chris.

Ihr Blick huschte zur Waffe, die auf dem Boden lag.

»Wir werden sehen! Bringt die beiden zu uns«, befahl sie den Männern, die ihn festhielten, hob die Pistole auf und steckte sie ein.

»Und das Mädchen?«, wollte einer der Männer wissen.

Pat drehte sich zu mir. »Sie auch!«

Was wurde hier gespielt? Misstrauen machte sich in mir breit. Noch bevor ich registrierte, dass hier etwas gewaltig schieflief, wurde ich auch schon grob von zwei Typen an den Armen gepackt und zu einem Wagen gebracht. Die Art, wie Pat redete und plötzlich Befehle erteilte, ließ in mir den Verdacht laut werden, dass die Millers vielleicht mehr waren als nur eine normale Familie. Und wieso hörten dieser Hilfssheriff und die anderen Männer auf ihre Anweisungen? Hatte ich mich so in ihnen getäuscht? Gehörten die Millers zur Mafia? Meine Gedanken spielten verrückt.

»Und ihr geht wieder rein, Leute! Ich weiß, dass sich einige von euch noch in keine Liste eingetragen haben«, versuchte Pat zu scherzen. Sie trieb die Menge Richtung Halle zurück.

Parker und ich wurden in einen Wagen gezwängt. Wir hatten keine andere Wahl. Wir waren ihnen ausgeliefert. Parker sah furchtbar aus, sein linkes Auge schwoll an und ich befürchtete, dass er in wenigen Minuten nichts mehr sehen würde, wenn er es nicht kühlte. Aus seinem Mundwinkel lief Blut, genau wie aus einer Wunde an seiner Schläfe. Ängstlich versuchte ich, in seinem Gesicht zu lesen, aber seine Miene konnte ich nicht deuten. Verbissen starrte er vor sich hin. Gehörte Mikes Familie zu unseren Feinden? Mein Körper zitterte vor Angst.

Wir fuhren nur wenige Meter, bogen in eine Seitenstraße und hielten vor einem großen Haus. Als wir ausstiegen, wartete bereits Mr. Miller am Eingang seines Hauses. Er wies die Männer an, Parker hineinzubringen. Düster blickte er auf mich herab und ich fragte mich, was mit uns geschehen würde. Ich sah mich um. Zum Davonlaufen war es bereits zu spät.

Das Haus war alt, aber liebevoll restauriert. Die Fensterläden waren frisch gestrichen und überall hingen Blumenkästen. Neben dem Haus befand sich die Werkstatt, auf deren Hof mehrere Autos standen. Eigentlich völlig unauffällig, sogar ganz nett, aber der Schein konnte trügen.

»Komm rein, Joy. Ich glaube, wir sollten uns mal unterhalten.«

Kapitel 17

Mit weichen Knien und einem grummelnden Magen betrat ich das Haus der Millers. Es war ein schönes Heim. Überall hingen Familienfotos an den Wänden und frische Schnittblumen standen in dem offenen Eingangsbereich auf einem Schränkchen. Ich folgte Mr. Miller in ein angrenzendes Zimmer, das sich als Büro entpuppte. Ein ausladender Schreibtisch, auf dem sich Unterlagen und Papiere stapelten, stand mitten im Raum. Es gab überladene Regale mit kleinen Miniaturautos, weitere Fotos von Mike, Brad und seinen Töchtern im Kindesalter standen verteilt auf einigen Schränken und Vitrinen.

»Setz dich. Möchtest du etwas trinken?«, fragte Mr. Miller freundlich.

»Nein, danke.«

Ich war total nervös, nestelte mit den Fingern. Hatten sie etwas mit der Sache meines Vaters zu tun? Sofort dachte ich an Holly. Ging es ihr gut? War sie in Sicherheit? Tausend Gedanken rasten durch mein Hirn und ich unterdrückte die Panik, die sich unaufhaltsam in meine Brust schlich. Mr. Miller schloss sorgfältig die Tür und ich kam mir wie eine gefangene Maus vor. Langsam ging er um seinen Schreibtisch herum und setzte sich.

»Wo haben Sie Chris hingebracht?« Meine Stimme zitterte.

Mr. Miller betrachtete mich aufmerksam.

»Es geht ihm gut, keine Sorge.« Er faltete seine Hände und sah mich bedächtig an.

»Was wollen Sie von uns?« Meine Stimme klang unsicher.

»Es ist normalerweise nicht unsere Art, uns in Familienangelegenheiten einzumischen, aber in diesem Fall sahen wir keine andere Möglichkeit. Unser Sohn Mike hat uns alles erzählt, Joy. Du brauchst keine Angst zu haben. Wir wollen dir helfen.«

Ich runzelte die Stirn. Mir helfen? »Ich verstehe nicht.«

»Du weißt, wovon ich spreche, und es gibt keinen Grund, dich zu schämen.«

Fieberhaft versuchte ich, aus seinen Worten schlau zu werden. Ehrlich gesagt, verstand ich nur Bahnhof.

»Ich weiß es wirklich nicht, Mr. Miller.«

»Nun.« Er machte eine kleine Pause. »Es ist ganz offensichtlich, dass du unter einem, sagen wir ... gewissen Druck stehst. Es gibt viele Familien, in denen Gewalt an der Tagesordnung ist, sei es durch den Vater oder manchmal auch durch die eigenen Geschwister.«

So langsam ging mir ein Licht auf.

»Wir möchten dir helfen, Joy«, verstärkte Mr. Miller seine Absicht.

Mir fehlten die Worte. Sie glaubten tatsächlich, dass Parker, mein Bruder, mich schlug, vielleicht sogar misshandelte. Zugegeben, er hatte sich vor Mike etwas besitzergreifend und eigenartig aufgeführt und ihm deutlich zu verstehen gegeben, dass er ihn nicht mochte, aber seine Anschuldigung war einfach nur lächerlich. Es ärgerte mich, weil Mike mir wohl kein Wort geglaubt hatte, als ich seine Vermutung verneint hatte.

»Mein Sohn hat ein großes Interesse an dir, deshalb will er dir helfen, Joy. Wir können dich da rausholen und auch deine Schwester. Es liegt nur an dir.«

Erleichterung durchströmte mich. War unsere Tarnung nicht aufgeflogen? Ahnte niemand, wer wir wirklich waren? Sie glaubten tatsächlich, dass ich bei Chris in Gefahr war. Fast hätte ich laut aufgelacht. Das war einfach unglaublich. Doch als ich die Entschlossenheit in Mr. Millers Gesicht sah, wusste ich, wie ernst es ihm war. Wie kamen wir aus dem Schlamassel wieder raus? Jede Behörde, die die Millers einschalteten, würde schnell herausfinden, dass mit uns etwas nicht stimmte.

Die Tür wurde geöffnet und Pat streckte ihren Kopf herein, noch bevor ich etwas sagen konnte.

»Clark, kommst du bitte? Es gibt Probleme.«

Mr. Miller erhob sich von seinem Sessel. »Was ist los?«

Unruhig war auch ich aufgestanden.

»Das wirst du gleich erfahren.« Pat nickte ihrem Mann zu, dann wandte sie sich an mich und plötzlich verschwand der harte Ausdruck um ihre Augen. »Komm mit, Kindchen. Ich denke, ein Glas Eistee könntest du jetzt ganz gut gebrauchen. Du siehst völlig verschreckt aus. Ist alles in Ordnung mit dir?«

Mütterlich legte sie ihren Arm um meine Schulter und führte mich ins Wohnzimmer. Parker saß mit einem Eisbeutel und mehreren Streifen Pflaster im Gesicht auf einem Stuhl im Wohnzimmer und ließ sich von Anne verarzten. Gleich daneben in einem Sessel saß Mike mit einem grimmigen Gesicht. Er hielt sich ebenfalls einen Eisbeutel ans Kinn. Brad, der viel weniger Verletzungen davongetragen hatte, lehnte am Wohnzimmerschrank. Ansonsten waren noch der Sheriff, Gabi und Moni anwesend. Mr. Miller überkreuzte die Arme, als er den Blick über das kleine Lazarett in seinem Wohnzimmer schweifen ließ.

»Was ist los? Mike?«

Mike wich mir aus. Er ignorierte mich sogar. Kurz sah er zu seiner Mutter, die ihn mit einem Nicken ermutigte, endlich den Mund aufzumachen. Er machte ein ziemlich düsteres Gesicht.

»Tja, ich versteh einfach nicht, warum du jetzt einen Wirbel darum machst, Mum.«

»Mike!«, tadelte sie ihn scharf.

»Na gut, na gut! Aber ich habe das nur getan, weil ich ihr helfen wollte. Es ist offensichtlich, dass sie dringend Hilfe braucht. Also, ich habe Brad vor der Versammlung gebeten, sich im Auto dieses Schlägers umzusehen.« Er machte eine flapsige Kopfbewegung Richtung Parker, der still und grimmig vor sich hinstierte. »Brad sollte eine Miniwanze im Inneren anbringen, während ich ihn ablenken würde.«

»Was?« , entfuhr es mir, und auch Mr. Miller glaubte, sich verhört zu haben.

»Leider kam ich nicht schnell genug aus der Turnhalle, um Brad vor ihm zu warnen. Als ich zum Parkplatz kam, prügelte dieser Verrückte schon auf ihn ein. Das konnte ich doch nicht zulassen.«

»Du hast was getan?« Mr. Miller war entsetzt.

»Was hätten wir denn tun sollen? Wie sonst hätten wir herausfinden können, was mit dem Kerl nicht stimmt?«

Parker lachte verächtlich. »Was soll mit mir schon nicht stimmen? Ich will nur, dass du deine Griffel von meiner Schwester lässt. Das ist alles«, erklärte er zornig.

»Jetzt mal langsam«, mischte Pat sich ein. »Du hast Brad den Auftrag gegeben, das Auto aufzubrechen, um eine Wanze einzubauen? Ja, bist du denn von allen guten Geistern verlassen? Das ist illegal, Mike!«

Ich war genauso fassungslos. Abgesehen davon, dass die beiden sich heftig geprügelt hatten, hatte Mike seinen jüngeren Bruder zu einer Straftat angestiftet. Die Ernüchterung war wie ein Schlag ins Gesicht. Ich hatte Mike als einen harmlosen, netten Kleinstadtkerl eingeschätzt, mit großem Hang zu Familie und Tradition. Treuherzig, fleißig – eben so, wie man es von einem jungen Mann auf dem Land erwartete.

Nachdem die Wahrheit raus war, schaffte er es, mich anzusehen. »Es ... tut mir leid, Joy. Ich ... wollte dir helfen. Du hast mich so ängstlich angesehen, wenn er in deiner Nähe war, da musste ich einfach handeln.«

Ich war wütend. »Indem du dich so verhältst? Was gibt dir das Recht? Du kennst weder mich noch meinen Bruder. Wie kommst du nur auf die Idee, er könnte mir wehtun?«

»Ja, das würde mich auch interessieren«, meinte Parker sarkastisch.

Mike schwieg und starrte Chris finster an.

»Wo hast du eigentlich dieses Ding zum Abhören her?«, wollte Mr. Miller wissen, und sein Blick wanderte nach ein paar Sekunden zu Simon, der hinter Mikes Sessel stand. Schuldbewusst zog dieser seine Schultern ein, ging einen Schritt rückwärts und wusste nicht, wo er hinschauen sollte.

»Das spielt doch jetzt keine Rolle mehr, Dad«, beschwichtigte Mike seinen Vater und winkte ab. Es war klar, dass er seinen Kumpel schützen wollte.

Mr. Miller blickte verärgert von Simon zu seinem Sohn. Ich hatte keine Lust, weiter bei dem Familienstreit dabei zu sein. Ich wollte einfach nur so schnell wie möglich hier raus. Unendlich froh, dass die Millers nicht zur Mafia gehörten und auch nicht herausgefunden hatten, wer wir wirklich waren, funkte ich dazwischen. »Lass uns nach Hause gehen, Chris. Ich denke, wir sind hier fertig.« Alle im Raum sahen mir deutlich an, wie enttäuscht und verletzt ich war. Mitleidige Blicke flogen mir entgegen.

»Du hast noch nicht mal deinen Eistee getrunken, Liebes. Und ehrlich gesagt, wäre mir wohler, wenn sich ein Arzt die Verletzungen deines Bruders ansehen würde«, meinte Pat sorgenvoll. Ihr war die ganze Sache sehr unangenehm, das spürte ich.

»Mir geht es gut«, mischte sich Parker ein und erhob sich ein wenig schwerfällig. Er legte den Eisbeutel auf den Tisch und lief aus dem Wohnzimmer. Pat warf ihrem Sohn noch einen wütenden Blick zu und folgte uns. Beim Hinauslaufen hörte ich, wie die Familie zu diskutieren begann.

Draußen angekommen, schlug uns die heiße Abendluft entgegen. Parker stützend, lief ich die wenigen Stufen hinunter.

»Wir können euch zur Halle zurückfahren, Joy«, rief Pat uns nach.

»Nicht nötig. Wir schaffen das schon.« Parker wandte sich noch einmal zu ihr um. »Meine Waffe!«, forderte er tonlos.

Kommentarlos ging sie hinein und kam kurze Zeit später mit seinem Baby wieder heraus. Parker steckte sie sich in den Hosenbund und verdeckte sie mit seinem T-Shirt. Wir machten uns auf den Weg, ohne uns noch einmal umzusehen. Ihr Blick bohrte sich in unsere Rücken, doch es gab nichts mehr zu sagen. Ob sie nun von seiner Unschuld überzeugt waren oder nicht, spielte keine Rolle. Ich war einfach nur froh, auf dem Nachhauseweg zu sein.

Schweigend gingen Parker und ich nebeneinander her. Er sah mitgenommen aus. Neben seinen Schmerzen war da noch etwas anderes. Etwas, das viel tiefer saß. Er wirkte nachdenklich, aufgewühlt, geradezu betroffen. Oder bildete ich mir das nur ein?

Wir waren noch nicht weit gelaufen, als Mike nach mir rief. »Joy! Joy, warte!«

»Du drehst dich jetzt nicht zu ihm um«, presste Parker gereizt hervor. Das hatte ich eigentlich auch nicht vorgehabt, aber meine Neugier war viel zu groß. Ich blieb stehen und nahm Parkers mürrisches Brummen in Kauf. Er humpelte weiter, ohne auf mich zu achten.

Als Mike mich eingeholt hatte, steckte er seine Hände in die Hosentaschen. Ich sah ihm an, wie leid es ihm tat. »Joy ... geh nicht einfach fort. Es tut mir leid, wirklich. Ich hätte das nicht tun dürfen, aber ... Was hätte ich denn machen sollen? Dein Bruder ist ein merkwürdiger Vogel und ich habe einfach nur rot gesehen.«

»Du musst mich nicht vor ihm beschützen, Mike. Wann bekommst du das endlich in deinen Schädel? Mein Bruder hat mich noch nie in irgendeiner Form geschlagen oder misshandelt. Niemand in meiner Familie tut so etwas. Wieso hat dir mein Wort nicht gereicht?«

Er trat von einem Bein aufs andere. »Weil ... es so viele Ungereimtheiten gibt. Wie erklärst du dir, dass die Registrierung eures Wagens nirgends auftaucht? Wieso trägt dein Bruder eine Waffe? Warum bist du so fixiert auf ihn? Was stimmt bei euch nicht? Egal, ob ich mich richtig oder falsch verhalten habe, ich spüre genau, dass es dir nicht gutgeht.«

Er hatte versucht, uns auszuspionieren. Das traf mich noch mehr als der versuchte Einbruch in Parkers Auto. Heiß und kalt lief es mir den Rücken hinab.

»Du spionierst mich aus? Herr Gott nochmal, Mike!« Schuldbewusst senkte er den Blick. »Ich bin dir keine Rechenschaft schuldig, aber damit du beruhigt bist: Der Wagen ist ein Mietwagen. Keine Ahnung, warum der Händler dort nicht aufgeführt wird. Da, wo ich herkomme, ist es nicht ungewöhnlich, eine Waffe bei sich zu tragen. Außerdem sind wir Fremde hier und Chris ist ein vorsichtiger Mensch. Aber soll ich dir sagen, was ich wirklich am schlimmsten finde? Dein Misstrauen. Ich dachte, wir wären Freunde! Ich dachte, du wärst nett!« Ich wandte mich von ihm ab. »Lass mich einfach in Ruhe, okay?« Genervt und ein wenig in Rage geredet, drehte ich mich um und beeilte mich, Parker einzuholen.

***

Logan und mein Vater fielen aus allen Wolken, als wir zu Hause ankamen. Parker riss sich zwar zusammen und markierte mal wieder den starken Mann, aber ich wusste, dass er sich mindestens eine Gehirnerschütterung, mehrere Prellungen und jede Menge Schürfwunden zugezogen hatte. Nachdem wir ihnen alles erzählt hatten, entbrannte eine hitzige Diskussion, ob wir das *Safe House* nun verlassen mussten. Mein Vater konnte es natürlich nicht lassen und machte Parker große Vorwürfe. Der ließ sich von ihm nicht aus der Ruhe bringen und auch nicht provozieren – dafür bewunderte ich ihn.

Logan kontaktierte Bennet und für mehr als eine Stunde zogen sich die FBI-Agenten für das Telefonat im Salon zurück.

»Ich habe gewusst, dass das nicht gutgeht. Wir sind hier nur von Stümpern umgeben, Versagern. Allen voran dieser Parker. Der Kerl glaubt, er hätte alles unter Kontrolle. Ha! Es ist eine Frage der Zeit, bis Suárez seine Männer schickt«, wetterte Dad und hörte gar nicht mehr damit auf.

Sollte er sich doch selbst zuhören. Ich ging hinauf in mein Zimmer und sah nach meiner Schwester. Als ich die Tür leise hinter mir schloss, empfing mich eine friedliche Stille, die ich tief einatmend in mir aufnahm. Holly schlummerte seelenruhig in meinem Bett. Ich war froh, dass sie von der ganzen Aufregung nichts mitbekam. Lautlos setzte ich mich zu ihr auf die Bettkante, strich ihr liebevoll eine Haarsträhne aus dem Gesicht und sah sie an.

Von den Millers hatten wir nichts zu befürchten. Sie hatten nichts mit der Sache zu tun. Als ich länger darüber nachdachte, fand ich Mikes Einsatz eigentlich nett. Er glaubte, dass ich in meiner Familie in Gefahr war, und hatte sich sogar mit Parker geprügelt, weil er in ihm einen Schläger sah. Nicht viele würden so weit gehen, um einem Mädchen, das in Schwierigkeiten steckte, zu helfen.

Ein paar Minuten später hörte ich meinen Vater mit Logan streiten und ging wieder hinunter.

»Beruhigen Sie sich«, ermahnte Logan ihn.

»Wie soll das gehen? Alles läuft schief, mein Plan wird scheitern.« Die Stimmung meines Vaters wurde zunehmend schlechter. Leise kroch die Angst in mir hoch, dass er wieder ausflippen könnte. Deshalb sagte ich nichts, ging in die Küche und nahm mir eine Wasserflasche aus dem Kühlschrank. Parker schleppte sich erschöpft auf einen Stuhl.

»Und? Wann werden wir abgeholt?«, fragte Dad, kaum dass er die Küche betreten hatte.

»Niemand wird abgeholt«, erwiderte Parker angestrengt.

»Was? Wieso nicht? Wir müssen hier weg, und zwar schnell.«

»Bennet sieht durch die jüngsten Ereignisse keine Notwendigkeit.«

»Ist der wahnsinnig? Wieso habe ich mich mit solchen Dilettanten eingelassen?«, fluchte Dad und begann rastlos hin- und herzulaufen. Logan mischte sich ein.

»Mr. Brown, das Ganze war ein Missverständnis. Gut, wir haben ein bisschen zu viel Aufmerksamkeit bekommen, aber eine Prügelei ist in einem Dorf nichts Ungewöhnliches. Nur weil dieser Typ ein paar Dinge merkwürdig findet, heißt das nicht, dass wir alle Zelte hier abbrechen müssen. Ich denke auch, dass es, gerade ihren Töchtern zuliebe, besser ist, wenn wir hier ausharren.«

»Bennet wird uns zur Unterstützung zwei weitere Agenten schicken«, brachte Parker hervor.

»Und das soll mich beruhigen?« Jetzt wurde Dads Stimme schrill und ein giftiger Unterton lag darin. Dabei fand ich diese Entscheidung ganz okay.

»Wir haben einen Mann, der versucht hat, herumzuschnüffeln. Er hat nichts gegen uns in der Hand, selbst sein Freund, dieser Idiot von einem Hilfssheriff, wird nichts finden. Also, regen Sie sich ab, Brown.«

Mein Vater starrte Parker fassungslos an. Seine Brust hob und senkte sich aufgeregt, sogar seine Hände zitterten. »Ich verlange einen sofortigen Wechsel des Landes, sonst ...«

»Sonst was?«, knurrte Parker und sah zu ihm auf.

»... werde ich meine Aussage zurückziehen und unseren Deal platzen lassen!«

Eine unerwartete Stille herrschte in der Küche. Plötzlich schoss Parker von seinem Stuhl, packte meinen Vater am Kragen und stieß ihn hart gegen die Wand. Er zog seine Waffe und hielt sie ihm an die Schläfe. Erschrocken schrie ich auf und wich zu Logan aus.

»Ich habe es satt, Brown. Sie sind ein Strafgefangener des Staates Texas. Das FBI ist kein Wunschkonzert. Ich hätte wirklich gute Lust, Ihnen eine Kugel in Ihren verdammten Schädel zu pusten.«

»Parker! Hör auf«, brüllte Logan, doch der ignorierte ihn.

Mein Vater hielt den Atem an, sah Parker direkt in die Augen. Plötzlich deutete sich ein winziges Lächeln in seinen Mundwinkeln an.

»Nur zu, Junge, drück ab ... Dann bist du nicht besser als dein Vater.«

Parkers Muskeln spannten sich augenblicklich noch mehr an. An seinem Hals pulsierte seine Hauptschlagader und er atmete gepresst. Die Pistole klickte und ich sog scharf die Luft ein. Er hatte die Waffe entsichert und konnte jederzeit einen Schuss abfeuern. Gebannt und in innerer Panik, versuchte ich zu begreifen, was sich gerade abspielte.

Höhnisch lachte Dad auf. »Glaubst du wirklich, ich würde mich einfach so in eure dilettantischen Hände begeben? Ich habe meine Hausaufgaben gemacht. Ich weiß alles über dich. Gib es zu, du hast mich unterschätzt.«

»Steck die Waffe weg, Chris! Er ist es nicht wert«, brüllte Logan. »Er will dich nur aus der Ruhe bringen. Denk nach, Bro.«

»Hast du keinen Mumm in den Knochen, Junge?« Dad lachte zynisch auf. »Du bist genau wie er – feige und korrupt.«

»Was wissen Sie schon?«

Wieder lächelte Dad hinterhältig und sein Gesicht sah dabei so verändert aus – gruselig.

»Oh, ich weiß eine Menge. Zum Beispiel, dass dein Job beim FBI nur eine Tarnung ist. Oder sollte ich besser sagen, dass du deine Stellung bei Bennet nur ausnutzt? Ich weiß auch, dass du nur wegen des Geldes hinter meiner Tochter her bist. Reicht dir das oder brauchst du mehr Details?«

»Parker, wovon spricht er?«, platzte es aus Logan heraus. Genau das Gleiche hatte ich mich auch gerade gefragt.

»Halten Sie den Mund, Brown.« Chris schnaubte wütend.

»Die Wahrheit ist, ich habe dich im Auge, Junge. Egal, was du tust«, flüsterte Dad laut genug, dass wir es hören konnten. Was sollte das schon wieder? Worum ging es überhaupt? Sekunden vergingen, in denen Parker ihn fixierte.

Geld? Ich erinnerte mich, da war dieses Gespräch, dass ich belauscht hatte, als Parker sich meine Zeichnung von sich angesehen hatte.

»Ich kann nicht so laut sprechen ... Nein, bisher habe ich keine Spur von den Millionen, aber ich bleibe dran. Wenn sie etwas weiß, werde ich es schon herausfinden, verlassen Sie sich darauf. ... Sie ist zwar nicht gerade ... Sagen wir so, sie macht mir das Leben ein wenig schwer und ich muss vorsichtig sein, damit sie keinen Verdacht schöpft. ... Ja, wir werden sehen. ... Nein, ihr Vater wiederholt immer wieder nur seine bisherige Aussage. Er ist gewitzt und ich traue ihm nicht.«
Das hatte ich ja fast vergessen! Fassungslos starrte ich Parker an und wartete, genau wie Logan, auf eine Erklärung.

»Sie irren sich, Brown. Ich werde die Wahrheit ans Tageslicht zerren, ganz egal, wie sie aussehen wird. Ich werde derjenige sein, der gewinnt, und das in jeder Hinsicht.« Dann sicherte er seine Waffe, ließ von meinem Vater ab und verschwand aus der Küche.

Dad sackte zusammen, aber das diabolische Grinsen blieb. Ich stand noch so unter Schock, dass ich mich nicht rühren konnte.

»Denk an das Versprechen, das du mir gegeben hast, Mia«, flüsterte er jetzt völlig ruhig und ein wenig abwesend. Was meinte er? Kurz traf mich sein Blick, dann taxierte er wieder einen Punkt am Küchenfenster. Ich war so durcheinander, dass ich überhaupt nicht kapierte, wovon er sprach. Meine Nackenhaare stellten sich auf. Er machte mir Angst.

Logan fuhr sich entnervt durchs Haar. Er wusste, wie brenzlig die Situation gewesen war. Mein Vater richtete sich schwerfällig auf und setzte sich an den Tisch.

»Alles okay mit dir?«, fragte Logan und berührte mitfühlend meinen Arm.

Ich nickte ihm zu und konnte nicht aufhören, Dad entsetzt anzustarren. Was wurde hier gespielt?

Durch sein siegessicheres Grinsen kochte in mir Wut auf und gleichzeitig war ich erschrocken darüber, dass er mehr über Parker wusste als Logan. Oder versuchte er nur, Parker gegen Logan und mich auszuspielen? Zuzutrauen wäre es ihm.

Was war er nur für ein Mensch? Seine selbstsüchtige, kalte und berechnende Art widerte mich an. Ich ballte die Fäuste und hätte am liebsten auf ihn eingeschlagen, doch was würde das bringen? Nichts würde sich ändern. In meinem Kopf echoten Parkers Worte und zum ersten Mal musste ich mir eingestehen, dass er recht hatte. ›Nichts wird mehr so sein, wie es einmal war.‹

***

Meine Seele konnte den Anblick meines Vaters nicht länger ertragen, und wie von selbst bewegten sich meine Beine. Er sah mir nicht nach, registrierte wahrscheinlich noch nicht einmal, dass ich hinausging. Ich schloss mich in das untere Gästeklo ein, drehte den Wasserhahn auf und ließ das kalte Wasser über meine Finger laufen. Es beruhigte mich ein wenig. Ich warf den Kopf in den Nacken, hatte aber noch immer diese Szene im Kopf – Parker, der die Pistole an die Schläfe meines Vaters hielt, und mein Dad, der all diese Dinge sagte. Eine Gänsehaut bildete sich auf meinem Körper und ich fragte mich, worüber die beiden genau gesprochen hatten. Woher kannte Dad Parkers Vater? Und um welches Geld ging es? Waren die schrecklichen Dinge, die ich jetzt schon wusste, nicht genug? Beide könnten mir eine Antwort geben, aber wem konnte ich noch vertrauen?

Von draußen hörte ich die Stimmen von Logan und Parker.

»Du bist mein Partner. Wir sollten keine Geheimnisse haben.« Deutlich hörte ich aus Logans Stimmer heraus, wie sauer er war.

»Du weißt, dass es nicht geht.«

»Ach, geht es immer noch um die eine Sache? Findest du nicht, du solltest mich endlich in deine Pläne einweihen?«

»Logan, bitte, vertrau mir. Es ist etwas Persönliches und das muss ich allein klären. Wenn du zu viel weißt, bringe ich dich damit in Gefahr.«

»Dann hat sich also nichts geändert?«

»Nein ... Tut mir leid.«

Logan schnaubte und dann war es wieder still. Nur wenige Augenblicke später hörte ich im Haus schwerfällige Schritte, die die Stufen hinaufgingen, und meinen Vater, der etwas zu Logan sagte. Leider verstand ich sein Gemurmel nicht und als die Schritte verhallten, war es augenblicklich still im Haus. Ich schloss auf und spähte hinaus. Sie hatten das Licht in der Küche gelöscht.

Da sah ich, dass die Eingangstür einen Spalt offenstand. Schnell ging ich in die Küche, nahm aus dem Kühlschrank eine Milchpackung und rannte wieder zurück. Leise schob ich die Tür auf, und tatsächlich entdeckte ich Parker, der auf der ersten Stufe saß und in die Dunkelheit starrte. Er blickte zur Seite, als er mich bemerkte. »Lass mich allein.«

Mitten im Schritt hielt ich inne und ignorierte den Stich, den seine Abweisung verursachte. Wie ein einsamer Wolf, der seine Wunden lecken wollte, knurrte er jeden an, der sich in seine Nähe traute. Vielleicht sollte ich gehen, aber irgendetwas ließ mich stehenbleiben.

Kurzerhand lehnte ich die Tür an und setzte mich neben ihn. Er seufzte.

»Kannst du nicht ein einziges Mal tun, was ich dir sage?« Es war im Grunde keine Frage, sondern lediglich eine weitere Feststellung, dass ich schon wieder nicht auf ihn hörte.

»Hier.« Ich hielt ihm die Milchpackung entgegen. »Ich dachte, du hättest jetzt gern deine Milch.« Ich versuchte, witzig zu sein, um die Stimmung ein wenig zu heben, doch er bedachte mich mit einem festen Blick und bedankte sich nicht. Dennoch nahm er die Milch und trank einen tiefen Schluck.

»Wenn du denkst, ich werde mit dir darüber reden, ...«

Abwehrend hob ich die Hände. »Nein, alles gut.« Natürlich brannte ich darauf, ihm eine Million Fragen zu stellen, aber ich wusste auch, dass ich nichts aus Parker herausbekommen würde, wenn ich nicht vorsichtig vorging. »Darf ich etwas sagen?«

»Nein«, murrte er leise.

»Ich könnte dir von ...«

»Nein!«, unterbrach er mich barsch.

Okay, also schweigen wir. Wir saßen nur so da und starrten in die Nacht. Von irgendwoher hörten wir eine Nachtigall und der Wind ließ die Blätter in den Bäumen rascheln. Parkers Oberarm berührte zufällig meine Schulter. Sofort durchströmte mich Wärme und von diesem Moment an schien ich ihn aus seinen tiefen und düsteren Gedanken gerissen zu haben.

»Geh schlafen, Pinselchen, es war ein anstrengender Tag.«

»Ich bin nicht müde. Außerdem sollte sich jemand um deine Platzwunde am Kopf kümmern, sie blutet wieder.«

Statt einzuwilligen, trank er einen Schluck, und das Milchbärtchen war wieder auf seiner Oberlippe sichtbar. Ich schmunzelte, worauf er mich fragend musterte. Ich deutete mit dem Finger auf seinen Mund und er wischte mit dem Handrücken darüber. Er senkte den Blick. Schon glaubte ich, er würde sich wieder in den Deckmantel des Schweigens hüllen, da sah er mich an.

»Dein Vater ist eine harte Nuss.« Angestrengt fuhr er sich übers Gesicht.

»Ja, scheint so. Du aber auch.«

»Hast du Angst?«

Ich wusste nicht, ob er Angst vor meinem Vater, vor ihm oder vor Suárez und den Männern der *Eminenz* meinte. Wenn ich ehrlich war, konnte ich in jedem Fall die Frage mit »Ja« beantworten.

»Bennet wird die Millers und ihr Umfeld checken lassen. Du kannst ganz beruhigt sein. Zwei weitere Agenten werden sich in Virginia postieren und uns über alle Aktivitäten informieren.«

»Was ... hat mein Vater vorhin gemeint, als er dich und deinen Vater Verräter nannte?«

Sein Kiefer mahlte und er sah wieder in die Ferne. »Das ... ist kompliziert und eine lange Geschichte.«

»Wir haben die ganze Nacht Zeit.« Ich freute mich, weil ich glaubte, er würde mir ein paar Antworten geben.

»Ich werde es dir irgendwann erzählen, aber nicht heute Nacht. Leg dich schlafen, Joy.« Enttäuscht schob ich die Unterlippe vor und zog eine Schnute. Da war sie wieder, die eiserne Wand, aber ich drängte ihn nicht – egal, wie sehr ich darauf brannte, mehr zu erfahren. Vielleicht war es wirklich die Absicht meines Vaters gewesen, Unruhe und Misstrauen zwischen Logan, Parker und mir zu streuen. Was blieb mir anderes übrig, als geduldig abzuwarten und die weiteren Ereignisse genau zu beobachten? Stille herrschte wieder zwischen uns.

Vorsichtig und langsam lehnte ich meinen Kopf an seine Schulter. Als er die Berührung meiner Wange registrierte, erwiderte er sie mit seinem Kinn, ganz leicht und kurz. Es war nur ein Moment, aber es stärkte das zarte Band, das wir geknüpft hatten, und ließ die Gedanken und Fragen an ihn verblassen.

Ruckartig unterbrach er den Moment, als wäre er nur aus Versehen geschehen. Er stand auf und blickte auf mich hinab. »Ich geh duschen. Meinetwegen kannst du dann den Verband wechseln.«

Im Erste-Hilfe-Kasten fand ich Jodsalbe, Desinfektionstinktur, Pflaster und Verbände und stand zwanzig Minuten später vor Parkers Zimmer. Leise klopfte ich an. »Komm rein.«

Er lag flach auf dem Bett und starrte an die Decke.

Vorsichtig trat ich näher. »Wie geht es dir?« Ich setzte mich auf die Bettkante.

»Kopfschmerzen«, brummte er tonlos.

Die Schrammen auf seinem Körper waren deutlich sichtbar. Seine Rippen waren ganz rot und blau. »Kannst du dich kurz aufsetzen? Ich wechsle eben den Verband und desinfiziere die Wunde.«

Er richtete sich auf, und ich begann vorsichtig, den blutgetränkten Mullverband von seinem Kopf zu entfernen. »Das könnte jetzt brennen, nicht erschrecken«, warnte ich ihn vor und betupfte die Stelle mit der Desinfektionslösung. Er verzog keine Miene, starrte ins Leere. Anschließend versorgte ich die anderen Läsionen an Armen und Oberkörper. »Deine Rippe könnte gebrochen sein. Du solltest das röntgen lassen.«

Plötzlich legte er seine Hände auf meine Hüften. Ich hielt inne und genoss das warme Gefühl, das in mir aufflammte. Chris lehnte seinen Kopf an meinen Bauch und umarmte mich. Ein wenig überrascht erwiderte ich seine Umarmung und streichelte vorsichtig über sein Haar. Eine Weile verharrten wir so.

»Als Kind habe ich den Dreißigsten und Einunddreißigsten des Monats gehasst. Meine Mutter hat dann besonders darauf geachtet, dass unsere Wohnung aufgeräumt ist. Sie ging extra zum Friseur, kaufte sich neue Sachen zum Anziehen und kochte immer einen Braten mit Kartoffeln und Maiskolben. Mein Vater kam Ende des Monats nach Hause. Er war Diplomat und viel unterwegs. Alles war gut, bis zum Achtundzwanzigsten. Da fing sie an, alles so herzurichten, wie er es mochte … Mein Geburtstag fiel auch auf so einen Tag. Als ich acht wurde, putzte und kochte sie wie immer den ganzen Tag. Sie tröstete mich und versprach mir, ein großes Geburtstagsfest mit all meinen Freunden zu feiern, sobald mein Vater wieder fort wäre. Sie meinte, Dad müsste sich von der Arbeit ausruhen und könnte den Trubel nicht ertragen. Ich freute mich sehr darauf. Spätabends kam er und schaute nach mir. Ich schloss schnell die Augen und stellte mich schlafend. Es dauerte nicht lange, da hörte ich ihn brüllen. Er warf das Geschirr gegen die Wand, schmiss Möbel um und ... schlug meine Mum. Sie starb zwei Tage nach meinem Geburtstag an den Verletzungen.«

Mein Herz zog sich zusammen. Wie schrecklich! Was hatte er als kleiner Junge alles erlitten! Völlig ergriffen von seiner Geschichte, streichelte ich sein Haar.

»Das ist ja furchtbar, Chris.«

Sein Kopf ruhte immer noch an meinem Bauch.

»Ich weiß, wie es ist, in einer Familie mit Gewalt aufzuwachsen. Das wünsche ich niemandem. Ich würde niemals die Hand gegen eine Frau, gegen Kinder oder Alte und Schwache heben. Ich wollte, dass du das weißt.« Er sah zu mir auf. »Du bist die erste Person, der ich das erzähle. Nicht einmal Logan weiß davon.«

Der Blick, mit dem er mich ansah, tat weh. In seinen Augen erkannte ich den kleinen Jungen, der verzweifelt war und Angst hatte. Ich spürte seinen Schmerz und seine Traurigkeit. Das ging mir wirklich sehr nahe.

Mein Herz stolperte und mein Sprachzentrum fand keine Worte. Mein Puls begann zu rasen, als ich kapierte, was gerade geschehen war. Parker hatte seine eiserne Mauer selbst ein Stück weit fallengelassen und mir Einblick in seine Seele gewährt. Ich legte meine Hände auf seine Wangen und sah ihm in die Augen. Sein Blick war so tiefgründig und voller Versprechungen, dass ich mich darin verlor. Ich senkte meinen Mund zu ihm hinab und küsste ihn zärtlich auf die Lippen. Ich hatte noch niemals solche Gefühle erlebt. »Danke, dass du mir das erzählt hast.« Ich war hoffnungslos und über beide

Ohren in ihn verliebt, das war mir jetzt klar. Aber mir war auch klar, dass er mir das Herz brechen würde.

***

Ich verbrachte noch zwei weitere Stunden bei ihm. Obwohl ich so viele Fragen an ihn hatte, verkniff ich mir diese, weil ich kapierte, dass Mikes Vorwürfe Erinnerungen in ihm ausgelöst haben mussten und er Zeit brauchte. Ich blieb einfach bei ihm. Wir redeten nicht und jeder hing seinen Gedanken nach.

Parker hatte keine leichte Kindheit gehabt, und vielleicht war das auch der Grund, warum er mit Nähe und Beziehungen Probleme hatte. Es war schrecklich und zugleich verstand ich ihn besser.

Es war schön, neben ihm zu liegen, eingehüllt in seine Arme und eingenebelt in seinen Duft. Wir sogen die Stille in uns auf. Es war wunderbar, etwas Romantischeres hatte ich noch nie erlebt. Parker trug viele Geheimnisse in sich und eines davon hatte er mir verraten. Ich hatte das Gefühl, ihm so nah zu sein wie noch nie zuvor. Nur widerwillig löste ich mich irgendwann mitten in der Nacht aus seinem Arm und ging in mein Bett. Der Schlaf übermannte mich zu schnell, als dass ich noch weitere Gedanken an Chris und den fremden Mann, der sich mein Vater nannte, verschwenden konnte.

Am nächsten Morgen war ich nervös. Heute war Hollys Kontrolluntersuchung. Parker hatte tatsächlich eingelenkt und würde die Platzwunde am Kopf checken lassen. Nur der Ablauf änderte sich: Statt Logan würde uns Parker begleiten.

Holly war ganz aufgeregt, als wir nach einer knappen Stunde Fahrt endlich im Krankenhaus in Springfield ankamen. Zu meiner Verwunderung wurden wir schon erwartet. Parkers Wunde am Kopf musste mit vier Stichen genäht werden. Es dauerte nicht lange und er kam mit einem neuen Verband und einem Lächeln aus dem Untersuchungszimmer. Die Ärztin meinte, er müsse sich schonen, da er eine Gehirnerschütterung habe. Parker allerdings winkte ab und tat so, als würde sie maßlos übertreiben.

Als dann Holly an der Reihe war, gehörte Parkers Aufmerksamkeit nur dem Keks. Sie ließ alle Untersuchungen über sich ergehen, ohne einen Mucks von sich zu geben. Nur die Prozedur der Blutabnahme war eine kleine Herausforderung für sie. Angestrengt verkniff sie sich die Tränen. Sie wollte Parker unbedingt zeigen, wie tapfer und stark sie war.

Ich wunderte mich über ihn. Er hielt ihr das Händchen, ließ sich alle Untersuchungen genau erklären und löcherte die Ärztin mit unendlich vielen Fragen. Jedes Kabel, an das Holly angeschlossen wurde, hinterfragte er und auch beim Ultraschall drängte er sich zum Monitor vor, um alles genau sehen zu können. Mir war gar nicht klargewesen, dass er sich so sehr dafür interessierte.

Knapp drei Stunden später erhielten wir dann die Ergebnisse. Hollys Herz ging es gut. Sie war fit und erfreute sich bester Gesundheit. Keine Anzeichen einer Abstoßung, keine rhythmischen Schwankungen. Das Herz war stark und die Werte waren hervorragend. Halleluja, mir fiel ein Stein vom Herzen.

Zufrieden und mit leeren Bäuchen verließen wir endlich das Krankenhaus. Holly hüpfte glücklich an Parkers und meiner Hand zum Auto.

»Können wir heute feiern? Ich wünsche mir Burger und Pommes und Kuchen und Eis«, rief sie fröhlich, und ihr langes Haar, das ich zu einem hohen Pferdeschwanz zusammengebunden hatte, wippte aufgeregt hin und her.

Ich lachte laut. »Gleich so viel?«

»Och bitte! Ich will eine Pause vom gesunden Essen«, bettelte sie und wusste genau, dass sie Parker schon längst in der Tasche hatte. Wir mussten beide lachen. Manchmal klang sie wie eine kleine Erwachsene. Mit einem stummen Blick bat Parker mich um Erlaubnis. Ich verdrehte die Augen.

»Meinetwegen, aber nur diese eine Ausnahme! Und so lange können wir nicht bleiben, wir müssen noch die Rezepte in der Apotheke abgeben.« Holly tanzte aufgeregt vor uns her und jubelte vor Freude.

»Kein Problem, das schaffen wir. Falls nicht, können Logan oder ich das auch morgen noch erledigen. Die Ärztin meinte ja, dass man die Medikamente sowieso bestellen muss. Da kommt es auf einen Tag auch nicht mehr an«, meinte Parker gelassen.

Er fuhr zu Hollys Lieblingsburgerladen. Wir lachten und kicherten, weil Parker andere Leute witzig imitieren konnte. Einen solchen Spaß hatten wir schon lange nicht mehr gehabt. Heimlich, wenn Holly es nicht bemerkte, hielten Chris und ich unterm Tisch Händchen und einmal stahl er sich einen Kuss, als mein kleiner Keks sich eine Serviette holte. Es war so ein schöner Nachmittag, dass ich die Gefahr, in der wir uns befanden, völlig vergaß.

Verträumt schaute ich nach dem Essen zu, wie Holly auf dem Spielplatz des Restaurants tobte. Bisher hatte sie nicht viele Möglichkeiten gehabt, sich mit Kindern in ihrem Alter anzufreunden, deshalb genoss sie das Spielen in vollen Zügen. Sobald wir nach Hause kamen, würde ich sie gründlich waschen müssen, aber das Leuchten in ihren blauen Augen war es mir wert.

»Willst du eigentlich gar nicht wissen, was für eine Überraschung ich für dich habe?« Parker zog zuckend seine Brauen hoch und wollte mich damit heißmachen.

Das hatte ich ja völlig vergessen!

»Stimmt, du hast etwas erwähnt. Und?! Na los, jetzt spann mich nicht so auf die Folter!«

Er lachte über meine Ungeduld, zögerte seine Antwort aber noch weiter hinaus, um mich zu ärgern. »Es ist nichts Besonderes. Hauptsächlich mache ich das aus reinem Selbstschutz.« Er grinste breit.

»Wie meinst du das? Jetzt sag schon endlich!«

Er ließ mich noch einen Augenblick zappeln, bis ich ihn in die Seite knuffte. »Okay, okay! Du hast gewonnen. Damit du meine T-Shirts nicht mehr zerschneidest, darfst du shoppen gehen. Ein paar neue Klamotten und ein Kleid.«

Ich freute mich, konnte aber ein diabolisches Schmunzeln nicht vermeiden, wenn ich an die T-Shirt-Aktion dachte. »Neue Klamotten?« Im Grunde hatte ich nichts dagegen einzuwenden, ich ging gern stöbern. »Was stimmt denn nicht mit meinen Sachen?« Ich sah an mir hinab und fand, dass ich normal gekleidet war: kurze Hose und ein Top. Mehr Stoff wäre bei diesen Temperaturen völlig übertrieben – vielleicht sogar lebensgefährlich.

»Um die Wahrheit zu sagen, jedes Mal, wenn ich dich in diesen knappen und hautengen Hosen sehe, würde ich dich am liebsten sofort flachlegen.« Ein warmes Prickeln durchfuhr mich. Nervös sah ich mich zu beiden Seiten um, aber niemand hatte uns Beachtung geschenkt. Parker wiederum ließ mich nicht aus den Augen. Ihm schien das völlig egal zu sein.

»Das ist die reinste Folter, Pinselchen. Außerdem habe ich Angst um meine T-Shirts. Ich kann es mir nicht leisten, dass du nochmal so eine Aktion startest.«

Ich schmunzelte.

»Keine Angst, so toll sind deine Klamotten auch wieder nicht. Ich könnte tatsächlich ein paar neue Sachen gebrauchen. Danke, ich freue mich schon. Und wann?«

»Wieso war mir nur klar, dass du mich gleich festnageln würdest?«

»Na, weil ihr Männer entweder alles vor euch herschiebt oder einen Rückzieher macht.«

Er setzte einen ernsten Gesichtsausdruck auf. »Ich stehe immer zu meinem Wort«, sagte er gespielt empört. »Ich gehöre zu den Männern, die gern shoppen gehen. Allerdings nicht in Boutiquen, sondern eher in Spielzeugläden für harte Kerle.«

Wieder zuckte er begeistert mit den Brauen.

»Und welche Geschäfte sind das?«

»Waffenshops. Da könnte ich stundenlang stöbern.«

Kichernd schüttelte ich den Kopf. »Ihr Männer seid doch alle gleich.« Ich nahm den Strohhalm meiner Cola in den Mund und sog daran.

»Wir gehen in den nächsten Tagen – versprochen. Ich muss das erst klären.«

Wie konnte ein Mann nur so unwiderstehlich sein? Und wieso hatte ich so lange gebraucht, um das zu schnallen? Sogar die Arzthelferinnen im Krankenhaus hatten ihn angehimmelt, Anne war verknallt in ihn und auch die dämliche Kuh Scarlett Stevenson konnte die Finger nicht von ihm lassen.

Wir beobachteten Holly beim Spielen.

»Sie ist das hinreißendste kleine Mädchen, das ich je getroffen habe. Man muss sie einfach lieben«, meinte Parker verträumt. Holly saß mit einem Mädchen im Sandkasten, und zusammen formten sie kleine Kuchen aus Sand. Die beiden hatten großen Spaß und schienen sich wunderbar zu verstehen.

»Ja, das ist sie.«

»Irgendwie finde ich es falsch, dass dein Vater sie nicht in einen Kindergarten gehen ließ. Die Ärztin hat doch heute bestätigt, dass sie alles machen kann und es nur wenige Einschränkungen für sie gibt.«

»Das stimmt. Es sind nur ein paar wenige Regeln, aber ich glaube, er hatte Angst, dass sie sich mit irgendeinem Keim oder gefährlichen Erreger infizieren könnte. Wir haben so um sie gekämpft.«

Er nickte wissend. »Das verstehe ich, aber sieh sie dir an, Joy. Sie ist stark, genau wie du. Sie braucht diesen Austausch und die Erfahrungen mit Gleichaltrigen. Sie ist ein Kind. Wenn er sie nur Zuhause unterrichten lässt, kann sie sich doch gar nicht richtig entwickeln. Das Entscheidende wird ihr immer vorenthalten werden.«

Schmunzelnd sah ich ihn an. »Sieh mal einer an! Du wirst ja noch zu einem Kinderpsychologen.«

»Vielleicht!« Er wurde wieder ernst und blickte zu Holly.

Ich beobachtete ihn. So entspannt hatte ich ihn bisher noch nie erlebt. Die kleine Stressfalte, die er sonst immer auf seiner Stirn hatte, war den ganzen Tag noch nicht aufgetaucht. Ich dachte an sein Geheimnis von gestern Abend zurück und konnte nur staunen. Obwohl er in seiner Kindheit Schreckliches durchgemacht hatte, war aus ihm eine starke Persönlichkeit geworden – ein Kämpfer.

»Darf ich dich etwas fragen?«

»Klar, schieß los.«

»Du hast gestern erzählt, dass deine Mutter starb. Wie ging es weiter? Du musst nicht antworten, wenn du nicht möchtest«, beeilte ich mich zu sagen, weil ich nicht aufdringlich wirken wollte. Er lehnte sich zurück und verbannte wieder alle Emotionen aus seinem Gesicht. Schon glaubte ich, er würde mir eine Abfuhr erteilen, dann meinte er: »Nein, kein Problem. Zuerst kam ich in ein Heim …«

»Und was geschah mit deinem Vater?«

»Er wurde wegen Totschlags verurteilt. Acht Jahre.«

»Dann hast du deine Kindheit in einem Heim verbracht?«

»Nicht sehr lange, ich wurde adoptiert. Ungefähr nach einem Jahr war da plötzlich dieses nette Ehepaar. Sie wurden meine Eltern.« Er lächelte, als er darüber nachdachte, und ich fand es schön, dass es für ihn doch noch gut ausgegangen war, auch wenn er die Schrecken seiner Vergangenheit wahrscheinlich nie vergessen konnte.

Er musterte mich eindringlich und ich hatte das Gefühl, dass er mir allmählich doch vertraute. Warum sonst hätte er mir all die Sachen aus seiner Kindheit erzählt? Dennoch spürte ich, dass da noch etwas war, das ihn beschäftigte.

Ich lehnte meine Arme auf den Tisch und beugte mich zu ihm. »Darf ich dich noch etwas fragen?«

»Kommt darauf an, Pinselchen«, lachte er unbeschwert.

»Ich weiß, du redest nicht gern darüber, aber ... ich muss es einfach wissen.«

Sein Gesicht wurde ernst und sofort erschien seine Stressfalte zwischen Stirn und Augen.

»Wovon hat mein Vater gesprochen, als er sagte, du würdest bei mir nach Geld suchen?«

»Ich wusste, du würdest nicht lockerlassen!«

»Was erwartest du? Natürlich will ich das wissen. Ehrlich gesagt, bin ich verunsichert.«

Er presste seine Lippen aufeinander. »Es gibt viele Dinge, die du nicht weißt, und das ist gut so.«

»Bitte, Chris! Erzähl es mir einfach.«

Lange sah er mir in die Augen. »Ich kann nicht, Joy. Es steht zu viel auf dem Spiel. Vertrau mir ... bitte.«

Enttäuschung füllte meine Brust.

»Wir sollten los, Pinselchen. Die Apotheke in Virginia schließt bald«, unterbrach er unser Gespräch und stand auf. Ein wenig überrumpelt sah ich zu ihm auf. Er versuchte zwar nicht, die Mauer zwischen uns wieder hochzuziehen, aber er wich meiner Nähe aus, als könnte er sie nicht länger ertragen.

Kapitel 18

Ich zeichnete viel, verarbeitete das Geschehen der letzten Tage, indem ich versuchte, meine Gefühle mit starken und kräftigen Strichen aufs Papier zu bringen. Mein Stil veränderte sich, wurde dunkler und düsterer, mit schnellen, unkontrollierten Bewegungen. Ich war mehr als unzufrieden damit und verwarf die meisten meiner Entwürfe. Nach stundenlangen Versuchen landeten sie im Papierkorb. Diesmal entspannte mich mein Gekritzel nicht, im Gegenteil. Die Skizzen sorgten dafür, dass die Bilder in meinem Kopf farbig, ja fast lebendig wurden, und ich ständig darüber nachdachte, was mein Vater zu Parker gesagt hatte. Zwischen den beiden herrschte absolute Eiszeit und sie gingen sich aus dem Weg, um weitere Eskalationen zu vermeiden. Jedoch behielt Dad ihn genau im Auge. Er kam mir wie ein Luchs auf der Jagd vor und irgendwie schlich sich bei mir ein merkwürdiges Gefühl ein, für das ich keine Erklärung hatte. Ich war nur froh, dass Holly vom Krieg der beiden nichts mitbekam. Sie war mit ihren neuen Spielsachen beschäftigt und lud mich nachmittags zum Puppenteekränzchen ein. Dennoch spürte sie, dass etwas in der Luft lag. Sie sagte zwar nichts, aber ich kannte ihre Blicke. In ihrem Gesicht konnte man lesen wie in einem Buch.

Genau einen Tag nach dem Krankenhausbesuch hatten sich die beiden neuen Agenten gemeldet. Sie waren in Virginia untergebracht und informierten Parker und Logan täglich per Handy über die neusten Entwicklungen in der Stadt. Die Leute hatten den Vorfall, laut Berry, schnell vergessen und als eine normale Prügelei zwischen zwei Kerlen abgetan, was mich, ehrlich gesagt, schon etwas beruhigte. Mehrere Tage hatte ich von Mike weder etwas gehört noch gesehen.

Am Freitagnachmittag machte ich es mir auf den Eingangsstufen des Hauses bequem und versuchte, zur Abwechslung ein Porträt von Holly zu zeichnen. Komischerweise klappte das auf Anhieb wunderbar. Diesmal bekam ich die feinen und filigranen Kohlestriche so detailliert hin, dass ich sehr zufrieden mit mir war. Ihre langen Haare, die ihr in weichen Wellen samtig und geschmeidig über die Schultern fielen, umrahmten ihr süßes Gesicht. Ich war so vertieft in meine Arbeit, dass ich den roten Pick-up erst gar nicht bemerkte.

Mike parkte. Er war nicht allein. Seine Mutter Pat stieg mit einer freundlichen Begrüßung aus.

»Hallo, Joy. Schön, dich zu sehen.«

Sofort wurde hinter mir die Tür geöffnet und Parker, Logan und sogar mein Vater kamen heraus.

»Bitte entschuldigt den Überfall.« Die Millers blieben unten vor den Stufen stehen. »Wir haben gehofft, dass ihr zu Hause seid. Dürfen wir reinkommen?«

Ich blickte zu Parker, der schon mit einem skeptischen Gesichtsausdruck ablehnen wollte.

»Natürlich, kommt rein«, forderte ich sie schnell auf, bevor er etwas Unfreundliches antworten konnte.

»Hallo, ich bin Pat. Sie müssen der Vater sein.« Pat hatte überhaupt keine Berührungsängste, ging auf Dad zu und schüttelte ihm und Logan die Hand. Während Dad den Hausherrn spielte und sie hineinführte, blieb Mike an den Wagen gelehnt stehen. Wieso kam er nicht rauf?

»Kann ich dich unter vier Augen sprechen, Joy?«, fragte er. Ihm war deutlich anzusehen, wie viel Überwindung ihn diese Frage kostete. Vermutlich war das Parkers Schuld. Die beiden beäugten sich grimmig. »Es dauert auch nicht lange. Bitte.«

»Nein«, knurrte Parker. Abrupt drehte ich mich zu ihm um.

»Lass das! Ich kann für mich selbst sprechen.« Energisch funkelte ich ihn an, bis er verstand und widerwillig ins Haus ging. Er schlug die Tür zu und ich wusste, dass ich ihn verärgert hatte. Ich seufzte, wandte mich wieder an Mike und ging die Treppe hinunter.

»Danke. Ich hätte verstehen können, wenn du Nein gesagt hättest.« Ich verschränkte die Arme und wartete gespannt, was er mir zu sagen hatte.

»Ich würde mich gern erst bei dir und dann auch bei deinem Bruder entschuldigen. Es war falsch von mir, aber ich würde dir gern erklären, warum ich das getan habe.« Ich war ganz Ohr. »Als ich dich im *Sam's* das erste Mal gesehen habe, hast du mich echt umgehauen, Joy. Du warst so anders und ich wollte dich unbedingt kennenlernen.« Er senkte den Blick. »Ich bin eigentlich nicht der Typ, der auf Frauen zugeht. Ich bin schüchtern und es hat mich eine Menge Überwindung gekostet, dich hier noch einmal aufzusuchen.«

Mike und schüchtern? Ich sah ihn an und merkte, wie seine Hände vor Aufregung zitterten. Damit hatte er mich – ich hatte Mitleid. Der traurige und schuldbewusste Ausdruck in seinem Gesicht ging mir nahe und mein Herz wurde butterweich.

»Ich habe noch nie ein Mädchen getroffen, das so wunderschön, selbstbewusst und gleichzeitig so scheu und schutzbedürftig ist. Ich bekomme dich einfach nicht mehr aus dem Kopf, verdammt! Joy ... Was ich dir damit sagen will, ist ...« Oh nein! Hoffentlich sprach er nicht das aus, was mir als erstes in den Sinn kam. Mein Magen flatterte ängstlich. »... Da ist etwas zwischen dir und mir, und ich will herausfinden, was es ist. Gibst du mir eine Chance? Wenn es auch nur für diesen Sommer ist? So, jetzt ist es endlich raus, und ... Puhhh ...«

Er lachte nervös und scharte ungeduldig mit den Füßen. Mir war schlecht! Da stand dieser nette Kerl, entschuldigte sich und gestand mir, dass er sich in mich verliebt hatte. Ich war so verwirrt, dass ich zu stammeln begann.

»Äh ... Mike, das ... kommt ... überraschend.«

Er zwang sich zu einem Lächeln.

»Ich weiß.«

Fragend blickte er mir in die Augen. Es lag so viel Hoffnung darin, dass ich es nicht über mich brachte, ihm eine Abfuhr zu geben.

»Ich will ehrlich sein, Joy.« Er sah wieder zu Boden. »Ich war ein Idiot. Ich hätte dich nie so bedrängen dürfen. Es war falsch von mir, gleich vom Schlimmsten auszugehen. Aber ich kann nicht abstreiten, dass ich genau fühle, dass da etwas ist.« Ich schluckte. »Ich weiß nicht, wie ich es erklären soll … Ich hatte von Anfang an dieses Gefühl.« Innerlich kämpfte ich gegen den Drang, ihm alles zu erzählen. Er war von Anfang an nett zu mir gewesen und ich hatte ihn belogen. Mein schlechtes Gewissen vereinfachte die Situation nicht. »Auch jetzt spüre ich deutlich, dass du mit dir kämpfst. Du sollst nur wissen, dass ich meinen Fehler eingesehen und völlig überreagiert habe. Dennoch kannst du mir vertrauen. Ich möchte dein Freund sein, Joy, wenn auch nur für diesen Sommer.«

Wir sahen uns in die Augen. Zu Hause wäre er definitiv mein Freund gewesen. Jemanden wie ihn hatte ich mir schon länger gewünscht, stattdessen wurde ich bei den harten Jungs immer wieder schwach. Ich hätte Mike gern alles anvertraut, ihm von meinem Kummer und meinen Ängsten erzählt. Er war genau der Typ, der unendlich gut zuhören, auf den man sich immer verlassen konnte. In meinem früheren Leben wäre es so leicht gewesen. Die Tür wurde geräuschvoll geöffnet.

»Joy, kommst du?«

Parker unterbrach uns, und ich wusste nicht, ob ich wütend oder froh sein sollte. Was sollte ich dem armen Mike sagen? Die Wahrheit war ausgeschlossen. Oder kam Parker vielleicht im richtigen Moment, um mich davor zu bewahren, einen Fehler zu begehen? Ich wusste nicht, wie ich Mike klarmachen sollte, dass es nicht klug war, sich in mich zu verlieben.

Mike war enttäuscht, weil Parker uns mal wieder unterbrochen hatte. Er schluckte dennoch seinen Ärger hinunter und wandte sich an ihn.

»Ich möchte mich auch bei dir entschuldigen. Es tut mir leid, wenn ich dich zu Unrecht beschuldigt habe. Es tut mir leid, auch für ...« Er deutete auf die Überreste des Veilchens, dessen Farbe sich von Blau in Hellgrün wandelte. Er streckte Parker zu meiner Überraschung die Hand entgegen, als Zeichen dafür, dass er es tatsächlich ernst meinte. Die beiden Kontrahenten starrten sich an. Parkers Kiefer mahlte und er schien zu überlegen, während ich mir wünschte, er könnte seinen Groll genauso beiseitelegen.

Zögernd gab Parker nach und endlich schüttelten die beiden sich die Hände. Erleichtert stieß ich den Atem aus und beobachtete Chris. So wirklich traute ich dem neuen Frieden nicht, aber vielleicht täuschte ich mich auch und es war der Beginn einer unkomplizierten Männerfreundschaft. Wer's glaubte! Mike schien sichtlich beruhigter. Er lächelte und schaute zwischen uns beiden hin und her. Meine Antwort war ich ihm schuldig geblieben.

»Also, dann kommt ihr zum *Bar-B-Que*?«

Ich überließ meinem ›Bruder‹ die Wahl.

Parker nickte langsam. »In Ordnung.«

»Wir könnten zusammen hingehen, wenn ihr wollt.«

»Wieder eines von deinen arrangierten Doppeldates?«, fragte Parker, und endlich schlich sich ein Lächeln auf seine Lippen. Mike runzelte die Stirn, als würde er die winzige Spur von Sarkasmus in Parkers Stimme nicht verstehen. Ich knuffte Parker mit dem Ellenbogen in die Rippen.

»Jetzt sei nicht so.«

»Na gut! Aber wir treffen uns dort.« Jetzt war es Chris, der Mike die Hand entgegenstreckte. Dieser ergriff sie sofort.

»Cool!«

Logan und Pat kamen mit Dad wieder heraus.

»Oh, wie ich sehe, komme ich im richtigen Augenblick. Schön, Jungs, dass ihr das Problem aus der Welt schaffen konntet.« Sie war sichtlich zufrieden. »Ich möchte mich noch für das Missverständnis und die daraus entstandenen Umstände entschuldigen, auch im Namen meines Mannes. Wir haben uns von Mike mitreißen lassen. Ich hoffe, ihr könnt uns verzeihen.« Vorsichtig warf ich einen Blick zu Parker.

»Es ist alles geregelt«, meinte Parker. Ich nickte lächelnd.

»Gut, dann bin ich beruhigt.« Sie umarmte mich und verabschiedete sich. Nur wenige Augenblicke später sahen wir dem roten Pick-up nach, wie er im Wald verschwand.

»Das scheint sich geklärt zu haben. Eine wirklich sehr nette Person, diese Pat«, sagte mein Vater und kratzte sich am Bart.

»Abwarten«, erwiderte Parker misstrauisch und ging ins Haus.

***

Hatte ich etwas falschgemacht? Parker beachtete mich kaum, zwinkerte mir nicht mehr heimlich zu und machte auch sonst keine Anstalten, sich mir in irgendeiner Form zu nähern. Es verletzte mich, weil er nicht mit mir darüber redete und ich keine Ahnung hatte, was los war. Pausenlos machte ich mir Gedanken, fragte mich, ob es etwas mit Mike zu tun oder er dessen Geständnis mitangehört hatte. Parker fehlte mir und ich fühlte mich schrecklich. Ohne seine Zuneigung war ich noch einsamer.

Es waren nur noch wenige Tage bis zum *Bar-B-Que* und heute würde ich mich endlich nach einem Kleid für das große Ereignis umschauen können. Holly hatte gequengelt, weil sie unbedingt mitgehen wollte, aber diesmal hatte ich mich durchgesetzt. Ich fand, dass ich mir eine kleine Auszeit von dem Quälgeist verdient hatte.

»Ich will aber mit«, begann sie erneut mit ihrem Theater.

»Nein, Keks. Außerdem hast du heute Morgen noch gesagt, dass dir nicht gut ist. Du warst auch ganz bleich im Gesicht.«

»Aber jetzt geht es mir wieder besser, Joy, ehrlich.«

Ich betrachtete sie. Sie war immer noch ein wenig blass. Ich fühlte ihre Stirn. Fieber hatte sie nicht.

»Ende der Diskussion. Du bleibst hier und wenn du brav bist, bringe ich dir auch etwas mit – aber nur vielleicht.«

Beleidigt überkreuzte sie die Arme und schob schmollend ihre Unterlippe vor. Auch das zog bei mir nicht. Ich drückte ihr einen Kuss aufs Haar und verließ das Haus.

»Du brauchst mir gar nichts mitzubringen, Joy!«, rief sie mir eingeschnappt hinterher.

»Auch gut, dann kann ich mehr für mich ausgeben«, entgegnete ich und schüttelte grinsend den Kopf. Manchmal konnte sie wirklich eine Tussi sein.

Parker wartete schon im Wagen auf mich. »So, es kann losgehen.« Ich war nervös, weil ich ein paar Stunden mit Parker allein verbringen konnte. Seit Mike vor wenigen Tagen dagewesen war, war Chris distanzierter. Ich vermutete, dass er das Gespräch von Mike und mir mitangehört hatte. Jedes Mal, wenn ich ihn darauf ansprach, wich er mir aus. Warum sonst sollte er wieder so gereizt sein?

»Wo gehen wir als erstes hin?«, fragte ich ihn, um einen lockeren Anfang zu knüpfen.

»Wohin du willst, ist mir egal.« Er sah stur geradeaus. Ich seufzte, weil mir seine schlechte Laune so langsam zum Hals raushing. Wenn er ein Problem hatte, dann sollte er es verdammt nochmal sagen. Wutentbrannt kurbelte ich das Fenster runter und ließ mir die kühle Waldluft ins Gesicht wehen.

»Kannst du dein Fenster wieder zumachen? Die Klimaanlage läuft doch schon.«

»Könntest du mir mal erklären, warum du dich mir gegenüber schon wieder so eklig verhältst? Was ist los?«

Seine Hände umkrallten das Lenkrad, sodass seine Knöchel weiß hervortraten. »Lass gut sein, Joy. Nicht jetzt.«

»Nein! Verdammt, Parker! Rede mit mir! Seit drei Tagen behandelst du mich wie eine Fremde, als hätte ich ein Verbrechen begangen. Hallo! Huhuuu! Kannst du dich noch an unseren Deal erinnern?«

Von ihm kam keine Antwort, stattdessen presste er verkrampft seine Lippen aufeinander. Er hielt seine Wut zurück, was für mich aber ein Ansporn war, ihn weiter zu reizen – ihm endlich ein paar Worte zu entlocken. »Du bist eifersüchtig.«

Scharf stieß er die Luft aus seinen Lungen und lachte verächtlich. »Pfff! Jetzt bildest du dir aber wirklich etwas ein, Borstenpinsel.«

Grinsend musterte ich ihn von der Seite und freute mich diebisch, weil ich ins Schwarze getroffen hatte. An seinem Hals pulsierte eine Ader und seine Pupillen fuhren irritiert hin und her.

»Bingo!«, stieß ich siegessicher hervor. »Ha! Du bist tatsächlich eifersüchtig!«

Plötzlich stieg Parker scharf auf die Bremse. Ruckartig wurde ich gegen den Sicherheitsgurt gepresst und musste mich am Armaturenbrett abstützen, bis der Wagen zum Stehen kam. Er drehte den Schlüssel um und augenblicklich verstummte der Motor. Vor Schreck war ich so durcheinander, dass ich kurz aufkreischte, dann warf ich ihm einen bösen Blick zu.

Stinksauer öffnete er seinen Gurt und wandte sich mir zu. »Jetzt will ich dir mal was sagen. Merkst du eigentlich nicht, was der Kerl vorhat?« Verwirrt blickte ich zu ihm. »Ich kenne solche Typen, Joy, und egal, was er dir erzählt, ich traue ihm nicht über den Weg. Ihr Weiber seid doch alle gleich – ein paar nette Worte und ein wenig Aufmerksamkeit und schon seid ihr Wachs in den Männerhänden«, feixte er verächtlich. »Bist du wirklich so naiv?«

Jetzt reichte es mir aber! Gereizt löste auch ich meinen Gurt. »Gibt es überhaupt Menschen, denen du vertraust? Verdammt, Parker! Er hat einen Fehler gemacht, an dem wir selbst schuld sind. Durch deine arrogante, aufbrausende und besitzergreifende Art hast du ihn erst auf die Idee gebracht und die Aufmerksamkeit auf dich gelenkt. So, wie du dich verhalten hast, benimmt sich kein Bruder.«

»Ach! Jetzt bin ich also schuld daran?«

Entnervt stöhnte ich auf. »Du bist so ... Arghhh!«

Schweigen erfüllte das Wageninnere.

»Und was soll ich sagen? Meinst du, ich fand es prickelnd, dich mit dieser Scarlett zu sehen, die sich an deinen Hals geworfen und ihre Zunge in deinen Rachen gesteckt hat?«

»Ach, komm schon! Sie war doch nur Mittel zum Zweck, das musst du doch gemerkt haben.«

»Ach? Etwa so wie ich?«, rutschte es mir heraus.

Böse funkelte er mich an. Wir beide wussten in dem Augenblick, dass genau das zwischen uns stand.

»Sie hat mich eine Weile mit Informationen versorgt und ich habe ihr Aufmerksamkeit geschenkt. Außerdem war das, bevor du und ich ... Seither habe ich sie nicht mehr getroffen.«

Es tat trotzdem weh – und wie!

»Ich mag es eben nicht, wenn mein Mädchen auf zwei Hochzeiten tanzt«, sagte er überraschend leise.

Perplex, wie sanft und verletzlich plötzlich seine Stimme klang, sah ich zu ihm. Hatte er mich eben ›sein Mädchen‹ genannt? Schlagartig strömte Wärme durch meine Brust.

»Ich habe alles mitangehört, was Mike gesagt hat, Joy, und ich will, dass er seine Griffel von dir lässt, sonst breche ich sie ihm einzeln.«

Mein erster Impuls war richtig gewesen: Parker war eifersüchtig. Die Erkenntnis ließ die Schmetterlinge in mir fliegen. Die Flatterei war so heftig, dass mein Herz sich beinahe überschlug. Wilde Entschlossenheit und eine Menge Leidenschaft flackerten in seinen Augen, und so sehr ich mich auch dagegen wehrte, brauchte ich jetzt seine Nähe. Ich beugte mich vor und kletterte auf seinen Schoss. Er ließ es geschehen und legte seine Hände auf meine Hüften. Ich blickte zu ihm hinab und strich mit dem Finger über seinen Dreitagebart. »Du bist süß, wenn du eifersüchtig bist, aber du hast keinen Grund dazu, mein kleiner Neandertaler.«

»Das sah aber zwischen dir und ihm ganz anders aus.«

Ich lehnte meine Stirn an seine. »Du irrst dich, Chris! Ich bin dir doch mit Haut und Haaren verfallen, merkst du das nicht? Dieses Gefühl mit dir ist ... Es ist das erste Mal, dass ich ... so empfinde.«

Seine Augen verdunkelten sich und er legte seinen Zeigefinger auf meine Lippen. »Sch ... Pinselchen, das ist ...« Um ihm zu zeigen, wie sehr ich ihn mochte, küsste ich ihn zärtlich. Es war ein langer Kuss voller Hingabe. Ich spürte seine Hände auf meinem Rücken und wie er mich an sich presste. Sofort verschwanden all meine Gedanken und ich fühlte wieder diesen süßen Zauber, den nur er in mir auszulösen vermochte.

Leise stöhnte ich auf, bevor sich der Kuss in pure Leidenschaft wandelte. Seine Zunge eroberte meinen Mund und ich seufzte wohlig, als es in meinem Schritt zu pulsieren begann. Seine Zunge liebkoste meinen Hals und als ich seine Hand an meiner intimsten Stelle wahrnahm, gab es für uns kein Halten mehr. Wild und ausgehungert, fraßen wir uns fast auf. Eilig befreiten wir uns etwas umständlich von der hinderlichen Kleidung, konnten es kaum erwarten. Ich wollte ihn in mir spüren.

»Warte!« Er beugte sich vor, öffnete mit der rechten Hand das Handschuhfach und griff nach einem Kondom. Mit den Zähnen riss er die Verpackung auf und streifte es sich über. Ich war so heiß auf ihn, dass ich seinen Schwanz keuchend vor Lust, genussvoll und tief in mich aufnahm, bis er mich völlig ausfüllte. »Heilige Scheiße, Joy!«

Ich begann mich zu bewegen, erst langsam, dann schneller, ließ mich von den Wellen tragen, die unaufhörlich über mich hinwegschwappten. Er schob mein Shirt hoch und zog die Körbchen des BHs runter. Hart reckten sich ihm meine Brustwarzen entgegen. Er legte seinen Zeigefinger auf meine Lippen. Gierig nahm er einen Nippel in den Mund und saugte daran. Gleichzeitig kreiste sein Daumen über meine Klitoris. Ich schrie auf.

»Du bist so wunderschön, Joy. Komm für mich, komm«, trieb er mich gepresst an. Millionen prickelnde Empfindungen brandeten durch meinen Körper. Ich atmete schwer und warf meinen Kopf in den Nacken, spürte die Erlösung auf mich zukommen. Er legte seine Hände an meine Hüften und stieß noch zweimal hart in mich, dann wurden wir beide von einem langen und heftigen Orgasmus geschüttelt. Meine Muskeln zogen sich eng um sein Glied und ich erzitterte, als die Wellen über mich hinwegspülten. Chris ergoss sich in mehreren Schüben in mir, schrie auf und lehnte seinen Kopf zurück.

Es dauerte eine ganze Weile, bis wir wieder auftauchten. Mein Kopf ruhte an seiner Schulter und ich hörte, wie sich sein Herzschlag langsam beruhigte.

»Das war ... unglaublich, Pinselchen«, brachte er nach Atem ringend hervor.

Genau das war es, dachte ich noch völlig benommen, und war überwältigt von den Gefühlen, die sich immer mehr in mir festigten.

***

Kurze Zeit später waren wir in Virginia. Es war einiges los an diesem Vormittag. Autos fuhren durch die belebte Straße und überall gingen Menschen ihren Geschäften nach. Das letzte Mal, als ich hier gewesen war, schien das Städtchen ausgestorben zu sein, doch jetzt war es sehr lebendig.

Parker und ich liefen durch die kleine Innenstadt. Die Leute waren ausgesprochen freundlich und grüßten uns lächelnd, obwohl sie uns nicht kannten.

»Und wohin als erstes?«, fragte ich Parker, der brav neben mir herging.

»Vielleicht dorthin.« Er deutete auf ein Geschäft nicht weit von uns. Kleiderständer warben mit leuchtenden Angebotsschildern und im Schaufenster entdeckte ich ein paar hübsche Sachen. »Lass uns hineingehen.« Parker folgte mir.

Als ich die Ladentür öffnete, ertönte eine helle Glocke. Eine Frau im mittleren Alter mit kurzen dunklen Haaren sah von ihrer Kasse auf. »Guten Tag«, empfing sie uns freundlich. Sie unterhielt sich mit einer Kundin. »Schauen Sie sich nur um, ich bin gleich bei Ihnen«, rief sie uns noch nach, als wir durch den Laden schlenderten. »Die Umkleidekabinen sind hinten.«

Ich nickte ihr lächelnd zu. Es waren noch drei weitere Kundinnen da und mit einer stieß ich fast zusammen. Entschuldigend murmelte ich irgendwelche Worte und achtete nicht weiter auf sie.

»Joy?« Ich drehte mich um und Anne strahlte uns an. »Was macht ihr denn hier?« Parker trat näher und die beiden begrüßten sich.

»Oh! Hi! Ich ... brauche ein paar Klamotten und suche ein Kleid für das große *Bar-B-Que*.«

Sie lachte.

»Na, so ein Zufall. Ich auch! Und, schon was gefunden?«

»Nein, wir sind eben erst gekommen.«

»Hier findest du ganz sicher etwas.« Sie sah sich nach der Verkäuferin um. »Tante Lizzy? Kommst du mal?«

Interessiert reckte die Verkäuferin ihren Hals, verabschiedete sich von ihrer Kundin und trat auf uns zu. Anne legte einen Arm um sie. »Darf ich euch meine Tante Lizzy vorstellen? Sie ist die Schwester meiner Mutter und ihr gehört die Boutique. Tantchen, das sind die Geschwister Chris und Joy. Du weißt schon«, stupste sie sie an, »Freunde von Mike und mir. Sie verbringen mit ihrer Familie ihren Urlaub hier.«

Alle Köpfe im Laden drehten sich neugierig zu uns. Nicht, dass mir nicht aufgefallen wäre, dass sie Parker schon die ganze Zeit verstohlene Blicke zugeworfen hatten. Jetzt kamen auch noch zwei Frauen näher und taten so, als würden sie sich für Strickpullover interessieren, die im Ausverkauf-Ständer hingen. Klar, mitten im Hochsommer!

Der Groschen fiel bei Lizzy und ihr Antlitz erhellte sich. Je länger ich sie ansah, desto deutlicher erkannte ich die Ähnlichkeit zu Pat. Lizzy schien die Ältere der beiden zu sein. »Achja, ich erinnere mich an die Geschichte. Gefällt euch Virginia?« Sie musterte Parkers Statur, seine Wahnsinnsmuskeln, sein attraktives und markantes Gesicht. Am verblassten Veilchen blieb ihr Blick hängen. »Tut das noch sehr weh?« Sie deutete auf sein Auge.

Parker lachte. »Nein, war nur ein Kratzer.«

Ich verdrehte die Augen. Er schaffte es einfach, dass sich jede Frau alle Finger nach ihm ableckte.

»Joy braucht noch ein Kleid, Tantchen. Kannst du helfen?«

»Natürlich! Was hast du dir denn vorgestellt?« In Begleitung von Anne führte uns Lizzy in den hinteren Bereich ihres Ladens. Dort gab es ein paar ausgefallenere Stücke und auch die Preise schnellten in die Höhe. Während ich Lizzy erzählte, welche Vorstellungen und Wünsche ich hatte, entging mir nicht, wie sich Anne angeregt mit Parker unterhielt. Über was sie redeten, verstand ich nicht, aber ich sah deutlich, wie Anne ihm schöne Augen machte. Ich mochte sie, sehr sogar, aber gerade hatten Parker und ich noch genialen Sex gehabt und jetzt flirtete er schon mit einer anderen? Das Gift schlängelte sich durch meinen Magen und breitete sich weiter aus.

Lizzy zeigte mir ein Kleid nach dem anderen, aber ich konnte mich kaum konzentrieren, weil mir Annes Gekicher tierisch auf die Nerven ging.

»Welche Größe?«, wollte Lizzy wissen und ging einen Ständer durch.

»Achtunddreißig.« Ich blinzelte zu Parker rüber. Was erzählte er ihr denn? Was hatten sie so Lustiges zu tuscheln, dass Anne wie ein Schulmädchen kichern musste?

Innerlich rief ich mich zur Ordnung. Offiziell war ich seine Schwester und es sollte mich einen Dreck scheren, für wen er einen Balztanz aufführte.

»Hier! Probiere das mal an.« Lizzy streckte mir ein Kleid entgegen. Es bestand aus einem fließenden Stoff, ein Rosenmuster zierte den Fummel und der Schnitt glich einem Sack. Genau das wäre die richtige Ablenkung für mich. Ich nahm es und zog etwas zu energisch den Vorhang der winzigen Umkleidekabine zu.

Hektisch zog ich mich aus. Wenn das seine kleine Rache an mir war, dann konnten er und seine Stummeltröte aber was erleben! Ich schlüpfte gerade in das Kleid, als ich Annes Stimme hörte.

»Joy? Ich muss los, wir sehen uns«, rief sie nahe dem Vorhang. »Viel Glück bei der Kleidersuche. Aber mach dir keine Sorgen, bei Tante Lizzy bist du in guten Händen.«

Hinter der sicheren Gardine äffte ich sie stumm nach.

»Danke, bis bald.«

Ich hörte, wie sich ihre Schritte entfernten. Endlich hatte ich den Fetzen am Leib und betrachtete mich von allen Seiten im Spiegel. Es war grauenvoll. Ich sah aus, als wäre ich schwanger.

»Und? Passt es?«, fragte Lizzy euphorisch. Kurzerhand zog ich es wieder aus und brabbelte etwas Unverständliches. Ich streckte ihr den Arm mit dem Kleid entgegen.

»Nein.«

»Hm ... schade.«

»Haben Sie vielleicht etwas nicht so Traditionelles? Ich meine, es muss nichts Aufwendiges sein, aber schon etwas kürzer.«

Ich lugte zwischen der Gardine hervor. Parker saß breitbeinig auf einem Sofa und hatte beide Arme lässig auf der Lehne liegen. Heimlich zwinkerte er mir zu. Er wusste, dass ich hinter der Gardine fast nackt war.

Das konnte er sich sparen. Ich streckte ihm unauffällig die Zunge raus und funkelte ihn verärgert an. Er kniff fragend die Stirn zusammen, aber darauf achtete ich schon nicht mehr und schenkte Lizzy meine Aufmerksamkeit.

»Lass mich nachdenken ... Vor ein paar Wochen hat eine Kundin ein maßgeschneidertes Kleid bestellt. Es hat ihr nicht gefallen und ich sollte es zurückschicken. Möchtest du es vielleicht anprobieren? Ich habe es noch nicht zur Post gebracht. Es könnte deine Größe haben.«

Noch bevor ich antworten konnte, eilte sie davon und kam nach wenigen Sekunden mit einem Karton zurück. Sie hob den Deckel an, schwang das Seidenpapier zur Seite und zog ein wunderschönes kurzes Kleid aus rosa Taft heraus. Es war ärmellos und hatte ein dezentes und sehr geschmackvolles Muster. Es gefiel mir auf Anhieb.

»Schlüpf mal hinein«, meinte Lizzy begeistert und reichte es mir. Es war fantastisch. Der Stoff schmiegte sich eng an mich und ich musste zugeben, dass mein dunkles Haar und meine leicht gebräunte Haut einen schönen Kontrast gaben. Der Rock war kurz und luftig. »Und?«

»Es passt. Ich finde es umwerfend.«

»Ach, da fällt mir ein, ich müsste im Lager noch die passenden Schuhe haben. Wo habe ich die das letzte Mal gesehen?«, murmelte sie mehr zu sich selbst. »Warte, es dauert nicht lange. Ich sehe mal im Lager nach. Ich bin gleich wieder da, Joy, vielleicht hast du Glück.« Sie rauschte davon und ich drehte und wendete mich begeistert vorm Spiegel.

»Zeig dich mal«, hörte ich Parker von draußen.

Pfff! »Wieso? Das scheint dich ja sowieso nicht zu interessieren«, blaffte ich ihn an.

»Was? Spinnst du? Jetzt komm schon raus. Ich will schließlich sehen, wie du beim *Bar-B-Que* aussehen wirst. Oder muss ich dich holen?«

»Nö«, rief ich bockig.

Keine fünf Sekunden später öffnete sich kurz der Vorhang und Parker schlüpfte zu mir rein. Ich riss die Augen auf. »Was machst du denn? Lizzy kommt gleich«, funkelte ich ihn an. »Außerdem hat bestimmt eine Kundin gesehen, wie du hier reingekommen bist.«

Er kam ganz nahe an mich heran und drängte mich gegen den Spiegel. »Hey Borstenpinsel, was ist dein Problem?«

»Was mein Problem ist? Frag doch Anne«, flüsterte ich schnippisch.

Parker legte seinen Kopf in den Nacken und lachte leise. »Ah! Daher weht der Wind.«

»Wenn du glaubst, du kannst mich mit Anne zur Weißglut treiben, dann hast du dich geschnitten«, drohte ich ihm und tippte mit dem Zeigefinger gegen seine Brust. »Beschwere dich aber nicht, wenn ich ...«

Er erstickte mein Gemotze mit einem Kuss. Gierig drang seine Zunge in meinen Mund und augenblicklich vergaß ich das Gift, das sich in mein Herz geschlichen hatte. Ich bekam weiche Knie und überhörte die warnende Stimme in meinem Hinterkopf. Ich war regelrecht süchtig nach seinen Berührungen, schlang die Arme um seinen Hals und gab mich seinen Liebkosungen hin. Wie konnte es sein, dass ich ihn schon wieder wollte? Das letzte Mal war noch nicht einmal eine Stunde her.

»Ich liebe es, wenn du so kratzbürstig deine Borsten ausfährst, Pinselchen. Das macht mich echt an. Am liebsten würde ich dich sofort ficken«, flüsterte er nahe an meinem Mund.

Ich schluckte. Sein Dirtytalk fuhr mir direkt in den Schritt. Schauer der Erregung fegten über mich hinweg. Parker unterdrückte mein Stöhnen mit seinem Mund, küsste mich leidenschaftlich. Er drängte das Oberteil des Kleides herab, bis mein Busen freilag. Auf der Stelle nahm er meine Brustwarze in den Mund und saugte daran, was in meinem ganzen Körper ein Kribbeln verursachte. Voller Wonne lehnte ich mich gegen den Spiegel und genoss es. Seine Zunge umspielte meinen Nippel und mit der Hand schob er den Rock des Kleides bis zu meinem Bauch hinauf. Seine Finger glitten unter den Bund meines Slips und streiften ihn herunter.

Gefangen in tiefen Gefühlen und mit der Stimme der Vernunft im Hintergrund, versuchte ich ihn aufzuhalten. »Chris ... nicht«, raunte ich leise. Mein Protest war geradezu lächerlich, das wusste ich, aber zumindest hatte ich es probiert. Ich war schwach, viel zu schwach.

Flink umkreisten seine Finger meine intimste Stelle. Gott! Wieso hatte er so viel Macht über mich? Dennoch trieb mich die Angst vor Lizzy weiter an, es ein letztes Mal zu versuchen.

»Chris, bitte, das ist Folter. Außerdem ... die Tante ...«, flüsterte ich, aber da spürte ich schon die Spitze seiner Zunge an meiner Klitoris und wie er zwei Finger in mich schob. In diesem Moment vergaß ich alles um mich herum. Voller Verlangen drang ein lautes Keuchen aus meinem Hals und ich war verloren, brauchte dringend mehr davon.

Gierig reckte ich ihm meine Hüften entgegen. Er leckte mich, biss in meine Klit und seine Finger fickten mich in schnellen, heftigen Bewegungen. Ich war wie von Sinnen. Diese Kombination war göttlich! Fiebernd sehnte ich mich nach Erlösung. Ich war so kurz davor ...

Plötzlich wurde der Vorhang ruckartig beiseitegeschoben und Lizzy stand mit weitaufgerissenen Augen vor uns. Der Karton fiel ihr aus den Händen und die rosa Sandalen purzelten heraus. Erschrocken zuckte ich zusammen und war sofort wieder auf der Erde.

Feuerrot im Gesicht, zog ich panisch den Rock herunter. Ich begann zu zittern, als uns Lizzy voller Entsetzen anstierte. Parker kniete noch immer vor mir und schien die Situation gar nicht so schlimm zu finden. Ich war so perplex, dass ich kein Wort sagen konnte. Endlich stand er auf, leckte sich mit der Zunge über die Lippen und grinste frech.

Er grinste? Hatte er den Verstand verloren? Mikes Tante presste ihre Hand auf den Mund. Ihre Augen weiteten sich geschockt, während ich einfach nur sterben wollte.

Kapitel 19

»Heilige Mutter Gottes! Macht, dass ihr hier rauskommt. Raus! Raus aus meiner Boutique! Aber sofort!« Tante Lizzy stand mit ausgestrecktem Zeigefinger da und warf uns hochkantig aus dem Laden, was ich ihr nicht verdenken konnte.

»Ihr seid Geschwister! Jesus, Maria und Josef! Inzest nennt man sowas! Das ist widerlich!«

Parker schmunzelte ihr frech ins Gesicht, was Lizzy noch mehr aus der Fassung brachte.

»Und das in meinem Geschäft!«, schrie sie und bekreuzigte sich immer wieder.

Chris zog mich an der Hand aus der Umkleide. Gerade rechtzeitig schaffte ich es noch, nach meinen Klamotten und Schuhen zu greifen. »Das Kleid! Ich hab noch das Kleid an!«, kreischte ich panisch, als wir schon die Tür erreicht hatten. Seufzend zog er die Geldbörse aus seiner Jeanstasche und warf mehr als genug Scheine an die Kasse. Wir rannten die Hauptstraße entlang, bis wir atemlos am Parkplatz ankamen. Ich war völlig außer Puste, warf meine Sachen zu Boden, beugte mich vor und stützte mich zitternd auf meinen Knien ab. Parker öffnete leise kichernd das Auto, blieb allerdings an die Tür gelehnt stehen.

»Scheiße, Parker! Verdammte Scheiße! Findest du das etwa lustig?«, fluchte ich, wütend über uns beide. Der Schock saß mir noch immer in den Knochen und ich bekam das Bild der entsetzten Tante nicht aus dem Kopf. Wieso hatte ich mich darauf eingelassen? Wieso hatten wir Lizzy nicht gehört? Oh Gott! Mein Körper bebte vor Scham und am liebsten wäre ich in einem Erdloch versunken. Dieser Skandal würde jetzt die Runde machen. Ganz Virginia würde davon erfahren. Mike und Pat, Logan ... mein Vater. Vielleicht sogar das ganze FBI? Und er grinste, hielt das alles für ein kleines Abenteuer. Tränen stiegen auf, die ich nicht zurückhalten konnte. Ich presste meine Hände vors Gesicht und schluchzte.

»Hey, Pinselchen.«

Parker war um den Wagen gelaufen und wollte mich in den Arm nehmen. Hastig riss ich mich von ihm los.

»Lass das, Parker«, keifte ich. Sofort tat es mir leid, aber ich war so wütend, beschämt und verzweifelt. »Wir müssen was unternehmen. Irgendwas!«

»Leider gibt es nichts, was wir gegen das Strohfeuer, das bestimmt schon entzündet wurde, tun können.«

»Denk nach, es muss etwas geben. Wenn das alle erfahren, sind wir so gut wie geliefert.«

Parker strich sich nachdenklich durch seinen Dreitagebart.

»Beruhige dich erstmal. Wir kriegen das wieder hin.«

Wie konnte er nur so gelassen sein?

»Ich kann mich nicht beruhigen. Sie denken, dass wir Geschwister sind. Inzest ist strafbar.«

»Wir sind aber nicht Bruder und Schwester, also wird es nie zu einer polizeilichen Festnahme kommen. Das einzige, was darunter leidet, ist unser Ruf. Meiner ist schon lange hinüber, was soll's! Entschuldige bitte, dass ich gelacht habe, aber ihr Gesicht war zum Brüllen.«

»Wie schön, dass dich das so belustigt hat. Mir ist das absolut peinlich.«

»Steh drüber. Ich wette, diese Tante war nur neidisch.«

Ein zweites Mal versuchte er mich in die Arme zu nehmen. Diesmal ließ ich es geschehen und wurde von einem heftigen Weinkrampf geschüttelt. Parkers Hände auf meinem Rücken spendeten mir Trost und langsam entspannte ich mich.

Er steuerte den Wagen noch lange durch die Gegend. Er hatte kein besonderes Ziel, verstand nur, dass ich Zeit brauchte, um runterzukommen. Meine Augen waren vom Weinen gerötet und verquollen und die Wimperntusche hatte deutliche Spuren in meinem Gesicht hinterlassen.

Wir schwiegen, während wir auf der Landstraße von Illinois an den vielen Mais-, Soja- und Sorghumfeldern und an ein paar Städten, deren Namen ich schon vergessen hatte, vorbeifuhren. Irgendwo abgeschieden hielt er an, damit ich mich umziehen konnte. Er stieg aus und telefonierte.

»Ja, ich bin's. Es gibt Probleme. ... Nein, nichts dergleichen, unsere Tarnung könnte auffliegen. ... Das alte Problem.« Er senkte den Blick. »Joy und ich ... wurden erwischt.« Er blickte in den Himmel. »Das musst du mir nicht sagen, Logan, das weiß ich auch, verdammt! ... Ja. ... Wir machen uns jetzt auf den Heimweg. Du kannst dir vorstellen, wie ihr zumute ist. ... Ja. ... Nein, melde es vorerst nicht. Wir sind in einer halben Stunde bei euch und werden dann alles besprechen. ... Okay, bis dann.«

In meinen eigenen Klamotten fühlte ich mich viel wohler. Das Zittern hatte aufgehört und ich sank vor Müdigkeit tief in den Sitz. Parker stieg ein und schaute flüchtig zu mir rüber.

»Wir müssen zurück.«

»Wir verlassen Virginia?«

»Vielleicht«, antwortete er tonlos. Irgendwie wurde ich das Gefühl nicht los, dass ihm etwas auf der Seele brannte. Er öffnete den Mund, schloss ihn aber wieder, dabei starrte er mich an. »Die Presse liebt solche Geschichten. Ein einziger Artikel in der Zeitung könnte die Aufmerksamkeit auf uns lenken. Falls das passiert, müssen wir schon längst verschwunden sein.«

Nickend spielte ich am Saum meines T-Shirts. Ich sah das Zögern in seinen Augen, irgendwas wollte er mir noch sagen. »Und weiter?«, ermutigte ich ihn.

Endlich sah er mich an.

»Falls ich jetzt nicht suspendiert werde, werde ich mich versetzen lassen.«

Fest biss er die Zähne zusammen und rieb nervös mit dem Kiefer. Seine Hände krallten sich um das Lenkrad.

Versetzen lassen? Ich hatte geahnt, wie übermächtig der Schmerz in meinem Herz sein würde, doch dass es so weh tat, damit hätte ich nicht gerechnet. Ich kämpfte gegen den dicken Kloß in meinem Hals an.

»Joy ... ich ...« Seine Stimme war belegt und er schluckte. Aufgewühlt fuhr er sich durchs Haar. »Es ist besser so, glaub mir. Ich bringe nur Probleme.«

Ich lachte verächtlich, weil das so typisch für ihn war.

»Du bist nicht allein schuld. Wir haben es beide gewollt.«

Verwundert runzelte er die Stirn.

»Dann verstehst du meine Entscheidung?«

Ich schloss die Augen und schüttelte kaum merklich den Kopf.

»Du brauchst wegen der Sache mit uns nicht fortzugehen.«

Ich biss auf meine Lippen und blickte zum Radio, als ich kurz davorstand, überzuschnappen. Meine Emotionen gingen mit mir durch. Er starrte mich an. Es tat weh, weil Mitleid und Unbehagen in seinem Blick lagen, nachdem die Wärme darin erloschen war. Ein harter Zug spielte um seine Lippen.

»Ich will dir nicht wehtun, Joy.«

»Tust du aber.« Enttäuscht wischte ich eine Träne mit dem Handrücken fort. »Ich dachte, du würdest etwas für mich ... empfinden.«

Für einen Moment schloss er die Augen.

»Nein, für mich war das nur eine Affäre. Ich sagte dir bereits, dass ich kein Typ zum Verlieben bin.«

Er hätte mir auch ein Messer ins Herz rammen können, die Schmerzen wären dieselben. Ich konnte es nicht glauben, nicht nach allem, was wir beide erlebt hatten. Jetzt sah ich nur noch Kälte und Verschlossenheit. Innerlich versuchte ich, irgendwie nicht überzuschnappen, nicht mit ihm zu diskutieren.

»Gut. Dann bring mich bitte nach Hause.«

Ich saß mitten in einem Scherbenhaufen, mein Leben war eine totale Katastrophe. Ich hatte keine Ahnung, wie ich jemals wieder aus dem ganzen Schlamassel herauskommen sollte. Ohne ein weiteres Wort zündete er den Motor. Unzähligen Mädchen hatte er das Herz gebrochen. Jetzt war ich eine von ihnen – eine von vielen.

***

Auf dem Weg zum Haus hielt Parker abrupt an der Schneise zur Einfahrt. Überrascht sah ich auf. Der rote Pick-up parkte direkt vor dem Haus. Sofort grummelte mir der Bauch und Magensäure stieg mir die Speiseröhre empor.

»Das könnte Ärger bedeuten«, murmelte Parker vor sich hin. »Versuch, ruhig zu bleiben. Vielleicht kriegen wir das hin, okay?«

Wir fuhren hinter den roten Pick-up und stiegen aus. Kaum hatten wir die Autotüren zugestoßen, kam uns Mike auch schon entgegen. Er war bleich und seine Augen bohrten sich hasserfüllt in Parker. Chris drehte sich zu ihm um, und bevor er reagieren konnte, holte Mike aus und schlug ihm hart mit der Faust ins Gesicht. Parker prallte gegen den Wagen und sank zu Boden.

»Du Schwein!«, presste Mike zornig hervor. Chris blieb an den Wagen gelehnt sitzen. Blut lief aus seinem Mund.

Mike funkelte mich wütend an. »Und ich habe geglaubt, du wärst etwas Besonderes.« Sein feindseliger Ton traf mich. »Ihr widert mich beide an.« Erstarrt stand ich einfach nur da. Es gab nichts, was ich hätte sagen können, nichts, was es besser gemacht hätte. Diesen Weg musste ich jetzt gehen. Mike war verletzt, und das zu Recht. »Hast du mir überhaupt nichts zu sagen?«, blaffte er mich an, während Parker versuchte aufzustehen.

»Lass sie in Ruhe, Mike.«

Höhnisch lachte dieser auf.

»Immer noch der übertriebene Beschützerinstinkt? Ihr seid so verlogen. Komm schon, Joy, erzähl mir, wie ihr euch über mich lustig gemacht habt. Ich war so ein Trottel. Wie konntest du nur?«

»Es tut mir wirklich leid.«

»Das kannst du dir sparen.«

Egal, was ich sagte, solange Mike wütend war, konnte man kaum mit ihm sprechen. Es wäre blödsinnig gewesen, auch nur daran zu denken. Im Hintergrund sah ich Logan und meinen Vater. Ich wusste, Logan würde sofort eingreifen, aber Mike schien er nicht als Gefahr wahrzunehmen. Ein Wagen näherte sich. Wir sahen auf und Mike warf genervt den Kopf in den Nacken.

»Wieso muss sich Mum immer in alles einmischen?«

Pat parkte und stieg mit einer ernsten Miene aus. Sie fixierte mich. Sofort schoss das Blut in meine Wangen und ich konnte sie vor Scham nicht einmal ansehen.

Sie nickte uns zur Begrüßung flüchtig zu.

»Wieso bist du hergekommen, Mum? Ich habe gesagt, ich regle das allein.«

»Tja, das sehe ich. Könnt ihr Kerle immer nur Fäuste sprechen lassen?« Sie deutete mit einer Kopfbewegung Richtung Parker. Dieser spuckte Blut ins Gras und warf Mike einen finsteren Blick zu.

»Mum, geh wieder, okay?«, forderte Mike seine Mutter auf.

»Nicht, bevor ich mit den beiden gesprochen habe.«

»Da gibt es nichts zu besprechen, wir werden unseren Urlaub abbrechen und nach Hause fahren«, erwiderte ich und fragte mich, woher ich den Mut nahm.

»So einfach ist das aber leider nicht. Das ist strafbar und bei weitem keine Kleinigkeit.« Schuldbewusst sah ich zu Boden.

»Wie wäre es, wenn wir alles Weitere drinnen bereden? Ich bin mir sicher, wir finden eine Lösung.«

Keiner hatte bemerkt, wie Logan zu uns getreten war.

»Nein«, widersprach Parker heftig und warf ihm einen vielsagenden Blick zu. Was hatte Logan vor?

»Jetzt vertraust du mir mal, okay?« Logan funkelte seinen Partner an.

Mike fuhr herum.

»Du weißt davon?« Er verzog angewidert den Mund. »Ich denke, das ist ein klarer Fall für den Staatsanwalt.«

Pat, die nachdenklich von Parker zu Logan gesehen hatte, gab der Fahrertür ihres Autos einen Schubs.

»Da bin ich aber gespannt.«

Sekunden vergingen, in denen wir uns schweigend musterten. »Ich denke, Joy will mit Mike unter vier Augen sprechen, Chris. Lass die beiden und komm mit ins Haus.«

Logan wartete, bis von ihm eine Reaktion kam. Parker zögerte und warf Mike einen warnenden Blick zu, bevor er Logan und Pat widerwillig ins Haus begleitete.

Erst als sie drinnen verschwunden waren, konnte ich Mike ansehen. Enttäuschung lag in seinem Gesicht, genau wie Ekel und Unverständnis. Er wandte sich um und wollte seiner Mutter folgen.

»Bitte bleib«, sagte ich zaghaft. Mein Herz klopfte wild.

»Nenn mir einen Grund, Joy!«

Ich traf eine Entscheidung und konnte nur hoffen, dass ich uns dadurch nicht noch mehr in Gefahr brachte.

»Ich ... weiß nicht, was sie drinnen besprechen werden, aber du sollst die Wahrheit hören. Und zwar von mir.« Mike überlegte und sah mich abschätzend an. »Ich bitte dich nur, mir zuzuhören. Dann überlasse ich es dir, mir zu glauben oder nicht.«

Er dachte nach und verschränkte die Arme.

»Du hast genau zwei Minuten.«

Nickend schluckte ich meine Nervosität runter und trat ihm mutig entgegen. Mike hatte die Wahrheit verdient, und ich vertraute darauf, dass er seinen Zorn vergessen würde, sobald er alles erfahren hatte. Aber ich hatte auch unsagbare Angst davor. Tief atmete ich ein und aus und wappnete mich.

»Mein Name ist nicht Joy, sondern Mia«, begann ich langsam und nachdrücklich. »Meine Schwester, mein Vater und ich sind in einer Art Zeugenschutzprogramm des FBIs. Logan und Parker sind FBI-Agenten, die uns rund um die Uhr bewachen und beschützen. Wir wurden vor ein paar Wochen hierhergebracht und verstecken uns vor ein paar wirklich üblen Kerlen. Ich kann dir nicht im Detail erzählen, um was es hier geht, aber Parker und ich sind keine Geschwister.«

Ich beobachtete Mike. Sein Ausdruck wechselte von Ungläubigkeit zu Belustigung. Ich fragte mich, ob er überhaupt verstanden hatte, was ich ihm gerade erzählt hatte. Da fing er höhnisch an zu lachen.

»Netter Versuch, aber da musst du dir schon etwas Besseres einfallen lassen.«

»Das ist die Wahrheit, Mike.« Er lachte weiter. Wütend ballte ich die Fäuste. »Du findest das witzig?«

»Absolut.«

Meine Stimme zitterte.

»Es ist ganz und gar nicht witzig, zu erfahren, dass dein Vater ein Verbrecher – ein Krimineller, ist und du jahrelang von ihm belogen wurdest. Es ist auch nicht witzig, festzustellen, dass dein Dad plötzlich ein Fremder ist und du keine Chance hast, aus diesem Albtraum aufzuwachen. Es ist ebenso nicht witzig, in einer Nacht- und Nebelaktion dein Zuhause und deine Freunde zu verlassen, ohne die Chance zu haben, dich zu verabschieden, geschweige denn jemals zurückzukehren. Dir bleiben nur deine Träume, und selbst die zerplatzen in wenigen Stunden wie Seifenblasen.«

Tränen liefen mir wieder die Wangen hinunter, dabei hatte ich versucht, stark zu sein, aber das war in diesem Moment auch egal.

»Joy!«

Er runzelte die Stirn und schien endlich zu begreifen, dass ich ihn nicht anlog. Wahrscheinlich erkannte er, wie verzweifelt ich wirklich war. Er trat einen Schritt auf mich zu, doch ich wehrte ihn ab.

»Weißt du, wie es sich anfühlt, alles zu verlieren und nichts dagegen tun zu können? Es ist erniedrigend, grausam und einfach nur hart, das alles vor deiner kranken Schwester zu verbergen. Und was Parker und mich angeht: Ja, es stimmt, wir hatten eine Affäre. Er war mein Freund, Mike. Mit ihm konnte ich das alles für ein paar Stunden vergessen.«

»Ich ... weiß gar nicht, was ich sagen soll. Ist das wahr?«

»Das ist die Wahrheit. Ich schwöre es.«

Er dachte nach.

»Ja ... Je länger ich darüber nachdenke, desto mehr macht dein Verhalten auch Sinn.« Ich schwieg, ließ ihn selbst dahinterkommen, dass es die Wahrheit war. Er fuhr sich durchs Haar und wandte sich zum Haus. »Und hier versteckt ihr euch?«

»Das spielt keine Rolle, wir werden von hier fortgehen. Leb wohl, Mike.«

Er nickte. »Es ... tut mir leid.«

»Das muss es nicht.«

Ich ließ ihn stehen und ging ins Haus – packen. Ich schluckte die Tränen runter, die wie ein dicker Kloß in meinem Hals steckten. Ich spürte Mikes bohrenden Blick im Rücken, aber ich drehte mich nicht noch einmal nach ihm um.

Als ich das Haus betrat, hörte ich Pat sprechen: »Ich verstehe, dass Sie sich absichern möchten, aber nachdem Sie mir alles erklärt haben, erübrigt sich dieser Vertrag.«

Pat saß auf dem Sofa neben Holly. Mein Vater stand mit dem Rücken zu ihnen am Fenster und starrte in den Garten, Logan saß ihr gegenüber und Parker lehnte am Tisch. Vor ihr auf dem kleinen Wohnzimmertisch lag ein Blatt Papier.

»Sie werden verstehen, Mrs. Miller, dass wir darauf nicht verzichten können. Wir brauchen eine Sicherheit, dass kein Wort nach draußen dringt.«

»Ich sagte Ihnen bereits, dass Ihre wahre Identität bei uns und bei meiner Schwester sicher ist. Ich wollte Ihnen nur verständlich machen, dass wir kein Schweigegeld dafür brauchen. Ich mag das Mädchen. Mein Sohn hat sich einfach nur Sorgen gemacht. Euer Geheimnis ist bei uns gut aufgehoben«, unterstrich Pat ihre Vertrauensseligkeit. »Aber wenn es Ihnen so wichtig ist, werde wir es unterschreiben.« Sie nahm den Kugelschreiber in die Hand und unterschrieb.

Was tat sie da? Neugierig trat ich näher. Alle blickten mich an. Als Holly mich entdeckte, sprang sie vom Sofa auf und rannte in meine Arme.

»Wo ist er?« Logan sah mich eindringlich an.

»Draußen.«

»Hast du es ihm gesagt?«

Ich nickte und hörte, wie die Tür hinter mir geöffnet wurde. Mike kam herein. Er sagte kein Wort und ging an mir vorbei zu seiner Mutter. Kurz tätschelte sie ihn am Oberarm, wandte sich dann wieder Logan zu.

»Beruhigt euch. Mein Sohn und ich werden schweigen und euch unterstützen, wo wir können. Außerdem würde ich dem Vorfall nicht so viel Gewicht beimessen. Gerüchte kommen immer auf und genauso schnell sind sie wieder vergessen. Nur meine Schwester hat die beiden gesehen.«

Ich wusste nicht, was ich davon halten sollte. Einerseits fand ich es nett, dass die Millers uns helfen wollten, und andererseits verstand ich nicht, warum wir nicht schon längst auf der Flucht waren.

»Was ist mit dir, Mike? Sag ihnen, dass wir das Geheimnis für uns behalten werden«, forderte seine Mutter ihn auf.

Forschend sah er sich im Salon um. »Ihr habt mein Wort und ... es tut mir leid. Aber das konnte ja niemand ahnen.«

Parker nickte ihm zu und die beiden schienen im Stillen einen Waffenstillstand auszuhandeln.

»Joy? Ich will nicht fort«, flüsterte Holly mir ins Ohr.

»Ich weiß, Keks.« Liebevoll streichelte ich über ihr Haar.

»Ich sage es zum letzten Mal: Dank meiner Tochter wird sich ganz Virginia schon jetzt über uns das Maul zerreißen. Es ist eine Frage der Zeit, bis ein Reporter auf uns aufmerksam wird. Wir können nicht hierbleiben«, erwiderte mein Vater und drehte sich zu uns. »Wir dürfen dieses Risiko nicht eingehen. Wir müssen sofort von hier verschwinden.«

»Ich sagte es Ihnen ja schon, Mr. Brown, durch die Erklärung, dass die beiden nicht blutsverwandt sind und es ein Missverständnis war, wird das Interesse der Leute schnell abflachen.«

Plötzlich schlug mein Vater mit der Faust auf die Tischplatte. »Verdammt! Es ist mir völlig gleich, was die Erklärung ist. Das ist Aufmerksamkeit, die wir uns nicht leisten können«, brüllte er. Erschrocken zuckten wir zusammen und Holly kuschelte sich eingeschüchtert an meine Halsbeuge.

»Ich habe Ihnen schon einmal gesagt, dass Sie das nicht zu entscheiden haben«, zischte Parker ihn an. Der böse Blick, den mein Vater mir zuwarf, ging mir durch und durch. Zum Glück schien sich Dad wieder zu beruhigen und wandte sich erneut dem Fenster zu.

Das Für und Wider wurde noch ausführlich besprochen, nur ich hielt mich aus der Diskussion völlig heraus. Letztendlich war es mir egal, ob wir hierblieben oder sonst wo auf der Welt einen Schlupfwinkel fanden.

»Holly muss etwas essen, ihre Medikamente sind fällig.« Mit ihr auf dem Arm ging ich in die Küche.

Ein paar Minuten später verabschiedeten sich die Millers von mir. Pat umarmte mich und entschuldigte sich noch einmal. »Hab keine Angst, du kannst uns vertrauen.« Sie sah mir in die Augen und ich erkannte ihre Ehrlichkeit. Ich zwang mich zu einem kleinen Lächeln. Mike streckte mir seine Hand entgegen. Er hatte ein schlechtes Gewissen und ihm war die Enttäuschung anzusehen.

»Es tut mir leid, Mike«, war alles, was ich sagen konnte.

Ich nahm seine Hand an und hoffte, dass wir trotzdem Freunde werden konnten. Ich war erleichtert, als er sie annahm, aber für ein kleines Lächeln seinerseits reichte es leider nicht.

***

»Wir bleiben bis zum *Bar-B-Que*, danach verschwinden wir von hier«, informierte mich Logan, nachdem die Millers gegangen waren. »Falls sich die Lage vorher ändern sollte, hauen wir natürlich früher ab.«

Ich nickte und schnitt einen Apfel für Holly in kleine Stücke. Ich war mit allem einverstanden.

»Ach, und ... geh besser deinem Vater aus dem Weg. Er ist im Augenblick unberechenbar und nicht gerade gut auf dich zu sprechen.«

Sein Gesichtsausdruck von vorhin flammte vor meinen Augen auf. Es schockierte mich immer noch, dass ich meinen Vater im Grunde überhaupt nicht kannte. Er hatte sich so sehr verändert und es war schwer, ihn einzuschätzen. Er war mir fremd, und ich war es leid, nach meinem wahren Vater in ihm zu suchen. Er schien vor langer Zeit fortgegangen zu sein.

Ich fühlte mich einsam und Parkers abweisendes Verhalten verschlimmerte das noch. Bis zum *Bar-B-Que* bekam ich ihn kaum zu Gesicht. Er nahm die Mahlzeiten allein ein und blieb den ganzen Tag unsichtbar. Nur mit Holly verbrachte er einen Nachmittag in der Küche und backte mit ihr seine versprochenen Cookies. Ich vermied es, in die Küche zu gehen, weil allein der Duft unweigerlich prickelnde Erinnerungen in mir auslöste. Das konnte ich im Augenblick nicht ertragen.

Parker hatte beschlossen, dass nur er allein beim Aufbau helfen würde. Dadurch wollte er sich ein Bild von der Lage verschaffen und seine Fühler ausstrecken. Mein Magen krampfte, wenn ich daran dachte, wie er an diese Informationen kommen würde. Die Stimmung im Haus war geradezu eisig und mein Vater hatte zwei weitere Wutanfälle.

Seit Pat und Mike die Wahrheit kannten, fluchte Dad leise und brabbelte unverständliche Dinge vor sich hin. Seine bösen Blicke verfolgten mich und jagten mir Angst ein. Er gab mir die Schuld und ließ keine Gelegenheit aus, das auch zu zeigen. Er nahm noch nicht mal mehr Rücksicht auf Holly.

Ich wischte gerade den Parkettboden im Salon, als er auf mich zukam. Erschrocken zuckte ich zusammen. Noch niemals hatte ich Angst vor ihm gehabt, aber jetzt schnürte sich mir der Hals zu, als er mich anfunkelte.

»Deine Mutter würde sich im Grabe umdrehen, wenn sie dich sehen könnte.« Ich wich zurück, doch er kam näher. »Wieso hast du dich so verändert? Wieso bekommst du es nicht in deinen Schädel, dass du mit deinem Verhalten all meine Pläne zerstörst?« Ängstlich warf ich einen Blick zum Sofa, auf dem Holly gemalt hatte und jetzt unseren Vater und mich beobachtete.

»Dad, bitte, Holly sitzt hier.«

Der Ausdruck in seinen Augen war hart und unnachgiebig. Er war geradezu kalt und furchteinflößend.

»Wenn wir alle sterben, wird es deine Schuld sein. Ich hasse es, wenn man sich nicht an meine Anweisungen hält. Ich habe dir verboten, dich auf den Agenten einzulassen.« Er hatte mich so weit gedrängt, dass ich die Wand in meinem Rücken spürte. »Du hast keine Ahnung, in was für ein Wespennest du getreten bist, Mia.« Unerwartet lächelte er. »Ich kann dich nicht beschützen, Kleines, wenn du dich wie eine Hure benimmst.« Er war mir jetzt ganz nahe, sodass ich seinen Atem in meinem Gesicht wahrnahm. Seine Hände zitterten, als er zärtlich mit dem Handrücken über meine Wange fuhr und meine Tränen fortwischte. Sämtliche Nackenhärchen stellten sich auf, als er mich berührte. Steif stand ich an der Wand und traute mich nicht, mich zu rühren. »Weißt du, was *Die graue Eminenz* mit weiblichen Verrätern macht?« Ich schluckte und schüttelte zittrig den Kopf. »Er gibt seinen Männer die Freiheit, mit ihnen alles zu tun, was sie möchten. Das ist wirklich kein schöner Anblick. Das willst du doch nicht, oder?«

Blind vor Tränen warf ich einen Blick zu Holly. Sie hatte sich mucksmäuschenstill in die Ecke des Sofas verdrückt und blickte ängstlich zu uns. Ich wünschte, sie wäre nicht da.

»Ich kann dir versichern, dass ich alles tun werde, um dich zu schützen. Wir müssen fliehen, Mia, nur wir drei. Verstehst du? Dein Agent wird uns ans Messer liefern, er wird auch dich nicht verschonen. Er ist genau wie sein Vater. Er würde alles tun, um ...«

Plötzlich wurde Dad am Nacken gepackt und ruckartig auf den Boden geworfen. Wehrlos lag er da, während Parker seine Hände auf seinen Rücken drehte. Holly schrie, was sofort auch Logan auf den Plan rief. Sie sprang in meinen Arm und weinte. Ich war steif und stand unter Schock. Gebannt starrte ich meinen Vater an.

»Wenn ich Sie noch einmal dabei erwische, dass Sie Ihre Tochter bedrohen, Brown, dann Gnade Ihnen Gott! Ich breche Ihnen jeden Knochen einzeln.« Chris sah auf. »Schaff ihn mir aus den Augen, Smith, sonst vergesse ich mich.« Gemeinsam richteten sie ihn wieder auf. Dad stieß den Atem aus und schien ein wenig verwirrt zu sein, ließ sich aber bereitwillig von Logan aus dem Salon führen.

Ich zitterte noch immer vor Angst. In Chris' Augen las ich Wut und Verärgerung, aber auch Erleichterung.

»Danke«, wisperte ich ihm leise zu, was er mit einem leichten Nicken quittierte. Dann verließ er wortlos den Raum und ließ mich mit der weinenden Holly allein. Es dauerte eine ganze Weile, bis sie sich beruhigt hatte. Unter Tränen sagte sie immer wieder: »Ich will nach Hause.«

Nach dem Ausbruch meines Vaters schien die Anspannung unter den beiden Agenten größer zu sein als zuvor. Später kam Logan und erzählte mir, dass Parker es für besser hielt, wenn wir in unterschiedlichen *Safe Houses* untergebracht wurden. Die Attacke zeigte mir deutlich, wie gefährlich Dad war – wie unberechenbar und was für ein Risiko. Irgendwie wollte mir seine Veränderung nicht in den Kopf. Seit wann war er so? Wieso hatte ich niemals etwas bemerkt? Fakt war, dass etwas nicht stimmte. Ich konnte nur nicht genau sagen, was.

Einen Tag vor dem *Bar-B-Que* hatte ich begonnen, mir um Holly Sorgen zu machen. Den ganzen Tag hatte sie sich müde gefühlt und die meisten Stunden des Tages verschlafen. Sie hatte zwar kein Fieber gehabt, aber merkwürdig war diese Übermüdung schon. Ich war bei ihr geblieben, hatte gezeichnet und meinen Gedanken nachgehangen. Vielleicht war es Hollys Art, einer Begegnung mit Dad aus dem Weg zu gehen. Letzte Nacht war sie schweißgebadet aufgewacht und hatte von ihm geträumt. Seither wollte sie im Zimmer bleiben.

Das *Bar-B-Que* stand in nur wenigen Stunden auf dem Programm – unser erster gemeinsamer Ausflug als Familie Brown, die ihren Urlaub in Virginia verbrachte. Ich durfte nicht darüber nachdenken. Mein Magen verkrampfte sich, wenn ich an die Gesichter dachte, die uns anstarren würden.

Ich saß auf der Bettkante, kämmte Holly und befestigte gerade den Haargummi an ihrem Hinterkopf. Ich war mir nicht sicher, ob wir tatsächlich gehen sollten.

»... aber mir geht es gut, Joy. Ich war nur gestern so müde. Jetzt bin ich wach. Ich will dahin«, quengelt sie.

»Ich weiß, aber es geht eben nicht, wenn du krank bist.«

»Verdammt! Ich bin doch nicht krank!«

Mitten in der Bewegung hielt ich erschrocken inne.

»Was hast du gerade gesagt? Seit wann fluchst du?«

Ihr Zopf war fertig und sie drehte sich zu mir. Sie wusste sofort, dass sie etwas falschgemacht hatte, und senkte ihren Blick.

»Du und Chris sagt das auch immer«, verteidigte sie sich.
»Das ist aber etwas anderes, wir sind erwachsen.«
»Dann darf man fluchen, wenn man erwachsen ist?«
»Nein, man darf überhaupt nicht fluchen.«
»Und warum tut ihr es dann?«
Ich seufzte.
»Keine Ahnung, du Nervensäge, jedenfalls will ich das nicht mehr von dir hören. Verstanden?«

Sie verdrehte die Augen und mir klappte der Mund auf. Seit wann war mein süßer kleiner Keks zu einem Rebell geworden? Ich wollte ihr gerade die neuen Marotten austreiben, als Logan seinen Kopf durch die Tür steckte.

»Hi, ihr zwei. Wie fühlst du dich heute, Kleine?«
»Gut«, gab Holly wie auf Kommando zur Antwort. »Ich will Karussellfahren und Zuckerwatte essen.«

Logan lachte, sah mich aber fragend an.
»Ich weiß nicht … Sie hat heute noch nicht viel gegessen. Wenn das morgen auch noch so ist, dann sollten wir zum Arzt gehen, das ist nicht normal«, gab ich zu bedenken.

»Okay. Wir können aber auch alles abblasen und gleich zum Arzt fahren, wenn dir das lieber ist.« Besorgt blickte Logan Holly an.

»Nein!«, protestierte der Keks energisch und stemmte ihre Fäuste in die Hüften. »Ich bin nicht mehr müde und ihr habt versprochen, dass ich mit dem Karussell fahren darf. Joy, ehrlich, schau, ich muss gar nicht mehr gähnen.«

Sie streckte mir ihr kleines Gesichtchen entgegen und demonstrierte mir, dass sie ohne zu gähnen stillhalten konnte.

Logan und ich lachten. Ich konnte sie ja verstehen. Seit Wochen war sie hier im Haus mehr oder weniger eingesperrt und sehnte sich nach Abwechslung.

»Na gut, wir gehen, aber wenn du dich nicht wohlfühlst, sagst du mir gleich Bescheid, ja?«

Zufrieden und mit leuchtenden Augen nickte sie und nahm Mr. Floppy in den Arm.

»Ich sag's dir sofort, wenn ich wieder müde werde, Joy, und Mr. Floppy wird auf mich aufpassen.«

Kapitel 20

Wir parkten inmitten einer Blechlawine von Autos. Ganz Illinois schien hier zu sein. Die Stadt hatte sogar Parkplatzordner eingestellt, um Chaos zu vermeiden. Es war später Nachmittag und heute hatte die Sonne endlich Erbarmen mit uns. Der Himmel war grau behangen und die Luft hatte sich abgekühlt, trotzdem trieb mir jede Bewegung den Schweiß aus den Poren. Ob dies an meiner Aufregung lag, konnte ich nicht sagen. Nur widerwillig trug ich das Kleid, aber wenn alle weiblichen *Bar-B-Que*-Besucherinnen Kleider trugen, wollte ich nicht auffallen, indem ich in Shorts und Top aufkreuzte.

Heilfroh, dass mein Vater mit Logan zu Hause geblieben war, war Holly sichtlich entspannter. Parker musste sein Schweigen brechen und mit mir reden. Es fiel ihm nicht leicht, das spürte ich deutlich.

Bevor ich ausstieg, hielt er mich zurück.

»Ihr bleibt in meiner Nähe. Wenn du irgendjemanden sehen solltest, sagst du mir sofort Bescheid.«

Er musterte mich und sein Blick lag auf meinem Oberschenkel. Seine Gedanken blieben mir verborgen, nur das übliche Kribbeln zwischen uns war wieder zu spüren.

Das *Bar-B-Que* wurde in der ganzen Stadt veranstaltet. Unzählige Besucher waren gekommen, um sich das Fest nicht entgehen zu lassen. Die Straßen waren abgesperrt und der Verkehr umgeleitet worden. Kleine Hütten, geschmückt mit Lichterketten und Girlanden, säumten die Hauptstraße. Musikkapellen spielten, überall roch es nach Essen. Viele Familien schlenderten an uns vorbei, wobei die Fahrgeschäfte die Hauptattraktion bei der Jugend und den ganz Kleinen bildeten. Holly nahm Parkers und meine Hand und hüpfte aufgeregt.

»Dort vorne ist das Karussell, können wir hingehen?«, bettelte sie und sah fragend zu Chris auf.

»Gedulde dich, Kleines, wir müssen erstmal die vielen Cookies loswerden, die wir gebacken haben. Dann treffen wir uns noch mit Mike und Anne.« Aus dem Augenwinkel sah ich, wie Holly mal wieder die Augen verdrehte. Ich schmunzelte. Das schien ihre neue Marotte zu sein.

Ich fühlte mich unbehaglich inmitten so vieler Menschen. Manche nickten uns grüßend zu, und ich fragte mich, was die Leute über uns dachten. Nach den Wochen in Schutzhaft, abgeschirmt von jedem Trubel und dem Skandal in der Boutique, vibrierte Furcht unter meiner Haut.

Als wir Pat von Weitem an einem Stand entdeckten, hatte ich keine Zeit mehr, über meine Gefühle nachzudenken, und das war ganz gut so.

»Ah, da seid ihr ja«, begrüßte sie uns gutgelaunt. Sie nahm Parker die riesige Schüssel mit den Cookies ab und bedankte sich. »Die sehen aber lecker aus. Sie werden bestimmt gut ankommen, danke.« Sie übergab einer Frau die Schokotaler und wandte sich wieder uns zu.

»Alles in Ordnung?«, fragte sie Parker mit einem zweideutigen Blick.

»Ja, alles unter Kontrolle«, sagte er sachlich.

»Und wann tretet ihr wieder die Heimfahrt an?«

»Bald.« Sie grinste und verstand, dass er ihr darüber keine Auskünfte geben durfte.

»Schon gut. Ich verstehe, ich finde es nur schade. Wir hätten euch gern noch eine Weile hierbehalten.« Sie beugte sich zu Holly hinab. »Und du, kleiner Spatz? Wie geht es dir?«

»Gut, aber ich will jetzt karussellfahren. Chris hat gesagt, ich darf ganz viele Runden auf einem Pferd reiten.«

Pat lachte. »Na, dann will ich dich nicht aufhalten und wünsche dir ganz viel Spaß.« Sie kramte in ihrer Handtasche. »Hier! Da hast du drei Freikarten fürs Karussell.« Sie drückte

Holly drei leuchtende pinkfarbene Chips in die Hand, was die Augen meiner Schwester zum Strahlen brachte.

»Oh, danke!«, rief sie begeistert aus. »Sieh nur, Joy, damit kann ich dreimal fahren.« Sie benutzte ihre Finger und zählte die Fahrten.

»Ja, bis dir schlecht wird«, ermahnte ich sie.

»Mike und Anne warten beim Spareribs-Stand auf euch. Er ist gleich dort drüben.«

»Gut, dann werden wir mal zu ihnen gehen.«

Parker nickte Pat nochmal mit einem Lächeln zu und zog Holly an der Hand mit sich. Wir fanden den Spareribs-Stand nicht weit von Pat auf der anderen Straßenseite. Alle Miller-Geschwister standen an einem Bistrotisch und unterhielten sich. Ich hätte mir denken können, dass Scarlett Stevenson auch dort sein würde. Ich war nicht scharf darauf, ihr noch einmal zu begegnen, bevor wir Virginia verließen. Als sie uns bemerkten, war es Anne, die uns zu sich herwinkte.

»Huhuuu! Hier sind wir! Joy!« Wir steuerten direkt auf die Gruppe zu.

Brad, seine Frau Moni, Gabi, Mike und Anne begrüßten uns und stellten uns offiziell auch Scarlett vor. Sie reichte mir ihre Hand, und es war nicht zu übersehen, dass sie sich über Parkers Gesellschaft sehr freute. Sie warf ihr blondes Haar über die Schulter und blinzelte ihn honigsüß und vielsagend an. Hatte ich schon erwähnt, dass ich sie nicht mochte?

Ich wandte meinen Blick von ihr ab und beobachtete, wie Moni ihren Mann in die Seite knuffte und auffordernd ihre Brauen hob. Brad registrierte sofort, was seine Frau von ihm wollte, und streckte zu meiner Überraschung Parker seine Hand entgegen.

»Es tut mir leid wegen neulich. War nicht so gemeint, Mann!« Er meinte es ehrlich, das war ihm deutlich anzusehen.

Parker nahm seine Entschuldigung an. »Schon okay. Alles wieder gut?« Er deutete auf seinen Bauch.

Brad lachte auf. »So viel wie Mike musste ich ja nicht einstecken. Du hast mein Brüderchen übel zugerichtet, hast echt einen harten Schlag drauf. Wo hast du so kämpfen gelernt?«

Parker grinste schief. »Mein Vater hat es mir beigebracht.« Kurz blinzelte er zu mir rüber, drehte sich aber schnell ab.

»Cool. Unser Vater kann noch nicht mal einer Fliege etwas zuleide tun.« Die Männer unterhielten sich über die Schlägerei, wobei Parker sich dezent zurückhielt.

Anne lächelte Holly an. »Du bist also das hübsche Mädchen, von dem Mike mir schon so viel erzählt hat«, sagte Anne zu ihr. Die beiden redeten eine Weile, während Mike versuchte, Parker ein Bier aufzuschwatzen. Irgendwie war die ganze Szene so bizarr. Sie hatten sich von Anfang an nicht leiden können und jetzt, nachdem Mike die Wahrheit kannte, waren sie plötzlich Kumpels?

»Ich will jetzt endlich karussellfahren«, quengelte Holly und zog an meinem Shirt.

»Gedulde dich noch, Keks. Das machen wir bald, okay?«

»Wir können auch gleich gehen«, meinte Anne. »Das Kinderkarussell ist ganz in der Nähe. Moni wird bestimmt auch mitkommen, oder?« Brads Frau nickte zustimmend.

»Wo ist das Karussell?«

»Gleich dort drüben. Siehst du das sich drehende, bunte Dach?«

Wir folgten ihrem Blick. »Okay, dann lasst uns gehen.«

Der enttäuschten Scarlett schien es nicht zu gefallen, dass Parker mit uns gehen wollte.

»Deine Schwester kann doch mit den Miller-Frauen gehen. Trink mit uns ein Bier«, schnurrte sie und legte besonders viel Sex in ihre Stimme.

Ich hätte kotzen können und ignorierte den Krampf in meiner Brust.

»Ich habe es der Kleinen versprochen«, entschuldigte sich Parker und sah mich kurz an.

»Ist doch kein Problem. Das hübsche Ding hier will seinen Spaß haben, dann soll es ihn auch bekommen«, mischte sich Mike ein. »Lasst uns gehen.«

Holly war natürlich überglücklich und Scarlett verzog den Mund, folgte uns aber dann doch. Es war ein schönes Karussell, keines der neumodischen Fahrgeschäfte, die mit poppigen Autos oder Ufos mit lauter Musik aufwarteten. Es hatte seinen ganz eigenen nostalgischen Charme. Die Holzpferde waren liebevoll restauriert worden und galoppierten langsam ihre Runden. Dazu passende Musik – der Kleinmädchentraum schlechthin. Holly konnte es nicht erwarten aufzusitzen und hüpfte aufgeregt von einem Bein aufs andere. Als das Karussell endlich anhielt und die Kinder von den Pferden sprangen, um schnell bei ihren Eltern einen weiteren Chip zu holen, nahm Parker sie kurzerhand auf den Arm und setzte sie auf ein besonders schönes Pony. Die Fahrt begann und Holly quiekte vergnügt. Wir sahen ihr dabei zu, wie sie begeistert Runde für Runde drehte. Gabi und Moni lächelten und winkten ihr zu, wann immer sie an uns vorbeigaloppierte.

»Deine Schwester ist wirklich bezaubernd, Joy.«

»Ja, das ist sie«, bestätigte ich stolz.

»Kaum zu glauben, dass die Kleine schon so viel hinter sich hat«, meinte Anne betrübt.

»Ja, trotzdem kommt sie klar. Sie ist es gewohnt.«

Moni stutzte, offenbar wusste sie nichts. Ich klärte sie auf und bemerkte nebenbei, wie Scarlett sich an Parker ranmachte. Sie hatte ihre Arme um seine Mitte geschlungen. Es grummelte in mir und auch Mike schien sich darüber seine eigenen Gedanken zu machen. Holly fest im Blick, versuchte ich, die beiden auszublenden.

»Komm, wir gehen etwas zu trinken holen«, forderte Mike mich auf.

Mein Retter. Alles war besser, als dem Treiben zwischen den beiden zuzusehen.

»Klar.« Ich blickte zu Holly. Sie saß immer noch auf dem Pferd, das friedlich seine Runden zog. »Lass sie nicht aus den Augen, hörst du, Chris?«

Ich deutete auf meine Schwester, die gerade strahlend an uns vorbeifuhr und winkte.

»Natürlich nicht.«

Er strafte mich mit einem düsteren Blick, weil ich ihn ermahnte. Mike und ich liefen zum gegenüberliegenden Getränkestand. Langsam schlenderten wir nebeneinander her.

»Alles in Ordnung bei dir?«

Mike hatte die Spannungen zwischen uns mitbekommen.

»Ja«, gab ich knapp zurück.

Ich hatte keine Lust, über Chris zu sprechen. Kaum hatte er mir klargemacht, dass es zwischen uns nur um Spaß gegangen war, flirtete er ungeniert mit Scarlett – ausgerechnet mit ihr! Das verletzte mich und steigerte meine Wut. Mike sah sich um, ob wir Zuhörer hatten.

»Ich habe viel über dich nachgedacht, Joy. Es tut mir leid, dass du das alles durchmachen musst.«

»Schon gut.«

»Nein, gut ist das überhaupt nicht«, raunte er sanft. »Wie wird es weitergehen?«

»Wenn ich ehrlich bin, ich weiß es nicht. Wir gehen von hier fort, in ein neues *Safe House*, und ich hoffe, dass dieser Albtraum bald ein Ende haben wird«, wich ich ihm aus. Am Getränkestand angekommen, reihten wir uns als letzte in die Schlange ein.

»Jetzt, da ich alles weiß, fallen mir hundert Situationen auf, in denen ich dich nicht verstanden habe, die merkwürdig waren oder für die ich keine Erklärung hatte.« Wir rückten in der Reihe einen Schritt vor. »Die ganze Geschichte ist einfach Wahnsinn! Ich würde dir helfen, aber ich weiß nicht wie«, flüsterte er betroffen. »Ich wäre gern dein Freund, aber unter den Umständen ist das schwer. Vor allem, wenn du fortgehst.«

»Ja, ich weiß«, seufzte ich traurig und verdammte gedanklich meinen Vater.

»Also, hör zu. Ich weiß zwar nicht, wo du dich in den nächsten Tagen und Wochen aufhalten wirst oder in welchen Schwierigkeiten du steckst, aber ich werde für dich da sein. Wann immer du mich brauchen solltest.« Er drückte mir eine Karte in die Hand. »Das ist meine Handynummer. Auf der kannst du mich Tag und Nacht erreichen.«

Sprachlos starrte ich ihn an und war gerührt. Mein Herz strömte vor Zuneigung über und ich war den Tränen nahe.

»Das ... das ist ... Ich weiß gar nicht, was ich sagen soll. Das kann ich unmöglich annehmen. Ich bringe dich in Gefahr. Das kann ich nicht verantworten.«

»Quatsch! Ich bitte dich darum.«

Ich ließ die Hand mit der Karte sinken. »Warum tust du das? Du weißt das mit Parker, und eigentlich bin ich eine Fremde für dich.« Er senkte den Blick und nickte.

»Weil ich dich gern habe, Joy, sehr sogar. Und weil ich ein Problem damit habe, wenn Unschuldige in Not geraten. Ich kann dich da nicht rausholen, aber vielleicht brauchst du mich tatsächlich eines Tages. Dann werde ich da sein.«

Ich war so eine blöde Kuh! Wieso musste ich mich in Parker verlieben, wenn hier, genau vor mir, ein Kerl stand, der es tausendmal mehr verdient hätte, geliebt zu werden. Meine Mutter hatte immer gesagt: ›Einen wahren Freund erkennst du daran, dass er sich neben dich stellen wird, wenn alle anderen dir den Rücken zukehren.‹ Und genau das tat Mike jetzt, obwohl ich ihn enttäuscht und verletzt hatte.

»Das ist sehr lieb, Mike.« Ich stellte mich auf die Zehenspitzen und gab ihm einen Kuss auf die Wange. Sein Aftershave stieg mir in die Nase.

»Hey Mike, könnt ihr euch nicht ein Zimmer nehmen?«, lachte uns der Kerl am Getränkestand an. »Oder wollt ihr hier Wurzeln schlagen?«

Mike schmunzelte und wandte sich an den Typen. »Schon gut, schon gut! Was möchtest du trinken, Joy?«

»Ein Wasser für Holly und mich«, antwortete ich und steckte seine Karte in meine Handtasche. Ich würde sie hüten wie einen Schatz.

Mike gab unsere Bestellung auf, während ich zu Parker schaute. Scarlett hatte es geschafft, dass er seinen Arm um sie gelegt hatte. Ich schäumte vor Eifersucht. Dieses Aas! Er machte seinem Ruf wirklich alle Ehre.

Zurück am Karussell, war ich froh, dass ich die Wasserflasche zwischen meinen Händen hielt. So hatten meine Finger wenigstes etwas zu tun.

»Ach, du lieber Himmel, Moni! Wir müssen los!«, entfuhr es Gabi entgeistert. Sie stupste ihre Schwägerin in die Seite. »Unsere Schicht beim Losverkauf beginnt gleich.«

Als würde sie Gabi nicht glauben, warf Moni einen Blick auf ihre Armbanduhr. »Ach, Mensch! Immer wenn es am schönsten ist«, moserte sie. »Kommt doch nachher mal vorbei. Es gibt tolle Gewinne!«

»Das machen wir«, versprach ich. Sie umarmten mich und verabschiedeten sich auch von den anderen. Ich fand es schade, dass sie schon gehen mussten. Ich fand sie wirklich nett.

»Bis später«, rief Anne ihnen zu und seufzte. »Scarlett und ich müssen auch gleich los. In zwanzig Minuten hat sie ihren Auftritt und ich darf sie heute ankündigen.« Vielsagend zuckte sie mit den Augenbrauen. Singen konnte sie tatsächlich, das musste ich ihr lassen.

»Ja, wir sind gleich bei meiner Veranstaltung im Hauptzelt«, sagte Scarlett bedauernd und wandte sich an Parker. »Aber wenn du willst, reserviere ich später noch ein wenig Zeit für dich«, säuselte sie zuckersüß, sodass es auch jeder hören konnte. Sie schenkte ihm einen bedeutungsvollen Blick, was sogar Anne die Augen verdrehen ließ.

»Komm schon, Scar. Wir müssen.«

Anne umarmte mich und nahm mir das Versprechen ab, später im Hauptzelt vorbeizuschauen. Was Scarlett betraf, hätte ich Gift und Galle spucken können. Ich fand es übertrieben, wie sie ihm offensichtliche Angebote machte. Parker war das natürlich nicht entgangen, er schmunzelte teuflisch. Mistkerl! Ich ermahnte mich, ihm die kalte Schulter zu zeigen. Es war schließlich seine Sache und sollte mir egal sein.

Mike begrüßte Freunde und Bekannte, die an uns vorbeischlenderten. Er war wirklich sehr beliebt und manch weiblicher Gast schenkte ihm ein Lächeln, was er jedoch nicht mal bemerkte. Er hatte nur Augen für mich.

»Oh, dort drüben ist Snatch, ein alter Bekannter«, erklärte er und deutete in die Menge. »Den muss ich kurz begrüßen. Ich bin gleich wieder da.«

Ehe ich mich versah, standen Parker und ich allein vor dem Karussell. Wir schwiegen und sahen Holly dabei zu, wie sie Runde um Runde drehte.

»Ich habe veranlasst, dass Holly und du in ein anderes *Safe House* gebracht werdet. Dann seid ihr vor eurem Vater erstmal sicher«, sagte Parker plötzlich. Er wandte seinen Blick nicht vom Karussell ab.

Was war denn jetzt los? Sonst war er auch nicht so redebedürftig. Oder lag es daran, dass wir nach dem Stadtfest getrennte Wege gehen würden?

»Danke. Logan hat es mir schon gesagt. Es ist nicht gut für Holly, wenn sie ihn so sieht.«

»Für dich auch nicht.« Er sah mich kurz mitfühlend an. Eben hatte er noch mit Scarlett geflirtet und jetzt war er wieder der einfühlsame Parker. Wie sollte ich diesen Kerl je verstehen? »Es tut mir leid, was passiert ist. Mir war nicht klar, wie gefährlich er ist. Ich hätte nicht gedacht, dass er dich jemals so bedrohen könnte.«

»Ich auch nicht. Ich werde wohl akzeptieren müssen, dass ich ihn nie wirklich gekannt habe. Er ist so völlig anders ...

Dieser Mann hat nichts mit dem Vater zu tun, den Holly und ich kannten«, murmelte ich vor mich hin.

Nachdenklich nickte er. »Ich ... kann das deshalb verstehen, weil ich eine ähnliche Geschichte erlebt habe.«

Neugierig blickte ich auf. Ein wenig überrumpelt, weil er sonst nicht gerne über sich selbst sprach, sah ich ihn an.

»Mein Vater ... Er war auch beim FBI und soll ein Verräter gewesen sein.«

»Du meinst deinen Adoptiv-Vater?«

Er schluckte. Es fiel ihm nicht leicht, darüber zu reden. »Ja. Angeblich war er es, der *Die graue Eminenz* all die Jahre mit strenggeheimen Informationen versorgt hat.«

Ich hielt den Atem an.

»Er und Bennet waren damals Partner, sozusagen beste Freunde. Bennet ist so etwas wie mein Patenonkel, wenn du so willst.« Er grinste. »Bennet ist nur offiziell so schlecht auf mich zu sprechen. In Wahrheit war er in den letzten Jahren so etwas wie ein Vaterersatz für mich.«

Ich kam aus dem Staunen nicht mehr heraus. Dieser Umstand erklärte einiges.

»Mein Vater und er waren auf *die Eminenz* angesetzt. Ich weiß noch, dass ihnen der Fall viel abverlangte. Es hat viele Monate gedauert, bis sie ihn ausfindig machen konnten und glaubten, ihn endlich schnappen zu können. Aber wieder wurde dieser Teufel gewarnt und konnte unsere Männer austricksen.

Irgendwann fand Bennet heraus, dass es einen Maulwurf in unseren Reihen gab. Er war es auch, der aufdeckte, dass es mein Vater gewesen sein soll, der alle polizeilichen Aktionen der *Eminenz* verraten hatte. Er hat sich mit einer Kugel das Leben genommen.«

»Das ist ja schrecklich. Das tut mir leid«, entfuhr es mir.

Er nickte. »Es war nicht leicht. Nach dem Selbstmord meines Vaters kümmerte sich Bennet um mich, brachte mich dazu, meine Ausbildung zu beenden, und verschaffte mir den Job beim FBI. Das war nicht so einfach, weil mir die Leute im Senat nicht vertrauten.«

Ich runzelte die Stirn. »Wieso?«

»Weil sie vermuteten, dass ich brisante Informationen meines Vaters unterschlagen habe.« Einen Moment schwieg er und sein Mundwinkel zuckte. Ich war erstaunt, wie freizügig er über solche privaten Details sprach, hörte ihm aber neugierig zu. »Es ist viel geschehen seither. Ich habe mich nicht immer korrekt verhalten, aber eines weiß ich genau, mein Vater war kein Verräter. Er hätte sich niemals für die dunkle Seite entschieden.«

Seine Stimme klang fest und sicher, als würde er die Wahrheit mit hundertprozentiger Sicherheit kennen. Ich sah die Parallelen zwischen uns.

»Vor ein paar Wochen habe ich das Gleiche geglaubt, Chris. Man denkt, den Menschen genau zu kennen, und kennt ihn eben in Wirklichkeit doch nicht. Man kann sich so in einem Menschen täuschen …«

Er schüttelte den Kopf.

»Nein, er hat mir vor seinem Tod hochbrisante Informationen hinterlassen. Es gibt so viele Ungereimtheiten. Allerdings schaffe ich es noch nicht, das Puzzle zusammenzusetzen. Aber egal, wie lange es dauern wird, ich werde beweisen, dass mein Vater kein Maulwurf war.« Nachdenklich sah er auf seine Hände. »Mein Vater sagte immer: ›Nur *Die graue Eminenz* trägt die Wurzeln allen Übels‹. Damit hatte er absolut recht. Ich muss nur noch herausfinden, wer er ist.«

Er lächelte bei dieser Erinnerung. Augenblicklich erstarrte ich und all meine Gedanken waren wie fortgefegt. Dieser eine Satz hallte wie ein Echo in mir nach. *›Nur Die graue Eminenz trägt die Wurzeln allen Übels.‹* Mir wurde flau im Magen und plötzlich fing mein Herz an zu pochen.

»Was? Was hast du gerade gesagt?«

Verwundert blickte er auf. »Was meinst du?«

»Wiederhol bitte, was dein Vater gesagt hat«, forderte ich.

»Er sagte immer: ›Nur *die Eminenz* trägt die Wurzeln allen Übels‹. Was ist damit?«

Seine Worte wiederholten sich in meinem Kopf – immer wieder, wie in Dauerschleife. Die Musik des Karussells und die Menschen um mich herum verschwammen. Ein Stich durchfuhr meine Brust, mein Hirn arbeitete auf Hochtouren. Bilder und Eindrücke wurden miteinander verwoben. Konnte das sein? Das wäre der absolute Wahnsinn!

»Joy? Du bist ganz bleich. Geht es dir nicht gut?«

»... trägt die Wurzeln allen Übels«, brabbelte ich vor mich hin. Mein Verdacht verstärkte sich und dabei wurde mir schwindlig. Ich schwankte, drohte den Boden unter den Füßen zu verlieren. Oh. Mein. Gott!

»Shit! Joy, was ist los?« Parker stützte mich.

»Er ist es«, flüsterte ich, um Fassung ringend. »Er war es die ganze Zeit.«

»Verdammt nochmal, von wem sprichst du?«

»Dad und er ... Das Tattoo ... Er trägt die Wurzel.«

Parker stierte mich unentwegt an. »Dein Vater hat das gleiche Tattoo wie alle anderen.«

Vehement schüttelte ich den Kopf.

»Nein, ich habe es gesehen! Beim Motel, beim Fehlalarm ... Es ist ein Schwarzlicht-Tattoo! Die Wurzeln werden nur bei ultraviolettem Licht sichtbar.«

Parkers Pupillen weiteten sich und er schien endlich zu begreifen.

»Ist das wahr?« Ich nickte. »Ist das wirklich die Wahrheit?«, wiederholte er ungläubig.

»Ich schwöre es.«

Parker starrte gedankenverloren in die Ferne. Er war genau wie ich versteinert. Wenn mein Vater *Die graue Eminenz* war, was war das dann für ein perfides Spiel?

»Dann hatte mein Vater recht. Verdammt!« Aufgebracht fuhr sich Parker durchs Haar. »Joy! Du darfst mit niemandem darüber reden, hörst du?«

Ich runzelte die Stirn.

»Wieso nicht? Wir müssen sofort das FBI informieren.«

»Nein«, sagte er schnell und schüttelte vehement den Kopf. »Das darf keiner erfahren. Wir können niemandem vertrauen.«

Was? Aber ...

Ich war so durcheinander, dass ich kaum logisch denken konnte. Mein Vater hatte nicht nur uns, sondern auch das FBI getäuscht. Aber warum? Was bezweckte er damit?

»Das erklärt einiges!«, brummte Parker nachdenklich. »Verdammt!«

»Was sollen wir jetzt tun?« Fragend blickte ich Parker an.

»Du darfst es niemandem erzählen. Hörst du, Joy? Du musst es für dich behalten und darfst niemandem vertrauen. Hast du mich verstanden?«

Mein Blick wanderte zum Karussell. Das Pony, auf dem Holly eben noch gesessen hatte, drehte allein seine Runden. Hatte sie sich vielleicht umgesetzt? Fieberhaft ging ich jedes Pferd durch. Auf dem Karussell war sie nicht und auch nicht dazwischen. Panik peitschte in mir hoch und die Glasflasche in meiner Hand rutschte vor Schreck laut klirrend zu Boden. Durch das Zerschellen des Glases erkannte Parker, dass ich in Panik geriet. Fragend runzelte er die Stirn.

»Joy? Hast du gehört? Du darfst niemandem vertrauen.«

Mein Herzschlag setzte aus und ein plötzliches, seltsames Gefühl machte sich in mir breit.

»Holly«, flüsterte ich tonlos. Und dann schwappte der Horror in mir über. »Wo ist sie?«, schrie ich Parker an, der sich ruckartig dem Karussell zuwandte.

»Verdammt! Sie war eben noch da«, brüllte er und drängte sich hektisch zwischen den anderen Eltern am Karussell hindurch.

»Hey, was ist los?« Mike war zurückgekommen.

»Holly! Sie ist weg!« Er verstand sofort und rannte Parker hinterher. »Holly!«, rief ich in meiner Verzweiflung, und suchte sie in der Menge, die um das Karussell stand. Inzwischen waren die Leute auf uns aufmerksam geworden und halfen bei der Suche. Von überall hörte ich ihren Namen, der gerufen wurde, doch mein Keks blieb verschwunden. Das Karussell wurde angehalten und die Musik erstarb, als wäre die Batterie leer. Nackte Angst überkam mich, ich kreischte, schrie ihren Namen.

»Holly! Holly!«

Sekunden verstrichen, die mir wie eine Ewigkeit vorkamen. Ich entdeckte Chris. Er hielt sein Handy am Ohr und suchte mit Mike und ein paar anderen Leuten die Straße ab.

Als mir Parkers Blick begegnete, sah ich Sorge und seine schlimmsten Befürchtungen in seinem Gesicht aufflackern. Nein! Nein! Das durfte nicht sein! Mir wurde schwarz vor Augen, alles drehte sich. Weinend brach ich zusammen und sackte zu Boden.

»Hol sie mir wieder, Parker! Hörst du? Bring sie mir wieder! Holly! Holly!«

Ich schrie und heulte, spürte nur die Panik in mir und diesen entsetzlichen, grässlichen Schmerz. Eine Frau redete auf mich ein, sie bewegte ihren Mund, doch ich verstand nicht, was sie sagte, nahm nur meinen Herzschlag, das Rauschen meines Blutes und meine Schreie nach meiner Schwester wahr. Ich war in einer Blase gefangen und alles schien wie in Zeitlupe abzulaufen.

Holly! Mein Gott!

Das Heulen von Sirenen und das Gemurmel von Leuten, die mich alle anstarrten, drangen leise zu mir.

»Wir schirmen Sie ab, Mrs. Brown.« Ich sah auf. Ein Rettungssanitäter nahm mich hoch und trug mich zu einem Krankenwagen. Dort wurde ich auf eine Liege gebettet. »Es wird

Ihnen gleich besser gehen, Mrs. Brown. Ihre Schwester hat sich bestimmt verlaufen«, sagte der Sanitäter. »Wir geben Ihnen etwas zur Beruhigung.«

Kurz danach spürte ich einen Stich in meinem Arm. Meine Glieder wurden schwer, meine Gedanken lahm und mein Körper von einer unsagbaren Müdigkeit befallen. Ich wehrte mich mit aller Macht, kämpfte dagegen an. Jemand legte mir Mr. Floppy in die Arme. Sachte wog ich ihn hin und her. Ich presste ihn fest an mich, als wäre das Stofftier mein einziger Halt – was es in diesem Moment auch war. Das Zittern hörte auf, aber innerlich war ich immer noch außer mir. Nur zaghaft wurde ich aus der Blase gezogen, nahm die Geräusche und Stimmen wieder deutlicher wahr. Ich hatte keine Ahnung, wie lange ich auf der Liege im Krankenwagen lag. Sämtliches Zeitgefühl hatte ich verloren. Ich sah auf und blickte mich um. Die Tür des Rettungswagens stand offen. Von draußen hörte ich eine fremde männliche Stimme.

»Agent Parker und ein Zivilist haben die Verfolgung aufgenommen. Wo sie jetzt sind, weiß ich leider nicht. ... Ja, der Vater und das Mädchen sind *safe*, Sir. ... Es sieht alles danach aus, dass die kleine Schwester entführt wurde. ... Wir haben alle Straßen abgeriegelt und Straßensperren aufgestellt, aber bis jetzt fehlt jede Spur. ... Ja, Sir. ... Wird gemacht.«

Ich weinte lautlos. Holly war von skrupellosen Männern entführt worden. Bei dem Gedanken wurde mir schlecht, speiübel, und mein Magen verkrampfte, sodass ich Mr. Floppy noch fester an mich presste.

Der Sanitäter und ein Mann in Jeans und T-Shirt stiegen zu mir ins Innere. Der Fremde hatte eine ähnliche Statur wie Chris – breit und muskulös – nur war er blond und hatte blaue Augen.

»Keine Sorge, Mrs. Brown, ich bin Special Agent Murphy.« Er hielt mir seine Marke hin. »Wir bringen Sie jetzt in ein neues *Safe House*. Dort sind Sie in Sicherheit.«

Der Motor des Wagens sprang an und das Auto fuhr langsam los. Ich wollte aufstehen, doch die Gurte, mit denen ich festgebunden war, hinderten mich.

»Wo ist sie? Wo ist meine Schwester?«

Der Agent schluckte.

»Noch wissen wir nichts Genaues. Wir arbeiten daran, sie so schnell wie möglich zu finden. Bitte haben Sie etwas Geduld. Direktor Bennet ist auf dem Weg zum neuen *Safe House* und wird Sie über alles informieren.«

Kein Mensch konnte sich vorstellen, wie schwer es war, diese Antwort zu ertragen. Die Ungewissheit fraß mich auf. Ständig taumelte ich zwischen unsagbarer Wut und Verzweiflung. Hass wallte in mir auf.

Mein Vater trug dafür die Verantwortung.

Er allein – *Die graue Eminenz.*

Fortsetzung folgt ...